新编21世纪远程教育精品教材

• 汉语言文学系列 •

文学概论

（第二版）

许　鹏　主编

中国人民大学出版社
· 北京 ·

新编 21 世纪远程教育精品教材

编委会

作者简介

许鹏，中国人民大学文学院教授。曾于1994—1995年赴韩国讲学一年。主要讲授文学理论、美学原理、文艺美学、新媒体艺术研究等课程。已出版专著9部，发表论文数十篇。其中《角色冲突与复杂性格》（论文）获中国人民大学优秀科研成果一等奖；《中介的探索——文艺社会心理研究》（专著）被收入“中国人民大学中青年学者文库”；《新媒体艺术论》和《新媒体节目策划论》入选普通高等教育“十一五”国家级规划教材；《布达拉宫》（多媒体光盘电子出版物）1998年获国家信息中心颁发的“1993—1997年全国光盘电子出版物测评十佳优秀光盘奖”，2000年获中宣部、国家新闻出版署颁发的“首届电子出版物国家图书奖提名奖”，2000年获中国人民大学优秀教学成果奖；《长城的故事》（多媒体光盘电子出版物）2000年获中宣部、国家新闻出版署颁发的“首届电子出版物国家图书奖”；《老舍先生》（多媒体光盘电子出版物）2002年获中宣部、国家新闻出版署颁发的“第二届电子出版物国家图书奖”，被中国现代文学馆、老舍纪念馆永久收藏。主持并完成了多项国家及教育部科研项目；主持并完成了两项教育部普通高等教育“十一五”国家级规划教材项目。

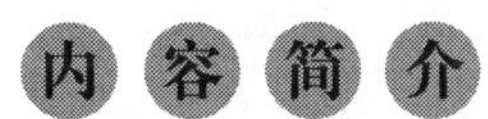

本教材系统阐述了文学与社会生活的相互关系，文学作品的构成规律，文学作品的创作、传播、欣赏和批评规律，文学的历史发展规律以及作者、读者、批评家审美实践中的心理活动规律，有助于读者形成较为系统的文学理论思维模式，从而能够正确地理解、分析和研究各类文学现象。

本次修订充分注意到了网络学习的特殊需要，新增了“文学传播”“网络文学”和“文学对其他艺术的吸收与借鉴”等章节；章节的划分在学理逻辑清晰完整的前提下从小从细，既便于初学者自学领会，又与“自由支配”“化零为整”的网络学习特点相吻合；在编写体例上与网络课程完全一致，便于互相参照学习。

总　　序

我们正处在教育史，尤其是高等教育史上的一个重大的转型期。在全球范围内，包括在我们中华大地，以校园课堂面授为特征的工业化社会的近代学校教育体制，正在向基于校园课堂面授的学校教育与基于信息通信技术的远程教育相互补充、相互整合的现代终身教育体制发展。一次性学校教育的理念已经被持续性终身学习的理念所替代。在高等教育领域，从1088年欧洲创立博洛尼亚（Bologna）大学以来，21世纪以前的各国高等教育基本是沿着精英教育的路线发展的，这也包括自19世纪末创办京师大学堂以来我国高等教育短短一百多年的发展史。然而，自20世纪下半叶起，尤其在迈进21世纪时，以多媒体计算机和互联网为主要标志的电子信息通信技术正在引发教育界的一场深刻的革命。高等教育正在从精英教育走向大众化、普及化教育，学校教育体系正在向终身教育体系和学习型社会转变。在我国，党的十六大明确了全面建设小康社会的目标之一就是构建学习型社会，即要构建由国民教育体系和终身教育体系共同组成的有中国特色的现代教育体系。

教育史上的这次革命性转型绝不仅仅是科学技术进步推动的。诚然，以电子信息通信技术为主要代表的现代科学技术的进步，为实现从校园课堂面授向开放远程学习、从近代学校教育体制向现代终身教育体制和学习型社会的转型提供了物质技术基础。但是，教育形态演变的深层次原因在于人类社会经济发展和社会生活变革的需求。恰在这次世纪之交，人类社会开始进入基于知识经济的信息社会。知识创新与传播及应用、人力资源开发与人才培养已经成为各国提高经济实力、综合国力和国际竞争力的关键和基础。而这些仅仅依靠传统学校课堂面授教育体制是无法满足的。此外，国际社会面临的能源、环境与生态危机，气候异常，数字鸿沟与文明冲突，对物种多样性与文化多样性的威胁等多重全球挑战，也只有依靠世界各国进一步深化教育改革与创新，促进人与自然的和谐发展才能得到解决。正因为如此，我国党和政府提出了“科教兴国”、“可持续发展”、“西部大开发”、“缩小数字鸿沟”以及“人与自然和谐发展”的“科学发展观”等基本国策。其中，对教育作为经济建设的重要战略地位和基础性、全局性、前瞻性产业的确认，对高等教育对于知识创新与传播及应用、人力资源开发与人才培养的重大意义的关注，以及对发展现代教育技术、现代远程教育和教育信息化并进而推动国民教育体系现代化，构建终身教育体系和学习型社会的决策更得到了教育界和全社会的共识。

在上述教育转型与变革时期，中国人民大学一直走在我国大学的前列。中国人民大学是一所以人文、社会科学和经济管理为主，兼有信息科学、环境科学等的综合性、研究型大学。长期以来，中国人民大学充分利用自身的教育资源优势，在办好全日制高等教育的同时，一直积极开展远程教育和继续教育。中国人民大学在我国首创函授高等教育。1952 年，校长吴玉章和成仿吾创办函授教育的报告得到了刘少奇的批复，并于 1953 年率先招生授课，为新建的共和国培养了一大批急需的专门人才。在 20 世纪 90 年代末，中国人民大学成立了网络教育学院，成为我国首批现代远程教育试点高校之一。经过短短几年的探索和发展，中国人民大学网络教育学院创建的“网上人大”品牌，被远程教育界、媒体和社会誉为网络远程教育的“人大模式”——面向在职成人，利用网络学习资源和虚拟学习社区，支持分布式学习和协作学习的现代远程教育模式。成立于 1955 年的中国人民大学出版社是新中国建立后最早成立的大学出版社之一，是教育部指定的全国高等学校文科教材出版中心。在过去的几年中，中国人民大学出版社与中国人民大学网络教育学院合作策划、创作出版了国内第一套极富特色的“21 世纪远程教育精品教材”。这些凝聚了中国人民大学、北京大学、北京师范大学等北京知名高校学者教授、教育技术专家、软件工程师、教学设计师和编辑们广博才智的精品课程系列教材，以印刷版、光盘版和网络版立体化教材的范式探索构建全新的远程学习优质教育资源，实现先进的教育教学理念与现代信息通信技术的有效结合。这些教材已经被国内其他高校和众多网络教育学院所选用。中国人民大学出版社基于“出教材学术精品，育人文社科英才”理念的努力探索及其初步成果已经得到了我国远程教育界的广泛认同，是值得肯定的。

2005 年 4 月，我被邀请出席《中国远程教育》杂志与中国人民大学出版社联合主办的“远程教育教材的共建共享与一体化设计开发”研讨会并做主旨发言，会后受中国人民大学出版社的委托为“21 世纪远程教育精品教材”撰写“总序”，这是我的荣幸。近几年来，我一直关注包括中国人民大学网络教育学院在内的我国高校现代远程教育试点工程。这次更有机会全面了解和近距离接触中国人民大学出版社推出的“21 世纪远程教育精品教材”及其编创人员。我想将我在上述研讨会上发言的主旨作进一步的发挥，并概括为若干原则作为我对包括中国人民大学出版社、中国人民大学网络教育学院在内的我国网络远程教育优质教育资源建设的期待和展望：

● 21 世纪远程教育精品教材的教学内容要更加适应大众化高等教育面对在职成人、定位在应用型人才培养上的需要。

● 21 世纪远程教育精品教材的教学设计要更加适应地域分散、特征多样的远程学生自主学习的需要，培养适应学习型社会的终身学习者。

● 在我国网络教学环境渐趋完善之前，印刷教材及其配套教学光盘依然是远程教材的主体，是多种媒体教材的基础和纽带，其教学设计应该给予充分的重视。要在印刷教材的显要部位对课程教学目标和要求作明确、具体、可操作的陈述，要清晰地指导远程学生如何利用多种媒体教材进行自主学习和协作学习。

● 应组织相关人员对多种媒体的远程教材进行一体化设计和开发，要注重发挥多种媒体教材各自独特的教学功能，实现优势互补。要特别注重对学生学习活动、教学交互、学习评价及其反馈的设计和实现。

● 要将对多种媒体远程教材的创作纳入对整个远程教育课程教学系统的一体化设计和开发中去，以便使优质的教材资源在优化的教学系统、平台和环境中，在有效的教学模式、学习策略和学习支助服务的支撑下获得最佳的学习成效。

● 要充分发挥现代远程教育工程试点高校各自的学科资源优势，积极探索网络远程教育优质教材资源共建共享的机制和途径。

中华人民共和国教育部远程教育专家顾问
丁兴富

修订说明

本教材最初的编写目的主要是满足中国人民大学网络教育学院中文专业“文学概论”课程教学的需要，因此，在内容程度和章节体例上尽可能照顾到网络学习的特殊需要。初版发行后，不仅受到网络学院师生的肯定，而且全国各地不少院校选用本书作为“文学概论”课程的指定教材和考研复习教材，取得了良好的社会效果。

本次修订距初版已有8年之久，一方面要反映这8年来文学理论研究的新进展，另一方面要对原书内容做适当调整，以适合当前教学的需要。本次修订，除把原书的行文论述细致地校读、审订了一遍，尽可能减少错误、改善行文外，还做了三项减法：一是删除原书第十二章“文学消费”，这一部分内容理论性较强，超出了本科生的学习范围；二是删除原书第七章第四节“文学思潮举要”，这一部分内容资料性较强，应该纳入教辅材料的案例部分；三是删除原书第十章第六节“网络文学”，目前看来，把网络文学整体列为一种新的文学体裁，学理上不够稳妥。

感谢中国人民大学出版社提供了这次修订机会，以实现我们改进原书的愿望。尤其是本书的策划编辑李丽虹，为本书的此次修订付出了大量的艰苦劳动，提出了许多中肯的修改意见，保证了出版质量，在此深表感谢。我的两位研究生马帅、余宇也参与了修订，发挥了重要作用。

种种条件所限，此次修订仍有一些遗憾，且错误、疏漏在所难免，还望方家指正。

许　鹏

2011年5月28日夜于芙蓉里

前　言

“文学概论”是一门系统、全面介绍文学基本理论的课程，是汉语言文学专业必修的基础理论课，同时又是新闻、历史、哲学、外语等专业的必选课，通常讲授一个学期，大约50课时。“文学概论”研究文学与社会生活的相互关系，文学作品的构成规律，文学作品的创作、传播、欣赏和批评规律，文学的历史发展规律以及作者、读者、批评家审美实践中的心理活动规律；形成对文学本质特征的整体性的认识。对于非文学专业的学生来说，学习“文学概论”有助其形成一个洞察人类自身精神世界的新的视野；而对于中文系的学生来说，学习“文学概论”则有助其形成较为系统的文学理论思维模式，以便能够正确地理解、分析和研究各类文学现象，同时为学好各门文学史和文学理论史课程做好理论准备。

网络学习是一种新型的教学方式，学生获得了更大的自主权，同时也需要学习者具有更强的毅力、自觉性和计划性。本教材的编写充分注意到了网络学习的特殊需要，具有以下主要特点：第一，编写体例、章节划分与光盘讲授、网络课件完全一致，便于同学们相互参照学习；第二，内容上积极而稳妥地吸收已有定论的最新学术成果，新增了“文学传播”和“文学对其他艺术的吸收与借鉴”等章节；第三，章节划分在学理逻辑清晰、完整的前提下从小从细，既便于初学者自学领会，又与“自由支配”、“化整为零”的网络学习特点相吻合；第四，本教材内容的取舍与网络教学资源的配备统一规划，相互整合，既保证了教材内容的完整和相对独立，又实现了不同教学资源的相互支撑、优势互补。

本教材由本课程的主讲教师、中国人民大学中文系文艺理论教研室许鹏教授主持编写，部分文艺学专业的研究生参与了编写。具体分工如下：许鹏负责全书理论框架的确定，详细写作提纲的拟订和全书初稿写作，第十二、十三章的编写以及全书的最后统稿；张贵勇参与了第一、二、三、五章的编写；席立卓参与了第四、九、十章的编写；王炼参与了第六、七、八章的编写；蒋多参与了第十一章的编写；王校参与了第十四、十五、十六章的编写。

本教材在编写过程中广泛吸纳近年来出版的同类教材的学术成果，特别是陈传才教授、周文柏教授的《文学理论新编》（修订本）和童庆炳教授的《文学理论教程》（修订版）使我们获益最多，特致谢意。中国人民大学出版社的徐晓梅老师作为本书的策划编辑，为本书的出版付出了艰苦劳动，本书责任编辑对本书提出了许多中肯的修改意见，保证了出版质量，在此深表感谢。中国人民大学出版社的马胜利老师，网络教育学院的王晓英老师也为本书的编写提供了许多热情的帮助，一并致谢。

本教材编写时间较短，错误疏漏在所难免，衷心希望各方专家批评指正。

作　者

2003年2月24日凌晨于芙蓉里

目录

CONTENTS

第一章　文学理论的研究对象与研究方法 ………… 1

第一节　文学理论概述 ………… 1

第二节　文学理论的研究范畴 ………… 5

第三节　文学理论的研究方法 ………… 7

第二章　文学作品是社会生活在作家头脑中反映的产物 ………… 11

第一节　文学反映社会生活 ………… 11

第二节　文学表现作家的思想感情 ………… 14

第三节　文学作品的真实性与倾向性 ………… 17

第四节　文学的人性与阶级性 ………… 19

第五节　文学的民族性与世界性 ………… 24

第三章　文学是人类特有的审美活动 ………… 29

第一节　文学审美特征的根源 ………… 29

第二节　文学审美特征的表现 ………… 33

第三节　文学审美价值的生成 ………… 37

第四节　文学审美价值的结构与功能 ………… 39

第四章　文学是语言的艺术 ………… 45

第一节　语言是文学的第一要素 ………… 45

第二节　语言造型的基本规律 ………… 51

第三节　语言艺术的特点 ………… 57

第五章　作家 ………… 63

第一节　作家的生活积累与修养、能力 ………… 63

第二节　作家审美意识的结构与功能 ………… 66

第三节　作家的艺术风格与流派 ………… 69

第六章　文学创作的过程 ………… 74

第一节　文学创作的基本过程 ………… 74

第二节 文学创作过程中的心理机制 …… 80
第三节 创作心理系统的结构与功能 …… 84

第七章 创作方法与文学思潮 …… 88
第一节 文学创作方法的基本内涵 …… 88
第二节 创作方法的主要类型 …… 90
第三节 文学思潮的内涵与特征 …… 95

第八章 文学作品的内容与形式 …… 99
第一节 文学作品的内容及其要素 …… 99
第二节 文学作品的形式及其要素 …… 107

第九章 文学作品中的艺术形象 …… 115
第一节 文学形象 …… 115
第二节 典型形象与典型化 …… 118
第三节 意境及其创造 …… 122

第十章 文学体裁 …… 128
第一节 诗歌 …… 128
第二节 散文 …… 134
第三节 小说 …… 138
第四节 戏剧 …… 142
第五节 影视文学 …… 148

第十一章 文学的传播 …… 152
第一节 文学传播的机制与功能 …… 152
第二节 文学的口头传播 …… 155
第三节 文学的书写传播 …… 157
第四节 文学的印刷传播 …… 159
第五节 文学的网络传播 …… 161

第十二章 文学欣赏（一） …… 165
第一节 文学欣赏概述 …… 165
第二节 文学欣赏的基本过程 …… 169

第三节 文学欣赏的心理特征 …… 171

第十三章 文学欣赏（二） …… 174
第一节 文学欣赏的差异性与一致性 …… 174
第二节 文学欣赏中的“共鸣”现象 …… 176
第三节 文学欣赏中的“读者群” …… 180

第十四章 文学批评（一） …… 188
第一节 文学批评概述 …… 188
第二节 文学批评的职能与作用 …… 192

第十五章 文学批评（二） …… 195
第一节 批评家的修养与能力 …… 195
第二节 批评家的文学观念、批评方法与批评标准 …… 199
第三节 批评家应遵循的批评原则 …… 202

第十六章 文学的起源与发展 …… 206
第一节 文学的起源 …… 206
第二节 文学发展的社会原因 …… 211
第三节 文学发展的自身规律 …… 217

参考文献 …… 223

第一章 文学理论的研究对象与研究方法

文学是人类的一种重要的社会历史现象，文学作品是人类特有的审美创造物；一部成功的文学作品一定会在一定程度上折射出一个时代、一个民族的精神风貌，而一部文学史就是人类历史发展的心灵史，正是在这个意义上，人们称文学为“人学”。研究文学现象及其规律，有助于我们形成一个洞察人类自身精神世界及其发展历程的新的视野；对文学专业的学生来说，学习“文学概论”有助于形成较为系统的文学理论思维模式，正确地理解、分析和研究各类文学现象，同时为学好各门文学史和文学理论史课程做好理论准备。

面对浩瀚的文学典籍，面对林林总总的文学现象，应该如何去把握，如何去研究，是许多初次接触“文学概论”的人都会产生的问题。其实，这也正是学习“文学概论”课程必须先解决的问题。文学理论研究什么，文学理论如何进行研究？文学理论与文学史、文学批评都要研究文学现象，它们之间有什么不同，又有什么联系？有人说，不研究文学理论的人照样能创作出好的文学作品，而许多研究文学理论的人（包括许多文学理论专家）却写不出什么像样的文学作品，说明文学理论不能指导文学创作，没什么用，这种看法对吗？正确地分析和解答这些问题是我们学好“文学概论”课程的前提，在第一章中我们先来探讨文学理论的研究对象与研究方法。

这一章要求学生掌握两方面的内容：（1）了解什么是文学理论；了解文学理论的研究对象及文学理论与其他学科的关系；明确文学理论在人文社会学科中的地位；明白学习文学理论的意义，懂得文学理论与社会实践之间的相互关系，使自己能够在未来的工作和实践中运用所学到的理论知识为社会主义文化建设服务。（2）掌握文学理论的研究方法。

第一节 文学理论概述

一、什么是文学理论

“文学概论”是一门全面、系统而概要地介绍文学理论的课程。从字面意思上讲，文学理论就是研究文学的理论。而作为文学理论的研究对象——文学，其内容非常丰富，不仅指文学作品，还包括创作它的作家、阅读它的读者以及作家、读者生活于其中并成为文学作品所反映、所表现的大千世界——这就是艾布拉姆斯所谓的文学四要素（如图1—1所示）。

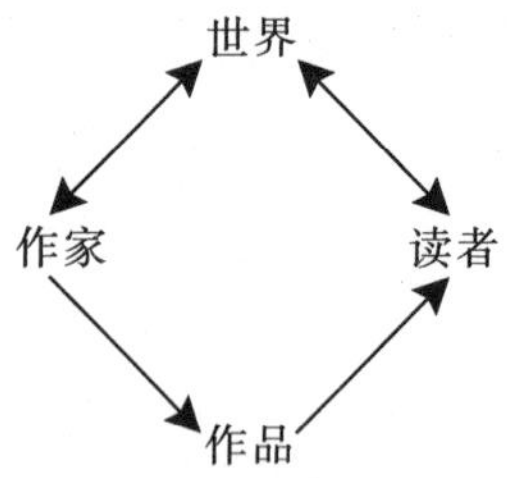

图1—1　文学活动要素系统

文学活动是以人为主体，以人的内心世界为直接对象，以满足人的审美需求为目的的一种艺术活动。文学四要素正是在这种文学活动过程中，以一种内在联系构成了相对完整的系统，其中，世界是文学的基础，作家和读者是文学活动的主体，作品是活动的产物。构成文学的四要素，彼此之间并非孤立叠加构成，而是有着复杂关系的系统，它被人的一种活动——文学活动联结在一起，发生作用而造成彼此间的相互影响。

文学已经有了几千年的发展历史，作品浩如烟海，作家不计其数，而且每一个民族都有自己独具特色的文学传统，每一个时代的文学现象也都是林林总总、变化无穷的。为了从纷纭复杂的文学现象中概括、总结出本质特征和一般规律，人们需要一个学科，这就是文学理论。

文学理论是从一定的世界观出发，观察文学现象、探索文学本质、总结文学规律、指导文学实践的学科。文学理论建立在一定的世界观基础上，因为具体的人或具体的流派而有所差异。我们的目的是要建立能够指导我国社会主义文学实践的中国文学理论，为此，就必须以马克思主义、毛泽东思想、邓小平理论和“三个代表”重要思想以及科学发展观为指导，坚持辩证唯物主义和历史唯物主义的世界观和方法论。

二、文学理论的来源

理论来源于实践活动，文学理论来源于文学实践活动，它包括文学创作、文学传播、文学欣赏、文学批评、文学运动和文学研究。总之，人类一切与文学有关的实践活动都属于文学实践活动，都是文学理论的研究对象。

在长期的文学实践中，前人已经为我们创造并留下了大量的文学理论遗产。这些遗产既是当时文学实践的产物，即前人研究的成果，也是后人深入研究并可资借鉴的基础。

古今中外，文学理论的遗产异常丰富。

早在先秦时期，中国诗歌就已经达到了繁荣阶段。随着诗歌的繁荣，人们开始注意到了诗歌多样化的社会功能，从而为诗歌理论奠定基础。《尚书·尧典》里就有“诗言志”的记述；孔子也提出“诗可以兴，可以观，可以群，可以怨”。这些都是关于诗歌社会功能的经典性论述。

两汉时期提出“情动于中而形于言”的《诗大序》，注意到了诗歌不仅可以言志，而且可以抒情，即把情与志并列起来，作为诗歌的两大功能，使诗歌的理论研究有了极大的进步。

魏晋时期是“人的觉醒与文的自觉”的历史时期，虽然社会动荡，但文学却在动荡的社会中达到了另一个繁荣高峰。正是在这样的背景下，文学理论也开始走向自觉和成熟。曹丕的《典论·论文》是第一篇完整的文学理论专论；陆机的《文赋》具体涉及文学创作的规律问题；刘勰的《文心雕龙》更被后世认为是体大思精、全面论述文学规律的专著；钟嵘在《诗品》中，提出了“品”、“味”等诗歌研究范畴，为中国后来的诗歌研究奠定了基础。

诗歌艺术在唐宋时期，无论是创作还是研究都达到了鼎盛阶段。随着诗歌创作和欣赏的全面发展，诗歌研究也向纵深迈进。比如，司空图的《诗品》中有对“意境”的独特分析；严羽在《沧浪诗话》中提出了“言外之意，味外之旨”，揭示了诗歌含蓄空灵的美学特征。

元明清时期，基于戏剧、小说创作与欣赏实践趋于成熟，相应的理论研究也日渐深入。金圣叹的《评五才子书》中不仅有对小说艺术的一般性点评，更有对小说中人物性格塑造规律的艺术性探讨。另外，李渔的《闲情偶寄》也针对戏剧创作的特殊规律，总结出了全新的戏剧理论和范畴。

西方文学理论的发展也经历了一个循序渐进的过程。

概括地讲，古希腊时期柏拉图的《文艺对话录》和亚里士多德的《诗学》，成为开文学理论研究先河之代表论著。

古罗马贺拉斯的《诗艺》、启蒙主义时期狄德罗的《论戏剧艺术》，继承了柏拉图和亚里士多德的文学思想，并有所深入。

到了德国古典美学时期，康德《判断力批判》和黑格尔《美学》集西方文学研究思想之大成，是后世文学理论研究不可忽视的参照著作。

近代，文学理论研究的重点集中于俄罗斯。列夫·托尔斯泰在他的《论艺术》中指出文学的情感传达应该是它的本质特征；别林斯基和车尔尼雪夫斯基的典型理论及文学真实理论也为现代文学研究奠定了基础。

作为文学理论研究的重要组成部分，马克思主义文学理论是在继承前人的文学理论遗产和成果之上，以辩证唯物主义和历史唯物主义奠定其基础。马克思主义文学理论主要有两个特点：第一，它是科学的世界观与方法论；第二，它的产生和发展同样基于无产阶级文学创作实践，是一个系统而开放的理论体系。

综上所述，文学理论的产生是随着文学实践的产生而产生的，文学理论的发展也是随着文学实践的发展而发展的。所以说，文学理论来源于文学实践。

三、文学理论的地位和作用

文学理论来自文学实践，并影响着文学实践，这种影响的方式是多样而具体的。

（一）文学理论在文学研究中的地位

人们一般把对文学现象的各种研究统称为文艺学（或“文学学”）。文艺学属于社会科学范畴，由文学发展史、文学批评和文学理论共同构成。

文学发展史是按照历史年代的顺序，研究各类文学现象的发生、发展的过程、状况和规律，着眼点主要在文学现象的历史成因、历史地位以及对后世的影响上。

文学批评是对当前具体的作家、作品进行分析、研究和评价，兼及其他文学现象，着眼点主要在具体作品的成败得失和经验教训上。

文学理论是从宏观的角度和理论的高度，从具体的历史现象和作家、作品中概括抽象出文学的本质，阐明文学的特点和规律。文学理论的目的不是零散的、个别的观点汇总，而是建立文学基本原理的理论结构，提出文学研究的概念范畴体系，确定文学研究的方法论。

文学理论以文学发展史和文学批评为基础，吸收、借鉴它们的研究成果；同时，又以自己理论的深刻性、普遍性和预见性指导文学发展史研究和文学批评。三者之间是相互联系、相互渗透、相互作用的。如图 1—2 所示。

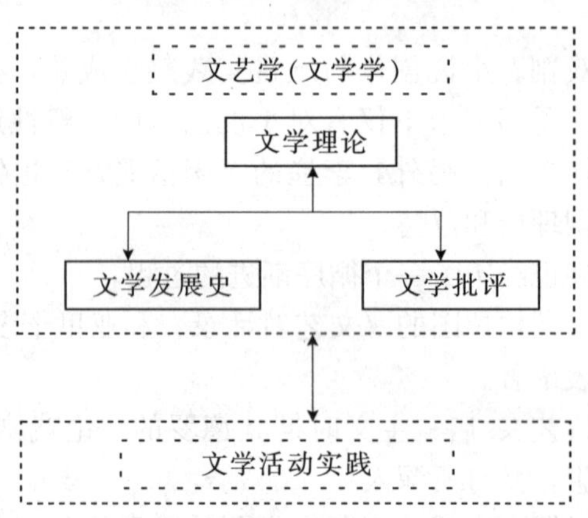

图 1—2　文学理论在文学研究系统中的地位

（二）文学理论在文学社会过程中的作用

文学的社会过程是指文学四要素及其所引起的文学活动的一般发生过程，它一般可以概括为社会生活、文学创作、文学作品、文学传播、文学欣赏、文学批评和文学理论七个阶段。如图 1—3 所示。

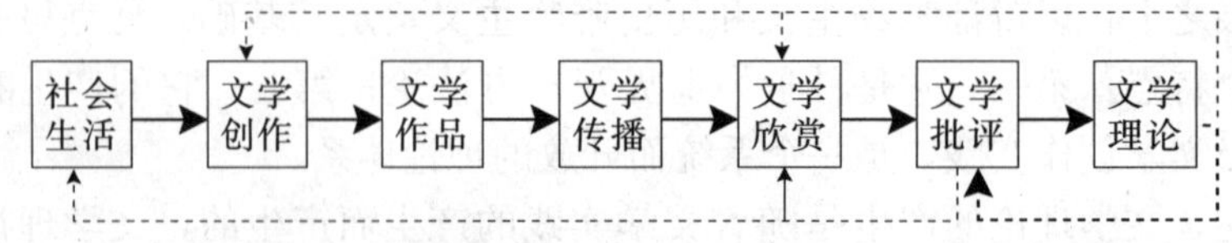

图 1—3　文学的社会过程

文学理论建立在包括文学创作、欣赏、批评在内的文学社会过程的基础之上，要概括这个过程中所有要素的现象，揭示所有要素自身及其相互关系的规律。文学理论又是这个过程的一部分，必然要参与到这个过程各要素之间的相互作用中去，给予各要素相应的反作用。其中，文学理论对文学批评的影响是最主要的，虽然它对文学欣赏和文学创作也有影响，但主要是通过文学批评间接地实现的。

四、学习文学理论的意义

理论源于实践又指导实践，这句话同样适用于文学。文学理论的学习对从事中文专业的人来说有着多方面的意义。

第一，学习文学理论是研究文艺学的关键，学好文学理论有助于进一步掌握文艺学的其他内容。例如，我们要学习文学史，分析历史上的作家作品、各种文学现象，进行文学批评，如果学好了文学理论，就能够用理论武器，站得更高，看得更远。

第二，文学理论是文学活动规律的概括和总结，学好文学理论有助于我们更加自觉地开展文学实践活动，提高我们创作、欣赏、评论文学作品的能力。能力来自实践，关键在于认识文学实践的规律。学好了文学理论，掌握了文学规律，就能够更好地进行文学实践。

第三，学好文学理论有助于提高我们的思辨能力，逐步建立文学理论的思维模式，提高我们分析文学现象的能力。比如，一种文学现象出现了，如果我们具有良好的文学分析能力和较高的文学素养，就能从不同的角度和方面进行剖析，给出一个最佳的处理方案，尽管这不是一朝一夕就能练就的，但学好文学理论毕竟是重要的基础。

第二节　文学理论的研究范畴

一、文学理论的研究内容

文学理论主要研究的内容分为五大部分：

（1）文学的本质特征；

（2）文学的创作规律；

（3）文学的构成规律；

（4）文学的传播、欣赏和批评规律；

（5）文学的起源与发展规律。

这五部分研究内容是由文学四要素及其相互关系派生出来的一个有机整体：

第一，文学作为人类特有的一种精神活动和特殊的艺术审美活动，必然有区别于人的其他精神活动乃至其他艺术审美活动的独特之处。辩证唯物主义告诉我们，研究一事物要研究它与众不同的特殊规律，即该事物的本质属性，因此，研究文学的特殊本质，揭示文学的特殊规律，就构成了文学的本质论。

第二，文学来源于社会生活，但是生活自己不会变成文学作品，作品是作家有感而发创作出来的；研究从生活到作品的发生过程，以及这一过程中的心理规律、创作方法、艺术风格等，就构成了创作论。

第三，作家创作出的文学作品是由诸多要素构成的复杂结构，这种结构和构成有其自身的具体规律。比如，作家要创作一部作品，其内部要素构成是有一定规律的；同时，不同的文学作品划分为不同的类型，而类型的划分要根据作品的外部形态。因此，研究作品的内部微观构成规律，以及文学作品的外部形态规律，就是文学的构成论。

第四，文学作品创作出来，如果藏之名山，不与世人见面，那么，即使含有极高的文学价值也无法实现。而要实现价值就必须借助传播，让人欣赏，任人评说，供人研究。这其中的传播、欣赏、批评规律的研究就构成了鉴赏论。

第五，人类的文学活动是一种人类特有的历史现象，和一切历史现象一样，都有一个发生、发展的历史过程。研究文学四要素如何相互作用，如何在特定历史条件下与社会诸要素相互影响、推动，促成文学演变的外部条件与自身规律，就构成了发生发展论。

总之，文学理论的本质论、创作论、构成论、鉴赏论和发生发展论，正是与文学四要素组成的文学活动结构相对应的。这一对应不是巧合，也不是杜撰，而是文学活动的客观规律在文学理论体系结构上的正确反映。

二、文学理论与其他社会学科的关系

文学是一种复杂的人类活动，具有十分丰富的内涵与意义，与人类几乎所有其他活动都有着十分密切的联系。人们在研究文学时，也可以从不同的角度进行观察和分析，与其他社会学科结合起来进行研究，从而发现文学不同侧面的不同特性，形成文学理论的不同分支。

文学是一种社会现象，它的产生与发展都离不开一定的社会环境；文学的健康与繁荣是社会良性发展的有利条件。社会学是研究社会运行的规律，即关于社会良性运行和协调发展条件和机制的社会学科。文学研究与社会学相结合便产生了文学理论的分支——文学社会学，它侧重研究文学的社会属性，揭示文学繁荣发展的社会运行机制。

文学作为一门艺术，审美是最核心的本质特征。文学理论与美学相结合产生了文学审美学，它侧重从文学活动中审美主体与客体和谐统一的角度揭示文学艺术与人类其他社会活动不同的本质和规律。

文学艺术是展示人的内心世界的，文学创作与欣赏都是基于人的心理活动的。文学心理学借鉴心理学的研究手段与现代脑科学的研究成果，侧重揭示文学审美活动的心理过程和心理机制。

文学社会心理学并不是文学社会学和文学心理学的叠加拼凑，而是有自身独特的方法论的。它从环境与人相互作用的中介环节入手，特别有助于揭示环境是如何对人以及人的文学活动发生影响的，这对揭示文学与社会的互动机制无疑具有重要意义。

语言是文学有别于其他艺术门类的造型手段，也使文学产生了独特的审美特性。文学语言学把文学现象理解成一种语言现象，认为语言才是文学存在的本体，文学所有的艺术形象都是用语言这个载体创造出来的，文学语言学侧重从作品的言意关系以及韵律、节奏、句式、结构、手法等方面探讨文学的本质和规律。

一方面，我们要认识文学的特殊规律，强调文学理论的特殊对象和特殊方法；另一方面，我们又要看到文学与其他事物的广泛联系，看到文学理论与其他学科的一致性和互补性，努力发展文学理论的分支学科。

第三节　文学理论的研究方法

一、文学理论研究的方法论

文学理论在长期的研究实践中逐渐形成了自己独特的研究方法论及体系，这些方法论及体系增强了文学理论的科学性与实证性，为文学理论的发展提供了必要的手段。

方法论是科学研究的主体认识客体及其规律的中介，是人们从事科学活动的行为方式，是以理论和实践把握客观现实，从而实现一定目的的途径、手段和方法的总和。简单来说，方法论就是依据对象选择方法的原则和思路。

恩格斯说过：方法是对象的相似物。马克思也曾指出，探讨问题的途径和研究对象的方法应当受到问题和对象自身性质和特征的制约。马克思和恩格斯的论述正合于我们对方法须适合客体属性的认识。换句话说，有什么样的对象就必须采用什么样的方法，根据对象选择方法、原则就是所谓的方法论。

方法论是有序的复杂系统，大致分为以下三个层次：

第一，一般方法。一般方法是人类认识客体世界的最普遍、最高层次的方法，主要指哲学方法。它既是世界观，又是方法论。换句话说，它是与世界观最接近、联系最紧密的一种方法，具有最高的概括力和最广的普适性。对我们来说，这种最高层次的哲学方法即唯物辩证法。它规定了研究工作中最普通的原则，如物质与精神、存在与意识的关系等，具有很强的指导性。

这一层面还包含着相对独立的一种意义，我们姑且称之为方法科学。它是哲学观点的方法论意义的具体化、专门化，是它的完善与补充，是研究者采用的一般认识方法。如被称为“三论”的系统论、信息论和控制论等，它们不是哲学观点，也不是具体方法，我们可以称之为方法论的次高层，这些方法有着很强的操作性。

第二，特殊方法。特殊方法是指人类认识客体世界过程中所形成的具体学科的研究方法。它是一般方法在特殊研究领域中的具体实现，是在一般方法论的指导下，根据具体研究对象的特殊属性，为了解决该领域当中的一系列特有的基本问题而在研究实践中产生的。它具有很强的针对性，不能被其他方法论所代替。如自然科学和社会科学中的不同学科，都有自己独特的把握世界的角度和方法。

第三，个别方法。个别方法是指形式逻辑意义上的“推理”、“判断”、“演绎”、“归纳”、“分析”、“综合”等剖析个别问题的形式。这些形式不仅是科学研究中阐释个别观点时所运用的思维形式，也是一般口头或文字语言表达必须遵循的表述形式。此外，还包括用以解决研究过程中技术性问题的方法。如怎样获得资料，怎样处理资料的具体原则、手段、方法等。个别方法具有很强的实践性。

从方法论的三个层次可以看出，文学理论方法论是属于第二层次意义上的，即作为一门具体学科的“方法”。文学研究要用到一些具体的方法，如“推源溯流”、“考据实证”、“知人论世”等，也要运用一些个别的方法，如“归纳”、“演绎”、“分析”、“综合”等。但文学理论不是将个别方法简单、等同罗列在一起，如果这样，必将导致文艺学方法失去重心与内核，呈现各不相关、一盘散沙的状况。文学理论是针对具体的研究对象，为实现文学研究的具体目的而形成的体系，这种体系才是我们所说的文学理论方法论。具体说来，所谓文学理论方法论，就是文学理论作为一门独立的科学学科所特有的思维的原则、方式和规律。它有一定的起点（出发点）、终点（结论）和操作过程，有一定的结构、模型和参照系统。它既是一门学科层面上的方法，又是科学研究的思维模式。它是理论家、批评家研究文学本质和规律（经过思维）的工具和支撑点。

在认识文学理论方法论的时候要注意两点：

第一，作为文艺学学科的思维范式，它是在不断借鉴、移植其他科学学科的思维方法的同时丰富发展自身的。文学理论的方法论不是封闭的，它既要保持和发挥自身的特点和优势，也要不断借鉴和吸纳其他学科方法论的优点。

第二，每一种方法在给文艺学研究提供独特视角、产生独特优势的同时，也会存在一定的局限性，文学理论也不例外。这种所谓的视角，就是我们站在一个特殊的角度去观察事物的特殊的出发点，正是因为这种研究方法是特殊的，才有不可替代的地位和意义。正是因为它是特殊的，不会方方面面全部观察到，所以必须考虑其不可逾越的局限性，避免夸大文学理论方法论的适用范围和功能。

二、文学理论研究的具体方法

研究方法和手段与研究对象的感性存在方式及特殊功能结构是一致的。正因为如此，文学理论研究的具体方法才呈现出它的对象性特点，主要表现为五种方法。

（一）阅读、体验、内省法

文学作品是一切文学活动的焦点，也是文学活动信息的主要载体，当然也是文学理论研究的主要对象，而作品的基本物质形态是语言文字。文学活动的主要目的是传达和感受来自生活的审美体验，因此文本性与感受性成了文学活动的基本特征。有鉴于此，研究文学的基本方法和手段就是先阅读文本，感受作品所传达的审美体验，进而对自己的感受进行反省和把握。阅读、体验、内省法所获得的信息最直接、真实、具体，但这种方法因人而异，往往带有个体性、偶然性。

（二）归纳、演绎的逻辑论证法

文学理论研究的目的是获得对文学现象的理性认识，尽管要以阅读、体验为基础，但要达到对本质和规律的把握还必须依靠归纳、演绎等逻辑论证的方法。因此，抽象思辨能力对从事理论研究的人是不可或缺的。

（三）文献、实物与史学研究法

文学活动的文化历史性决定了文学理论研究的许多对象（如作品、作家故居、遗物、作品所表现的事物等）具有文物性，对这些对象的研究就要运用文献、实物考据等史学研究的方法。比如对手稿的研究，能够发现作者的某个作品或观点的形成过程。

（四）访谈法与心理实验法

文学活动是基于个体心理过程实现的，我们把这样的心理过程，比如创作、欣赏的心理过程，称为文学活动的内过程。文学活动的内过程不是简单的刺激反应过程，它有着丰富的内容。离开了对文学活动主体的心理研究，文学理论就难以深入下去。文学活动心理规律的研究，关键在于获取有价值的心理信息，其方法主要有以获取主观陈述性信息为主的访谈法和以获取指标数据信息为主的心理实验法。值得一提的是，以往的心理研究一般是以访谈法作为主要手段，其中又有别人采访和作者记述两种方式。随着现代科学，尤其是脑科学的发展，心理实验法越来越多地成为文学研究的手段，为文学理论由定性研究到定量研究并最终成为一门现代科学奠定了基础。

（五）社会调查与统计法

文学活动毕竟是一种社会现象，是基于人的社会交往的社会活动，这是文学活动的外过程。内心感受的获得离不开社会交往，内心感受的传达也离不开社会交往。一个作家长期离群索居，创作不出符合时代发展的好作品，一个不介入社会的读者也不会理解作品的内容。通过社会调查和统计分析获得大量真实客观的数据，是发现和掌握文学活动社会环境规律（如文学作品的传播量和阅读量与宣传活动的相关性）的重要手段。

需要强调的是，文学研究的方法是一个整体，在具体运用的时候不能过于偏执，而要根据研究对象和目的有选择地使用，这样才不失为科学的研究方法。

本章小结

本章主要讲了文学理论概述、文学理论的研究范畴和文学理论的研究方法三个方面的内容。首先，在分析文学活动“四要素”的基础上界定了文学理论的基本含义，论证了文学理论对文学实践的依赖关系，指明了文学理论在文学研究中的地位和在文学社会过程中的作用，以及学习文学理论的意义。其次，具体分析了文学理论主要研究的五大部分内容，以及文学理论的研究内容与文学四要素组成的文学活动结构的对应关系，同时论证了文学与其他事物的广泛联系、文学理论与其他学科的一致性和互补性以及文学理论的分支学科。最后，从文学理论研究的方法论和文学理论研究的具体方法两个层面阐述了文学理论特殊的研究方法。

关键概念

文学四要素	文学活动	文学理论	文艺学
文学的社会过程	文学社会学	文学审美学	文学心理学
文学社会心理学	文学语言学	方法论	一般方法
特殊方法	个别方法		

思考题

1. 简述文学理论在文学研究系统中的地位。
2. 简述文学理论在文学社会过程中的作用。
3. 谈谈你对文学理论研究方法的理解。
4. 试论文学理论的研究内容与文学四要素组成的文学活动结构的对应关系。

第二章　文学作品是社会生活在作家头脑中反映的产物

当我们徜徉在文学王国，陶醉于一个个鲜活生动的文学典型，沉醉在一个个含蓄隽永的审美意境中的时候，我们总会情不自禁地赞叹文学的神奇，感慨作家的才情。当我们接触了各类文学现象，了解了悠久的文学历史之后，常常会问：文学是什么？人类为什么需要文学？形形色色的文学现象是怎么产生的？为什么文学作品能把我们从未经历的事件和未曾谋面的人物讲述得栩栩如生？为什么优秀作品总是能拨响我们心中绷得最紧的那根琴弦，让我们大悲大喜、欲罢不能？文学到底是什么？

"文学是什么"的问题不仅在文学诞生之时就存在，而且是文学本质论的核心问题，也是文学理论首先要回答的问题。要准确把握文学的本质，就必须把文学放到人类社会这个大系统中加以考察，由一般到特殊，层层深入，直到抓住其作为人类特有的社会精神现象及艺术审美活动的特殊本质。

本章从文学的一般性本质特征的层面上，即物质与精神、存在与意识的相互关系层面上探讨"文学是什么"的问题。从该层面去分析文学活动的四要素就不难发现，"文学是什么"的问题可以被归结为文学与社会生活的关系问题，并由此引发文学反映社会生活、文学表现作家的思想感情、文学作品的真实性与倾向性、文学的人性与阶级性以及文学的民族性与世界性等五个问题。

第一节　文学反映社会生活

文学反映社会生活的问题，可以从文学的精神性与意识性、文学的社会性与历史性和社会生活是文学创作的唯一源泉三个方面去剖析。

一、文学的精神性与意识性

在文学与社会生活之间，要先确定谁是第一性的，谁是第二性的；谁是物质的，谁是精神的。从历史唯物主义角度来讲，社会生活是物质的、第一性的；文学作品是精神的、第二性的；先有社会生活这个存在，作家才能从生活中取得素材和题材，写成作品。换句话说，社会生活是文学之所以存在的基础和源泉，而文学则是作家在社会生活基础上，进行构思、创作的结果，作为社会生活的反映，它属于社会意识的范畴。

文学是人类所特有的社会精神现象，它对社会生活的反映是以人为中心的，并不是生活中的任何现象都可以成为文学现象，只有那些与人有关，特别是与人的心灵、人的内心情感世界有关的社会生活，才会成为文学作品反映的对象。正是在这一点上，文学被称为人学，人们称文学史为人心史，把文学看做人类成长的心路历程。因此，文学与哲学、经济学、政治、法律、伦理、宗教相比较，是一种特殊的社会意识形态，带有强烈的人文主义色彩。虽然文学中也不乏以人之外的动物或其他事物为主题的作品，像神话、寓言、童话等，但细心观察就不难发现，神话也好，童话也好，故事里面的主角无疑都有人的性格、人的动作、人的语言和心理活动，换言之，是人的思想在故事主角身上的投射。

文学的精神性有两层含义：一是指文学的社会属性，即文学在物质现象与精神现象两大类型中，属于社会精神现象和社会意识范畴，是第二性的，是对社会存在的反映；二是指文学的价值属性，即文学作品作为社会精神产品，其价值有物质与精神的两重性，其中精神价值是主要的，是文学价值的核心。

二、文学的社会性与历史性

文学的社会性与历史性是指文学作为人类特有的精神现象，其作品内容总是与特定的生活环境保持着内在的必然联系。例如，不同地域、不同民族的文学有着自己鲜明的特色。像俄罗斯文学中《苦难的历程》、《日瓦戈医生》、《大师与玛格丽特》等作品，往往具有俄罗斯民族深厚的历史感和强烈的人文精神。不仅如此，作品内容又总是随着生活的发展而发展。例如，不同时代的文学同样有着自己鲜明的特色，像汉赋、唐诗、宋词、元明清戏剧、现代白话小说等，大多成为一个时代或文学体裁的标志性词汇。

文学作品对社会历史状况的依赖性同样也表现在文学形式的演变上。

首先，科学技术的发展催生出新的文学体裁。比如影视文学，它随着现代科技的发展和影视设备的发展而发展，文学体裁的发生与发展是与社会的发展相关的。其次，文学作品的结构也与社会的发展有关，这种结构是与特定的民族文化传统密切相关的，民族的文化传统制约着文学作品的结构。最后，人们特定的思维与欣赏习惯也影响着作家的表现手法。在西方，人物的思想或心理活动往往通过内心独白来表达，如莎士比亚戏剧《雅典的泰门》中，对“金钱万能”的大段独白，其实就是内心活动的语言化表述。而中国小说，尤其是古代小说，更习惯利用人物的动作和语言来揭示人物的内心活动，如《红楼梦》中描写宝玉挨打这一情节时，薛宝钗和林黛玉不同的语言和动作就很好地把各自的内心活动暴露出来。薛宝钗去看贾宝玉的时候，“手里托着一丸药”，这一“托”字表现了薛宝钗欲让别人看出她对贾宝玉的关心，透露出她的心机。

在语言上，薛宝钗是这么说的："早听人一句劝，何至于如此！不用说老太太们看着伤心，就是我们心里也……"这样，她内心的活动就通过动作与语言自然而然地流露出来。与薛宝钗恰恰相反，描写林黛玉的内心活动时，小说中写道，"宝玉一觉起来，发现黛玉两只眼睛哭得又红又肿"；黛玉对宝玉说道："从今后，你可全都改了吧！"实际上，黛玉内心是不希望宝玉改的，她之所以这么说，是由其性格所决定的。

三、社会生活是文学创作的唯一源泉

毛泽东同志《在延安文艺座谈会上的讲话》一文指出：人民生活中本来存在着文学艺术原料的矿藏，这是自然形态的东西，是粗糙的东西，但也是最生动、最丰富、最基本的东西；在这点上说，它们使一切文学艺术相形见绌，它们是一切文学艺术的取之不尽，用之不竭的唯一的源泉。这是唯一的源泉，因为只能有这样的源泉，此外不能有第二个源泉。

毛泽东同志的讲话点明了文学对社会生活的依赖关系，尤其是强调了这一关系的普遍性，反映社会生活是文学活动的本质属性，具有涵盖一切文学现象的普遍意义。这种普遍性体现于以下各类文学作品之中。

（一）叙事性文学作品

叙事性文学作品中的人物、事件一般都有其直接或间接的生活原型，都是当时社会生活某种程度的真实写照。比如《红楼梦》就是作者曹雪芹根据自己少年的生活，加上自己一生的生活体验而创作出来的，正如作者所说："满纸荒唐言，一把辛酸泪。都云作者痴，谁解其中味？"另一个例子是《复活》，托尔斯泰笔下的情节，其实最初是作者在报纸上看到的一则消息：一位年轻贵族在法庭上偶然看到了过去受他引诱而沦落风尘的女子，良心发现，从而发生了后来的故事……正是一则听来的故事，使作者创作出了一部不朽的名著。同样，司汤达那部脍炙人口的名著《红与黑》，也是将报纸上两个有名的案例糅合在一起，并经过一定的艺术加工而成的。

（二）抒情性文学作品

抒情性的作品一般没有完整的故事情节，也不追求塑造完整的人物形象。但实际上，在抒情性文学作品中，作家所抒发的感情都是现实社会生活的产物，是基于对现实生活和人生经历的深刻体验有感而发的，即所谓"感物缘情"。如屈原的《离骚》、白居易的《卖炭翁》、杜甫的《春望》等，直接抒发的都是诗人的一腔愤懑之情，但这愤懑之情正是楚国欲将亡国的悲剧、唐朝的"宫市"苛政及安史之乱的生活所赋予的。试想，如果没有"烽火连三月，家书抵万金"的战事，又怎么会有"白头搔更短，浑欲不胜簪"的体验？

（三）幻想性文学作品

这类作品（包括古代神话、科学幻想和现代主义文学作品中的荒诞、变形）有一个共同的特点，其中的人物形象和事件往往是现实生活中所没有的。关于这一点，鲁迅给予我们很好的启示。在《叶紫作〈丰收〉序》中，鲁迅说："天才们无论怎样说大话，归根结底，还是不能凭空创造。描神画鬼，毫无对证，本可以专靠了神思，所谓'天马行空'似的挥写了，然而他们写出来的，也只不过是三只眼、长颈子，就是在常见的人体上增加了眼睛一只，增长了颈子二三尺而已。”鲁迅这段话肯定了幻想的现实依据，由此可以看出，不管是神话传说，还是科学幻想中的东西，都是现实生活幻化而成的。以大家熟悉的人物形象为例，如《封神榜》中的哪吒、《西游记》中的孙悟空，《宝莲灯》中的三圣母、《白蛇传》中的白娘子等，其实都是现实生活中叛逆英雄人物的化身。比较特殊的是现代派作品中的人物形象，像奥地利作家卡夫卡的《变形记》，写的是一个推销员一觉醒来发现自己变成了大甲虫之后所经历的种种不幸遭遇。这种荒诞不经的事情在现实生活中根本不会发生，但经过仔细思考，结合两次世界大战给西方普通人的生活造成的影响，人们就不难理解：这样的推销员形象其实也就是现实生活中尴尬困顿生活的反映，只不过作家做了夸张或变形而已。

（四）对历史题材、前人作品改编的作品

历史题材作品大多取材于史书，像当代二月河的《雍正王朝》、唐浩明的《曾国藩》、高阳的《红顶商人》等。这些作品的直接依据往往是史书记载，而史书上记载的不正是那个时代的社会生活吗？后世的人们可以改编前人的作品，但前人的作品也是他那个时代社会生活的反映。从某种角度讲，史书和前人的作品只是“流”而不是“源”，更何况作家在写作历史题材作品和改编别人作品时，也不可避免地要将自己生活于其中的时代、民族的烙印深深地打在作品上。比如莎士比亚的《哈姆雷特》，写的是一个丹麦王子复仇的故事，据记载，在莎士比亚的时代，有六位剧作家写过这个故事。但是，《哈姆雷特》之所以流传下来，是因为莎士比亚并没有简单地去重复这个故事，而是在丹麦王子的故事里倾注了他作为一个人文主义者的理解，让人在阅读作品的过程中，看到了当时文艺复兴时期的英国，而不是故事所写的丹麦社会生活。所以，根据史书和前人作品改编的文学作品同样是社会生活的反映。

第二节　文学表现作家的思想感情

一、作家反映社会生活的能动性

文学具有社会历史属性，它反映社会生活，这是文学与其他一切人类精神现象、社会意识形态共同具有的一般本质。文学还有自己的特殊属性和功能，这不仅表现为文学对社会生活的反映是一种能动的反映，而且表现为文学作品一定要表现作家的思想感情。

文学作品一定要反映社会生活，但社会生活本身不会变成文学作品，把社会生活变成文学作品的是作家。所以，当我们思考文学本质的时候，不仅要注意文学与社会生活两者之间的关系，还必须进一步研究作家、生活和作品三者之间的相互关系。

文学史上对三者之间的关系长期存在着再现说与表现说之争。再现说强调文学对现实的依赖关系，强调文学作品的真实性品格；表现说则强调作家在创作中的能动作用，强调作家的创造力和作品的感染力。实际上，两者都从不同的方面揭示了文学的不同的本质属性和特征，恰恰凸现了文学本质的丰富性和功能的多样性。

作家反映社会生活的能动性首先体现在对生活现象的选择上。众所周知，作家是从社会生活中选择题材的，既然是选择，就不是任何生活现象都可以作为表现对象。一个敏锐而有才华的作家，就能捕捉到生活中那细微而又具有重大意义的信息，用笔拨响人们心中绷得最紧的那根弦，在社会上引起广泛而强烈的共鸣。例如，粉碎“四人帮”后，诗人柯岩怀着无比的深情，创作并发表了长篇政治抒情诗《周总理，你在哪里》，把人们对“四人帮”的恨和对周总理的爱一下子激发出来并升华到了一个新的高度。柯岩创作的成功反映了作家对现实生活的反映应该是能动的反映，这种能动性首先体现在作家应该具备极强的敏锐性，对现实生活随时保持高度的感悟性，善于捕捉生活中有意义的现象。

作家反映社会生活的能动性还体现在对生活意义的感悟与表现上，能够在个别的具体人物和事件中感悟到其中蕴涵着的潜在而巨大的社会与人生意义，并且不仅仅停留在这种感悟上，而是创造出活生生的艺术形象，把自己感悟到的这种巨大的社会与人生意义更典型、更集中、更强烈地传达出去。同样的例子是刘心武的短篇小说《班主任》。在这篇小说中，刘心武刻画了两个人物——“小流氓”宋宝琦和班长谢惠敏。他通过描写两个人都把《牛虻》认定为“黄书”这样一个发人深省的典型情节，写出了“四人帮”长期极左思想的统治对我们民族精神造成的毒害。尤其是这一现象发生在被公认为“思想素质较高”的班干部谢惠敏身上，给人的震撼更大，这个形象表现了“四人帮”对人们思想、心灵的戕害，引起了人们深深的思考。

总之，文学要反映社会生活，但不是消极地反映，而是能动地反映；不是刻板地反映，而是创造性地反映；不是为了反映而反映，而是在能动地反映现实生活的过程中将作家感悟到的社会与人生意义传达出来。

二、作家的创造力与作品的艺术生命力

文学“是一定的社会生活在人类头脑中反映的产物”，毛泽东同志的这一论断清楚地廓清了生活、作家、文学三者之间的基本关系。

文学要反映社会生活，它所反映的是经过作家感受、体验过的，并由作家依据个人的感受和体验，运用艺术的手法加以表现的社会生活。作家在感受、体验生活时，其心理并不是一张白纸，而是以审美意识为定势，在这种定势的制约下去感受和体验生活。加之作家在表现生活时又总是在自己的审美意识的参与下发挥想象，对生活原型进行变形和虚构，并以一定的艺术手段为媒介创造出崭新的、富于艺术个性的艺术形象。这样，文学就具备了如下特点：

第一，它归根结底是以生活为原料、为基础、为前提的，不可能天马行空。

第二，它已经不是社会生活，而是作家的创造物了，它带有作家强烈的主体色彩，正如人们所说，它是作家创造的“第二自然”。所谓第二自然，一是说与物质生活等即第一自然有着千丝万缕的联系；二是说它本身已不再是社会生活，尽管它酷似第一自然，但两者有着本质的不同，因为第二自然是经过人类创造的；三是说正因为文学作品是一种创造，所以它才是一种艺术，才有感染力，才有生命力。

第三，艺术生命力来源于艺术感染力。我们不能想象一部没有艺术生命力的作品会对读者造成深深的触动；同时，艺术感染力也来源于作家的艺术创造力，艺术创造

力来源于作家对生活的独特的审美感受、发现和体验。人类的精神产品是与人类的物质产品不同的，人类的物质产品发展到了一定时期需要标准化，而精神产品却不能走标准化的道路，否则艺术便不能称为艺术。精神产品的价值就在于它的独创性，在于作家对生活的感受和体验是独一无二的。比如鲁迅的《阿Q正传》发表后，很多人惶惶不可终日，他们都从阿Q的身上看到了自己的影子。其实，在鲁迅之前，这种自欺欺人的精神胜利法普遍存在，但只有鲁迅把它通过一定的艺术形象活生生地表现出来，因此，才具有强大的生命力。不仅鲁迅如此，巴金的《家》里面，带有深深传统烙印作揖主义的觉新，老舍《骆驼祥子》里面的祥子，曹雪芹《红楼梦》里面的王熙凤以及中国古典小说里面一系列艺术形象，如孙悟空、曹操、红娘、宋江等，之所以有生命力，不正是因为他们身上凝聚了作家、艺术家独特的发现和感受吗？其实，抒情性作品也是如此。不管是李白的“举头望明月，低头思故乡”，苏轼的“明月几时有，把酒问青天，不知天上宫阙，今昔是何年”，还是马致远的“枯藤老树昏鸦，小桥流水人家”……作家的创造力与作品的生命力是有着内在联系的。准确地说，文学与生活的关系不是“流”与“源”的关系，而是“酒”与“水”的关系。审美意识是酒曲，作家是酿酒人。

三、文学作品表现作家思想感情的普遍性

文学作品表现作家的思想感情是文学活动主体性的必然表现。俄罗斯伟大的文学家列夫·托尔斯泰在谈到文艺的本质时说：“在自己心里唤起曾经一度体验过的感情，在唤起这种感情之后，用动作、线条、色彩、声音以及言词所表达的形象来传达出这种感情，使别人也能体验到这同样的感情——这就是艺术活动。”①

这就是说，文学作品表现作家思想感情的必然性是由文学艺术的本质决定的，它普遍地存在于一切文学作品中。

在抒情性文学作品中，作家的感情流露是非常明显的。如陈子昂的《登幽州台歌》“前不见古人，后不见来者，念天地之悠悠，独怆然而涕下”；辛弃疾的《水龙吟·登建康赏心亭》在抒发词人报国志愿不能实现的时候，“把吴钩看了，栏杆拍遍，无人会，登临意”；陆游的《示儿》，直接抒发了作者壮志未酬的悲愤和寄希望于下一代的无奈心情。作家的思想感情由此直接而鲜明地迸发出来，强烈地冲击、震撼着读者。

即使是在叙事性文学作品中，作家思想感情的流露也是不可避免的。如莎士比亚的戏剧和巴尔扎克的小说，表面看来，作家是在不动声色地讲述一个（或一些）人物的故事，但在情节的展开和人物性格、命运的发展中，作家的思想感情便自然而然地流露了出来。

中外文学史上都有过一些文学家、文学理论家主张在文学作品中不加入任何作家个人的思想感情，提倡绝对“客观”的写作。例如，欧洲19世纪后半叶的自然主义文学思潮及后来的英美新批评和我国新时期（二十世纪八九十年代）出现的新写实主义文学思潮，都有类似的文学主张。

---

① 伍蠡甫、蒋孔阳：《西方文论选》，下卷，433页，上海，上海译文出版社，1979。

19 世纪的法国著名作家左拉、福楼拜等都是自然主义文学的倡导者和实践者。其中比较有代表性的例子是福楼拜，在与另一位小说家乔治·桑的论战中，福楼拜明确主张作家用笔写作时应该像医生用手术刀做手术一样，绝对冷静，不动任何情感，是一种“零度写作”。但就是这位福楼拜，在创作他的代表作《包法利夫人》的过程中，当写到同名女主人公服毒自杀时，也禁不住失声痛哭起来。

应该指出的是，作家在作品中所表现的思想感情有正确和不正确之分，有自觉和不自觉之分，也有统一和不统一之分。有时，作家在作品中流露出的主观情感可能与其描绘的生活所显示出的历史发展的客观趋势相互矛盾，但这都不妨碍我们从作品中感受到作家所传达的对生活独特的感受、体验和思考。

第三节　文学作品的真实性与倾向性

一、文学作品的真实性

真实是文学艺术的生命，也是人们对文学作品最起码的要求。

不同的文学作品，真实程度是不一样的，人们对文学作品真实性的理解也有所不同。古希腊时期，人们对真实的认识是模仿，模仿得越像就被认为越真实。而中国古代文学理论对真实性的理解就要复杂得多，既要求形似（外表的真实），更要求神似（精气神韵的真实），追求的是“形神兼备”的生命的真实。

文学作品的真实性是指文学作品反映社会生活，传达作家的思想感情、审美体验所达到的准确清晰度与概括深刻度，它集中体现了文学对生活的依赖关系。

人们认为文学作品应真实地反映生活，但又不满足于生活本身的真实，要求文学作品把生活的真实提高到艺术的真实，艺术不能等同于生活，艺术的真实不能等同于生活的真实。

生活真实就是真实的生活，是指文学活动的主体所感觉到的现实生活及其品性。这里强调的是主体所感觉到的，因为真实性固然有一定的客观标准——现实生活，这毕竟是主观判断的结果，任何真实都不能够脱离人的感觉，文学的真实性是以人对现实的感觉为前提的。

艺术真实是对生活真实的提炼和加工，是文学创作主体在其所置身其中的文化背景、所使用的艺术媒介和本人的审美意识的综合作用下，利用虚构和想象进行艺术创造的结果。生活真实是艺术真实的基础，艺术真实是生活真实的升华，只有从生活真实出发，才能够达到艺术真实，也只有达到艺术真实，作家创造出来的才是作品而不是回归到生活本身。正因为艺术真实是利用想象和虚构进行艺术创造的结果，因此在感觉表象上与生活真实更加接近，具有更加丰富的内涵和更加典型的特征，在昭示生活底蕴与艺术真谛的同时，传达作家独特的审美体验。需要指出的是，生活真实与艺术真实的关系不是现象真实与本质真实的关系，它们彼此都不能够脱离对方而单独存在。所谓生活底蕴，是指现象具体而内涵深广的生活基础；所谓艺术真谛，是指艺术创作的目的是在不脱离感性材料的基础上，又能够超越现实，达到现实生活所难以达到的艺术真实的高度，具体地体现在文学主题的深刻性、文学题材的丰富性和文学作品细节的逼真程度上。

二、文学作品的倾向性

相对于文学作品的真实性，文学作品的倾向性比较复杂。

（一）文学作品倾向性的含义

既然文学是对生活的能动的反映，文学作品一定要表现作家的思想感情，那么，文学必然会带有倾向性。思想就是对对象的认识和判断，情感就是对实践客体的态度和体会；表现作家对生活的判断和态度的文学作品，就一定会包含有理想、爱憎、褒贬，这就是文学作品的倾向性。简要来说，文学作品的倾向性是指文学作品通过鲜明生动的艺术形象显示和渗透出来的作家的审美价值取向。

（二）文学作品的倾向性具有普遍意义

作家在进行文学创作时总是基于对现实世界的感受和体验、感悟与思考，也就是“有为而发”、“不平则鸣”。王维的“一生几许伤心事，不向空门何处销”，曹雪芹的“满纸荒唐言，一把辛酸泪。都云作者痴，谁解其中味”等，讲的正是个中缘由。

倾向性是文学作品的基本属性，具有普遍意义。但是，不同的文学作品所表现的倾向性有正确与错误之分，高雅与低俗之分；作品倾向性的表现也有明显与隐蔽之分。如王维的《鹿柴》：“空山不见人，但闻人语响，返景入深林，复照青苔上。”初看此诗，只是在写景，无一字写作者心情及作者对景色的评价，但结合作者当时的境遇与王维诗歌的特点，就会了解该诗的意境，以及作者的主观感受和体验。

（三）文学作品的倾向性是一种审美倾向

文学作品的倾向性是一种审美倾向，它不是外在于作品中的艺术形象，不应该由作家作为政治、道德或宗教的说教赤裸裸地说出，而应该在情节的展开、性格的发展或情境的铺陈中自然而然地流露出来。比如《西厢记》，作者王实甫通过张生与崔莺莺的爱情故事，表达了他的倾向与愿望，即“愿天下有情的都成了眷属”。通过对张生与崔莺莺之间纯真爱情的描述，对红娘促成恋爱的赞赏，对老夫人阻碍恋爱的怨恨，将作者的倾向自然而然地流露出来，而读者也通过情节的发展、人物命运的发展变化自然与作者走到一起，这是双方审美倾向的自然契合，而并非通过赤裸裸的理论宣教。

（四）文学作品倾向性的构成

1. 理想倾向

文学作品的理想倾向是指艺术形象所表现出的作家审美理想的价值取向，主要折射出作家的人生理想与道德追求。

2. 情感倾向

文学作品的情感倾向是指艺术形象所表现出的作家审美情感的态度评价，主要表现为作家作为审美主体对其所创造的审美客体的爱憎褒贬。

3. 趣味倾向

文学作品的趣味倾向是指艺术形象所表现出的作家审美趣味的追求选择，主要影响作品的艺术形式与风格的品类。王维的诗所传达的特定内容，表现了一种清冷而空静的倾向，而王实甫的趣味倾向则是热烈而乐观的。

三、真实性和倾向性的内在联系

文学作品的真实性和倾向性是对立统一的辩证关系：真实性是倾向性的基础，倾向性是真实性的主导；没有真实性作基础，作品的倾向性就是错误的倾向性；失去正确倾向的指导，作品的真实性就是肤浅的、糟糕的真实性。

正确的倾向性来自深刻的真实性之中。

“真实”的内涵不仅是个别的、孤立存在的现象的真实，更是现象间本质的必然联系的真实，是事物间符合历史的必然发展趋势的真实。

“倾向”的内涵也不仅是作家个人的、一己私心的好恶，正确的倾向性应该建立在对真实存在的深刻把握的基础之上；作家主观的“倾向”只有与生活客观的“趋向”相一致，才能赋予作品以正确的倾向性。

真实性与倾向性应该是辩证统一的。

创作出优秀文学作品的作家们，尽管大多数并不是哲学家、思想家，但凭借对生活的谙熟，以及体悟的敏锐和“天才的猜测”，都在不同程度上达到了主观倾向与客观趋势的一致，实现了真实性与倾向性的统一。巴尔扎克在《人间喜剧》中写出了他心爱的贵族阶级不配有更好的历史命运，是这种“天才的猜测”；托尔斯泰在《复活》的结尾让玛丝洛娃跟革命者西蒙去了西伯利亚，也是这种“天才的猜测”；曹雪芹在《红楼梦》中暗示了封建家族不可挽回的颓败之势，还是这种“天才的猜测”。

第四节　文学的人性与阶级性

在阶级社会中，文学表现人性与表现阶级性是密切联系的。历史唯物主义认为，随着生产力的发展和私有制的出现，人类社会开始进入阶级社会；阶级的分化首先出现在经济及作为它集中体现的政治领域，进而影响到整个上层建筑和意识形态；作为社会意识形态之一的文学不可避免地成为一定阶级的文学，打上一定阶级的烙印。

在文学实践中，《诗经·魏风》里的《硕鼠》就明显反映出当时的阶级压迫，乃至产生了对这种阶级压迫的愤怒。白居易的《卖炭翁》，鲁迅的《祝福》，贺敬之、丁毅的歌剧《白毛女》等真实反映了现实生活中的阶级矛盾；《水浒传》与《荡寇志》鲜明体现了作者截然不同的阶级倾向性，前者将起义的农民兄弟看做英雄，而后者的主题却与前者恰恰相反，是站在统治阶级的立场来描述的。在一些作品中，人性与阶级性似乎存在着尖锐的矛盾冲突。例如，《牛虻》的结尾，蒙泰尼里亲自下令杀死了自己深爱着的儿子；而苏联小说《第四十一》中的红军女军官也亲手杀死了她所心爱的白军上尉“蓝眼睛”。

上述实例说明，文学作品中表现的人性与阶级性往往交织在一起，呈现出复杂的情况；那么，究竟应该如何看待这些问题呢？归结到一点就是：文学有没有阶级性？文学能不能表现不带阶级性的（或者叫“纯粹的”）人性？文学作品中表现阶级性与表现人性的关系是什么？

一、文学表现人性

（一）人性在文学中的表现

李白的《静夜思》传达出了思乡之情，是人类共有的情感，因此广为流传。思乡主要是思念家乡中的人，杜甫在《月夜》中“遥怜小儿女，未解忆长安”，非常真切地表现了诗人身陷长安，对妻子儿女的深深思念之情；苏轼《水调歌头·明月几时有》开篇的小序“大醉作此篇，兼怀子游”，主要抒发了诗人思念兄弟之情，这些都是“人之常情”。王之涣的《登鹳雀楼》写的是登高望远所产生的心胸开阔的舒畅之情；李白的《听蜀僧浚弹琴》表现出的是聆听了美妙的音乐之后那种对艺术美的陶醉之情，也是人类共有的情感。

（二）人性的含义

马克思在《1844年经济学哲学手稿》中说，一个种的全部特性、种的类特性就在于生命活动的性质，而人的类特性恰恰就是自由的自觉的活动。类特性，指的就是人类作为一个有别于动物的特殊的生命群体所共有的特性，就其内部来讲，凡是属于人类的个体，都一定会具有的属性。类与类之间，为此一类区别于其他类的特殊性，也就是说，类的内部是普遍的，类的外部是特殊的。从哲学意义上来说，自由即为对必然的认识，自觉是行为的目的性。人的行为与动物的行为比较起来，前者的行为是建立在对自然界本质和规律的认识基础上的，是掌握规律、顺从规律、利用规律的过程，人的行为之所以是自觉的，是因为人的行为是有目的的。“再蹩脚的建筑师也比最聪明的蜜蜂强过百倍”，因为人不是按照本能去建造，而是按照规律去创造。

马克思在《关于费尔巴哈的提纲》中还说过：费尔巴哈把宗教的本质归结为人的本质。但是，人的本质并不是单个人所固有的抽象物，人的本质在其现实性上是一切社会关系的总和。

费尔巴哈之前的欧洲神学认为人的本质就是神的本质，上帝按照自己的面貌创造了人类。费尔巴哈打破了这种观点，提出并不是神创造了人，而是人按照自己的意志创造了神，说明神的本质就是人的本质，但他又提出人的本质为爱，陷入了历史唯心主义，马克思扬弃了他的观点。

人的本质在现实性上是一切社会关系的总和，人的本质就是自由自觉的生命活动，是人类在社会实践中形成的。没有人的社会行为，没有人与人的沟通，就不会有语言的产生。人脱离动物，发展为人类，是在社会交往和活动中完成的，在这一点上，人的本质从具备产生这种本质的可能到成为现实，其条件就是必须在社会关系中进行生产劳动。

“他们的需要即他们的本性”（《德意志意识形态》）。说明了人的本性与人的需要之间的内在的必然的联系，人的本性在实践中成为一种现实，与需要有关，有什么样的需要就有什么样的动机，有什么样的动机就有什么样的行为，有什么样的行为就会使主体的个性得到怎样的发展。对这句话的理解有以下三点：

第一，对人性的理解关键在于对人的本质的理解；而人的本质的核心是自由自觉的生命活动。这一点是人有别于动物的根本区别，也是人性的本源。

第二，人性与人的本质的发展目标和根本动力就是满足人的全面需要。如果单纯讲需要，任何生物都有，动物也有，人的需要比起动物的需要更为全面，不仅包括物质的，还有精神的。而动物则不然，即使有些高级动物有精神需要的萌芽，但它的发展是不完善的。动物的需要主要表现为物质性的。

第三，人性的构成与人的本质的表现形态是自然属性与社会属性的统一。过去有一种观点认为，人性主要为人的社会属性，我们认为，人性既包括人的社会属性，也包括人的自然属性，后者是从前者逐步发展而来的。比如人有爱美的追求，但它是从劳动中发展起来的，由贝壳发展到花草，直至今天的服装艺术等。

当人具备了社会属性之后，人的自然属性也开始区别于动物的自然属性。我们今天的饮食不仅是为了解决生存的需要，而且已经发展成为一种文化；我们要结婚，马克思说，人的第一种关系就是两性关系，但这与动物的性本能有着本质的不同，人的两性关系已经成为社会关系的一种，成为人的社会属性的重要组成部分。“妇女解放的程度标志着人类解放的程度”，其实就是这个道理。人的属性是自然属性与社会属性的辩证统一。

二、文学表现阶级性

（一）文学表现阶级性问题的两种针锋相对的错误看法

一种观点认为，表现阶级性的文学是无产阶级的，表现人性的文学是资产阶级的。我国“文化大革命”前后曾有相当一部分人持此观点。

另一种观点认为，表现阶级性的文学是虚假的，表现人性的文学是真实的。现在一部分人持此观点。

这两种观点看上去针锋相对，但实际上却有相同之处，那就是都把人性和阶级性完全地对立起来，这显然是片面的。那么，应该怎样理解阶级性呢？

（二）阶级性的含义

第一，阶级性是人性发展的历史性产物，它不是凭空而来的，而是历史发展的结果，是人性的历史发展，人性发展到了一定的历史阶段就表现为阶级性，或者说，人性很重要的一部分表现为阶级性。

第二，阶级社会中，人的阶级性是人性中最重要的属性之一。阶级性就是阶级社会中人的重要属性，人性之所以带有阶级性，是因为社会中出现了阶级划分、阶级矛盾、阶级斗争，这些社会存在必定要反映到人的头脑和意识中，人对这种社会存在的意识便是阶级意识。

第三，人的阶级属性是比较容易变化的人的属性；人的阶级属性主要表现在两个方面：一个是人的阶级地位，另一个是人的阶级意识。阶级地位决定阶级意识。众所周知，人的阶级地位不是一成不变的，有时候变化很频繁。人的阶级意识往往具有相对的稳定性，并不随着人的阶级地位的变化而立刻发生变化。最好的例子便是鲁迅笔下的孔乙己：“孔乙己是唯一一个穿着长衫却站着喝酒的人。”

第四，人的阶级属性不等于人的社会属性的全部。在阶级社会中，人的阶级性是人性中重要的组成部分，但毕竟不是全部。阶级性会深刻地影响其他的社会属性，这些社会属性不会变成阶级性，反过来也会很深刻地影响阶级性。总之，在理解文学的阶级性时，要把它看做社会的历史现象来看待，阶级性虽然重要，但不能够涵盖一切。

（三）文学阶级性的根源

第一，来自文学的土壤——社会生活本身的阶级性。

第二，来自作品创作的主体——作家的阶级性。我们说，在阶级社会中，人总是隶属于一定阶级的，因而人本身就具有阶级性。具有阶级性的人创作出的文学作品，往往会把自身的阶级性表现出来。施耐庵与俞万春之所以不同，就因为所属阶级不同。

第三，来自作品阅读的主体——读者的阶级性。作品一旦产生，就是一个客观存在的客体，其价值如何实现，与如何阅读及阅读的效果有关。同样是一部作品，“有一千个读者就有一千个哈姆雷特”。因为读者本身也参与了艺术形象的再创造。读者赋予了作品一定的意义创造，在此过程中，读者的阶级属性自然要影响到其接受活动，以及对作品意义的阐释。

第四，来自统治阶级文学政策的阶级性。一个社会的统治阶级，总是从本阶级的利益出发，去规范一个社会的文学活动。

（四）文学阶级性的复杂表现

文学作品是整体性地表现人性的，在成功的文学作品中，人性与阶级性往往是纠缠在一起的。

同时，社会阶级内部也并非铁板一块，同一阶级内的不同阶层，其思想意识及其表现往往十分复杂。例如封建地主阶级内部的知识分子阶层比起统治阶层往往表现出更强的清醒意识和批判精神。而同一阶级处于不同的历史发展阶段中，其阶级性也会表现出很大的差异性。所以，并非同一阶级的思想意识就完全相同，其阶级性的表现就毫无二致。

另外，阶级性还受社会矛盾的左右，阶级矛盾并不总是社会的主要矛盾，文学不能总是以表现阶级性为主。如抗日战争时期，在民族矛盾大于阶级矛盾时，文学就应该以民族大局为重，全力为这个大局服务。

在阶级社会中，特别是在思想上，各阶级间是相互影响的，马克思有一个著名论断：“统治阶级的思想就是统治的思想。”统治阶级对整个社会的思想影响是相当重要的，譬如阿Q的精神胜利法，并不是他所在的雇农身份所具有的，而是当时统治阶级的思想对整个社会的毒害。日本的军国主义思想不也是毒害了一部分日本人民吗？德国法西斯主义不也是毒害了一部分德国青年吗？

总之，在文学的阶级性与人性的关系上，我们要采取实事求是的态度。

三、文学表现人性与表现阶级性的关系

（一）阶级性与人性的关系

1. 普遍性与特殊性之间的相互关系

矛盾的普遍性就是人性，而阶级性是人性发展到阶级社会之后一种特殊的产物。辩证唯物主义认为，矛盾的普遍性是要通过矛盾的特殊性来体现的，因此，在阶级社

会中，人性的许多方面都要受阶级性影响，甚至通过它来表现，但这并不意味着人性就是阶级性。

2. 主要矛盾和次要矛盾的相互关系

一般说来，当阶级斗争十分激烈的时候，阶级性就成为社会的主要矛盾，趋于缓和的时候，人性当中的阶级性就不是社会矛盾中的重要方面。

3. 事物发展的总体性特征与阶段性特征的相互关系

人性是人类发展整个过程中的特征，而阶级性则属于一种阶段性的特征。对此，鲁迅对文学中的人性和文学表现阶级性说了一句非常中肯的话："在阶级社会中，文学都带阶级性，但都带并非只有。"

（二）文学作品实例分析

1.《离离原上草》的价值及问题所在

1982 年发表的《离离原上草》，叙述了发生在特定历史背景下的关于阶级仇恨的故事。故事中有三个人物——国民党军官、八路军女干部、善良的农妇。一次，八路军女干部发现了在农妇家里养伤的国民党军官，阶级仇恨使双方相互射击，结果农妇用身体阻挡，身受重伤。新中国成立之后，这三个人彼此失去了联系。鬼使神差，国民党军官的儿子与八路军女干部的女儿产生了爱情，当双方的家长知道后，百般阻挠。后来，国民党军官和八路军女干部在看望弥留之际的农妇时，再次相遇，在农妇的遗言中，他们看到了爱的力量，最终促成了儿女的婚事。作品发表以后，社会上展开了热烈的讨论。应该承认，该作品里的历史纠葛与人物性格的冲突，质疑"斗争哲学"，对赞美善良与爱心，呼唤谅解与宽容，恢复一种和平宽松的环境具有一定的积极意义；但是也应该看到，作品中的形象有概念化的倾向，它将人性与阶级性做了概念化的理解，特别是善良的农妇，某种程度上缺乏现实感；而理想主义的大团圆结局更体现了作者对人性的理解失之偏颇，削弱了作品应有的思想深度和艺术震撼力。

2.《第四十一》表现出的复杂而严酷的真实性

《第四十一》的主要内容是一个红军女战士负责押送白军军官，路上遇到了恶劣的天气，所乘的船漂流到了荒岛，生存的本能使他们暂时忘记了阶级的仇恨，在合作中产生了爱情。终于有一天，一艘轮船向荒岛驶过来，当白军军官发现那是白军的船时，他不顾女战士的警告，向自己的船只方向跑去。在几次示警无效的情况下，女战士向他开了枪，白军军官成为在她枪下死去的第四十一个敌人。

与《离离原上草》相比，《第四十一》表现出了人性的复杂性和丰富性；人性不仅有爱，也有恨，这爱和恨也可以成为阶级的爱和恨，阶级性不过是人性历史发展到一定阶段的产物，不是孤立的表现，而是联系的。该作品表现出了人性的现实性，即它也会随着环境的变化而变化，例如当白军军官和红军女战士漂流到荒岛的时候，两个人的阶级性矛盾退居到了第二位；而发现白军的轮船时，阶级性再次浮出了水面。而且，悲剧性的冲突和严酷的结局也强化了作品的思想深刻性，使作品饱含艺术震撼力。这部作品并没有写人性与阶级性的调和，而是写出了随着环境的变化，人性与阶级性的相互转移，说明了阶级性转移之后并不意味着阶级性的消失。总之，阶级性与人性既是相互统一的，也是相互矛盾的。

3.《牛虻》在深刻的冲突中展示丰富的人性

《牛虻》主要讲述了这样一个故事：亚瑟与主教蒙泰尼里从小生活在一起，但他不知道对他关心备至的主教就是他的父亲。随着时间的流逝，亚瑟在学习和与朋友的交往过程中，开始倾向革命派，并最终成为坚定的革命者。后来，行动失败，亚瑟被捕，主教蒙泰尼里迫于压力不得不亲自将自己的亲生儿子送上刑场。但是，由于内心的谴责和无比的懊悔，主教蒙泰尼里不久也自杀身亡。在故事中，我们看到，蒙泰尼里对亚瑟的爱是被扭曲的，这种爱在没有阶级意识介入之前，是相安无事的。但是，当涉及阶级利益的时候，人性便与阶级性产生了巨大的矛盾冲突；蒙泰尼里最终选择“大义灭亲”，显示了阶级性作为社会理性的制约作用；而他最终选择自杀也是人性的一种体现，是符合人性的现实的。

（三）启示与结论

第一，人性是在个体成长中发展的人类的共同属性，它是现实的、历史的、丰富的；人性之所以强调个体，是因为它只有在个体身上才能具体体现出来。

第二，正像人的社会属性是从人的自然属性中发展出来的一样，阶级性也是从人性中发展出来，并在阶级矛盾达到一定程度时，从个体或事件的对峙中表现出来的。

第三，阶级性是人性发展的阶段性的普遍形态，在阶级社会中，人性“带有”阶级性，但并非“只有”阶级性。

第四，人性发展就是人性不断丰富的过程：带有阶级性的人性是对原始人性的一种超越，而未来无阶级社会的人性又将是对带有阶级性的人性的又一次超越。从这个意义上说，我们主张慎用“人性复归”这个概念。

第五节　文学的民族性与世界性

一、文学的民族性

（一）文学民族性的含义

文学的民族性是指民族作为一种大型地域性群体，其语言、思维方式、生活方式、心理结构、精神信仰等方面的特性对文学的影响，从而形成的本民族文学在内容与形式上表现出来的有别于其他民族文学的整体特征。民族是一种大型地域性群体，既与地域有密切关系，也有语言、思维方式、生活方式、心理结构、精神信仰等方面的特性，它们都会对民族的文学产生影响，这些影响表现在内容和形式的各个方面，是一种整体性特征。

文学的民族性是在文学的历史发展中逐渐形成并不断演变的。它是历史现象，今天我们对民族性的理解仍然要按照历史的观点去理解，不能把民族性看成一成不变的。

文学的民族性主要是由创作与欣赏主体的民族性、表现对象的民族性以及民族的文学传统造成的。

（二）文学的民族性在文学作品中的表现

第一，在文学作品的内容上，民族性主要表现在叙事性作品中人物性格的刻画、风俗风景的展示以及抒情性作品中具有民族特点的情感、心理的抒写上。例如，《玉堂春》与《茶花女》写的都是旧时代被侮辱与被损害的女性的悲惨生活，但是《玉堂春》所表现的是文弱书生加多情女子再加英雄好汉的传奇故事，而《茶花女》所表现的则是充满西方的骑士精神的爱情悲剧，两者之间有很大的区别，主要在于其所表现的民族精神的不同。

第二，在文学作品的形式上，民族性主要表现在作品语言民族特性的发挥、作品结构及表现手法与民族思维及欣赏习惯的吻合上。汉语特别讲究平仄、韵脚，而西方的语言没有四声，因此，东西方诗歌的表现手法是不同的。在结构上，东西方文学也很不一样：中国传统文学作品往往结构是单线的，结局是大团圆的；西方文学作品的结构往往是多线索的、复调的立体结构，结局虽有大团圆但更多的是悲剧性的。这是不同民族的欣赏习惯造成的。同样是表现人物的心理，西方文学在描写人物心理时，喜欢运用内心独白、作者旁白等手法；而中国的小说则善于用动作、表情去间接地透露出自己的心情。

（三）文学民族性的意义

第一，文学作品具有民族特点，才能为本民族的读者所喜闻乐见，利于文学创作的繁荣，丰富和发展本民族的文学传统，发挥文学的社会作用。

第二，文学作品只有具备民族特点，才能在世界文学中获得应有地位，利于民族文学的广泛传播，促进各民族间的文学和文化交流。而且越具有民族特性的东西越能够被世界所青睐，即“越是民族的便越是世界的”。对这一点，鲁迅指出：“现在的文学也一样，有地方色彩的，倒容易成为世界的，即为别国所注意。”①

二、文学的世界性

（一）文学世界性的含义

文学的世界性是指不同民族的文学在其形成、发展过程中共同存在或彼此影响、认同的人类文化共性以及由此形成的文学上的共同特征。

文学的世界性是在各民族文学共同发展的历史过程中逐渐形成的，特别是近代以来，文学以加速度的发展趋势超越了区域文化的界限，成为各民族精神文化相互沟通和影响的桥梁。

（二）文学的世界性与人文主义的文化精神

文学的世界性是以文学中所表现出来的人文主义为纽带而发展起来的，人文主义的文化精神是贯穿于不同民族的文学中并被各民族共同认同的人类文化共性，这种认同在西方文学和中国文学中均有所表现。

1. 在西方文学中

古希腊、罗马时代，人们在不断探索外部世界的同时，也不断探索人自身的特性，肯定人的生存意义和价值。古希腊三大悲剧诗人之一的索福克勒斯在《安提戈涅》中写道：“世界的奇物珍宝可真不算少，像人这样美妙的却很难找。”这种人文主义精神

① 《鲁迅全集》，第13卷，81页，北京，人民文学出版社，2005。

是欧洲文艺复兴运动直接的思想源头。

文艺复兴运动提倡以人为中心的人道主义思想，首要特点就是歌颂人的伟大，赞扬人的价值，肯定人的尊严。莎士比亚在《哈姆雷特》中赞美道："人是多么了不起的一件作品！理想是多么高贵！力量是多么无穷！仪表和举止是多么端正，多么出色！论行动，多么像天使！论了解，多么像天神！宇宙的精华！万物的灵长！"

启蒙运动时期，一些思想家又纷纷提出"天赋人权"、"人生而自由"、"法律面前人人平等"等，用以反对中世纪教会神学对人性的束扼。

19世纪的浪漫主义文学、批判现实主义文学抨击资本主义社会的不合理现实，20世纪的现代主义文学暴露了晚期资本主义社会给人的精神世界造成的尴尬与窘迫，这些思潮都从不同的侧面寻求人的解放、自由与和谐发展。雨果的《悲惨世界》，巴尔扎克的《人间喜剧》，托尔斯泰的《安娜·卡列尼娜》、《复活》等著名作品都明显地表现出了对黑暗现实的抨击及对美好社会的追求。

进入后工业时期，人类创造的巨大财富没有给人类带来幸福，反而带来了深刻的灾难，尤其是两次世界大战，这种破坏性非常明显。20世纪的现代主义作家们着力暴露物质崇拜对人的精神世界造成的尴尬和窘迫。

总之，在西方文学发展史中，我们可以看到作家们始终不渝地表现着人的解放和世界自由和谐的发展。

2. 在中国文学中

先秦时期，于百家争鸣基础上脱颖而出的儒道两家文化思想尽管特色鲜明，但在"以民为本"这一点上却十分一致。无论是"不语怪力乱神"的儒家，还是"道法自然"的道家，比起欧洲中世纪的教会统治，都十分明显地更加注重人本身的问题。

儒家提倡"仁者爱人"，追求"修身齐家治国平天下"的理想，强调人的品性、修养，强调人的群体性，调整人际关系，规范社会秩序；相比较而言，道家肯定人的自然本性和自然发展，也更加符合艺术的自然本性。中国古代文学历来十分关注民间疾苦，从屈原《离骚》中的"哀民生之多艰"，到杜甫的"三吏"、"三别"及白居易的"唯歌生民病，但伤民病痛"，都先把文学的笔触锁定在百姓的生活疾苦上，而后才是追求人的自由发展，反映人的率真童心与真性情。如李白"安能摧眉折腰事权贵，使我不得开心颜"、王实甫"愿天下有情的都成了眷属"、汤显祖《牡丹亭》中杜丽娘可以为情而死，也可以为情死而复生。曹雪芹在《红楼梦》中更是提出了反对功名利禄、仕途经济，追求人本身的自由发展。这些都代表了关注人的自由发展的可贵传统，是中国文学中人文精神的杰出代表。

（三）文学世界性的发展走向

现代社会，人类普遍存在的社会问题越来越多，共性越来越强，在文学表现过程中共同的话题也越来越多，比如环境问题、贫穷问题、战争问题等。而且，随着现代社会、媒体、传播的发展，不同民族的思想、文化交流及文学交流越来越频繁，使以人文主义为特色的东方文化和以科学主义为特色的西方文化由以往的对峙转变为在现代社会中以更多的冲撞与交流为主流。文化上的大趋势把人类的艺术表现对象，通过民族特色的艺术创新，上升为世界性民族精神的主要内涵。

三、文学民族性与世界性的关系

（一）文学民族性与世界性的历史生成

第一，我们今天的人类文化是世界性的，它是由远古时期的部落文化发展而来的。这一时期尽管生产力低下，但人类还是创造了自己的文化，这种初期的文化更多的是属于本部落的。随着生产力的发展，人类活动范围的扩大、交往的频繁，部落文化发展为几个部落组合而成的部族文化，部族文化又发展成为地区文化。同理，不同地区的文化随着相互交流和碰撞又逐渐产生了民族文化，民族文化的相互交流又产生了世界文化。文化如此，文学也是如此。

第二，融合过程以及不同阶段之间的相互差异是相对的。对于地区文化来说，民族文化是一个更大范围的文化，表现为共性，地区文化表现为个性。民族文化与世界文化也是个性与共性的关系。而且，两者之间是可以相互转化的，但这种转变与融合并不意味着取代。例如，部落文化发展为部族文化，并不意味着部落文化的消失。部族文化转变为地区文化，地区文化转变为民族文化，民族文化转变为世界文化也是同理。就中华民族文化来说，我国有南方的精巧细腻的文化，也有北方豪放粗犷的文化。以宋代的词为例，既有苏轼的“大江东去”之豪放，又有柳永的“杨柳岸晓风残月”之婉约，这都是中华民族文学不可分割的一部分。从地区文学的角度看，它们又都有其独立存在的意义。

第三，民族文学向世界文学的发展有一个过程。我们国家的文化有文字记载的可以追溯到5 000年以前。公元前 11 世纪，武王建周，促使以“尊神”为特征的殷商文化与以“尊礼”为特征的周朝文化融合成“商周文化”。在此基础上，产生了由齐鲁文化和三晋文化为代表的黄河流域文化。以功利、说教、纪实、节制等伦理因素见长的黄河流域文化与由荆楚、吴越、巴蜀文化构成的以唯美、抒情、想象、率性等自由精神见长的长江流域文化相融合，共同构成了中华民族文化的血脉。

与此同时，古印度文化、古埃及文化、古巴比伦文化也同样在冲突与融合中发展起来。继而又崛起了古希腊和古罗马文化。在长期的民族融合兼并、东西碰撞交流中，形成了以印度佛教文化和中国儒家文化为核心的更大地区范围的东方文化，以希腊和希伯来文化为基础的西方基督教文化和以阿拉伯世界为代表的伊斯兰文化。三大文化既冲突又融合，进而形成了今天的世界文化格局。从以上世界文化格局总体的发展过程同样可以看到，世界文学也是基本上应和了这个过程。

（二）文学民族性与世界性的对立统一关系

文学民族性与世界性的对立统一关系，是普遍性与特殊性之间的关系，文学世界性的普遍性是存在于文学民族性的特殊性之中的。正是在风格迥异的民族文学之中，体现了共同追求人性发展的人文主义的共性，形成了世界文学的总体特征。文学世界性的普遍性体现在文学的民族性之中，这是一种相融的关系。另外，世界性的东西也不能代替民族性的东西，摇滚与卡拉 OK 的浮躁、激烈毕竟无法代替《高山流水》、《二泉映月》的悠扬婉转。

本章小结

本章从文学的一般性本质特征的层面上探讨了“文学是什么”的问题。文学作为一种人类特有的社会精神现象、一种艺术活动，其基本特征在于它的社会属性。一方面，文学作品总是现实生活的某种形式的反映，作品不可能与作家生活的时代、地域、民族、阶级毫无联系；另一方面，作家们又总会以某种方式将其思想感情流露在作品中。要准确把握这一特征，必须深入了解在文学实践中生活、作家、作品三者之间的相互关系。第一，要了解文学反映社会生活的本质性特征；第二，要了解文学表现作家思想感情的目的性特征；第三，要了解文学作品的真实性和倾向性及其相互关系；第四，要了解文学的人性与阶级性以及民族性与世界性等文学的价值形态特征。

关键概念

文学的精神性	文学的社会性与历史性	再现说	表现说
文学的真实性	生活真实	艺术真实	文学的倾向性
理想倾向	情感倾向	趣味倾向	人性的本质
阶级性	文学的阶级性	文学的民族性	文学的世界性

思考题

1. 怎样理解文学作品的真实性和倾向性的内在联系？
2. 怎样理解生活真实与艺术真实的关系？
3. 怎样理解文学民族性与世界性的相互关系？
4. 联系文学活动的实际，谈谈你对“生活、作家、作品”三者关系的理解。

第三章　文学是人类特有的审美活动

如果说文学作为一种意识形态，其社会属性构成它的一般本质，那么，作为一个艺术门类，文学的审美属性就构成了文学区别于其他意识形态的特殊本质，即文学艺术特有的价值和功能。

对于“文学是什么”这个问题，仅仅回答说“文学是人类特有的精神现象”是不够的，这其中揭示的意识形态性以及相关的实践本质、反映特性、表现特性、阶级性、民族性等，并不是文学特有的，一切“人类特有的精神现象”几乎都具有这些特征，这些只是文学与一切“人类特有的精神现象”共有的一般规律，而不是文学作为艺术的特殊本质和规律。什么是文学的特殊本质和规律呢？要回答这个问题，必须先把文学从一切“人类特有的精神现象”这个大范围中进一步剥离出来，看看文学作为艺术，与一切“人类特有的精神现象”中的非艺术现象有什么不同之处，与其他艺术现象有什么相同之处，在这些为艺术所特有，而为非艺术所没有的现象中所显示出的，就是文学艺术的特殊本质和规律。在这一研究中我们不难发现，审美特征和审美价值是文学作为艺术的最为重要的本质特征。

文学的审美特征包括文学审美特征的根源和文学审美特征的表现；与文学的审美特征密切相关的是文学的审美价值。本章从文学的审美特征和文学的审美价值两个方面，阐述了文学的形象性、情感性、理想性、哲理性以及文学的社会功能等一系列问题，从而揭示了文学存在的特殊价值和特殊方式。

第一节　文学审美特征的根源

认识文学审美特征的根源可以从人的本质力量的对象化、艺术地掌握世界的方式和审美情感体验的传达是一切艺术的共同本质三个方面入手。

一、人的本质力量的对象化

先来看审美活动：文学是人类一种特殊的精神活动——审美的艺术活动。上一章讲述了文学的意识形态性、精神性，而人类的精神现象很多，文学是一种特殊的精神现象，其特殊性就在于文学是一门艺术，是一种审美活动。

再看审美活动的本质：美的本质与人的本质具有一致性。了解美的本质就必须了解人的本质——人不仅是理性的动物、社会的动物，而且是审美的动物，在审美活动中集中体现了人的本质力量，审美活动的本质就是人的本质力量的对象化，文学活动的特殊本质在于文学的审美特征，而文学审美特征正是源于人的本质力量的对象化。

（一）人的本质力量

人的本质是人自由自觉的活动。人的本质力量是指人类自由自觉的创造能力，包括人的脑力和体力。自由是对必然的认识和掌握；自觉则是行为的目的性。正是在这两点上，人将自己与动物彻底区分开来。

（二）对象化的过程就是实践活动的过程

人的本质力量对象化就是人的实践活动过程。人的实践活动是连接主客体、沟通主客观的唯一桥梁。一方面，主体要想施加影响于客体，只有通过实践；正是在实践活动中，人感受客体、掌握客体；客体不再是外在于主体的纯粹的“物自体”，而成为对主体有意义的对象性客体。另一方面，主体成为与对象相关的实践性主体。读者在阅读小说时，小说不再外在于读者，而成为对象性的客体；在阅读之前，小说只是一个文本，经过阅读才成为小说，即文学接受活动的对象性客体。主体也成为与对象性相关的、被作品感动着的阅读主体、欣赏主体和审美主体。

我们所说的实践活动是一种广义的实践活动，包括人对客观世界的精神掌握。科学实验活动是实践，对事物的思考也是实践。思考着的人本身就是实践的主体。换句话说，凡是属于人类的活动都可以称为实践。

（三）人的本质力量对象化的结果就是对象的人化

读过苏轼的《水调歌头·明月几时有》与李白的《静夜思》的读者，都会感觉到这两首诗歌里的月亮已经不再是单纯的月亮，而是寄予了人的思想感情的月亮，而这种人对自然的主观感情投射就是自然的人化，被寄予了人的思想感情的自然就是人化的自然。其实，文学作为一种艺术作品，正是人所创造的“第二自然”。所谓第二自然，就是经过人化的自然，每一部作品都是人所创造的第二自然，每一部文学作品都是一个小的自然、小的世界。

人在什么情况下才能“看见”自己呢？答案应该是在人化的自然中。人在对象上确认自己，在对象上直观自身。人在对象上直观自身时，会感觉到自己自由创造力的存在，产生由衷的喜悦之情，这种在对象上直观自身的活动就是审美，由此引起的喜悦之情就是审美体验。

（四）人在对象上直观自身，是美感产生的直接根源

人在对象上直观自身就是在对象上自我确认，这种自我确认所带来的无功利喜悦

是引发和构成美感的基本要素。黑格尔曾经举过的一个例子就很好地说明了这个问题：一个男孩在湖边打水漂，石子在湖水中荡起涟漪；小男孩看见涟漪时心中产生喜悦，这种喜悦又促使他不断地向湖水中扔石子，从而喜悦接踵而来。这种喜悦正是源于对象化的结果，即美感的直接来源。

二、艺术地掌握世界的方式

马克思在《〈政治经济学批判〉导言》中谈到科学思维时指出：思维着的头脑……用它所专有的方式掌握世界，而这种方式是不同于对世界艺术的、宗教的、实践——精神的掌握的。马克思这里所谓“思维着的头脑”，是指研究政治经济学时人们的思维方式。研究政治经济学是一种科学研究，这句话实际上指出了科学研究这种实践活动是与其他活动不同的。那么艺术地掌握世界的方式与之有什么不同呢？

（一）掌握世界——实践活动

“掌握”这个词汇，在黑格尔那里是为了说明绝对理念这样一个精神实体在发展过程中是如何变化为各种不同的现实的，说明客观精神的发展历程。马克思接过德国古典哲学尤其是黑格尔常用的概念——“掌握”，扬弃了它客观唯心主义的成分，赋予了它唯物主义实践论的内涵。因此，在马克思这里，“掌握”就是广义的实践活动。

（二）掌握世界的方式——主客体关系

不同的“掌握世界的方式”即不同的实践方式，从精神价值层面上讲，可以归纳为求真的科学实践活动、求善的伦理道德活动和求美的艺术活动。这三类活动是三类掌握世界的典型方式，根本的不同点在于掌握世界时主客体之间关系的不同。

1. 在人的需求层次结构中，真善美的追求分别满足人的不同需求

依据马斯洛的需求层次理论，人的需求是复杂多样的，这复杂多样的人的需求大致可以区分为五个层次（见图 3—1），由低到高依次为：生理需求、安全需求、社交需求、尊重需求和自我实现需求 。

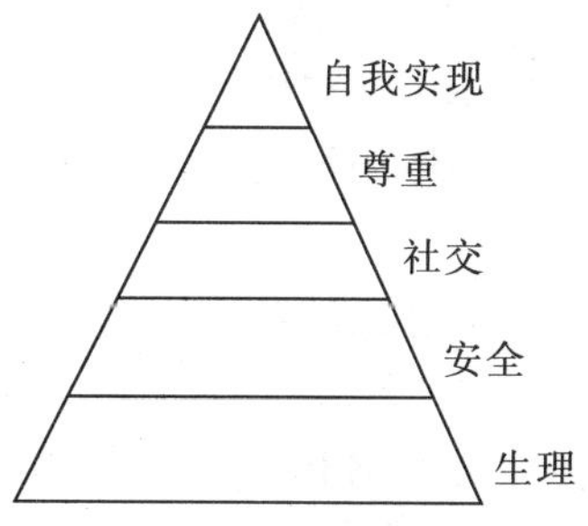

图 3—1　马斯洛的需求层次理论

其中，求真主要涉及“生理”与“安全”需求层次，属于对象世界；求善主要涉及“社交”与“尊重”需求层次，属于价值世界；而求美主要涉及“自我实现”需求层次，属于生命本体。

马斯洛认为，人在基本需求得到满足以后，才会追求更高的需求。随着社会发展，满足低级的需求会逐渐减少，而高级需求会逐渐增多。

2. 在追求真善美的实践过程中，主客体之间的联系与区别

求真——主体向客体靠拢。为了满足生理需求，必须从自然界获取食物；为了满足安全需求，必须认识来自周围的危险以及自然界的客观规律，也只有行为满足客观规律，才会有安全感。此时人关注的对象主要在自然界和社会，其中自然界是主要的。

求善——客体向主体靠拢。善的概念是在社会生活中产生的，是一种价值判断。要处理自己与他人的关系，就必须规范自己的行为，使自己的行为符合整个社会的价值观念和游戏规则，符合就是善的，不符合就是恶的。对善的追求面临的是价值世界，发生作用的领域主要在“社交”和“尊重”层次上。

求美——主客体的相互契合。对美的追求既不是为了填饱肚子，也不是为了社会一般的功利性认可，而是对现实的一种超越，对生命本来价值的追求，是更高层次的追求，是自我实现的需求。

总体来讲，对美的追求是高级的追求，社会发展的程度越高，对美的追求也就越高。

3. 在实现真善美的心理过程中，主导心理要素的联系与区别

求真——理性精神的王国。求真即追求真理，真理的标准是客观的，因此，追求真理的过程是主体向客体靠拢的过程。

求善——动机与意志的主宰。求善是客体向主体靠拢的过程，善是主体对客体的价值判断，善与恶因主体的不同而不同。人们追求善会促使实践的对象尽可能地符合自己的需要。

求美——情感体验。既不是主体靠近客体，也不是客体靠近主体，而是追求主体与客体相互契合的境界，即天人合一、物我两忘。只有在求美的过程中，人们才能够实现物我、天人相和谐的境界。

（三）艺术地掌握世界的方式——主客体相互契合的统一

其实，不管是求真、求善还是求美，都不是单一的一种心理要素在发生作用，而是综合发生作用的结果，但综合作用总有一个统一的基点，在求真的过程中，知情意统一于“知”，在求善的过程中，知情意统一于“意”；在求美的过程中，知情意统一于“情”。

艺术地掌握世界的方式就是主客体相互契合、相互统一的审美的方式。

三、审美情感体验的传达是一切艺术的共同本质

（一）情感体验

情感体验过程是以在实践中主体与客体的相互作用为起点的，两者的相互作用使主体对客体有了一定的认知，主体会对客体产生一种态度。在态度判断的基础之上，主体还有情绪反应，同时这种情绪反应也伴随生理反应。而长期的情绪积累会变成比较固定的态度体系，即情感。情感是稳定的，情绪是善变的。可以说，情感是主体在实践中基于对自身与对象价值关系的感知而产生的态度体系。

体验是主体对情感发生的整个心理过程以及相应的生理反应的自我感知。相对来说，情感是静态的，体验是动态的。

情感体验系统及其诸要素的相互关系，如图 3—2 所示。

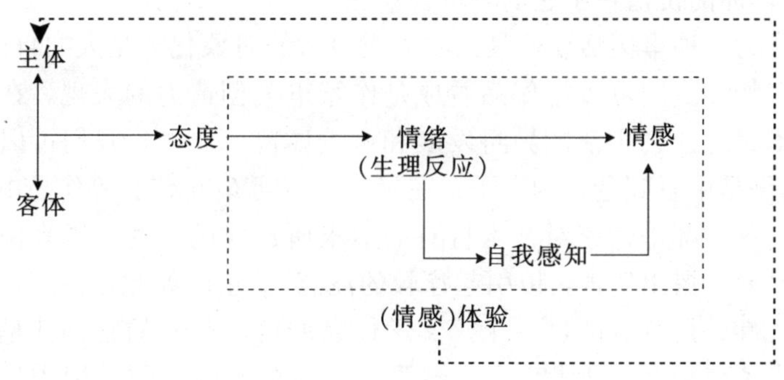

图 3—2　情感体验系统

（二）审美情感体验

审美情感体验与一般情感体验的区别，主要在于实践属性（即掌握世界的方式）不同，关键是在审美实践中，实践主体对客体所持有的是一种审美态度，它既不是科学实践中的纯理性态度，也不是物质生产与生活实践中的纯功利态度。审美体验的本质特征在于它的非功利性、超越性。而这种超越性是人之为人的本质所决定的，人之为人就在于能够超越物质的局限性，达到更高层面的精神领域。

（三）艺术体验

艺术体验与非艺术的审美体验的区别，主要在于它是一种情感体验的传达，是一种再体验。正像托尔斯泰指出的，艺术活动就是将曾经体验过的情感用一定物质手段如线条、声音、色彩等塑造出一定的形象，通过形象把这种情感传达出去，激起读者相同或相似的情感体验。因此，我们说艺术活动的本质就是审美情感体验的传达。这种审美情感体验的传达是审美的，与一般的情感体验有根本的区别；这种传达不是说出来的，而是通过艺术形象的创作，使人们通过对艺术形象的感受来体验的。艺术体验的本质特征在于审美创造性，这种审美创造性既表现在艺术形象的创作活动中，也表现在艺术形象的欣赏活动中。

艺术的审美体验是通过艺术形象的创造与欣赏来实现的。艺术体验的本质特征就在于它的审美创造性。

第二节　文学审美特征的表现

一、文学的独创性

（一）文学的本质是审美创造

前面我们讲过，文学对社会生活的反映是能动的，而且这种反映并不以认识为唯一功能，文学最主要的功能是传达人们的审美感受和体验，表现人们的审美理想。文学的目的不是要顺从生活，而是要超越生活，使人能够在现实生活的基础上有更高的追求。只有创造才能赋予文学作品以翱翔理想天空的翅膀。文学既然要表现人们的审美理想，就要追求对现实生活的超越。

（二）文学作品的价值在于它的不可替代性

文学作品作为一种审美活动，是人的本质力量的对象化，是人的自由自觉的活动，是审美创造的产物，我们可以把作品看成是作家审美创造力的表现。在作品中，读者感受到的是艺术家对社会生活的独特发展和审美体验。比如，我们可以在《月牙儿》、《骆驼祥子》等作品中看到老舍的影子；在《药》、《阿Q正传》等作品中感受到鲁迅独特的审美体验。这些都是作家对艺术特有的追求所造成的。就鲁迅来说，他从事文学创作的目的就是要“揭出病苦，以引起疗救的注意”。正因如此，艺术作品的价值在于作品的不可替代性，是特有的这一个。文学作品的价值与它的独创性是成正比的，独创性越高，艺术价值越高，艺术生命力越强。文学艺术的独创性标准是什么呢？那就是人人心中所有，但却人人笔下所无。越是写出了人人心中所有但却人人笔下所无的作品，就越能引起人们的共鸣。反之，凡是重复、雷同的作品是不会有生命力的；艺术大师们所谓“学我者生，像我者死”，就是告诫学生：学习创作技巧是手段，最终创作出优秀的作品才是目的；失去了独创性，就不会诞生有意义、有价值的作品。

（三）文学内容的美来自作家对生活独特的发现和对人生独特的体验

在俄罗斯文学中，列夫·托尔斯泰之所以被列宁称为“俄国革命的一面镜子”，是因为他的作品深刻揭露了沙皇统治下的俄国社会的各种矛盾。阅读作品之后，读者会感觉到在沙皇统治下的俄国社会一片黑暗，是没有前途、死气沉沉的社会，最终一定会爆发革命，被新型的社会体制所代替。因此，一部作品是否成功，关键在于是否把握住了时代的脉搏，是否对生活和社会有独特的观察和一定的预示，是否能够引起广泛的共鸣，并给人以某些方面的启示。

在中国文坛，20 世纪 70 年代末 80 年代初出现了“朦胧诗”派，如北岛、舒婷、顾城等，他们的诗表达了特定年代特定人群独特的人生体验——在迷茫中求索、在压抑中反抗，因此引起了当时青年读者的广泛关注，并达到强烈的共鸣。“朦胧”两字形象地反映了诗歌中弥漫的迷茫、徘徊但并不消沉的精神，而这种精神恰好反映了当时年青一代在旧的理想正在破灭，新的理想正在建立时期的苦闷与彷徨，道出了年轻人的心声，因而具有很强的生命力和感召力。

（四）文学形式的美根源于作家赋予作品内容的只属于它的、独特的表现形式

文学的独创性不仅表现在内容上，也表现在形式上。内容的独创性主要表现在作家独特的精神体验上，而形式的独创性表现在艺术家为自己的作品创造出特有的艺术形式。正像前面所提及的，“文化大革命”后期，年青一代在迷茫中求索的人生体验，如果用其他的诗体形式，如格律诗、传统的自由诗等都难以恰如其分地将这种感情表达出来；而“朦胧诗”跳跃性的结构和句式、象征性的词语和景物，恰好准确地表现了诗人要传达的审美体验。因此，朦胧诗不仅在内容上表现了时代的精神，而且在形式上创造出一种新的诗体，开一代新诗诗风。

二、文学的形象性

文学的形象性是指文学存在的方式是感性的，文学追求的目的是通过感性的方式达到的。

（一）美是理念的感性显现

黑格尔在《美学》中，给“美”下的定义是“美是理念的感性显现”，即美应该是内容与形式的有机统一。只有内容而没有形式，或内容抽象而空洞的事物是不可能成为审美对象的。文学作为人的一种审美活动，不仅要有进步的、健康的、丰富的、充实的、深刻的思想内容和独特的审美体验，更要把创造性的内容以形象的方式展现给读者，这样才是艺术，才能作为审美的对象。另外，艺术的存在方式还应是感性的、形象的，即“有意味的形式”，更加强化了形式在审美中的地位与作用。形式应该是可感的，在艺术中就是形象。

（二）形象性是艺术地反映社会生活的基本特征

俄国文学家普列汉诺夫在《没有地址的信》中说：“艺术既表现人们的感情，也表现人们的思想，但是并非抽象地表现，而是用生动的形象来表现。艺术的最主要的特点就在于此。”应该说，普列汉诺夫的表述是很准确的，文学具有形象性，不仅与文学的本质有关，也与文学的特点有关，文学的形象性特点根源于文学的审美本质，审美活动要求一定的思想内容一定要用美的形式来表现，而文学与科学、哲学不同的基本特征也正在于此。所以我们说，文学的形象性是文学的审美本质和文学区别于其他意识形态的审美特征决定的。文学的形象性对文学的目的是不可或缺的，所谓文学的目的，就是审美体验的传达，而形象正是实现审美体验传达的支撑点。

（三）形象性是文学活动中审美体验的支撑点

形象性就是可感性，包括某种或某些感官直接感觉到，如舞蹈可以被看到，音乐可以被听到；也包括借助想象在内心感觉和体验到。文学的形象性更多地属于后者。文学通过语言这一中介塑造形象，而语言借助想象在读者的头脑中唤起艺术形象。

如前所述，体验是主体对引发情绪及其生理反应这一过程的自我感知，这一过程的基础是态度，而态度是在一定情境下发生的，因此体验（包括艺术审美体验）具有明显的情境性。审美体验，包括艺术的审美体验，都离不开这种具体的情境性。也就是说，审美体验只能发生在具体可感的情境中。以美国影片《侏罗纪公园》为例，在电影院里，看过了该影片的人都会因其逼真的效果而产生身临其境的感受，进而产生深深的恐惧：凶猛的恐龙似乎会随时从身后跳出来，将自己吃掉。造成这种心理的原因是什么呢？是观众已经把自己融入远古地质年代那种具体可感的情境中去了。同理，审美体验也只能借助具体可感的情境来传达。用语言在读者的心中唤起想象，使读者想象自己置身于某一情境中，内心才能体验到什么叫做恐惧、喜悦、悲伤等情感。没有情境，读者最多是“知道”；有了情境，读者才能“感到”，而文学艺术恰恰是需要感觉的。如果没有情境，没有具体可感的形象，审美体验就既不可能产生，也不可能传达，当然也就根本不会有文学活动了。

因此，形象性是文学活动中审美体验不可或缺的支撑点。

三、文学的情感性

（一）文学活动中情感的地位和作用

在文学活动中，情感不仅是创作与欣赏的动力，也是文学之所以令人涕下、令人喜不自禁的原因。在人的一切活动中，情感都发挥着重要的动力作用。更重要的是，在文学活动中，情感是文学表现最直接、最主要的内容因素，它是有别于其他意识形态的特殊内容，是文学活动的目的性要素。文学活动的目的既不是发现真理，也不是规范人们的行为，而是传达人的审美情感体验。情感，尤其是审美情感，在文学中有非常重要的地位，它是文学与其他科学的自然分水岭。

（二）文学活动中情感的主体类型

文学活动的情感因素主要包括作家、人物和读者三种主体的情感。以鲁迅的《祝福》为例，读者先感觉到的是祥林嫂的情感，并为她的内心活动所震撼。小说中祥林嫂给人印象最深的情感便是恐惧——不仅包括现实生活中的恐惧，更重要的是对死后被劈成两半的恐惧。而这正是祥林嫂的悲剧所在。我们看着她在封建思想的压迫下一步步地走向死亡：

> …………
>
> 她走近两步，放低了声音，极秘密似的切切的说，“一个人死了之后，究竟有没有魂灵的？”
>
> …………
>
> “也许有罢，——我想。”我于是吞吞吐吐的说。
>
> “那么，也就有地狱了？”
>
> “啊！地狱？”我很吃惊，只得支吾着，“地狱？——论理，就该也有。——然而也未必……谁来管这等事……”
>
> “那么，死掉的一家的人，都能见面的？”
>
> “唉唉，见面不见面呢……”这时我已知道自己也还是完全一个愚人，什么踌躇，什么计画，都挡不住三句问，我即刻胆怯起来了，便想全翻过先前的话来，“那是……实在，我说不清……其实，究竟有没有魂灵，我也说不清。”
>
> …………

就这样，在丧失了最后一点精神依托后，祥林嫂悲惨地死去了。这无疑给读者造成了强烈的震撼。

读者还能感觉到作者鲁迅对祥林嫂复杂的情感：哀其不幸，怒其不争。

读者的感情差异性更大，生活经历、阅历、审美理想、阅读的目的等不同，对祥林嫂的看法也不同，产生的感情更不同。读者绝大多数同情祥林嫂，还有一些感到压抑，感到不公平，考虑她为什么会有这样的命运。也有人表示出愤怒，进而探究她悲剧的根源，将矛头直指封建社会，这些人对作品的认识就更深入一些，与作者情感的认同更多一些。当然误读作品的情况也存在，这很大程度上是读者难以对作品的背景给予认同造成的。

（三）文学活动中情感与思想的相互关系

在文学活动中，作品既表现作家的情感，也表现作家的思想，但文学独特的存在价值和意义却在于传达人的情感。有些作品之所以成为优秀作品，甚至是千古绝唱，并不是传达了深刻的认识，像王维《使至塞上》中的“大漠孤烟直，长河落日圆”，如果从认识的角度将之翻译过来，变成科普性的语言，对读者就没有什么意义。相同的例子，还有“离离原上草，一岁一枯荣。野火烧不尽，春风吹又生”，如果从认知的角度去理解，便失去了流传后世的价值，只有从情感的角度，从人生体验的角度去阅读，去理解，去品味，才是言有尽而意无穷的，才堪称经典。归根结底，文学不是科学，不是科普读物，它的目的不是为了传达认知；文学活动之所以历经几千年不衰微，甚至有人冒着生命危险从事文学创作，就在于其审美、情感传达的独特价值功能。

没有传达明确思想认识的作品可能不失为成功的文学作品，但没有传达情感的“文本”就根本不是文学作品。

（四）文学活动中情感与形象的相互关系

在文学活动中，情感与形象都是不可或缺的。形象之所以重要，是因为它是传达审美情感体验所必须依赖的；换句话说，对文学活动来说，审美情感体验的传达是目的，形象的塑造、情境的营造是手段。手段和目的是不可分割的，但毕竟有一个谁服从谁、谁为谁服务的问题。离开形象的情感是无法交流的情感；而没有情感的形象则无异于机械制图，或体检报告加履历表，可能很正确，甚至极精确，但一定不是文学作品。

第三节　文学审美价值的生成

一、天人合一的和谐愉悦

（一）文学价值的层次性与价值生成的阶段性

文学复杂而特殊的本质构成导致文学复杂而特殊的价值构成，文学价值是多层次的复杂系统；文学价值的多层次结构在时间的延续上则表现为依次展开的阶段性。我们这里讨论的既不单纯是文学价值的结构性，也不单纯是阅读顺序的时间性，而是将两者结合起来，按照文学价值生成的逻辑关系来进行。文学价值的实现最终是通过读者的阅读行为完成的，文学价值实现的阶段性与阅读行为的阶段性有着明显的对应性。

（二）构成文学价值的第一个层面——感性生命的层面

表现在阅读行为上，是由言到象的过程，也就是恢复和重构生命感性形态的过程，作品都是由语言构成的，阅读也是先解码语言，把语言表达的意义了解清楚，在篇章段落了解作家描绘的活生生的可感形象。从言到象就是读者依据作品的线索重新建构感性生命的生命形态。如鲁迅的《祝福》，采取倒叙方法，讲述了祥林嫂的一生。随着她一生的演绎，也将当初鲁迅构思的祥林嫂的形象映射在自己的头脑里。由此可知，从语言到形象的过程就是恢复艺术形象生命感性形态的过程。

（三）构成文学价值第一个层面的心理机制

读者的心理机制：一是移情，二是同情。如果阅读的是抒情性作品，心理机制主要是移情；而阅读的是叙事性文学作品，即以刻画人物性格为主的作品，读者的心理机制主要是同情。所谓移情，就是将审美主体的情感投射到本没有情感的自然事物上去。如李白的“举头望明月，低头思故乡”。在阅读这首诗的时候，我们也会像李白一样，从天空中的明月关照心中的明月，油然而发一种思乡之情。而阅读《祝福》的时候，我们会对祥林嫂悲惨的一生寄予深深的同情。因此，重构生命感性形态的过程就是“移情”和“同情”的体验过程，就是物我、人我合一的过程。

（四）文学价值第一个层面所达到的审美境界

即从物我、人我合一（即审美主客体的契合）中，感受到自然生命力的舒张所带来的和谐愉悦的优美。优美就是人们在感受到和谐的审美对象时产生的审美愉悦，没有尖锐冲突，是比较宁静、舒缓的，这种审美感受的来源便是主体与客体的和谐统一，是本质力量的对象化关照自身时产生的，我们在一幅画中看到美丽的景色，在一首小诗中领略诗人真挚的情感，都是第一个层次的审美境界——优美。

二、超越现实的理想追求

（一）构成文学价值的第二个层面——审美情感的道德层面

即由象到意的审美意义生成阶段。前面讲的是由言到象，第二个阶段就不再停留在形象本身，而是突破了个体生命的局限，转向揭示社会群体的生存状态。如鲁迅的《阿Q正传》对主人公阿Q寄予深深的同情，如果进一步加以体验，会将阿Q的不幸和悲惨的结局转移到对整个劳苦大众的生存状态的关注上。鲁迅所在的时代，现实生活中有很多像阿Q这样的人，作家在当初创作的时候也不是为了单纯展示他的个体生命的状态，而是将他的生命当做典型，让更多的人看到中国劳动人民身上的那种劣根性和愚昧。因此，在阅读过程中，一般不会停止在形象本身的关照上，会进一步向前走，通过个人的生命形态，转而关注更加广大的群体，甚至是类群体的生命存在层面。

（二）构成文学价值第二个层面的心理机制

这个时候，突出的特点是表现情感与道德的矛盾冲突。所谓情感与道德的矛盾冲突，即原始生命与社会规范、酒神精神与日神精神。还是以祥林嫂为例，作为自然生命本体，祥林嫂追求幸福是天经地义的事，因为谁都有追求幸福的权利。用鲁迅的话讲，祥林嫂是“做稳了奴隶就感到满足的人”，可是就连这样最起码的要求，社会都不能满足她。当她的婆婆以八十千的价钱将她卖给贺老六的时候，她反抗了，“她一路只是嚎，骂，抬到贺家坳，喉咙已经全哑了。拉出轿来，两个男人和她的小叔子使劲的捺住她也还拜不成天地。他们一不小心，一松手，阿呀，阿弥陀佛，她就一头撞在香案角上，头上碰了一个大窟窿，鲜血直流，用了两把香灰，包上两块红布还止不住血呢”，而这是由于祥林嫂长期受封建礼教的束缚，将再婚看成是违反礼教的事情。贺老六以他的质朴使祥林嫂开始接纳他，她的生活也变得好起来。然而，社会不容她这个改嫁的女人，最终扼杀了她。鲁迅将祥林嫂个人的悲剧转向探询造成这一悲剧的社会原因，进而达到了更高一层的审美境界。

（三）文学价值第二个层面所达到的审美境界

在情感与道德的矛盾冲突中，扬弃小我，获得更高层次的生命意义，感受到保有厚重历史内涵的悲剧性的崇高感。我们在祥林嫂身上体验到的是鲁迅体验并传达出来的饱含厚重历史内涵的崇高感，她的命运不再是个人的命运，而是整个劳动人民的命运，她的悲剧甚至是整个时代的悲剧。

三、人生意义的终极关怀

（一）构成文学价值的第三个层面——人类的存在和命运的层面

这个生成阶段的基本特征已经超越现实与理想的矛盾，是对人生的本质和意义的探询。如鲁迅在《祝福》这篇小说中，不仅为祥林嫂这样的劳苦大众鸣不平，还有对生存方式的质疑和叩问，超越了哲学和伦理学方面的思考，是对人的生存意义的参悟，并不是简单的思辨和推理。其他类似的作品，还有陈子昂的《登幽州台歌》、苏轼的《念奴娇·赤壁怀古》，当代作品如路遥的《平凡的世界》、王安忆的《长恨歌》等。

另外，对人生意义的终极关怀和对生命意义的追寻，也构成了西方现代主义和后现代主义的创作主题。

（二）构成文学价值第三个层面的心理机制

自我实现需求的满足，超越现实功利性的关注，着意于人生意义的终极关怀。

（三）文学价值第三个层面所达到的审美境界

由于着意于人生意义的终极关怀，着意于文学审美的意义建构，故能达到“超然物外，得其寰中”的淡泊宁静的境界。如王维、孟浩然的山水诗。

第四节　文学审美价值的结构与功能

文学的社会作用从总体上来说是审美的，但它又是多层次的，综合性的。一般来说，文学的社会作用可以概括为审美认识、审美教育和审美愉悦。

一、文学的审美认识功能

（一）文学审美认识功能的含义

文学的审美认识功能是指文学作品通过具体、生动的艺术形象，给人们以历史和现实生活的知识，使人们增强对自然、社会和人生的了解，丰富人们对生活的感受和经验，加深人们对社会生活的理解。

（二）文学审美认识功能的类型

文学审美认识功能的类型表现出三个层次，其间是递进的过程。

1. 了解生活的现象

如《人间喜剧》、《水浒传》、“三吏”、“三别”以及游记类作品等。马克思和恩格斯在很多地方都表示过，他们对自由资本主义时期社会经济状况的了解有很多是从巴尔扎克的作品特别是《人间喜剧》中获得的，甚至比资产阶级经济学家或社会学家了解到的还多。同样，《水浒传》有助于我们了解我国宋代的社会生活情况。

2. 领悟人生的真谛

如《雅典的泰门》、《狂人日记》、《老人与海》等作品。

3. 观照人类自身

如《哈姆雷特》、《浮士德》、《围城》等作品。

（三）文学审美认识功能的作用

第一，文学的审美认识功能是文学全部审美功能和价值实现的基础和前提。

第二，文学的审美认识功能具有一定意义上的传播与沟通作用。

二、文学的审美教育功能

（一）文学审美教育功能的含义

文学的审美教育功能是指文学作品通过艺术形象传达的审美体验影响人们的心灵和行为，帮助人们提高思想境界，净化灵魂，增强生活的信心和力量。

文学的审美教育功能主要取决于作品本身的社会意义和思想倾向：作家对社会与人生的认识越深刻、体验越独特、自身的境界情操越高尚，其作品就越能给人以深刻的教育和积极的影响。可见，文学的审美教育功能是与文学作品本身的思想性、倾向性、情感性有关的。

（二）文学审美教育功能的类型

1. 伦理道德教育

这类作品数量很大，特别是中国古代的作品，如《秦香莲》中的戏剧冲突就是在伦理道德方面展开的。第一，秦香莲与陈世美之间的冲突，实际上是亲情与富贵之间的选择，陈世美抛弃妻子和孩子，去追求荣华富贵。第二，包拯与陈世美之间的冲突：正义与权势之间的冲突。正是在激烈的斗争中，我们强烈地感受到作者站在正义这一边，他的谴责点指向了后者。如果说《秦香莲》是善恶冲突，那么《巴黎圣母院》表现的则是美与丑的冲突，表现为艾斯美拉达和副主教之间人的自由本性与教会的虚伪、卡西莫多外表的丑与内在心灵的美以及卫队长外貌仪表堂堂与内心轻浮放荡的强烈对比。

2. 爱国主义教育

屈原的《离骚》，表现出来的强烈情感主要是爱国主义，他因联齐抗秦的建议不被君王采纳，心中无比愤懑，但在当时，爱国的目的只能以忠君方式来实现，屈原不幸遇到一位昏君，悲剧不可避免。在《黄河大合唱》中，冼星海抒发了中国人民热爱自己民族、国家，对祖国赞美，对敌人愤怒的情感，强烈地激发了中华儿女的爱国之情。而老舍的《四世同堂》不但塑造了以祁老人、钱先生为代表的民族灵魂的典型，也刻画了以“大赤包”、冠晓荷为代表的民族败类形象。不但有对中华民族优秀品德与传统的热情讴歌，更有对我们古老传统中落后、保守等负面精神的深深反省，因而给我们以更多的启迪与警示。

3. 人生理想教育

《钢铁是怎样炼成的》、《青春之歌》等作品，鼓舞了几代人，启发我们对人生意义的正确理解和执著追求，教育青年树立正确的人生观。

4. 阶级觉悟教育

文学在阶级社会中带有阶级性，不少作品以阶级压迫和阶级反抗为题材，非常鲜明地表现一定阶级的爱憎。这些作品的阶级觉悟的教育作用尤为突出，如《白毛女》、

《祝福》、《红岩》、《暴风骤雨》等。

（三）文学审美教育功能的作用

古罗马的著名文学理论家贺拉斯在《诗学·诗艺》中指出："诗人的愿望应该是给人益处和乐趣，他写的东西应该给人以快感，同时对生活有帮助……寓教于乐，既劝谕读者，又使他喜爱，才能符合众望。"① 贺拉斯的"寓教于乐"具有十分重要的意义：第一，它肯定了文学作品是能够发挥教育作用的；第二，它要求正确运用文学的审美教育功能，不应该单纯说教。

文学的审美教育功能是通过富有美感的艺术形象感染人的，它对欣赏者动之以情，用情感唤醒理智和良知，让读者在自觉自愿的审美活动中受到启迪，获得教益。

三、文学的审美愉悦功能

（一）文学审美愉悦功能的含义

文学的审美愉悦功能是指在文学欣赏中，文学作品给人以情绪的激动、情感的宣泄和感觉的快适，获得审美体验上的满足和愉悦，进而帮助人们培养健康的审美理想和情趣，提高对美、丑的感受和鉴别能力。

文学的审美愉悦功能是由文学的艺术审美特性所决定的。文学是一门艺术，艺术必须要给人以美感。同时，文学的审美愉悦功能是寄予在文学形象中的，只有通过对文学艺术形象的感受，才能最终实现文学的审美愉悦功能。

（二）文学审美愉悦功能的类型

1. 陶冶型

如我们在柳宗元的《江雪》和夏洛蒂·勃朗特的《简爱》中所获得的感受。

柳宗元在《江雪》中写道：

千山鸟飞绝，万径人踪灭。孤舟蓑笠翁，独钓寒江雪。

这四句诗表现了诗人的一种心情：在经历了官场险恶之后，感到仕途蹉跎，决定退隐山林、远离政治；在山林之中，感到大自然的美，即使在漫天洁白、萧瑟凄凉的冬景之中，仍然有动人心魄的美。表达了作者对美的深深感受和体验，这种对自然美的感受和体验实际上和此时诗人的人生境遇是十分吻合的。读者在《江雪》的意境中感受到的是诗人孤傲高洁的人格和遗世独立的境界。与此相似，在《简·爱》这一作品中，简·爱表现出了极强的人格独立性，尽管她经历了无数的坎坷，却始终没有放弃对爱的追求。爱是人的自然天性的释放，是人对生命本体的追求和把握，这样一种精神对人的震撼是最强烈的。其实，不管是《江雪》，还是《简·爱》，读者都在心灵上受到洗礼，深受美的陶冶。

2. 闲适型

如王维的《山居秋暝》、奥斯丁的《傲慢与偏见》。相比起来，陶冶型的作品比较

---

① 伍蠡甫、蒋孔阳：《西方文论选》，上卷，113页，上海，上海译文出版社，1979。

沉郁、凝重，而闲适型的则比较轻松。“空山新雨后，天气晚来秋。明月松间照，清泉石上流。竹喧归浣女，莲动下渔舟。随意春芳歇，王孙自可留。”诗风清新自然，诗中所展现的天地交融的山野美景深深地吸引了我们和诗人。比起柳宗元的《江雪》，《山居秋暝》更加灵动，有朝气、活力，更符合自然本性。《傲慢与偏见》写的是身边的人和事，是当时欧洲最普通的人家，作者用非常轻松而幽默的语调，让人读后既体验到生活的哲理，又不感到思想的沉重。

3. 快乐型

如一个名为张打油的人写的打油诗《天地一笼统》：

天地一笼统，井上黑窟窿，黄狗身上白，白狗身上肿。

人的自然天性得到了最充分的满足，幽默诙谐，没有深刻的道理和浓烈的对美的描绘，却能够让人会心一笑。由于该诗有意思，乃至此类诗有了专门的称呼——打油诗。应该承认，诙谐幽默的美也是美，对人也有益处，毕竟它使文学增加了丰富性与多层次性。

（三）文学审美愉悦功能的作用

第一，文学的审美愉悦功能是全部审美功能和价值实现的关键与保障；文学要寓教于乐，在美感的基础上实现。文学之所以为文学，与文章不同，是因为它能够引起人们的美感。文学的认识功能为审美认识功能，文学的教育功能为审美教育功能，其意如此。

第二，文学的审美愉悦功能有利于欣赏者健康人格的全面发展。文学不仅要引起人们的快乐，还要培养人们健康的人格。文学带给人的快乐与一般的功利性的快感不同，这种不同体现于两点：一是文学的快乐美感不是以功利为目的，不是因为物欲的满足引起的；二是文学引起的快感是对有限的具体事物的悲喜的超越。柳宗元在《江雪》中所描写的是自己摆脱了世俗的物欲之后所产生的快感，是超越仕途荣辱之后所获得的更高层次的对人的生命本质意义的把握，是灵魂的净化所带来的巨大愉悦。

四、正确看待文学的价值功能

（一）文学的价值功能是精神的

黑格尔指出：“艺术作品虽然有感性的存在，却没有感性的具体存在，没有自然生命；它也不应该停留在这种水平上，因为它只应该满足心灵的旨趣，必然要排除一切欲望。”① 当代西方哲学家马尔库塞认为：“艺术不能直接改变世界，但它可以为变更那些可能变更世界的男人和女人的内驱力做出贡献。”②

作为艺术，文学的价值主要体现在它的精神功能上，文学对社会的反作用也只能通过影响人的心灵，进而影响人的行为，最终影响整个社会。文学的作用是精神性的，

---

① ［德］黑格尔：《美学》，第1卷，46页，北京，商务印书馆，1979。
② ［美］马尔库塞：《审美之维——马尔库塞美学论著集》，32页，上海，三联书店，1989。

或者说是间接性的。

（二）文学的价值功能是整体的

文学价值功能的整体性有两层含义：

第一，文学的认识功能、教育功能和愉悦功能是统一于它的审美功能的。只有在审美的前提下，认识功能、教育功能和愉悦功能才是文学的。

第二，文学的社会作用是指具体作品在整个人类社会生活中的作用，而不只是作品的某一部分对某些人所产生的作用。过去一些作品在很多人身上产生了积极的作用，但在个别人身上，产生了消极的作用。例如，歌德的《少年维特之烦恼》，主旨是在主张爱情自由，有的人却错误地理解了小说的含义，甚至仿效书中主人公而自杀。这都是读者不能正确阅读所造成的。当时曾有人据此要求查禁《少年维特之烦恼》，歌德则据理力争，强调应该从整体上判断作品的价值。

（三）文学的价值功能是社会的

文学的价值功能及其实现既取决于作家创作的作品，又与一定的社会环境有关。

社会心理与文化传统制约着读者对作品价值观念的认同。同样一部作品，放到不同的社会背景下，其效果是不同的。《四世同堂》与《围城》的创作都是在20世纪40年代末，发表于1947年，初期并没有引起广泛关注。但是在80年代中后期，这两部作品却先后产生了异乎寻常的影响。其实，这种现象在文学史上屡见不鲜，司汤达的《红与黑》就是一个很好的例子。该作品在发表时几乎无人问津，对此司汤达曾经说过，这部作品是写给50年后的人看的，果然，在半个世纪之后，《红与黑》于西方世界引起了轰动。可见，文学价值的实现是需要一定社会心理背景作为条件的。

社会对文学功能实现的制约不仅表现在内容上，还表现在形式的接受上。其中读者的欣赏习惯、趣味与能力对作品形式与表达的接受的制约作用尤为明显。比如，中国的小说一般是单线结构，而国外的则是多线索结构。国外作品初入中国时，一些国内的读者并不能马上接受和理解。随着时间的推移，读者的阅读习惯和阅读经验会有所改变，这时候结构的差异也就不成为交流的障碍了。

传播手段影响着文学价值功能的发挥。许多作品本来是很好的作品，因传播手段的落后而不能广泛传播，进而难以形成广泛的影响。例如，“文化大革命”时期的手抄本文学，由于受众有限，影响自然只能局限在一个小群体里。

（四）文学的价值功能是有限的

文学的价值功能是有效的，但也是有限的。文学对社会生活的影响不可能超出意识形态影响的范畴，不可能凌驾于经济政治之上，不可能超越一定的物质条件，也不可能摆脱历史的局限。例如，《西厢记》中描写的崔张恋爱故事在唐代元稹的《莺莺传》中就出现过，但当时是以悲剧结束的；经过董解元和王实甫的整理和发展，主题最终定为“愿天下有情的都成了眷属”，而这在唐代是不可能出现的，那时候文学领域乃至整个社会中还没有追求爱情自由这一思想。可见，文学的价值功能是不可能超越历史局限的。

文学是一个国家和民族文明发展、文化进步的重要因素，但不可能成为国家和民族兴亡的主要原因。文学也不能够成为一个国家兴盛发达的主要原因。文学对人的思想感情的影响是整体性的，潜移默化的，而不是立竿见影的。我们不应该对文学提出违背文学规律的要求。

本章小结

本章是本书的重点章节之一。在本章中，我们把文学作为一个艺术门类进行考察，认识了文学区别于其他意识形态的特殊本质——审美属性，以及文学艺术特有的价值和功能。一方面，我们从人的本质力量的对象化、艺术地掌握世界的方式和审美情感体验的传达三个方面，分析了文学的审美特性产生的根源；从文学的独创性、形象性和情感性三个方面，讨论了文学审美特征的表现。另一方面，我们描述了文学审美价值的生成过程，并从审美认识功能、审美教育功能和审美愉悦功能三个方面，概括了文学的价值构成与社会功能，从而揭示了文学存在的特殊价值和特殊方式。

关键概念

人的本质力量　　掌握世界　　掌握世界的方式
艺术地掌握世界的方式　　形象性　　审美情感体验
文学的审美认识功能　　文学的审美教育功能　　文学的审美愉悦功能

思考题

1. 怎样理解人的本质力量的对象化是美感产生的直接根源？
2. 怎样理解“艺术地掌握世界的方式”的特点？
3. 试论文学传达审美体验的本质特征。
4. 文学审美价值是怎样生成的？
5. 应该如何正确看待文学的价值功能？

第四章　文学是语言的艺术

文学是人类特有的审美活动，属于审美意识形态。如何理解文学区别于其他艺术门类的具体性质与特征呢？这是最终回答“文学是什么”问题的关键所在。

比较一下不同艺术门类的艺术形象和它们带给我们的艺术感受就不难发现，不同的艺术门类的直接区别就在于艺术形象的审美属性不同，比如音乐和绘画，前者是听觉的艺术，后者是视觉的艺术；而艺术形象审美属性的不同是因为艺术形象的呈现方式不同，音乐是以时间的流动的方式存在和呈现的，绘画是以空间的静态的方式存在和呈现的。而艺术形象呈现方式的不同则是因为塑造形象的物质手段与媒介不同，音乐是用节奏、音高、音色不同的音响组成不同的和声、旋律和曲式来塑造艺术形象的；绘画是用色调、明暗、浓淡不同的色彩、线条和构图来塑造艺术形象的；文学是以语言为物质手段与媒介塑造艺术形象的。所以，我们要研究文学的审美属性，主要就是研究文学塑造艺术形象的物质手段。只有从文学的语言造型机制入手，剖析文学形象的生成规律，才能最终解释文学形象的种种艺术特征以及它与其他艺术门类的区别。

本章将通过文学与其他艺术门类的比较，阐述文学作为语言艺术的审美属性、文学用语言创造艺术形象的内在机制以及文学语言和文学形象的艺术特征，从而揭示文学自身的具体本质规律。

第一节　语言是文学的第一要素

一、艺术的分类

艺术可以按不同的标准进行分类，主要有以下六种。

（一）按艺术形象的存在方式分类

艺术可以分为时间艺术与空间艺术。时间艺术如音乐；空间艺术如绘画和雕塑。

（二）按艺术形象的感知方式分类

艺术可分为视觉艺术、听觉艺术与想象艺术。绘画、雕塑是视觉艺术；音乐是听觉艺术；文学是想象艺术，读者需要通过自己的想象获得艺术形象，作家并不直接给出具体的形象。

（三）按艺术形象的展现方式分类

艺术可分为静态艺术与动态艺术。前者如绘画、雕塑和建筑；后者如舞蹈，以活动的方式呈现。

（四）按艺术与现实的关系分类

艺术可分为再现艺术与表现艺术。再现艺术致力于再现事物原貌或近似原貌的艺术形象，如绘画和雕塑；表现艺术则致力于表现艺术家的内心感受，如音乐。

（五）按艺术的功能分类

艺术可分为实用艺术与美的艺术。工艺美术和建筑就属于实用艺术。

（六）按审美体验的传达方式分类

艺术可分为造型艺术、表演艺术与语言艺术。这是最主要的一种分类方式，也是本章阐述文学与其他艺术门类区别的分类方法。

1. 造型艺术

造型艺术是指运用一定的物质材料塑造静态可视性的平面或立体的形象以传达艺术家独特的审美体验的艺术门类。主要包括绘画、雕塑、建筑、书法、摄影、工艺美术等。造型艺术必须运用一定的物质材料。比如绘画要运用颜料和画布、纸张等材料来塑造静态的艺术形象，表现色彩美；雕塑要运用石料、泥土、青铜以及其他各种物质，塑造出具体可见的“体积形态表现造型的美”；建筑要运用砖、石和混凝土，以“组合、形体、比例、色调”等要素表现造型美；书法要运用笔、墨、纸等工具；摄影需要相机和相纸等。不同的材料属性决定了不同的表现手段。

2. 表演艺术

表演艺术是指通过人的活动塑造动态过程性的艺术形象以传达艺术家独特的审美体验的艺术门类。主要包括音乐、舞蹈、戏剧、影视等。表演艺术的核心特征是人的参与。例如舞蹈，主要依靠人的动作、形体，包括手势、表情等塑造动态的艺术形象，表现动作的美，以此传达艺术家的审美体验；戏剧、影视是综合性的艺术，要运用文学、音乐、绘画、建筑、舞蹈、雕塑等各种表达手段，表现综合的美感，但这一切都要依靠演员的动作、语言和神态等活动来呈现；音乐的情况比较复杂，其中声乐就是通过人的歌唱行为来传达的，而其他演奏音乐，虽然需要乐器发声，但终究还是人的活动参与造成的。

3. 语言艺术

语言艺术指的是文学。与其他的艺术比较起来，作为语言艺术的文学只能用抽象的符号系统“语言文字”作为表达的工具和构成的材料。

二、文学用语言塑造形象

（一）文学是用语言塑造艺术形象的艺术门类

文学是语言艺术，是用语言塑造艺术形象、反映社会生活、传达作家对人生独特的审美体验的艺术门类；用语言塑造艺术形象是文学区别于其他艺术门类的本质特征。尽管我们还可以从其他方面界定文学，如从艺术形象的感知方式、艺术形象的存在方式以及艺术形象的展示方式等方面，但唯有从造型手段与物质材料的角度入手，才能揭示文学区别于其他艺术门类的本质特征。

（二）语言是文学作品的物质载体

文学是以语言（文字）为物质材料呈现在人们面前，供人们阅读的。离开了语言，文学就无法存在。文学的物质材料、表现工具和传播媒介都是语言文字，因此，它只能用语言文字来描写艺术形象，表现文学语言的美。

文学作品的意义结构包括“言”（语言）、“象”（形象）、“意”（意义）、“道”（本质）四个层面。“言”这一层面指的是文学作品首先呈现于读者面前、供其阅读的话语系统，这是作家选择一定的语言材料，按照艺术世界的逻辑创造出来的，是作家的创造性物化的形态；“象”这一层面指的是读者在阅读文学的“言”即话语系统过程中经过想象和联想在头脑中唤起的动人的生活图景；“意”和“道”指的是文学话语系统内在蕴涵的思想、感情和哲理，是纵深的层次。可见，对文学来说，它的意义生成的基础是它最基本的构成材料——语言，没有语言，其他的都不存在。

（三）语言是文学的第一要素

语言艺术是指运用语言调动人们的经验与想象，在读者的头脑中唤起艺术形象以传达艺术家独特的审美体验的艺术门类。

语言是文学的第一要素，苏联作家费定说，“文学形象是语言塑造出来的”，要研究文学，“语言应是注意的中心”①。文学的许多特点，尤其是一些其他艺术门类不具备的特点，比如形象的间接性、擅长描写人物的内心世界等，都是由语言这种特殊的造型材料所决定的。

三、语言与其他造型手段的关系

（一）艺术分类的相对性

任何分类都只有相对意义，这就造成了艺术的物质手段和表现手法互通与借鉴的可能性。

文学被划分为想象型的艺术，突出的是其艺术形象呈现的间接性，读者欣赏作品需要通过语言文字提供的信息，结合自己的经验感受在头脑中经过想象和联想创造出艺术形象。其他艺术类型，比如绘画和雕塑，虽然是将物质的形象直接呈现在欣赏者的面前，但是欣赏者并不是完全被动地接受，也要经过想象得到审美体验。如罗中立的油画《父亲》，描画的是一个头戴白羊肚手巾、满脸岁月刻痕的老农形象，它的艺术震撼力在于唤醒了我们对这一主题背后的历史文化以及亲情的想象。再如古希腊雕塑《拉奥孔》，刻画的是拉奥孔父子将要被巨蟒缠死时的刹那间情景，艺术家以静态的方式呈现动态过程中一个关键时刻的形态，从而为欣赏者提供了一个契机——透过静态形象想象出一个撼人心魄的悲壮过程。所以，不同艺术类型之间，在手段和方法上是

---

① 张德明：《文学语言描写技巧》，2页，北京，中国青年出版社，1998。

可以互相借鉴的，这种借鉴往往是艺术家发挥创造性的地方，也是艺术作品突破自身形式局限的一种方式。文学作为以语言为物质手段的艺术，同样可以借鉴其他艺术门类的创作手段，并且具有更大的自由度，既可以生动细腻地刻画形象，又可以提供给读者较大的想象空间。

文学对其他艺术类型的借鉴既存在于文学内部的表达，又存在于文学外部的形态。

（二）文学语言借鉴造型艺术

文学作品要描绘艺术形象，往往要借鉴造型艺术的手段。绘画运用色彩、线条和明暗等手法呈现一个艺术形象的具体形态；文学作品在刻画形象时则是调动与事物外部形态相关的词汇，提示读者在头脑中形成一个鲜明的意象。苏轼称赞王维的作品："味摩诘之诗，诗中有画，观摩诘之画，画中有诗。"作为诗人兼画家的王维，其诗作与画作融会贯通——诗中有画境，画中有诗意。如《使至塞上》：

单车欲问边，属国过居延。
征蓬出汉塞，归雁入胡天。
大漠孤烟直，长河落日圆。
萧关逢候骑，都护在燕然。

这首五律诗情景交融，描绘的画面十分开阔，和谐。全诗首尾叙事，中间写景抒情，线条清楚，色彩鲜明，风格雄浑，充分体现了诗歌创造绘画美的语言技巧。

还有"明月松间照，清泉石上流"、"渡头余落日，墟里上孤烟"这些千古名句皆以此胜。在现、当代的文学作品中也有很多作家注意借鉴造型艺术的手段，比如借鉴绘画，选用富有色彩的意义的词汇描写艺术形象。如：

这时我的脑海中忽然闪出一幅神异的图画来，深蓝的天空中挂着一轮金黄的圆月，下边是海边的沙地，都种着一望无际的碧绿的西瓜。

（鲁迅《故乡》）

在这里，作家调用了色彩词汇"深蓝"、"金黄"、"碧绿"等，向读者展现了一幅明丽愉悦的海边月夜图，具有很强的艺术感染力。再如：

绿柳丛中露出雪白的粉墙，黑漆大书四个字"鸡鸭炕房"非常显眼。

（汪曾祺《大淖记事》）

作者将一些寻常词语"绿"、"雪白"、"黑漆"调动起来，组成了视觉效果很鲜明的形象。

许多作家借鉴建筑艺术的形式美，提出文学语言结构整齐的"建筑美"，旨在构筑文学语言外部形态上的美感，例如徐志摩的诗《再别康桥》，全诗七节，每节四行，每行六七个字，单行提行，双行压行，错落有致：

悄悄的我走了，
　　正如我悄悄的来，
我挥一挥衣袖，
　　不带走一片云彩。

还有贺敬之、郭小川的自由诗创造性地发展了“楼梯式”，如：

东风
　　红旗
　　　　朝霞似锦
大道
　　青天
　　　　鲜花如云

（贺敬之《十年颂歌》）

此外，就文学的外部形态而言，其存在方式也可以借用造型的手段。例如书法与诗配画（题画诗），不同艺术类型的结合增加了彼此的艺术感染力。

（三）文学语言借鉴表演艺术

表演艺术中的朗诵、声乐和舞蹈对旋律、声韵和节奏都有严格的要求。文学作品的创作不但要文从字顺，而且要做到朗朗上口，尤其是诗歌，在韵律上要求更严。唐诗是我国古典诗歌的高峰，其成就主要得益于格律形式的成熟和完美——规定严格的停顿（一般是四言二顿、五言三顿、七言五顿）；调配声调，平仄起伏；讲究押韵等。作家通过对语言“音乐性”和“节奏感”的加强，达到诗歌和谐整齐的感官审美效果，从而促进情感的抒发和意境的创造。例如，杜甫的《闻官军收河南河北》：

剑外忽传收蓟北，初闻涕泪满衣裳。
却看妻子愁何在，漫卷诗书喜欲狂。
白日放歌须纵酒，青春做伴好还乡。
即从巴峡穿巫峡，便下襄阳向洛阳。

这首诗一气贯注，奔流直下，它的每一个音节都像春天的圆舞曲，飞转着轻快的旋律。以“传”、“闻”、“涕”、“看”、“卷”、“喜”、“放”、“还”、“穿”、“向”等连续的动作，构成快速的节奏，而颔联和颈联对仗工整，音韵和谐，全诗押响亮的“ang”韵（赏、狂、乡、阳），抒发狂喜的心情。

再如当代诗人郭小川的《甘蔗林——青纱帐》：

南方的甘蔗林哪，南方的甘蔗林！

你为什么这样香甜，又为什么那样严峻？
北方的青纱帐啊，北方的青纱帐！
你为什么那样遥远，又为什么这样亲近？

我们的青纱帐哟，跟甘蔗林一样的布满浓荫，
那随风摆动的长叶啊，也一样的鸣奏嘹亮的琴音；
我们的青纱帐哟，跟甘蔗林一样的脉脉情深，
那载着阳光的露珠啊，也一样的照亮大地的清晨。

这首诗音节匀称，基本上是长句；节奏和谐，每行停顿数差不多；合辙押韵，有的诗节连韵（荫、音、深、晨等都押“en”韵）；运用词语反复和对偶句式展开描述，加强抒情，形成鲜明的节奏。

其他体裁，如小说、散文，也有如此借鉴的现象。例如《水浒传》中关于武松的一段动作描写：

武松再把右手去地里一提，提将起来，望空只一掷，掷起去离地一丈来高，武松双手只一接，接来轻轻地放在原旧处 。

这段话读起来具有上承下接、铿锵悦耳、节奏鲜明的音乐美，主要运用了同字顶真，首尾蝉联的修辞技巧，因此受到评论家金圣叹的称赞：“提”与“提”字顶真，“掷”与“掷”字顶真，“接”与“接”字顶真。又如冰心的《往事・ 二》：

今夜的林中，也不宜于高士徘徊，美人掩映——纵使林中月下，有佳句可寻，有佳音可赏，而一片光雾凄迷之中，只容意念回旋，不容人物点缀。

这段文字，由于整散结合，散中有整，特别是句中四字格（如“高士徘徊”、“美人掩映”），对偶整齐，音节和谐，平仄交错，读起来抑扬顿挫，流畅悦耳。

语言艺术借鉴造型艺术和表演艺术，讲究语言的形象性、语音的和谐度和句式的整齐规整，结合起来增强了文学的艺术性。

（四）借鉴与借用的实践基础是综合艺术

文学对其他艺术表现手段的借鉴，一方面是出于自身表达的需要，另一方面是出于实践的要求。

不少文学体裁本身就是综合艺术的一部分，文学在综合艺术的创作及演出实践中必须适应、配合其他艺术形式，同时接受其他艺术形式的影响。如诗、词、曲、戏剧与影视文学。诗歌在最初产生时就是用于歌唱的，词、曲也是为歌唱而作的，所以必须符合韵律和节奏的要求；戏剧和影视属于表演艺术，而舞台表演强调语言的动作性、冲突性以及口语化，最初的文学脚本变为案头之作时，这种影响也依然存在。例如郭沫若《屈原》的一段：

风！你咆哮吧！咆哮吧！尽力地咆哮吧！在这暗无天日的时候，一切都睡着了，都沉在梦里，都死了的时候，正是应该你咆哮的时候，应该你尽力咆哮的时候！

剧本中这一段是人物的心灵独白，具有很强的抒情性，也有明显的音乐性，适于演员舞台朗诵，可谓“声情并茂”，带有明显的戏剧特征。

（五）借鉴与借用的心理机制是通感

文学与其他艺术相互借鉴的心理基础是通感。人的视觉把握事物的空间特性：体积、面积、色彩和形状等；听觉把握事物的声音特征：音高、音强和音色等；触觉把握事物的质地：软硬、脆韧、冷热等。人们在日常生活中用语言表达不同的感觉时也常用通感的手法，例如形容颜色特征用“色调”一词。“调”本是音乐名词，不同的音乐给人带来的情感影响是不同的，低音往往使人沉郁，高音常常使人兴奋。而不同的颜色也会对人产生不同的情绪影响，因此就有了“色调”的划分：红色和黄色属暖色调；蓝色和紫色属于冷色调。人们也可以借用视觉和味觉的特征词来形容声音，比如说某位歌唱家“音色甜美”，这里声音不仅和色彩相通，而且具有情感特性。由于这种通感的心理机制，艺术家能很自然地在不同的艺术门类之间进行借鉴，从而更全面、真切地传达自己的审美感受。

第二节　语言造型的基本规律

一、对几种论点的分析

文学以语言为主要的物质手段，关于语言与表意的内在机制，自古就有不同的观点。

（一）“言意之辩”——问题的提出

两千多年前，庄子与惠子的“濠梁之辩”，提出了不同主体之间沟通的可能性的问题。

汉代的“言意之辩”把问题的焦点聚焦于语言的“达意”功能上，虽然没有得出最终结论，却提出了如语言的“能指”与“所指”、语言的“达意”与“尽意”、语言的“达意”与“传情”等一系列重要的理论范畴。

“言意之辩”讨论的问题，实质是作家能不能以及如何把自己在构思过程中已经基本酝酿成熟的形象和意念转换成语言，并固定在纸张上的问题，即文学创作中的物化问题。作家在丰富的生活储备的基础上，对头脑中积累的表象进行联想和想象加工，在自己的头脑中生成审美意象，这是构思；而将构思移到纸上，则是一个甚至比构思还艰难的操作过程。作家胸中构思的形象并不完全是眼睛所能看到的外在物象，而是蕴涵着主体复杂情感因子的形象，所以作家不仅要把物象的外在视觉形象付诸文字，还要将其深含的意念和情感附于其上；对读者而言，阅读不仅是接受语言的字面信息，更重要的是发掘文字背后的深蕴。这种特殊的转换机制就是语言造型的基本规律。

（二）“具体、形象、生动的语言”——问题真的解决了吗?

现当代文学理论在论及文学语言特点及造型机制时，一般用“文学语言是具体、形象、生动的语言”来作答。这种泛泛而谈并不能揭示其内在本质。

要真正了解文学运用语言构造形象的机制，还要从语言文字本身的特征入手，考察由文字而生成艺术形象的具体过程。

（三）文字三要素——语言的形象性分析

文学语言主要是书面语言即文字，文字主要由字音、字形、字义三要素构成。

字音：具有形象性要素，但与字义之间只有约定俗成的偶然性联系，对文学作品中艺术形象的塑造并无直接意义：lɑo hu（老虎）和 tɑi ge（tiger）的造型功能完全一样；字音的形象性只对表演艺术的造型具有意义。

字形：具有形象性要素，但与字义之间也只有约定俗成的偶然性联系，对文学作品中的艺术形象的塑造亦无直接意义：“老虎”和“tiger”的造型功能完全一样；字形的形象性只对造型艺术的造型具有意义。

字义：本身没有形象性，文字的基本单位是词，词所表达的是概念，而任何概念都是抽象的，概念总是一类事物，而形象必须是具体的。

（四）结论：语言本身的形象性与文学形象无关

文学表达作者的意思，用的是语言的“义”，虽然诗歌还要考虑语音的调配，但是“义”是文学构筑自身审美殿堂的主要材料。这就构成了一对悖反的关系，即文学要用最抽象的语言文字之“义”来构造艺术的形象性。

二、人的三种记忆及其心理机制

文学的形象性来自抽象的语言，这种转换的基础在于人内在的造型心理机制。古希腊神话中说，主宰整个宇宙人生的万神之王宙斯和记忆女神莫涅靡辛涅结合之后生了九个女儿，即分管悲剧、颂歌、喜剧、史剧、舞蹈……的文艺女神缪斯姐妹。这不经意的安排却深刻地触及了文学艺术活动与人类记忆的关系。记忆，是一个在文艺创作和欣赏过程中不可缺少的因素和举足轻重的环节。黑格尔在《美学》中写道：“这种创造活动还要靠牢固的记忆力，能把这种多样图形的花花世界记住……艺术家必须置身于这种材料里，跟它建立亲切的关系；他应该看得多、听得多，而且记得多。一般来说，卓越的人物总是有超乎寻常的广博的记忆。”[①]

（一）心理三要素及三种记忆

人脑是由 100 多亿个神经细胞（或者叫神经元）组成的极其精微的神经机构。每个神经细胞如同电子计算机中的电子元件那样共同组成人脑的功能系统。在人体神经元上，有无数轴突和树突伸出，并相互接触。当外界事物发生刺激作用时，这些细胞会产生一系列生物电、热和化学变化，并通过树突和轴突，最终传递到大脑。这种生理变化活动，能使外界事物形象到达大脑，留下痕迹。从理论上来讲，凡是大脑接触

① ［德］黑格尔：《美学》，第 1 卷，357～358 页，北京，商务印书馆，1979。

到的外界事物——如读过的书、见过的人、听过的话、亲历过的事件等，都会在大脑中得到储存。当人们回忆或思考某一问题时，就会出现与之相关的记忆的“复呈”。感觉器官纳入这一知觉格局中的环境影响越多，被知觉到的东西在脑中记忆越好，在活动中利用得越好，传递给环境的越多，这样的机体也就越有活力。人类的记忆功能主要有三种：形象记忆、情绪记忆和语词记忆。

1. 形象记忆

形象记忆也叫表象记忆，就是将曾经感觉到的事物的形象属性信息储存起来，并可以在内外刺激下重新唤起，作为一种内心感觉形象出现在脑海中。

形象记忆的敏感度、清晰度和稳定性与人的心理素质、状态和外界刺激的强度以及该刺激的主体关注度有关。

2. 情绪记忆

情绪记忆就是将曾经体验到的由实践对象引发的情绪反应储存起来，并可以在内外刺激下重新唤起，作为一种内心情绪被重新体验到。

情绪记忆的敏感度、清晰度和稳定性与人的心理素质、状态和外界刺激的强度以及该刺激的主体体验深度有关。

文艺家往往具有情感活动的优势，情绪记忆在他们身上体现为一种凭借身心感受和心灵体验并凝聚、浓缩着丰富生动的情感、情绪的心理活动方式，是敏锐的、丰富的、牢固的、强烈的、细腻的。卓别林在他的《自传》中写道，他始终记着他们家起居室里那些经常影响他情绪的东西，母亲的那幅和真人一般大小的蕾尔·格温画像使他感到厌恶；他们家餐具架上那些长颈瓶使他感到愁闷；那个圆形的小八音琴，它的珐琅面上绘了几个云雾中的天使，他看了又是喜欢，又是迷惑。他爱的却是那个用六便士从吉卜赛人那儿买来的玩具椅子，因为这使他体会到一种占有财物的特殊感觉。而颇具虚荣心的狄更斯，10 岁时曾到一家鞋油作坊中当童工，被老板关进橱窗中做包装鞋油的表演以招徕顾客。他晚年时提到这段生活，仍然充满了忧愤痛苦。他说起自己那年轻的心灵所受到的痛苦，这段深刻记忆是无法写出来的。他的整个身心所忍受的悲痛和屈辱是如此巨大，即使到了晚年，自己已经出了名，受到了别人的爱戴，生活愉快，在睡梦中他还常常忘掉自己有着爱妻和孩子，甚至忘掉自己长大成人，好像又孤苦伶仃地回到那一段岁月里去了。狄更斯在那些感人至深的一部又一部小说中，塑造了一个又一个真切生动的，在生活的苦海中浮沉、挣扎的流浪儿童和苦难少年，同他早年的情绪记忆有着密切的关系。

3. 语词记忆

语词记忆就是将曾经识记过的语词的音、形、义及其相互关联的意义信息存储起来，并可以在内外刺激下重新唤起，作为一种意义单位被重新编辑、理解。

语词记忆的敏感度、清晰度和稳定性与人的知识储备、心理状态和外界刺激的强度以及该刺激的主体关注度有关。

（二）三种记忆的相关性及互唤功能

人的心理活动是综合性的，形象认知、情绪体验和意义判断总是同步进行并相互影响的。因此，上述三种记忆有很强的相关性，往往被作为一个完整的意义单位存储在记忆中。

这种感知和记忆的整体性带来了记忆的互唤性，就是说，一方面，看到一件曾经看到过的事物，我们不但能够回忆起那个事物的形象、场面，而且能够在心中又一次涌起当时的情绪体验，同时还会自觉不自觉地想起它的名称，有时甚至脱口而出。另一方面，当我们看到一个字形时，我们会联想起它的音和义；当我们听到一个字音时，我们则会联想起它的字形和字义；而当我们借助语词进行思考时，不但与词义相关的字音和字形会从记忆中不断浮现，而且那些相关事物的形象和我们曾经有过的种种体验，也会从尘封的记忆中奔涌而出，充满我们的脑际和心间。

例如，美国诗人惠特曼回忆他当年参加林肯总统的葬礼时，仍记得那个 4 月的天气，棺材两边堆满了紫丁香花。他说："在以后的年月里，由于一种难以理解的奇怪想法，我每次看见紫丁香，每次闻到它的香味，就想起了林肯的悲剧。"①

人的这三种记忆要素和功能以及它们之间相互转换的功能是文学语言产生形象性的内在心理基础。

三、表象的定向变异

文学的语言造型机制核心是表象的定向变异。

（一）表象及表象记忆

表象是个心理学概念，狭义的表象是指存储在记忆中的曾经感觉到的事物的视觉形象；而广义的表象则包括听觉、触觉、嗅觉、味觉、运动感觉等一切记忆中的事物可感属性信息。表象是可以在内外刺激下重新唤起的。

表象记忆也叫形象记忆，就是将曾经感觉到的事物的形象信息储存起来，并可以在内外刺激下重新唤起，作为一种内心感觉形象出现在心目中。

（二）表象变异

表象变异是指表象在记忆和重新唤起的过程中所呈现的事物的形象所发生的变化；这种变化主要与主体的经验、愿望以及外部环境的诱导性因素有关。如果说记忆是对人所接触的既往的感、知觉信息的"存储"，那么联想和想象就是相应的对这些形象的"提取"。人的大脑在生活中受外界刺激所获得的表象具有主体的选择性，与客观的物象并不完全一致，也并不永远那么清晰地呈现在记忆中，所以在"提取"表象时必然会发生变异。

（三）表象定向变异

表象定向变异是指表象在记忆和重新唤起的过程中，由于内外必然因素的诱导，表象所呈现的事物的形象所发生的有规律、倾向性的变化，这种变化主要与主体特定的经验、愿望以及外部环境必然性、定向性的诱导性因素有关。人的大脑中"存储"的表象经过时间这把筛子昼夜不停的筛选，大多数都渐渐淡漠、模糊，泛化到人的无意识中，只有那些震撼过人的灵魂、在人的心灵深处留下深刻烙印的记忆才能占据自己的位置，并在日后经由特定外界刺激唤醒，通过渗透着主体性的联想和想象呈现出

---

① 转引自荒芜：《惠特曼与林肯》，载《外国文学研究》，1981(1)。

新的形象。

（四）表象自觉定向变异

表象自觉定向变异是指在记忆和重新唤起的过程中，由于主体有意识的诱导和外部必然因素的作用，表象所呈现的事物的形象所发生的有规律、倾向性的变化。

（五）表象自觉定向变异是文学创作的心理机制

文学创作的过程，尤其是其核心部分——艺术形象的构思过程，就是将生活中的物象积累成为记忆中的表象，再将生活积累的表象与作家的审美理想、审美趣味、创作精神相结合，生成能够传达作家审美体验的审美意象的过程。鲁迅作品中的人物大致可分为两类：一类是阿 Q、七斤、华老栓等作者“哀其不幸，怒其不争”的愚昧、麻木的旧中国国民形象；另一类是魏连殳、绢生这样的苦闷、无出路的知识分子形象。这些形象是作者从生活积累中提取出来经过艺术加工而成的典型形象，是对原有的表象的定向变异的结果。鲁迅之所以做这个向度上的加工，是因为他有着明确的创作目的：“揭出病苦，引起疗救的注意。”[①] 这种文学思想引导着他的艺术创作，令其塑造出具有鲜明倾向性的审美意象。所谓审美意象，就是作家有意识的、自觉的创造活动的产物，其间，由物象到表象，由表象到意象，再由意象到形象的创作过程，就其心理机制来说，就是表象的自觉定向变异过程。

四、生活储备、语言修养与想象能力

表象的定向变异机制是文学语言创造形象的基础，除此之外，作家要创造出好的文学作品还要进行一系列的准备。一方面，作家头脑中要有丰富的表象储备作为创作的素材；另一方面，作家要有一定的物质手段把变异后生成的意象传达出来。然而，这种定向变异及其传达依赖于一定的主体能力，一般人都具有表象定向变异的能力，但是如何对这种变异控制自如，而且能传达出作家独到的体验，却要经过专门的训练才能做到。

（一）生活储备是语言造型的源头活水

作家进行艺术创作和读者进行文学欣赏，如果没有丰厚的、来自生活的表象记忆、情绪记忆储备，那便如“巧妇难为无米之炊”。因此，无论创作还是欣赏，审美主体所调用的都是他个人的生活储备。文学活动是个性化的审美活动，所以，写生活因作家而不同，读作品因读者而不同。作家只有热烈地拥抱生活、敞开心扉接受大千世界传输给自己的各种各样的、无穷无尽的信息，才能在创作时“随心所欲”地调动那些过往的生活记忆，那些原生的、丰富的信息才能够被充分享用和占有。同样，读者欣赏作品所得的感触也是随着年岁和经历的增长而不同的。

（二）语言修养是语言造型的专业技巧

“工欲善其事，必先利其器。”语言是传达文学审美意象的唯一手段，对于进行文学审美活动的人（尤其是作家）来说，语言能力就是文学创作的专业能力。

人类语言历经千万年的丰富发展，内涵深厚，就其功效的可能性而言，早已达到

---

① 转引自吴宏聪、范伯群主编：《中国现代文学史》，78 页，武汉，武汉大学出版社，1999。

出神入化的境界。对于语言表达感到困难的人来说，多数原因是个人能力修养问题，而不是语言容纳力的问题。文学的语言不同于一般的语言表达，它是有一定的技巧要求的，作家必须用万人共用的、一般的语言工具表现特殊的个别人物、个别事件，和他自己的独特风格。所以，作家必须深入理解，掌握并运用语言的技巧。

（三）想象能力是语言造型的心理素养

想象力是语言造型必不可少的心理素养，无论是作家还是读者。作家运用想象把形象构思出来，还要运用想象把构思恰当地表现出来，使读者接受语言后能顺利地把形象还原出来。作家是自己作品的第一读者，在创作过程中时时都要进行这样的想象。晋朝陆机在《文赋》中就提到了艺术创作时作家“精骛八极，心游万仞”的情态；刘勰在《文心雕龙·神思》里说：“形在江海之上，心存魏阙之下……寂然凝虑，思接千载，悄焉动容，视通万里。”他们都对想象作了很高的评价。对读者而言，接触到的是文字，文字携带的是意义，读者要理解的不只是意义，还要把意义背后的形象调动出来，运用自己的想象力把作品中的形象再造出来。想象力对一切创造活动都是不可或缺的。黑格尔把它称为“最杰出的艺术本领”①。而作为虚构的艺术，想象力是文学用来补缀和虚构生活链条的唯一途径，可以说，文学创作就是想象。

五、“文学语言”的定义

语言造型是一种间接造型。所谓间接，就是说语言本身并不是传达给人的艺术形象，由语言构成的文学作品的物质形态——文本是建构文学形象的一份蓝图。所不同的是，这份蓝图不是用蓝色的线条和各类符号构成的，而是由语言文字描绘成的。

作家把取自生活的表象自觉地定向变异为审美意象，将自己对生活的独特的审美体验融入其中，然后用语言将这审美意象描绘出来形成文学作品。文学作品是一个复杂的结构，包含文体、语言、结构、风格等。而作品必须经过读者的阅读、鉴赏、批评，才能成为审美对象。读者将语言解码编辑，“按图索骥”，调用自己的生活储备（包括语词记忆、表象记忆和情绪记忆），照图施工，在自己心中重构审美意象，进行二度审美体验，将作品变成有血有肉的活的生命体，从而使传达审美体验的文学活动得以完成。

文学的语言只是形象建构的物质材料，文学形象本身是由生活记忆材料形成的，这些生活的记忆材料包括形象的和情绪的，而读者要在自己的头脑中进行二度的创造必须出于自身的生活积累。只有作家提供形象设计，而读者没有丰富的生活经验，后者仍然不能准确地接受作家要传达的丰富的体验。因此，文学语言是能够唤起形象与情绪记忆并有利于激发表象自觉定向变异从而催生并最终物化文学形象的语言。这一点曹雪芹在《红楼梦》中借香菱之口道出了其中深蕴。在第四十八回里，香菱读了王维的诗集后对黛玉说道：“据我看来，诗的好处，有口里说不出来的意思，想去却是逼真的；有似乎无理的，想去却是有理的有情的。”黛玉问她：“这话有了些意思，但不知你从何处见得？”香菱于是说了这样一番话：

---

① ［德］黑格尔：《美学》，第1卷，357页，北京，商务印书馆，1979。

> 我看他《塞上》一首，那一联云："大漠孤烟直，长河落日圆。"想来烟如何直？日自然是圆的，这"直"字似无理，"圆"字似太俗。合上书一想，倒像是见了这景的。若说再找两个字换这两个，竟再找不出两个字来。再还有"日落江湖白，潮来天地青"。这"白"、"青"两个字，也似无理。想来必得这两个字才形容得尽；念在嘴里，倒像有几千斤重的一个橄榄似的。还有："渡头余落日，墟里上孤烟"。这"余"字合"上"字，难为他怎么想来！我们那年上京来，那日下晚便挽住船，岸上又没有人，只有几棵树，远远的几家人家做晚饭，那个烟竟是青碧连云。谁知我昨日晚上看了这两句，倒像我又到了那个地方去了。

香菱的体会正是文学语言的特征所致，也是她文学欣赏能力的体现。

第三节 语言艺术的特点

一、艺术形象的间接性

（一）文学形象间接性的含义

文学形象的间接性有两层含义：一是指文学形象不能直接作用于欣赏者的感官，不能由欣赏者的感官直接接受；二是指文学形象由于语言的概括性而造成的形象的多义性和模糊性。如前所述，文学是运用抽象的语言之"义"来塑造形象的，读者接受的过程就是将抽象还原为具体的过程，各人的生活经验不同，知识背景不同，对语言概念的理解也不同，从而在脑海中唤起的表象变异也必然不同。这是文学形象间接性的根本原因所在。读者阅读作品后得到的审美意象可能和作家头脑中原有的意象很不一样，而不同的读者从同一作品中得到的审美感受也不会相同。

（二）文学形象间接性的优势

文学语言的概括性造成的形象的间接性，如果被作家很好地利用就成了文学作品的优势所在。

第一，由于语言描写的概括性，给欣赏者预留了巨大的想象空间，这一参与机制，极大地调动了欣赏者的积极性与创造性。真正成功的文学作品，不应当是意义确定和完结的，而应当是意义含蓄和开放的，可以满足读者无限的阐释兴趣。古代的理论家很早就认识到这一点，老子的"大象无形"，钟嵘的"滋味"，司空图的"象外之象"、"景外之景"，指的都是文学在语言之外留下的想象空间。

第二，语言描写的概括性还赋予了文学形象以含蓄的审美意象，所以古人有"文似看山不喜平"、"构文如构园，贵曲不贵直，贵隐不贵显，贵虚不贵实"等追求。例如，唐代王昌龄有《长信宫词》："奉帚平明金殿开，暂将团扇共徘徊。玉颜不及寒鸭色，犹带昭阳日影来。"这首诗虽然写失宠于汉成帝的宫妃班婕妤的痛苦生活，却对此未置一词，而是巧借宫妃的一个动作含蓄地表现出来：她在寒秋清晨仍舞动着一把合欢扇，使人感到是在期冀昭阳殿君恩再度降临；她感觉自己美丽的容颜尚不及那带东方日影而来的寒鸦的颜色，表明她已意识到自己的命运不如寒鸦。诗人直接写出的很少，却能让读者从字里行间感受到宫妃的无限幽怨之情和深广痛苦。正如清代沈德潜在《唐诗别裁》卷十九中所评论的那样，这首诗“优柔婉丽，含蕴无穷，使人一唱而三叹”。叶燮甚至把含蓄视为诗之至境：“诗之至处，妙在含蓄无垠，思致微渺，引人于冥漠恍惚之境，所以为至也。”（《原诗·内篇》）

第三，语言描写的概括性使文学作品的形象刻画追求概括传神。例如，鲁迅在《祝福》中对祥林嫂的刻画，三次描写她的眼睛，深刻地揭示了命运对她的摧残。祥林嫂第一次来到鲁镇，“头上扎着白头绳，乌裙，蓝夹袄，月白背心，年纪大约二十六七，脸色青黄，但两颊却还是红的。……只是顺着眼，又不开一句口，好像一个安分耐劳的人”；她第二次到鲁镇，“脸色青黄，只是两颊上已经消失了血色，顺着眼，眼角上带些泪痕，眼光也没有先前那样精神了”；她被赶出鲁家，沦为乞丐后，“脸上瘦削不堪，黄中带黑，而且消尽了先前悲哀的神色，仿佛木刻似的；只有那眼珠间或一轮，还可以表示她是一个活物”。鲁迅主张画人的特征最好画眼睛，而无须画他的全部，这几段对眼睛的刻画凸现出了封建宗法制度蹂躏下的祥林嫂悲惨的一生。

第四，由于语言的多义性（能指与所指的差异性），文学形象的表现获得了更大的自由度与灵活性。文学可以运用象征、比喻、谐音等多种修辞手法，表现那些其他艺术不易表现的，甚至是无法达到的意味。刘禹锡“东边日出西边雨，道是无晴却有晴”的诗句就用的是双关的手法，既有字面的意思又有文字背后蕴涵的情感。又如杜甫《江汉》诗中有两句：“落日心犹壮，秋风病欲苏。”虽然词语是恒定不变的，但却蕴涵着三种彼此相似或相反的意义。第一种，“虽然我的心已如落日，但它仍然强壮，虽然我的病已如秋风，但它会很快痊愈的”；第二种，“我的心不像落日，它还很强壮，我的病不像秋风，它很快会痊愈”；第三种，“在落日中，心仍然强壮，在秋风中，病将要痊愈”。[①] 这两句诗蕴藉多重意义，由此可见文学语言的蕴藉特性。

（三）文学形象间接性的局限

艺术塑造形象，总是要尽力将艺术家头脑中生成的审美意象完整地传达出去，更希望读者也能准确地接受。由于文学以语言为塑造艺术形象的物质材料，它的形象不可避免地具有间接性，这种间接性使它具有相对于其他艺术的明显优势之外，也有其局限性。

第一，文学形象的直观可感性远逊于其他艺术门类，缺少由感官获得的直接冲击力。

第二，文学欣赏对欣赏者有较高的要求，要求欣赏者起码得识字，并且能够自主地欣赏，因此妨碍了文学的普及。

二、艺术表现的广阔性

（一）文学形象艺术表现广阔性的含义

文学形象艺术表现的广阔性有两层含义：

---

① 高友工、梅祖琳：《唐诗的魅力》，127～128页，上海，上海古籍出版社，1989。

一是指“语言是心灵的直接现实”，人的心灵的领域是极其广阔的，因而，语言的领域也是极其广阔的，作为语言艺术的文学，其艺术形象的表现力自然也是十分广阔的。

二是指语言是一种人工符号，与其他艺术所用的造型材料相比，最少物质性，因而也最少受物质条件的限制，凡是心灵能够想象出来的，它一般都能够加以表现。

（二）文学形象的艺术表现不受时空限制

像《红楼梦》、《复活》、《四世同堂》这样的鸿篇巨制，其巨大的社会容量和精微的精神内涵是其他任何艺术门类的作品都难以负载的。优秀的长篇小说或史诗可以展示社会转折或动荡时期的广阔的历史画面，刻画丰富生动的人物形象，显现壮丽的人生图景，它只需依附于抽象的物质性最小的语言，而不必受其他物质条件如时间、空间的限制，因而有着其他艺术门类无法相比的自由度和包容性。

（三）文学形象的艺术表现不受有形与无形的限制

艺术所表现的都是人所感觉的。尽管文学也有“意不称物，文不逮意”（陆机《文赋》）的困扰，但比起其他艺术，文学还是有明显优势的：

“蛙声十里出山泉”，文字虽简，但要付诸画作，也让齐白石老人踟蹰三日；

“海上升明月，天涯共此时”（张九龄《望月怀远》）：表现异地思念，具有深远的意境，是其他的造型艺术难以企及的；

“执手相看泪眼，竟无语凝噎”（柳永《雨霖铃》）：表现离别伤痛之情，淋漓尽致；

“春蚕到死丝方尽，蜡炬成灰泪始干”（李商隐《无题》）：表现爱人之间刻骨铭心的爱，语意双关，含蓄贴切。

（四）语言具有穿透一切的巨大表现力

语言作为人类交际的第一工具，它传递信息的功能是其他方式无法比拟的。它既可以描绘生动具体的各种感觉形象，又可以抒发内心隐秘的情感和深刻的思想。几乎人的世界中的一切它都可以涵盖。

三、艺术内涵的深刻性

（一）文学形象艺术内涵深刻性的含义

文学作为语言艺术，形象的物质性、直观性不足，但表现精神、内心和思想却有独到的优势；相比较而言，其他艺术在表现精神与内心世界方面却显示出难以回避的间接性。

（二）文学表现精神世界的直接性

文学作品可以暂时撇开人物的外在形象和行动，运用人物的内心独白或作家旁白式的心理描写，直接揭示人的内心世界。

托尔斯泰在《安娜·卡列尼娜》中，在安娜临死前对她进行了大量的内心独白式的描写，精微地刻画了人物当时的心理状态。这种“心灵辩证法”式的清晰展现，使文学形象具有其他艺术形象所不可比拟的思想意蕴的深刻性。

（三）文学表现精神世界的手段的多样性

除了独白、旁白式的书写，文学作品在表现人的精神世界时经常运用的手法还有很多，如下所列：

1. 利用环境描写，烘托人物内在心灵

例如朱自清的《荷塘月色》：

> 沿着荷塘，是一条曲折的小煤屑路。这是一条幽僻的路。白天也少人走，夜晚更加寂寞。

这段景物描写为全篇定下了基调，烘托人物当时孤寂、落寞的心境。

2. 通过动作、表情等外部形象因素的描写，暗示人物内心的微妙变化

以孙犁的《荷花淀》为例：

> 水生笑了一下。女人看出他笑的不像平常。
>
> “怎么了，你?”
>
> 水生小声说：
>
> “明天我就到大部队上去了。”
>
> 女人的手震动了一下，想是叫苇眉子划破了手，她把一个手指放在嘴里吮了一下。水生说：
>
> “今天县委召集我们开会。假如敌人再在同口安上据点，那和端村就成了一条线，淀里的斗争形势就变了。会上决定成立一个地区队，我第一个举手报了名的。”
>
> 女人低头说：
>
> “你总是很积极的。”

这里作者通过人物的对话和情态暗示人物内心的变化。水生嫂听说丈夫要到大部队上去了，手上的细微动作暗示她内心荡起的波澜；当她得知水生是第一个报名的，虽然有些嗔怪，但她不是拖后腿的人，所以只是低头说了一句赞怨参半的话，凸现人物感情的细腻，产生意味深长的效果。

3. 借助幻觉、梦境，透露人物的潜意识活动

法国作家莫泊桑在小说《项链》中表现主人公玛蒂尔德虚荣心和享乐主义的心理就运用了这种手法，通过主人公的“梦想”展示她隐秘的内心：

> 每当她在铺着一块三天没洗的桌布的圆桌边坐下来吃晚饭的时候，对面，她的丈夫揭开汤锅的盖子，带着惊喜的神气说：“啊！好香的肉汤！再没有比这更好的了!”这时候，她就梦想到那些精美的晚餐，亮晶晶的银器；梦想到那些挂在墙上的壁衣，上面绣着古装的人物，仙境般的园林，奇异的禽鸟；梦想到盛在名贵的盘碟里的佳肴；梦想到一边吃着粉红色的鲈鱼或者松鸡翅膀，一边带着迷人的微笑听客人密谈。

4. 采用如实记录意识流的手法，显示人物真实、复杂的心理活动

意识流本是心理学术语，指人的内心活动呈现为历时性的流动状态。在近、现代的文学创作中，作家运用这种方式展示人物在外界环境刺激下引起的内心意识的流动，这种流动使人物的心理活动呈现出片断化和零散化的特征，以表现打破时空限制和“逻辑常规”的“自由联想”，这种“自由联想”更接近于人内心活动的原初状态。王蒙是新时期最早运用意识流手法的作家，他的小说《春之声》采取自由联想的放射结构描写主人公岳之峰坐在沙丁鱼罐头一样的闷罐子车厢里浮想联翩：

> 咣的一声，黑夜就到来了。一个昏黄的、方方的大月亮出现在对面墙上。岳之峰的心紧缩了一下，又舒张开了。车身在轻轻地颤抖。人们在轻轻地摇摆。多么甜蜜的摇篮啊！夏天的时候，把衣服放在大柳树下，脱光了屁股的小伙伴们一跃跳进故乡清凉的小河里，一个猛子扎出十几米，谁知道谁在哪里露出头来呢？

作者用摹声、变形的手法绘声绘形地描写了人物活动的环境，展示了人物在特殊的心理和视角下所获得的异常感觉，然后使主人公由外在的刺激——车身的摇摆——想到了“甜蜜的摇篮”，继而回忆起童年的生活情景。作者将人物所处的环境和人物内心的细微变化巧妙地融合在一起，这就是意识流小说的手法。

5. 综合运用各种手法，给文学形象赋予更加深厚的精神内涵

例如茅盾的小说《春蚕》中的一段描写：

> 呜！呜，呜，呜，——
>
> 汽笛叫声突然从那边远远的河身的弯曲地方传了来。就在那边，蹲着又一个茧厂，远望去隐约可见那整齐的石“帮岸”。一条柴油引擎的小轮船很威严的从那茧厂后驶出来，拖着三条大船，迎面向老通宝来了。满河平静的水立刻激起泼剌剌的波浪，一齐向两旁的泥岸卷过来。一条乡下“赤膊船”赶快拢岸，船上人揪住了泥岸上的茅草，船和人都好像在那里打秋千。轧轧轧的轮机声和洋油臭，飞散在这平和的绿的田野。老通宝满脸恨意，看着这个小轮船来，看着它过去，直到又转一个弯，呜呜呜的又叫了几声，就看不见了。老通宝向来仇恨小轮船这一类洋鬼子的东西！他从没见过洋鬼子，可是他从他父亲的嘴里知道老陈老爷见过洋鬼子：红眉毛，绿眼睛，走路时两腿是直的。并且老陈老爷也是很恨洋鬼子，常常说“铜钿都被洋鬼子骗去了”。老通宝看见老陈老爷的时候，不过八九岁，——现在他所记得的关于老陈老爷的一切都是听来的，可是他想起了“铜钿都被洋鬼子骗去了”这句话，就仿佛看见了老陈老爷捋着胡子摇头的神气。

在这段语言中，作者用摹声、绘色、拟人等手法描写洋人、洋船侵入平静的水乡，激起老通宝的满腔恨意，描述时诉诸听觉、视觉、嗅觉等各种感官，把巨大的场面描写和人物的心理细节有机地结合起来，从多角度展示了人物的性格。

四、文学表现审美的精神和意识，并以审美的方式去表现

文学要表现的是审美化了的精神和意识，它不是用概念判断和公式直接告诉读者，它的深刻仍然是形象的深刻性。也就是说，文学要呈现出审美的感性形态，即文学是以形象形态存在的。正如上文所引《红楼梦》中香菱学诗时描写的，文学需要以直觉的方式捕捉活现于瞬间的形象，并以饱含情感的笔墨将其生动地表现出来。所以，文学虽然要传达作家对社会和人生理性的、深刻的认识，但审美的特性仍然是它最突出、最直接的属性。真正成功的文学作品，总是善于把隐秘的意识掩藏或渗透在审美的诗意世界中，并赋予这种审美的诗意境界以多重读解的可能性。

本章小结

本章从文学的语言造型机制入手，剖析文学形象的生成规律，进而阐释文学形象的种种艺术特征以及它与其他艺术门类的区别。首先，从分析不同艺术门类造型的物质手段入手，提出文学用语言塑造形象，语言是文学的第一要素；其次，具体阐释语言造型的基本规律，着重分析人的三种记忆及其心理机制、表象的定向变异和生活储备、语言修养与想象能力在文学运用语言塑造形象的过程中所发挥的作用，指出文学语言是能够唤起形象与情绪记忆并有利于激发表象自觉定向变异从而催生并最终物化文学形象的语言；最后，总结概括了语言造型的主要特点，即形象把握的间接性、内容表现的广阔性和思想内涵的深刻性。本章的重点是语言造型的基本规律。

关键概念

造型艺术　　表演艺术　　语言艺术
形象记忆　　语词记忆　　情绪记忆
表象　　表象记忆　　表象变异
表象定向变异　　表象自觉定向变异　　文学形象的间接性
文学语言

思考题

1. 怎样理解语言是文学的第一要素？
2. 简述文学艺术形象的基本特征。
3. 试论文学语言的造型机制。

第五章　作　　家

文学创作是一种主客体相互契合的审美创造活动，这种创造活动的主体就是作家。了解文学创作主体与一般审美主体的区别，了解作家必备的种种核心能力，了解不同作家的不同特点，有助于深入研究文学创作的一般规律。

当我们吟咏“白发三千丈，缘愁似个长”、“国破山河在，城春草木深”、“但愿人长久，千里共婵娟”、“把吴钩看了，栏杆拍遍，无人会，登临意”时，便会想起李白、杜甫、苏轼、辛弃疾；当我们沉浸于《红楼梦》、《复活》、《变形记》、《老人与海》时，又会记得曹雪芹、托尔斯泰、卡夫卡、海明威。我们越被作品所吸引，就越会惊叹作家的创造力，也就越会惊奇于文学的感染力，同时，也就越会产生创作的冲动和探究的好奇：怎样才能作诗和写小说呢？什么样的人才能成为作家呢？诗人和作家需要具备哪些条件呢？

作家研究是文学研究中的重要组成部分，一方面，作家是文学创作的主体，而创作活动又是一切文学活动的基础，创作理论是文学理论的基础，创作规律是一切文学规律的核心；另一方面，文学的创作活动是多种要素协同作用的复杂过程，但作家无疑是其中最重要的因素，在作品创作阶段，只有作家才是具有创造功能和价值的参与要素。因此，作家的研究具有特别重要的意义。

本章要求学生从作家的素养能力、审美意识、创作个性三个方面了解文学创作主体与一般审美主体的区别，了解作家必备的种种核心能力，了解不同作家的不同特点，全面、深入地掌握文学创作的主体规律。

第一节　作家的生活积累与修养、能力

在以往的文学研究中，有两个主要倾向：一是夸大作家主观条件的作用，认为作家是万能的；二是否认作家主观条件的作用，认为作家没有任何殊于常人的地方。实

际上，这两种观点都是不科学的。对此，我们要认真地研究作家的主观条件在文学创作中的必要作用，毕竟不是每个人都能成为作家。

一、作家的生活底蕴与文化修养

（一）生活经历与人生追求

1. 生活经历对作家成长的重要意义

第一，帮助作家积累素材。文学史上的作家大都有非常丰富的人生经历，有时候甚至是很坎坷的，例如杜甫、高尔基，坎坷的经历对作家的创作有着巨大的反作用。作家积累创作素材一般包括两个方面：一是亲身经历的事情，二是没有亲身经历，通过其他人或事物多渠道、多角度获取的题材。比如老舍先生创作《骆驼祥子》，当时他在山东青岛教书，一个朋友从北京来看望他，给他讲了一个人前后三次买车又卖车的故事。还有一次，又听说一个车夫被抓到北京的西山做苦役，虽然车在被抓过程中弄丢了，却拣回来三匹骆驼。后来，经过详细准备，老舍终于写出了《骆驼祥子》。老舍之所以能够创作出这部作品，实际上是与他早期的经历密切相关的，听说的两个故事在文学创作上不过是个启发，而早年的生活经历才构成了他进行文学创作的最坚实的基础。

第二，开阔眼界。一方面，丰富的生活经历不但能够增加作家的生活积累和创作源泉，而且还能拓宽创作素材与感受的来源；另一方面，眼界、胸襟的开阔能提高作家的精神境界，强化作家领悟、消化生活素材的能力。很多作家的经历或许是相同或类似的，但真正写出旷世之作的却是个别的作家，其中一个重要原因就是作家的眼界和胸襟。

第三，培养情感。素材可以道听途说，作品所传达的真情实感只能来源于对生活的第一体验，所以陆游在谈起作诗的时候感慨道："纸上得来终觉浅，绝知此事要躬行。"

2. 人生追求对作家成长的重要意义

第一，激发正确的创作动机。鲁迅就是由于在日本留学期间，无意中目睹了日本电影中日本人用中国人做砍头示众的材料这样的痛苦经历，才最终决定弃医从文，走上了文学创作的道路。用他的话说，就是想"揭出病苦，引起疗救的注意"。由此可见，鲁迅创作的动机是与他救治病弱国民的人生追求相吻合的，没有这样的动机，就不会有鲁迅的创作活动，当然更不会有阿Q、祥林嫂这样传世的文学形象。

第二，决定作家的人生体验、终极关怀乃至艺术追求的方向、深度与广度。前面我们了解到，在鲁迅的作品中，给人形象最深刻的，如祥林嫂、子君、华老栓等，他们的一个共同特点就是精神深受封建思想的毒害，这是鲁迅特别关注的，也是他作品中着力刻画的。而这样的体验正来自鲁迅的精神追求——"引起疗救的注意"。

第三，坚持正确的创作方向。还是以鲁迅为例，大家都知道鲁迅先生是坚决反对"瞒和骗"文学的，其原因也正在于他"揭出病苦，引起疗救的注意"的追求。

（二）教育经历与文化品位

教育是人类文化知识信息与技能传承的主要手段和渠道；文化是人类文明的积淀；

良好的教育经历和文化品位能够帮助文学家在感受美、创造美的过程中进入一个更高的层次。

王蒙曾经提出做一个“学者型作家”的口号，真正杰出的作家大都是学者，从鲁迅到老舍，从雨果到托尔斯泰等，无不如此。古今中外的大作家一定都是具有深厚的文化功底，受过良好教育，知识渊博的学者。尽管有些人，如高尔基，并没有上过大学，但他即使在伏尔加河流域流浪时期，依然没有放弃对知识的追求，自修了全部的大学课程，终于成为一位举世闻名的大作家。与此相反的例子，“文化大革命”之后，曾经出现过一批作家，其中有许多作家也写出一些很好的作品，但5年、10年之后仍然能够为读者提供优秀作品的人却屈指可数，其原因就是文化素养束缚了他们的创作功力和创作成就。

（三）创作经历与艺术追求

在这里，需要注意的有两点：

第一，创作是需要经验的，经验是需要积累的；创作经历对一位作家非常重要。

第二，艺术追求的形成与实现都需要在创作实践中逐步完成，艺术创作无论是在能力，还是在素材上，都需要有一个循序渐进、逐渐发展的过程。

二、作家必备的审美创造能力

作家必备的审美创造能力主要分为以下四个部分。

（一）感受和体验能力

感受和体验能力是指作家将对生活现象的无意注意转化为有意注意，持久地将注意的优势中心锁定于对象，建立广泛知觉与情感联系的能力。所谓无意注意，像生活中我们走在大街上，后面有汽车喇叭的声响，我们会回头观看；或者前面有路灯一闪，我们会抬头观看。所谓有意注意，就是有目的地观察、了解事物。实际上，两者是可以相互转化的：当我们无意注意到一个事物，但从该事物上发现了有价值的东西时，我们就会有意识地去观察，此时，无意注意就转化为有意注意。作为一个作家，在无意注意间善于发现对象的意义，然后通过有意注意把对象的审美内涵发掘出来，这就是作家应该具备的品质，如法国雕塑家罗丹所说的，“世界上缺少的不是美，而是缺少善于发现美的眼睛”，指的就是作家的这种审美感受能力。

敏锐的审美感受能力和深切的审美体验能力，不但有利于作家发现和捕捉，而且可以触发联想，激发有价值的创作动机。需要指出的是，作家的感受和体验能力不仅是对外部事物的，还包括对内心事物的感受和体验能力。

（二）领悟和思考能力

领悟和思考能力是指作家从生活现象中察觉、把握其人生意义和审美意蕴，进而赋予个别的生活现象以丰富、深厚的社会历史内涵的能力。

深刻的领悟和思考能力有利于作家在看似平常的现象细节中发掘出独特的人生和艺术主题，深化对生活的感受与体验，进而拓展作品的思想容量。清代的李渔曾经讲过一段非常著名的话，大意是说：世界上常规的事情是比较多的，新奇的事情是比较少的，作家最大的能力就是在那种看起来非常平常的事情中发现不寻常的意义。前面我们提到的俄国作家托尔斯泰创作《复活》的过程就是一个很好的例子。

（三）想象和构思能力

想象和构思能力是指作家将从生活的物象中积累的表象，经过自觉定向表象变异，建构生成熔铸了自己独特的审美体验的审美意象的能力。

想象和构思的心理意义就是将审美情感体验形式化（或者叫意象化）；而想象和构思的能力就是审美体验的形式（或形象）生成的能力，具体体现为情境体验的能力与角色体验的能力。所谓情境体验的能力，主要是指在创作抒情性作品的时候，寄情于景、托物言志。所谓角色体验的能力，是指在叙事性作品的创作中，作家通过将自己的心理基点位移到笔下人物的心理基点，用自己的内心去体验人物的内心世界。实际上，情境体验也好，角色体验也好，都是艺术家在创作文学形象的过程中运用想象、构思能力的过程。

（四）表达和锤炼能力

表达和锤炼能力是指作家运用语言将熔铸了自己独特的审美体验的审美意象连缀成篇，写成作品，并经过反复推敲、锤炼，使作品日臻完善的能力。简单说来，表达和锤炼能力就是作家将构思好的艺术形象物化、文本化的能力，语言技巧在这个过程中发挥着关键作用。

上述这四种能力，不同的作家不一定样样具备，也不可能样样擅长，毕竟不同的作家其心理素质是不一样的，能力结构也不同，因此才会有万紫千红的文学百花园。但上述这些审美创造能力是作家最需要的。一般说来，只有具备了感受体验能力和想象构思能力，才可能出作品；加上领悟思考能力和表达锤炼能力，才可能出好作品。

第二节　作家审美意识的结构与功能

所谓审美意识，就是对审美现象各种反映的总和。所谓各种反映，包括对审美现象的认识、情感和价值判断。作家的审美意识是作家审美实践的产物，也是社会审美意识在作家身上的折射。所以，审美意识既来自社会实践，也来自社会环境。

作家的审美意识是作家创作活动中主观因素的集中体现，在文学创作中发挥着十分重要的作用。比如，在同样或相似的社会条件下，不同的作家会创作出不同的文学作品，原因就是他们的审美意识是不同的。鲁迅就曾经说过：看生活因作家而不同。

作家的审美意识主要由审美理想、审美情趣和创作精神构成。

一、作家的审美理想

（一）作家审美理想的含义

所谓理想，就是一个人追求的最高目标。所谓作家的审美理想，就是作家在文学创作中追求的最高目标。审美理想是作家审美意识的最高层次，影响、制约着作家的审美情趣和创作精神；审美理想是作家审美价值的判断标准，审美理想决定着作家表现什么以及用什么态度去表现，因此，审美理想主要影响作品的内容。

（二）作家审美理想的形成

作家审美理想的形成包括主观和客观条件。其中主观条件是作家的世界观和人生理想。这些都会影响到作家的审美理想和审美追求。作家审美理想形成的客观条件主要由社会制度、意识形态和社会心理三方面构成。当然，这些客观条件是通过整合而成，即作家的审美理想是内外因素“合力”的结果。所以有的时候，有些作家在某些方面的主客观条件相同或类似，但是仍然能够看出，他们的审美意识存在着这样或那样的细微区别，其原因就是诸多方面的条件是经过整合之后以合力的形式发挥作用的。

（三）作家审美理想的作用

作家的审美理想虽然要受到社会影响的制约，但并不意味着作家的审美理想完全是顺应社会现实的；相反，理想的品格与价值在于它源于现实又能超越现实。审美理想的这种超越功能使它可以赋予作品以理想的光辉，照耀人类前行。比如，在封建社会，优秀的作品正是以它们反封建的审美理想获得人民的欣赏，并长久地被人民所传诵。像王实甫的《西厢记》，作者生活的年代占主导地位的婚姻观仍然是封建阶级的婚姻观念——父母之命，媒妁之言；然而，王实甫在《西厢记》中却提出了“愿天下有情的都成了眷属”的主题思想。如果单纯地从社会制度、意识形态的角度看，我们就不能解释王实甫为什么会提出这种反封建的思想。可是如果我们把外部条件看做一种综合的合力，虽然社会是封建的，意识形态仍然是封建礼教的，但是宋代以后，主要反映市民阶层价值观念的社会心理则越来越直接、深刻地影响着作家的审美理想。在这样的背景下，《西厢记》一改唐代传奇《莺莺传》“始乱终弃”的情节，热情讴歌了以“情”为是非尺度的现代婚姻观。所以，《西厢记》虽然被历代封建统治者屡屡查禁，但仍然经久不衰。

二、作家的审美情趣

（一）作家审美情趣的含义

所谓情趣，就是情调、趣味。审美情趣就是审美活动表现出来的审美情调、趣味，也就是在审美类型的选择中，作家所表现出来的趋向性。如果说，审美理想主要是制约作家判断什么是美，什么是丑，那么，审美情趣则是制约作家在美的不同领域、不同类型、不同表现、不同品格中做出选择。美和丑之间的判断是一种根本性质的判断，是有高雅和低俗之分的，甚至是有正确和错误、先进和落后之分的。但是，美的情趣在很多时候是没有这样的原则区分的。实际上，情趣的分别是一种样式选择的区别，而不是是非正误的区别。

审美情趣是作家审美活动中的兴趣中心，是其审美意识中的兴奋点。作家特定的审美情趣，往往会影响其艺术风格的形成。例如，大海是海明威的兴趣中心，他永远不会失去对大海的兴趣，他的作品也总是在描写大海，以至于形成了他鲜明的题材风格。审美情趣决定着作家的表现范围以及表现方式，因此，审美情趣主要影响作品的形式。审美情趣也会影响作品的内容，比如审美情趣会影响作家对题材的选择，但主要还是影响作品的形式。

（二）作家审美情趣的形成

作家审美情趣形成的主观条件是他的文化品位和艺术追求；作家审美情趣形成的客观条件主要是民族的传承性和时代的变异性，也就是说，不同的民族会有自己不同的审美情趣。不同的时代也是如此。举例而言，唐代的诗人创作了许多送别诗，初唐和盛唐的送别诗尽管渲染了送别之意，但其中有很浓厚的昂扬向上的格调；而晚唐的送别诗在送别之余，更多的是低回婉转，一唱三叹。

（三）作家审美情趣的表现

1. 作家的审美情趣影响其题材选择

情趣制约表现范围。如王维，其审美情趣在前半生不仅有田园诗，还有边塞诗，而后半生则专事山水诗。当然，题材的选择不仅受审美情趣的影响，也有其他因素，包括审美理想。

2. 作家的审美情趣影响其体裁的选择

情趣制约表现样式。普希金就曾经将自己发现的很好的题材——《钦差大臣》让给了果戈理，因为他认为这个题材更适合以喜剧体裁表现出来，他本身的长处在于悲剧，而果戈理则更擅长写喜剧。

3. 作家的审美情趣影响其风格特点

情趣制约创作个性。众所周知，老舍的作品中有很强的幽默因素，这和老舍本人的性格有关，也和他的人生情趣和审美情趣有关，也就很自然地体现到文学创作中来。在老舍的作品中，我们会很自然地感受到这种风格。

三、作家的创作精神

（一）作家创作精神的含义

作家进行文学创作，总要选择一定的创作方法，创作精神所涉及的是作家创作方法的选择问题，是选择中的心理定势和价值标准问题。

作家的创作精神是审美意识的最低层次，对上，它要受审美理想和审美情趣的制约，对下，它与创作方法和创作过程相连；创作精神的作用是通过创作方法的选择和运用将真实可信的生活素材与鲜明独特的作家体验融为一体，其本质是审美主客体统一的途径、方法与手段。但是，创作精神是这种创作方法选择的标准，并不是标准本身。

（二）作家创作精神的形成

作家创作精神形成的主观条件是他的文学观念和艺术追求，也就是说，作家有什么样的文学观念和艺术追求，就倾向于什么样的创作精神。例如，鲁迅从事文学创作的主要目的就是“揭出病苦”，因此，他运用了现实主义的创作精神。同样，郭沫若的文学观念是用理想的光辉烛照黑暗的现实，反衬现实的黑暗和不合理，正是这样的文学观念导致郭沫若在创作时倾向于运用浪漫主义的创作方法。

作家创作精神的形成是各种内外因素“合力”的结果，而在客观条件中文学思潮和文学流派的影响具有重要意义。需要指出的是，作家的创作精神既是作家审美意识的最低层，同时又是作家创作方法的最高层，所以，作家的创作精神既与作家的审美意识相关，又与作家的创作方法有关。

第三节　作家的艺术风格与流派

一、艺术风格的含义及其形成

（一）艺术风格概念的形成

在中国，“风格”一词，始见于魏晋，如葛洪《抱朴子·行品篇》：“士有行己高简，风格峻峭。”这里的“风格”指人物品性风度。曹丕《典论·论文》指出：“文以气为主，气之清浊有体，不可力强而致。辟诸音乐，曲度虽均，节奏同检，至于引气不齐，巧拙有素，虽在父兄，不能以移子弟。”这里把风格与人的气质关联起来。刘勰《文心雕龙·体性》分文学风格为八体，更重要的是，他提出，风格形成的主体条件是“才、气、学、习”的不同。并且形象地指出：“各师成心，其异如面。”

在西方，“风格”（style）源于希腊文，本意为“写和画用的金属雕刻刀”；后引申出比喻意，表示“文字组织的特定方法”或“以文字装饰思想的特定方式”。法国文学家布封指出“风格即人”，该论断曾为马克思和黑格尔引用，其影响一直延续至今。黑格尔进一步指出：“风格一般指的是个别艺术家在表现方式和笔调曲折等方面完全见出他的个性的一些特点。”歌德也说过：“一个作家的风格，是他的内心生活的准确标志。”抓住了风格的关键，即抓住了作家个性。

（二）创作个性与艺术风格

个性是指在一定的生理基础上并于社会实践中形成的个体独特而又相对稳定的心理特征与行为趋向的总和。

创作个性是指作家的个性特征在创作实践中表现出的个体独特而又相对稳定的创作心理特征与创作行为趋向的总和，它包括作家气质、人格、艺术才能、审美意识等因素。

创作个性是形成作家艺术风格的核心要素。换句话说，创作个性是艺术风格的必要条件，一个作家只有具备了独特的创作个性，才可能具有独特的艺术风格。

（三）艺术风格是作家创作成熟的标志

艺术风格是作家创作中的一个重要现象，但并非所有的作家都有自己的艺术风格，艺术风格是作家创作成熟的标志。一方面，只有那些在创作上已经成熟，能够表现出自己独特的创作个性的作家才能具备自己的风格。另一方面，艺术风格主要表现在文学作品中，不能脱离作品而空谈风格。

（四）艺术风格的定义

艺术风格是指在文学作品内容与形式的有机整体中表现出来的作家独特创作个性的一种审美属性。

二、艺术风格的类型及表现

（一）艺术风格的类型

1. 清代的姚鼐的阴阳刚柔二分说

姚鼐在《复鲁絜非书》中指出：“闻天地之道，阴阳刚柔而已。文者，天地之精英，而阴阳刚柔之发也。”就是说，万物自然的规律可以用阴阳刚柔来概括，而文学是生活的反映，也是阴阳刚柔的表现而已。该阴阳刚柔二分说与美学理论中的优美与崇高（壮美）相符，有较好的可体验性和可操作性，但略显粗疏。

2. 常用的八体四对分类法

这种方法把所有的文学作品分为两两相对的 8 种类型，即浓丽与平淡；豪放与婉约；含蓄与直率；简约与繁丰。

（二）艺术风格的微观表现

1. 语言风格

所谓语言风格，就是作家的创作个性导致作品语言上的独特性，能够给人独特的审美感受。如老舍语言的幽默风格，鲁迅语言的犀利风格。

2. 结构风格

不同的作品表现的内容不同，所采用的结构也不同。同是中国的长篇小说，《水浒》是由一个个自成一体的小故事串联而成的，是一种链条式结构，给人以明快的感觉；而《三国演义》则是多线索同时发展，有明线有暗线，有主线有辅线，该结构的风格特点就是宏大壮阔。

3. 题材风格

比如唐代诗歌，有边塞诗、田园诗，其风格是迥然相异的。田园诗朴素淡泊，而边塞诗雄浑悲壮，这样的风格特征与作家题材的选择有着必然的联系。

4. 主题风格

由于作家选择主题的不同，而在风格上呈现出差异。比如，同是写崔莺莺和张生的恋爱故事，唐代为《莺莺传》，元代为《西厢记》。前者的主题是始乱终弃的劝喻主题，是站在封建伦理道德一边的，因此整个作品表现出来的是哀怨的风格：崔莺莺对自己因违背封建礼教而遭受的不幸表示深深的忏悔；而后者则明确地提出了“愿天下有情的都成了眷属”的反封建主题，因此，在风格上一改前者的哀怨悲愁，而呈现出明丽欢快的色彩。

5. 形象风格

在鲁迅先生的作品中，主要是两类艺术形象给人的印象最为深刻：一类是孤独的先行者，像《狂人日记》中的狂人、《伤逝》中的涓生和子君、《孤独者》中的孤独者。这些都是旧时代率先进行反抗的人，但由于历史的局限，都失败了。因此给我们的感受，都是一些孤独的先行者。另一类是麻木的受难者，像《药》中的华老栓，《祝福》中的祥林嫂等。实际上，孤独的先行者也好，麻木的受难者也好，描写这些人物，其主旨在于“揭出病苦，引起疗救的注意”。这样的人物系列就有其特殊的风格，概括而言，就是浓重和悲凉。

（三）艺术风格的宏观表现

风格是作家个体创作个性的表现；但一定的作家群体中往往会表现出某一方面的风格共性，例如文化观念、关注主题、语言习惯等。这就是艺术风格的宏观表现。艺术风格的宏观表现主要包括时代风格、民族风格和地域风格。

时代风格是指在一定时代物质生活条件制约下的精神风貌和审美意识所造成的作

家在艺术风格上的共同特征。

民族风格是指一个民族的文学在内容与形式的统一中所体现的共同的民族特色，它是和该民族独特的社会生活、风俗习惯、文化传统、审美意识相联系的。

地域风格是指某一地区的作家在创作上所形成的地方特色，它是一定地区的生活环境、风土人情、地域文化心理所形成的整体风貌在作家作品中的体现。

（四）艺术风格的多样性

风格独特是作家艺术创新的重要标志，因此，风格的多样性符合艺术的本质。强调独特性、创造性必然要求多样性，包括风格的多样性。

风格多样性是文学反映的生活多样性、表现的思想多样性的必然结果。生活本身是多样的，其风格必然是多样的。

风格多样性是满足人民多样性审美需求的需要。人的需求是多样的，作为满足人们精神需求的文学创作，只有具有多样性，才能使人多样的审美需求得到满足。

风格多样性是文学繁荣的自身需要。文学作为人们的精神创造，它的生命力就在于它的创造性、多样性。历史上凡是实现了文学风格丰富而多样时，文学就会繁荣，从而不断向前发展；凡是文学多样性被制约时，就会抑制其生命力，阻碍其发展。

三、文学流派

（一）文学流派的含义

文学流派是文学发展过程中出现的一种重要的文学现象，它是文学成熟和繁荣的标志。

西方现代文学理论家勃兰兑斯认为：“一些自愿接受某些大体上得到明确的系统的阐述的信念所指导的作家，有意识地结合在一起就形成了流派。”[①]他的话有几点值得注意：一是文学信念，作家之所以结合在一起是出于接受了某种文学信念；二是这种结合是自愿的，不是强迫的；三是结合的应该是一些作家。

因此，文学流派是指在一定的历史条件下，一些作家由于文学见解、审美追求、创作风格等方面的相似或相近而自觉或不自觉地结合在一起所形成的作家群。

（二）构成文学流派的基本条件

1. 形成了以著名作家为代表的创作群体

任何文学流派所构成的群体，都不是乌合之众，都会有自己的代表人物，一般是著名的作家。如当代的“新写实”文学流派，其代表人物就有池莉、刘震云等，而先锋派就有余华、苏童、北村、孙甘露等。

2. 作家群体的思想倾向、创作原则、文学观念和审美追求相同或相似

像五四时期的文学研究会、创造社都有自己的文学观念，如前者提出“为人生而艺术”的主张；后者提出的“为艺术而艺术”的主张等。在创作原则上，前者主要坚持现实主义的原则，后者主要坚持浪漫主义的原则。

---

① 刘甫田、徐景熙主编：《文学概论》，190页，北京，高等教育出版社，2000。

3. 群体成员既有独特的个人风貌，又形成了有特色的群体风格

还是以文学研究会和创造社为例，前者由于其审美取向和创作等，在风格上一般比较凝重，后者则呈现出奔放、率真的色彩。

（三）文学流派的形成

1. 自然形成的流派

一般以若干有代表性的作家为核心，聚集了一批作家，自然而然地形成。这样的流派不一定有明确的宗旨甚至自己的活动。例如，宋代的江西诗派，就以黄庭坚为首，由于当时的诗人推崇黄庭坚的诗歌主张和作品，并且群起效仿，这样就自然而然地形成了江西诗派。还有一些创作流派在组成上更加松散，甚至没有形成有形的、彼此之间有相互交往的组织，而是在创作上呈现出某种共同的倾向。例如宋词的创作有豪放派和婉约派，现当代时期则有以赵树理为代表的山药蛋派和以孙犁为代表的荷花淀派等。

2. 自觉组成的流派

这些流派一般都有组织、有纲领、有发表和声明文学主张的阵地，大多是以文学团体、社团的面貌出现，例如前面提到的文学研究会和创造社。

本章小结

作家是文学创作的主体，作家研究是文学理论研究的重要内容。本章从作家的素养能力、审美意识、创作个性三个方面探讨文学创作主体问题，涉及作家修养、创作心理、风格流派等诸多重要问题。首先，作家的生活底蕴、作家的文化修养和作家必备的审美创造能力，所有这些构成了作家的生活积累与修养能力，它们是作家从事创作活动的基础；其次，作家的审美理想、审美情趣和创作精神共同形成了作家的审美意识，而作家审美意识的不同层面在作家的文学创作活动中发挥着不同的功能；最后，包括时代风格、民族风格和地域风格在内的作家的艺术风格与各类文学流派，既是重要的文学现象，从不同方面造成了文学艺术的多样性，同时，又是文学理论的重要范畴，反映了文学实践的客观规律。

关键概念

感受和体验能力	领悟和思考能力	想象和构思能力
表达和锤炼能力	审美理想	审美情趣
创作精神	艺术风格	时代风格
民族风格	地域风格	文学流派

思考题

1. 生活经历与人生追求对作家的成长有什么重要意义？
2. 作家应该具备什么样的审美创造能力？
3. 举例说明构成文学流派的基本条件。
4. 试论作家审美意识的结构与功能。

第六章　文学创作的过程

谈起文学创作，人们总会有一种神秘感，这种神秘感既来自人们对作家的崇拜，更来自人们对创作过程的缺乏了解。缺乏了解的原因不是未曾努力了解，事实上，人们对文学的早期研究主要是集中于作家和创作过程的，因为人们首先关心的是谁写的，是怎么写出来的。早期的研究无论在中国还是在西方，都是以作家的内省、回忆和自述以及研究者的理论假说的推演为主的。

这些研究在一定程度上帮助人们了解了创作过程的某些方面，揭示了创作过程的某些规律。但是由于建立在脑科学基础上的现代心理学的缺席，大量的环节空白反而更增加了整个过程的神秘感。这种神秘感的一个重要体现就是，在今天的创作规律研究范畴中有大量的富有神秘色彩的词汇：灵感、神思、神韵……现在，尽管我们还不能说文学创作过程的研究已经量化为一种实验科学了，但前人的丰富成果、现代脑科学成果的借鉴，已经使我们站在了巨人的肩上，可以进行更加符合创作实际的理论描述。

文学创作规律是文学理论研究的重点，而创作过程研究则是这一重点中的核心。文学创作是一种审美创造活动，有其独特的心理过程和复杂的心理机制，涉及由物象到表象，由表象到意象，由意象到艺术形象这一审美主客体契合的全部要素和完整过程。

本章旨在通过对创作过程本身的经验描述，对创作心理机制的分析研究以及对创作心理系统的动态把握，较为全面地揭示文学创作的基本规律。

第一节　文学创作的基本过程

我们把文学创作的基本过程大致分为前创作阶段、创作动机的萌发阶段、文学形象的酝酿与构思阶段、语言的表达与锤炼阶段等四个阶段。

一、前创作阶段

（一）前创作阶段的含义

文学的前创作阶段是指作为艺术构思和艺术表现基础和条件的作家的全部生活储备与生活积累的过程，也就是某一作品创作前，作家具有一定指向性和目的性的创作准备阶段。

这一阶段并不属于严格意义上的正式的创作过程。正式的创作过程应该是从萌发创作动机开始的。但是为什么还要把它作为四个阶段之一呢？这是因为要解释复杂的创作心理过程，不能不涉及这个阶段的心理活动，这一阶段有其重要意义。

前创作阶段的具体内容和涵盖范围又要比准备阶段广泛得多：既要回溯到作家过去的全部生活经历，又必须延伸到作家在此后正式的创作过程中对生活的重新感受、体验和有意识、有目的的补充观察和补充体验，它是一个比较宽泛化的阶段。

（二）前创作阶段的任务

以一个作家的眼睛和心灵去观察和体验生活，捕捉与接受外界的各种信息、刺激，并凭借自己的审美意识进行过滤、筛选，由此形成并强化自己的审美注意优势中心和审美体验兴奋点，为创作动机的发生创造条件，这是前创作阶段的根本任务，由此可见这一阶段的重要性。如果不经过这一阶段的准备，创作动机的萌发将是很困难的。

（三）前创作阶段的心理过程特点

1. 泛目的性

所谓泛目的性，是指：第一，它是有目的的；第二，此目的并非具体的。所谓有目的，是指作家经常自觉地以作家而不是常人的身份、眼睛和心灵去观察和体验并感受生活，即为了未来的创作而去观察与体验。但此时的创作还是一个泛指，仅仅为了未来的创作打下基础，并未落实、明确到创作哪一部具体的作品上。

2. 泛指向性

由于前创作阶段的目的性是比较宽泛的，因此这时的观察和体验有一定的范围，而且随着前创作阶段的逐渐深入，这个范围在逐渐集中、逐渐缩小。如鲁迅先生曾经关注中国农村劳苦人民的生活，故塑造了阿 Q、九斤老太、祥林嫂这样的人物形象；他还善于透析知识分子的精神动态，故又为狂人、魏连殳、涓生等知识分子形象的诞生做了准备。但此时他的观察与体验都只是某一类、某一个方向，尚未指向具体的目标。

3. “待机”状态

在两部大作品之间的调整期，即下一部作品的准备酝酿期间，作家时常写一些小东西或干脆暂停写作。我们将作家所处的这种半活跃的准备、搜寻、尝试、不断选择又不断放弃的状态称为“待机”状态。

（四）前创作阶段的作用

虽然前创作阶段没有进入正式严格意义上的创作阶段，但它是连接常人生活状态与正式创作状态的过渡阶段。作家也会与常人一样地介入生活，不可能一下子就从常人的心态跳跃到正式的、严格意义上的创作阶段，因此，这一阶段是必不可少的创作阶段，尤其是创作动机产生不可或缺的准备时期。

二、创作动机的萌发阶段

这是文学创作的第二个阶段，它是在前创作阶段的基础上产生的。

（一）创作动机的含义

动机是在需求的刺激下产生，直接推动人发出行为以达到一定目的的内驱力。创作动机是指创作主体——作家的审美创作需求处于激活状态，促使其通过创作去吐露、宣泄，成为一种强大的、不可遏制的创作推动力。“如鲠在喉，一吐为快”是此时（处在创作动机萌发这个阶段）作家的典型心态。只有作家完成了作品的创作，抒发、宣泄了自己的审美体验，满足了这种审美创作需求的时候，其内心才会从失衡状态趋向恢复平衡。通俗地讲，创作动机的萌发就是作家由于产生了强烈的创作冲动，使其心态处于一种运动中的失衡状态，为了要恢复心态的平衡，必须把郁积在胸中的这种强烈的情感、深切的体验，通过作品的创作抒发出来；只有使情感得以抒发，得以宣泄，即作品完成，其心态才能从失衡的状态中调整过来。

（二）创作动机的发生

创作动机的发生依赖主体内心需要与外部刺激触发两方面相互作用；作家的内心需要来源于前创作阶段的积累。在前创作阶段作家有目的而非具体地，有指向而非确切地关注积累某些方面的生活素材，只有在积累一定数量之后，才会产生这种表达的需要。创作动机发生的情况极其复杂，依据外部刺激触发因素，可以分为以下几种主要类型。

1. 情境触发

即作家在一种情境、一种氛围的触动下，唤起潜意识中积存已久的创作素材和情感体验，使无具体指向的创作意愿转变为有具体目标的创作动机。清代著名画家郑板桥在《题画》一文中就记录了他的创作动机的萌发过程。大意是说，清晨起来到园子里散步，这时，隔着微露的晨曦，飘浮的雾霭，影影绰绰看到带着露水的翠竹枝疏叶密，就是这些有意无意地浏览，使画家心中渐渐升起想要摹绘竹子的念头。“胸中勃勃，遂有画意”，此画意就是创作冲动，也就是创作动机，促使他最终拿起笔来，将眼中之竹变为胸中之竹，又将胸中之竹变为手中之竹。郑板桥这一次创作动机的萌发就是在晨晓、庭院、清竹这样一个外部环境氛围的触发下产生的。

2. 原型触发

即作家从生活之人与事中得到启发，为自己已有的人生感受与体验找到了明确的参照物，找到了创作的原型，并由此触发创作动机。老舍先生创作《骆驼祥子》就是比较典型的一个例子，作家从朋友那里听到两个关于人力车夫的鲜活故事，由此触发了写这部小说的创作动机。

3. 意念触发

既非环境氛围，也非人物事件，只是在阅读或交谈中受到某种思想的启示或观念的点化，体悟到自己业已积累的素材与体验的独特意义，从而引发创作动机。对原有的素材和体验，可能一开始作家并未真正意识到它的意义，在读书或同别人聊天的过程中，来自外界的点发和启示，使作家突然意识到某一新的创作契机，使原本获得的材料本身内在的意义凸显出来，于是就引起一种创作的动机。这样的实例也是有的，如后来改编成电影《被爱情遗忘的角落》的原作是张弦的小说，最初张弦创作这部小说的动机就是来自同一位朋友的聊天中。在涉及农村中的妇女问题时，谈到许多年轻的姑娘由于一时的盲目冲动使自己付出了较为惨重的代价，而且农村现在还存在着由于父母包办而导致的婚姻悲剧。作家就是在这样一种交流互动中萌生了最初的创作动机。

4. 形象触发

由鲜明、生动的形象感受而引发出思考、联想与情感体验，最终产生创作动机。在创作实践中，有些作家，其创作动机就是来源于一幅画或一张照片，这幅画或照片的形象的独特性，引起了作家的感受和思考，形成了一种创作的动机。

在许多情况下，创作动机产生的条件是复杂的、综合性的。如郑板桥“晨起看竹……胸中勃勃，遂有画意”，其中的条件就是综合性的：既有环境的感染，也不排除竹子的鲜明姿态形象对画家的触动。

（三）创作动机的作用

创作动机的萌生在整个创作活动中是非常重要的，没有创作动机的萌生，就没有创作过程的开始，主要表现在两方面：

一是引导作用，由于创作动机的萌生，作家明确了文学创作的具体目标。老舍先生听到故事后马上就明确了自己要写人力车夫，也就是定下了写什么，接下来，他从各个方面了解人力车夫的状况，再加上早年自身的生活体验，此后的创作活动便全部围绕这个目标进行。

二是动力作用，创作动机的萌生，是作家获得创作活动的巨大动力。动力本身是一种内驱力，对文学创作来讲是尤其需要的，因为创作是艰苦的，没有强有力的动力支持就很可能半途而废。创作要深入生活，一部鸿篇巨制的诞生往往需要丰厚的生活积淀。曹雪芹为一部《红楼梦》耗尽了他的后半生，漫长的创作过程，如果没有炽热的创作动机支持，是很难完成的。不仅构思，表达也是如此。作家虽然都是语言大师，但是语言的锤炼对他们来说同样是一种艰苦的劳动，故古人有“吟安一个字，捻断数根须”之说。可见，没有强烈的创作动机做动力，作家要顺利地完成文学创作是不可想象的。

三、文学形象的酝酿与构思阶段

（一）形象酝酿与构思的含义

艺术形象的酝酿与构思是指作家在一定创作动机的驱使下，为了传达心中的审美体验，经过对审美表象材料的分解、组合、重构等自觉的定向变异活动，在头脑中孕育出审美意象的心理过程。

形象的酝酿与构思是创作动机发生后的进展与深化。在形象的酝酿与构思中，主客体因素一步步异质同构，形象的酝酿与构思是一个审美创造过程，是主客体相互交融的一个过程，即将主体的情感意絮与客体的形象性因素统一起来，为精神性的内蕴找一个物质性的载体，将情感性的东西进行形象性的诠释。一个是主体性的感受，另一个是客体性的形象，二者的统一就是要使客体的形象能够传达主体的观念和体验。情、理、形的意絜交融化合，最终达到合规律性、合目的性的和谐完美，孕育出富于艺术生命力的审美意象。在主体因素中，既有感性的诉说，也有理性的思考，酝酿和构思的过程实际上是这诸多心理要素的交融化合。最终是要创造出一个富于艺术生命力的审美意象，此意象中既包含了情的因素也包含了理的因素，同时又兼具形象性。此三者并非彼此孤立，而是相互融合在一起的，所以说酝酿构思的过程也就是这三种主体要素交融整合、互动生成的过程。

（二）形象酝酿与构思的过程

1. 形象的萌生

形象的萌生是指意念与形象的第一次互动生成。这里所谓的意念，就是指创作的冲动，创作的动机；而形象也就是未来的审美意象最初的朦胧的形象性的因素。在多数情况下，形象的萌生可能是与创作动机的引发同时发生的。如老舍先生在听到车夫的故事后产生了要写车夫的愿望，与此同时车夫不断奋斗又不断失败带有悲剧性色彩的人物形象，已在作者的脑海中有了一个朦胧的轮廓。想写车夫和写一个什么样的车夫的想法几乎是同时产生的，但两者之中，形象的萌生更加强调形象的生成而不仅仅是意念的生成。我们在研究创作动机时，关注的是老舍此时想要创作一个车夫；但在形象的酝酿与构思的过程的研究中，我们关注的则是作家想要写一个什么样的车夫。尽管形象此时还并不成熟，但这是酝酿构思过程的第一阶段。有些学者将此阶段比喻成生命开始孕育胚胎的过程。任何一个成功的艺术形象其本身就是一个活生生的艺术生命，形象萌生的过程就是此艺术生命最初孕育的那一瞬间，那一阶段。

2. 形象的发育

如果把形象的萌生比喻为坐胎的话，就像婴儿要在母体中发育成熟一样，形象也有其自身的发育阶段，即通过展开丰富的想象与联想，使主体的情感与客体的形象稳定地契合，使意象逐渐获得独特的审美特征，目标是使审美意象逐渐清晰、逐渐丰满、逐渐活跃。这里要注意两点：第一，在这个阶段中，重要的是主体情感与客体形象稳定的结合。在酝酿与构思的第一阶段，我们强调的是意念与形象的第一次结合，这种结合是不稳定的，作者似乎感觉到了什么，但不一定准确，也有可能经过更长时间的酝酿，便放弃了最初的感觉。如托尔斯泰创作《安娜·卡列尼娜》，最初的感觉中，安娜本是一个轻浮放荡、毫不值得肯定的女人。但随着创作的深入，以及形象的孕育发展，作家逐渐改变了自己最初对这一形象的感受和看法。这就说明最初的感觉有可能是不稳定的、不确切的。在形象的发育阶段，就是要使这种不稳定、不确切的情感与形象的关系逐渐成为一种稳定的、确切的关系。第二，稳定来源于形象的清晰，作者对形象的把握越来越准确。在此过程中，不仅要使形象逐渐清晰起来，而且要使审美意象富于创作个性特征，能够以独特的形象去表现作家独特的审美体验。所以形象发育的过程，也就是形象获得审美特征的过程，这样才能使未来的审美意象是一个典型的而非平庸的审美意象。以老舍先生创作《骆驼祥子》为例，形象发育的阶段，就是从写一个什么样的车夫变为写这样一个车夫——祥子。当然，由朦胧的、无确切个性的“感觉形象”到清晰明确的“具体形象”，这一过程不是一蹴而就的，可能要经过多次反复。为了使这一形象在发育过程中逐渐获得特征，逐渐清晰起来、活跃起来，成为一个有生命的个体，作者需要经常重新回到生活中去，补充观察，补充体验，其创作过程会分成几段，甚至中断创作很长时间，托尔斯泰创作小说《复活》就是这样。这些都充分说明了形象发育阶段的漫长和艰苦。

3. 形象的成熟

把审美意象作为一个生命体与之对话交流，在审视、观照中赋予它以独立的生存环境，使审美意象成为形象系列；同时寻找并初步确定审美意象的物质表现形式与手法。

当一个形象具有清晰稳定的审美特征之后，并不能立刻就进入艺术表现的阶段，这里至少还有两个问题需要解决：

第一，一个艺术形象如果要想获得真正的生命，不但它自身应是一个独立的生命体，而且还应该获得它所生活的那个环境的真实性，即它要获得一个独立生命个体所应具有的一切，包括生存环境。从人物性格来讲，其是否真实，不仅取决于它自身，而且要看它与它的生存环境之间是否存在和谐统一性。只有具备了这一切，我们才能说它不仅有个性特征，而且与环境相协调一致，这才是一个活生生的、可信的艺术形象。生活中的性格，都是一定环境的产物，我们所谓的个体生命的真实性，就是来自于它与生活环境的协调性。因此，在形象创造的过程中，艺术家的一个重要任务，就是把一个主要的艺术形象，变为一组整体的形象系列。如《红楼梦》的创作，曹雪芹在形象成熟阶段，就不仅要将主要人物——宝、黛、钗等酝酿构思好，同时也要把整个大观园、整个贾府、四大家族以及社会背景全盘运筹，人物绝不局限在两三个人身上，而是各色各样、纷繁众多、性格各异而又鲜活突出的人物形象系列，此时的酝酿构思可以称为趋向成熟了。

第二，此时形象的成熟预示着形象诞生的那一瞬间即将来临，作家必须为形象的问世和脱离母体做好准备，即为形象获得一个文本的存在形态做好准备。比如对外形的描述，如何用语言表述头脑中的意念。又如，当大体把握人物性格之后，其细微心态和语言又如何去拿捏呢。这些都是作家进一步要考虑的问题。

四、语言的表达与锤炼阶段

（一）语言表达的含义

文学形象的语言表达是通过写作活动完成创作的过程，是运用语言文字将作家头脑中的审美意象物化、外化、形式化的过程，也是作家创作动机最终实现的过程。

文学形象的语言表达是指作家运用语言及其表现技巧将酝酿构思成熟的文学审美意象转化为以语言文字为呈现形式的文学作品的写作过程。语言表达实际上是两个过程的相互统一。过程之一是审美意象到文字的转化过程，这是一个内心的过程，是语言表达的内过程；过程之二是文字写作的过程，这是一个实践的过程、动手的过程，是语言表达的外过程。语言表达就是这内外过程的有机整体。

（二）语言表达的特性

文学形象的语言表达是作家所从事的一项艰苦而特殊的审美创作实践活动。它需要审美意象与语言文字的双向感受、双向建构的能力。比较起来，语言表达不仅是把一个想好的内容用文字叙述出来，而且需要在写作过程中不断地去揣摩和尝试，努力选择最佳方案去诠释构思好的审美意象，同时又能够准确地表达此审美意象所要传达的作家对生活的审美体验。虽然文学创作可以分为想与写，但想之于形象、意境与写之于文字是有所差异的，文字的能指和所指本身存在差异性，某一种形象或意境并非只有一种文字和语言方式能够表达，而是有多种的选择性。一个文学形象的出炉，其语言表达方式的可能性并不是单一的，所以才有了斟酌、推敲这些炼字方式的产生。文学作品的创作最终落笔之时，需要的是一种转换的、更为复杂的能力，这造成了文学创作中语言表达的特殊性、困难性和复杂性。

（三）语言表达的双重任务

一方面，语言的表达是艺术构思的物化和实现，是一个记录和传达的任务。把酝酿好的形象用文字符号编辑，传递给读者，使后者通过语言文字的解码，理解词义、句意和文意，并在此基础上顺利而准确地感受艺术家构思和传达的艺术形象以及蕴涵于其中的审美体验。

另一方面，语言的表达又是艺术构思的继续、调整与深化。艺术构思进入写作阶段后，并非消极地传达。在很多情况下，即使开始写作了，艺术形象也没有最终完成，在写作的过程中，作家可能随时进行调整、深化、修改。以调整为例，写作是要完成从意象到文本，从文本到体裁这样一个建构的过程，即把一个构思好的形象转化成文字，再由文字的形式组成一个属于特定文学体裁的表达样式这样一个过程。不同的体裁，对意象和文本的相互结构的具体方式有着不同的要求。诗歌要求文字简练、含蓄、格式化而富于音乐韵律；小说则要求通过文字表达生动地刻画人物的形象、性格，完整地、曲折地叙述事物发展的情节；戏剧不但要有人物性格、生活环境，还要能够创作表现富于动作性的戏剧冲突。针对不同体裁的不同要求，作家也只有在写作当中不断去调整，逐渐适应，这是一个尝试摸索的过程。所以，语言的表达阶段，不仅是把构思好的形象变成文字，还要在此过程中对已经初步成熟的艺术生命的雏形不断加以修改、调整和深化。

第二节　文学创作过程中的心理机制

一、情感体验

（一）文学创作过程中审美体验的特点

情感体验是文学创作的一种重要的心理机制。关于审美情感体验的属性以及它的心理机制，我们前面已经介绍过了，在这里主要分析文学创作当中情感体验的特点与类型。与一般的情感体验和审美体验相比较，文学创作过程中的审美体验的特点，可归纳为以下三点：

（1）从表现（存在）方式上看，文学创作过程中的审美体验具有心理再现与创造想象的特性。与其他体验对照来看，文学创作中的审美创造体验是一种再体验，是将曾经发生过的审美体验再一次唤起。正是这种再体验，使创作不是在真实的环境中，而是必须依靠想象去完成。比如曹雪芹笔下《红楼梦》中的许多具体情节或许是作家早年生活当中的真实遭遇和经历，但当作家创作的时候，则是在想象中，把曾经体验过的情景重新唤起。不光小说，诗歌也是一样。诗人置身于感人的情景之中，被激发起诗歌创作的冲动，在第一次的体验之后诗兴大发。当构思整个诗歌的时候，必须在想象中再次回到审美情境中。

（2）从与客观现实的关系来看，文学创作过程中的审美体验同时具有逼真性和虚拟性。文学从某种意义上来说，是现实生活的产物，因此真实性是艺术不可缺少的一个原则。但这个真实是在幻想世界当中被构造出来的一个真实的情景，是“逼真”，是逼近现实中的真实，而非现实中的真人真事。也就是说，虽然具有逼真性，但此逼真情境是被虚构出来的，故又具有虚拟性。

（3）从实践效能上看，文学创作过程中的审美体验具有准目的性、准功利性和准实践性。准目的性是指虽有所为而发，但并不是针对某一实际的实践性目的，它与人们功利性的活动、功利性的实践是有联系的，只不过与纯粹的功利是有区别的。准实践性是指文学作为人的实践活动之一，它既要受到社会现实的影响，同时也会对社会现实发生反作用，但这种反作用是间接性的，这一特点是由文学作为一种审美创造活动的功能价值特性所决定的。

（二）文学创作过程中审美体验的类型

1. 文学创作过程中审美体验的第一种类型——情境体验

情感是需要主体与一定环境相互作用的产物。文学的特殊本质恰恰在于能够传达作家曾经体验过的审美情感，为此，作家就必须将曾经激发了自己审美情感的审美情境呈现给欣赏者。欣赏者援文入境，再度体验作家曾经体验过的情感。离开了此审美情境，审美体验的传达是进行不了的。苏轼的《水调歌头·明月几时有》是对中秋月夜的生动描写，使人身临其境，上天入月，“转朱阁，低绮户，照无眠”，我们只有进入到特定的审美情境当中，才能体验到词人当时在想象中置身于此情此景中产生的情境体验。如果不这样，即没有在想象中进入作品所描绘的审美情境，我们也就无法体验到词人的思念之情。同样，杜甫把“国破山河在，城春草木深，感时花溅泪，恨别鸟惊心”形象性的审美情境铺陈出来，我们才能感到诗人彼时彼地“白头搔更短，浑欲不胜簪”的那种痛心疾首于国破家亡的悲愤之感。故这种审美体验必须通过情境来传达。审美的情境性是审美体验的基本特性，情境体验是审美体验的第一种类型。尤其是在诗词创作中，这种方法被大量运用。

情境体验最大的特点是以“我”（作家）为中心，直接抒写作家的见闻、情感、体验。一方面，表现了主体对客体的绝对统治，如诗词中的自然万物总是为感情预设的，都是为了传达诗人的审美体验而服务的。另一方面，表现了主体对客体的绝对依赖。如果离开了客体景物的描写，离开了情境的铺陈，作家主体的情感是根本无法传达的。

2. 文学创作过程中审美体验的第二种类型——角色体验

角色体验是在情境体验的基础上发展起来的。角色体验是指作家在想象中进入其笔下人物的角色位置，置身于人物的角色情境中，从而对人物的角色心理进行把握、体验和表现的全部心理过程。角色体验最大的特点是其心理基点的位移——从以“我”（作家）为中心，变为以笔下人物为中心，作家要学会用人物的心灵去感受、体验和表达。这种体验主要是在创作小说、戏剧及影视文学的过程中运用的。

（三）两种审美体验类型的比较

情境体验与角色体验既有联系又有区别。从审美体验的对象来看，情境体验（或睹物思人，或触景生情）的对象是纯粹客体，其本身是无情的，只是作家赋予它以情感。将主体情感投射到无情对象上的这样一种心理过程，美学上称为“移情”。这也是情境体验中主客体统一的方式。主客体的情感关系是以有情对无情，二者统一的途径是“移情”。在角色体验中，作家笔下的人物，同时具有主客体的双重属性。对于作家，它是体验与创作的客体。对于作家创造出的“第二自然”来讲，人物生活于其中，又是主体，具有主体性。如贾宝玉这个人物形象，他是被创造出来的，但在“大观园”这个艺术小环境中，他又是一个具有生命意义的主体。因此，角色体验的对象同时具有主体与客体的双重属性，双方的情感关系是以有情对有情，二者统一的途径是“同情”。可见，两种体验既有一致性，又各具特色。

二、形象思维

（一）形象思维的含义

形象思维是文学创作理论中一个非常重要的概念。形象思维是人们在实践中利用形象对客观世界进行感觉、判断和把握的一种心理活动。它并非只有艺术家才具备，也并非只在艺术创作中才使用，而是人们普遍具有的心理活动形式。尤其在儿童时期，更是一种主要的思维方式。文学创作中的形象思维是指作家在创作动机的驱动下，以表象为材料，以审美体验的传达为目的，以自觉的表象定向变异为过程的审美意象的创造活动。

（二）形象思维的心理过程和特点

形象思维是文学创作中主要的心理机制，特点如下：

第一，形象思维的心理过程以表象为思维的基本单位，始终不脱离感性的形象。以认识为目的的科学思维或抽象思维，不以表象而以概念为基本单位，当然，科学思维中也有表象参与，以感性的认知为起点，一旦这种认识活动把握了现象的本质，就将现象表象的形象舍弃，取而代之以直接把握事物的本质。形象思维则不同，整个思维的全过程始终不脱离感性的形象，始终以表象为思维的基本单位。

第二，形象思维的心理过程以想象为思维的中心环节，以自觉的表象定向变异为基本过程。当然，抽象思维中也有想象的参与。但抽象思维的中心环节不是想象，而是形式逻辑和辩证逻辑构成的概念、判断，这是形象思维与抽象思维的明显差别。

第三，形象思维的心理过程以情感的发展为动力线索，同时，审美情感体验又直接成为形象思维的对象和主要内容。尽管人类的任何心理活动，任何实践活动，一般来说都会有情感的因素，包括科学实验活动，但情感在科学实验中只能作为一种动力性的因素存在，而非逻辑发展所遵循的线索。艺术创作则不然，情感发展始终是创作的思维线索。不仅如此，在形象思维中，情感不再仅仅是导引性的因素，审美情感体验直接成为形象思维的对象和所要表达的主要内容。这一点更加鲜明地把形象思维与抽象思维区分开来。

第四，形象思维的心理过程以饱含作家审美体验的审美意象为思维成果。这一点也与其他思维不同。抽象思维的成果是对规律的掌握、本质的发现，表现为概念、判断、推理、公式等。而在文学创作中，形象思维的结果是审美意象、艺术形象和文学作品。

（三）文学创作中形象思维与抽象思维的关系

形象思维与抽象思维之间有较大差异，但二者并非完全对立的，在文学创作中，也不是绝对排斥抽象思维的参与，二者的关系可用以下两层意思来概括：

（1）就文学创作来说，形象思维与抽象思维的作用是相互渗透、相辅相成的。人的任何心理过程，都是知、情、意三者相互交织、互为前提的完整过程。两种思维形式你中有我，我中有你，不可能一刀两断。抽象思维的目的是发现本质和规律，这对艺术家来讲也是重要的。认识生活的规律，发现生活的本质，对作家更深刻地体验生活同样是必要的。鲁迅先生正是对中国社会当时的背景和状况有了深刻的了解和透析，才创作出了许多震撼人心的作品。对生活本质和规律的掌握，有助于创作，使作品具有思想性、深刻性。

（2）在文学创作的构思与表达阶段，抽象思维要纳入形象思维的轨道。从整体上讲，抽象思维并非被拦截在艺术创作活动之外，但它作为背景、前提和深化的因素被纳入形象思维的轨道中，受制于形象思维的规律。在文学创作过程中，主题的深化是一个过程，抽象思维是创作不可或缺的一个因素，但它不能被作为一个阶段独立存在，而是作家对生活的深层理解，是作家主体的文化基点，在遵循形象思维规律的前提下参与到文学创作的全过程中来。

三、直觉与灵感

（一）文学创作中的直觉

直觉是指不经分析和推论直接把握事物底蕴、直接获得思维结果的心理能力。直觉是人类带有普遍性的一种心理能力，在人类许多活动中都有直觉的参与。艺术直觉更加关注事物的感性特征，这是它与科学直觉的显著区别。直觉具有整体性、瞬间性、直接性、情感性、模糊性等特征。中国古代美学中称之为“妙悟”，黑格尔称之为“敏感”。

艺术直觉虽然是感性的，但它却渗透着理性。在它瞬间的直接把握中，积淀着作家长期的生活经验、审美体验和理性思考的积极成果。唐代张旭观公孙大娘舞剑而悟狂草书法之高妙，宋代黄山谷（黄庭坚）见三峡艄公荡桨而得书法之玄机，就是明证。这种直觉是基于艺术家长期以来对书法的研磨，胸中有了深厚的储备，当外界刺激对其点化、启发之后，他们就能从已有的文化、生活、艺术的根基中迅速地体悟出道理的真谛。可见，直觉是一种综合性的心理能力。

（二）文学创作中的灵感

灵感是情感和思想高度集中而产生的一种意识飞跃升华的心理现象，也是一种积极、肯定和非常具有创造性的心理状态，可以视为文学创作中最理想的一种心理状态。

与艺术直觉相比较，灵感更难获得，更需要作家的苦心思虑和经验的积累。灵感的产生比直觉更具爆发性和偶然性，而且往往产生于形象酝酿与构思最紧张、最艰苦的时刻。古人把灵感的产生归于上天、神灵。古希腊的文学理论家有“迷狂说”，认为创作的灵感是在迷狂的状态由神赐予的；中国也有“江郎才尽”等类似的说法。这些都是不了解灵感产生的规律出现的猜测。

文学创作中灵感的特征可以大致归纳为：偶发性、创造性、亢奋性。其实灵感并非神秘莫测，毫无规律可言。细心观察不难发现，灵感的产生主要有两个来源：一是丰厚的生活积累和创作实践的基础，这个“根”埋得越深，灵感产生的频率相对越高，维持的时间也相对越长；二是需要外界的刺激，这与创作动机的出现有某种相似之处，这里就不另加分析了。一言以蔽之，“长期积累，偶然得之”是灵感产生的一般规律。

第三节　创作心理系统的结构与功能

一、现代科学的启示

在以往的创作理论研究中，人们往往把形象思维的过程等同于创作心理过程，忽视了其他心理机制在文学创作活动中的作用，使许多创作心理现象得不到令人信服的解释。现代脑科学和心理学的研究成果给我们走出这一误区提供了重要的理论启示。

美国科学家思佩里关于裂脑的研究证明：人的大脑的左右半球存在明显的专门化分工。左半球主要从事语言的、逻辑的抽象思维，而右半球主要从事非语言的、空间的形象思维。他还确认大脑的神经元组成的神经回路是思维产生的生理基础，不同的神经回路的构成造成了各种思维方式的不同。同时，人的左右脑的功能是互补的，即不同的思维方式只有在相互协同配合的条件下，思维能力才能得到最充分的发挥。这就告诉我们，作为语言艺术的文学，其创作过程的思维活动，一方面需要右脑的空间与运动的想象力，另一方面也需要左脑概括思维和语言表达的能力，因此它是综合性的，只有在左右脑的配合下才能顺利完成。

当代心理学关于意识层次及结构功能的理论也证明了人的创造性思维活动是不同意识层次相互联系和相互作用的结果。现代科学的这些研究成果为我们研究文学创作的思维活动规律提供了重要的启示。

二、创作心理多重要素的系统结构

意识的层次性与互动性具体地表现在三个层次，即语言思维、前语言思维、超语言思维。

（一）语言思维

在文学创作的思维活动中，处于最高层次的是语言思维，与之相对应的是人的意识层。文学创作是以语言为第一要素的。文学创作中的语言思维是指依靠艺术符号作为思维载体进行的思维操作，即通过创造性意象和语词进行的思维，它是文学创作思维活动的核心。

文学创作中的语言思维相当于通常所说的形象思维，由此也可以证明形象思维在文学创作活动中居于核心位置。当然，形象思维也并非文学创作的全部。语言思维层次体现了人的理性深度与形象创造性的统一。一方面有语词参加，语词是概括性的，是人们对事物本质的深度认识；另一方面又是一种艺术创作活动，需要意象的加入。双重要素决定了这种思维样式是理性深度与形象创造性的有机统一。

（二）前语言思维

处于另一层次的是前语言思维，与之相对应的意识层是前意识，它是从意识到潜意识的“中间地带”、过渡阶段。

前语言思维是指思维操作水平尚未达到语言运用的思维，即人们知道、感到但尚不能明确表达出来（只可意会，不可言传）的心理把握方式，包括自发型和自觉型两种。文学创作中的前语言思维主要是自觉型的，当然也包含自发型的，尤其是在文学创作的前准备阶段。

前语言思维体现了前意识的精神特征，具有直觉印象和原始体验的模糊性、弥散性和流动性。

它相当于我们前面提到的直觉，它是文学形象产生的摇篮，文学形象主要依靠直觉思维（前语言思维）催生。

（三）超语言思维

超语言思维是指超越语言思维直接达到思维目的，即不必借助语言而直接把握思维对象，从而获得创造性结果，超语言思维就是通常所说的“灵感”。与超语言思维相对应的意识层次有两个，即意识与潜意识，其创造功能主要是在潜意识中实现的。潜意识是一种人们察觉不到的认识功能，它与意识在社会性本源上是一致的，也是人脑对客观外界体认的产物。潜意识包括个体潜意识和集体潜意识，这些都对文学创作具有积极的意义，它体现出人类创造性思维能力的一个更深层的领域。

通过上述对创作心理多重要素结构系统的分析，我们可以看出，形象思维、直觉、灵感分属于人的意识层次的三个不同领域，它们的整体互动保证了文学创作过程中思维活动的顺利进行。

三、文化积淀与审美定势的制衡作用

文学创作中，语言思维、前语言思维和超语言思维的交互性运作是文学创作普遍性的心理模式，但其中传递、加工的信息却是个人的感觉与体验，因此，人所皆有却个个不同的文化积淀与审美定势在整个心理过程中发挥着重要的制衡作用。这种制衡作用主要体现在以下两个方面。

（一）沟通融合功能

在优秀的文学作品中，主体的情感意识和社会心理、时代精神的抒写总是和谐地统一在一起的。因为文学的主观性、情感性的“我”，除了体现着作家对生活本质和时代精神的自觉意识和理性认识外，还包含着主体自身在人类历史演变及积淀中形成的潜意识和直觉本能等复杂因素。文化积淀和审美定势的沟通作用表现在作家在创作过程中自觉或不自觉地表现出来的情感、意识，不仅属于个人，从某种程度上也代表了社会的整体态度。即使是作家个人的思想感情，也是在历史文化的演进过程中逐渐积累而形成的。

（二）彰显个性功能

作家的审美意识总是十分独特的，非但不会被历史文化的演进所消磨，相反，它一旦形成就会作为一种定势在作家的创作心理系统中发挥明显的制约作用，使得这一系统本身及其运行方式（创作过程）与结果（文学作品）既是社会历史的产物，又带有鲜明独特的个性。

本章小结

本章从文学创作的基本过程、文学创作过程中的心理机制和创作心理系统的结构与功能等三个方面讲述了文学创作过程的基本规律。首先，我们把文学创作的基本过程分解为四个阶段，即前创作阶段、创作动机的萌发阶段、文学形象的酝酿与构思阶段和语言的表达与锤炼阶段；其次，我们具体分析了文学创作过程中的心理机制，重点阐述了情感体验、形象思维、直觉与灵感的特征以及它们在文学创作过程中发挥的不同作用；最后，我们讨论了创作心理系统的结构与功能，分别讲述了现代脑科学给予文学研究的启示、创作心理多重要素的系统结构以及作家的文化积淀与审美定势对创作活动的制衡作用。

文学创作规律是文学理论研究的重点，而创作过程研究则是这一重点中的核心。因此，深入了解文学创作过程的基本规律对学好“文学概论”是十分重要的。

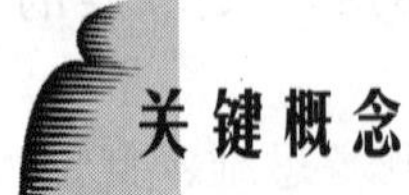

关键概念

文学的前创作阶段	创作动机	艺术形象的酝酿与构思
文学形象的语言表达	情境体验	角色体验
形象思维	直觉	灵感
语言思维	前语言思维	超语言思维

思考题

1. 什么是文学创作过程中的前创作阶段?
2. 怎样理解文学创作过程中的创作动机萌发阶段?
3. 怎样理解文学创作过程中的文学形象酝酿与构思阶段?
4. 怎样理解文学创作过程中的语言表达与锤炼阶段?
5. 试论文学创作活动中的心理机制。

第七章　创作方法与文学思潮

我们在阅读李白的诗歌时，能够产生与阅读杜甫诗歌十分不同的感受，而这种感受又与我们在阅读屈原的诗歌，甚至是雪莱和郭沫若的诗歌所产生的感受十分相似。我们在阅读托尔斯泰的小说时，能够产生与阅读雨果的小说十分不同的感受，而这种感受又与我们在阅读曹雪芹的小说，甚至是茅盾和路遥的小说所产生的感受十分相似。理论家们在概括研究时认为这是作家在文学创作中运用不同的创作方法导致的，例如，李白、屈原、雪莱、郭沫若和雨果的浪漫主义创作方法，杜甫、托尔斯泰、曹雪芹、茅盾和路遥的现实主义创作方法。上述文学现象的实质是作家在文学创作中如何处理艺术与现实的关系，怎样从生活中概括出艺术形象，这涉及文学的创作方法问题。

在文学的历史发展中，人们在文学活动中往往表现出相同或近似的思想倾向、发展趋势，并形成潮流，如西方文学史上的批判现实主义和现代主义，中国文学史上的唐宋古文运动和五四新文学运动，这又涉及文学思潮问题。

创作方法和文学思潮是两种重要的文学现象，也是两个重要的文学理论范畴，二者之间有着十分密切的联系。在现实性与共生性上了解二者之间的联系，同时在各自特定的内涵中辨析二者的区别，有助于我们深入了解文学创作规律，正确认识现实中的各种文学现象。

第一节　文学创作方法的基本内涵

一、创作方法的含义

（一）创作方法概念的提出与演化

歌德最早提出“创作方法”这一概念，他说：“我主张诗应采取从客观世界出发的原则，认为只有这种创作方法才可取。但是席勒却用完全主观的方法来写作，认为只有他那种创作方法才是正确的。”①

1929年，苏联的“拉普”派提出“辩证唯物主义的创作方法”之后，“创作方法”作为一个独立的文艺理论研究范畴，开始受到人们的普遍重视，并一直沿用至今（这里需要说明的是，“创作方法”作为一个词语在表述上是有不确切之嫌的，提到这个词，人们容易联想到创作表现的具体手法，但实际不是这样的，故近些年有些学者提出改用“创作原则”较为妥当；也有人建议取消“创作方法”这个范畴。考虑到此词的使用已经有了一定的传统，故在此文中仍沿用这一概念，当然对其具体含义有严格辨析）。

（二）创作方法的作用与实质

文学创作中作家总要解决如何处理文学作品与现实生活的各种复杂关系的问题，总要遇到怎样对待反映社会生活与表现作家情感的相互关系的问题，同时还要解决选用哪些表现手法塑造文学形象的问题。这些问题的解决不是彼此孤立、各不相关的，而是相互联系、遵行一定原则的。这就是创作方法的职责与作用。

创作方法的实质是将生活真实升华为艺术真实的途径。任何文学作品的成功创作都必须从生活真实出发，同时又不静止于这一水准，而是提高到艺术真实这一更高的层面。不同作家遵循不同原则，将生活真实升华为艺术真实的途径也各不相同。创作方法的实质是作家将生活材料与自己对这些材料的感受、体验、判断结合起来，变成内容与形式、主观与客观、表现与再现有机统一的艺术形象的具体操作过程（文学创作过程）中的心理定势，他们以现实或理想为其创作的出发点。

（三）创作方法的确切表述

创作方法是指作家在进行文学创作时，基于一定的文学观念，处理创作与现实关系所依据和遵循的原则。

二、创作方法的构成

创作方法是由创作精神、创作原则、创作手法三个层次构成的。

（一）创作精神

即作家的艺术境界的类型追求。艺术境界不仅有高低之分，而且有类型的不同。不同类型的艺术境界都有可能达到艺术的巅峰，都有可能产生旷世杰作。

不同作家追求的艺术境界的类型区分点集中于“生活、作家、作品”三者的关系，大致分为现实型、理想型、象征型三大类。如杜甫、托尔斯泰等作家的创作精神属于现实型；而李白、雨果、郭沫若等作家应归为理想型；而现代主义作家大都属于象征型。

创作精神是作家审美意识的最低层次，又是创作方法的最高层次，因而制约着创作原则和创作手法。

（二）创作原则

即作家的艺术概括的途径。

① ［德］爱克曼辑录：《歌德谈话录》，221页，北京，人民文学出版社，1978。

作家追求的艺术境界的类型不同，导致他们对生活进行艺术概括时，会选择不同的途径：现实型的作家会按照生活的本来面貌塑造文学形象，而将自己对生活的情感评价和审美体验隐藏在情节与人物命运的发展中；理想型的作家则倾向用理想的光辉烛照现实，让浪漫、激情充溢的审美意象直接震撼读者；而象征型的作家则侧重运用“立象以尽意”的机制和异质同构的手法创造一种意象，象征作家在生活中体验到的深刻而又难以言传的审美意蕴、人生哲理，以引起读者深深的思考。

创作原则是创作方法的中间层次，也是核心层次。对上受创作精神的制约，对下影响着创作手法的选择。

（三）创作手法

即作家依据上述精神与原则选用表现手法的类型。创作手法不同于表现手法，后者通常是指描写、叙述等具体手段，而前者是指这些手段组合的类型。

创作手法是创作方法的最低层次，一方面受创作精神和创作原则的制约，另一方面保证创作方法具体体现在文学形象的具体塑造中。作家的创作精神、创作原则必须通过创作手法的实践，具体落实到、体现在文学形象之中。如鲁迅先生现实主义的创作精神和创作原则，经常是通过白描这一创作手法体现在人物刻画上的。

第二节　创作方法的主要类型

一、现实主义

（一）现实主义的产生与发展

1.“现实主义”创作方法的提出

“现实主义”作为一个概念的确定是有一个过程的。古希腊时期，亚里士多德在《诗学》中提出“按照人本来的样子来描写”的主张以及以此为核心的模仿说，奠定了现实主义的理论基础。

19世纪初，歌德与席勒都曾对现实主义与浪漫主义进行过比较论述（见《歌德谈话录》和席勒《素朴的诗与感伤的诗》），尽管都未使用“现实主义”这个术语，但都涉及现实主义创作方法的基本原则与特征，即从现实生活出发。

1855年，法国画家库尔贝的写实主义绘画以“现实主义绘画”的标题展出并引起关注和争论，他真实描绘现实生活中的普通人，由此，“现实主义”作为一个术语被人们正式接受。

经过巴尔扎克、别林斯基、恩格斯、高尔基等人的创作实践与理论研究的探讨，“现实主义”这一概念及其范畴逐渐与古典主义、自然主义划清界限，并具有明确的含义。

2. 现实主义的发展

现实主义文学创作的发展，早于现实主义理论范畴的提出，其范围也宽泛得多。现实主义文学创作的发展经历了四个主要阶段：

（1）古代朴素的现实主义，即各民族早期文学中的较为真实地反映社会生活的作品，如古希腊戏剧和我国的《诗经》，都体现了这种从现实生活出发，真实地刻画描写

“实况”的创作倾向。

(2) 趋于成熟的现实主义，不仅表现生活中的现象，而且具有完整的故事情节、严谨的作品结构、典型的人物性格和较为深刻的思想意义，如莎士比亚的戏剧和我国明清的小说，《三国演义》、《水浒传》、《红楼梦》等都可视为这一时期的代表作品。

(3) 批判现实主义，已经能够塑造典型环境中的典型人物，这是其与前一阶段的根本区别。作品大都以强烈的人道主义精神批判不合理的社会现实，如巴尔扎克、托尔斯泰、鲁迅、老舍等人的作品，都具有强烈的现实批判性。这一时期的作品代表了现实主义的创作高峰，典型地体现了现实主义创作的特点。

(4) 多元发展的现实主义，包括社会主义现实主义。社会主义现实主义以高尔基的《母亲》为代表，要求显示工人阶级的斗争、资产阶级的败落和资本主义灭亡的趋势，它是社会主义历史运动在文学上的反映。多元发展的现实主义还包括现实主义在新的历史条件下所做的各种探索，出现的诸多变异。在西方，一方面现代主义创作思潮异常活跃，众多流派你方唱罢我登场；另一方面也出现了现代主义回归的趋向。我国改革开放后，在文学的多种探索，无论是理论上还是创作实践的过程中，都呈现了现实主义多元化发展的态势。

(二) 现实主义的主要特征

第一，现实主义要求按照生活的本来面貌，逼真地再现生活，注重细节的真实描写，这集中反映了现实主义的创作精神。作家从生活出发，处理好现实与艺术的关系。在文学表现生活的问题上，要求文学遵从生活的规律，作家主观的情感，不能代替生活的真实。法国作家巴尔扎克是个典型的例子：在主观情感上，作家是同情贵族阶级的，但他的现实主义的创作精神，又使他在文学表现中，严格地按照生活的本来面目去反映一切，真实地揭露他心爱的贵族阶级种种丑陋的嘴脸，预示了他们岌岌可危的统治地位和即将走向末路的必然命运。

第二，现实主义主张通过情节的发展、人物性格的刻画，隐蔽地表现作家的思想感情，力图通过人物的命运遭遇，揭示生活的某些本质方面。现实主义创作并非完全抹杀作家的主观情感，文学毕竟是主客体的相互统一，但现实主义文学要求作家在表现自我感情之际不能脱离生活真实的一面，而是把自己的思想感情熔铸在生活现象的真实描摹之中，从情节和人物命运的发展变化中，自然而然地流露作家的思想感情。这是现实主义文学创作的一个重要特征。现实主义的力量往往表现在这里，用真实的艺术形象直接震撼读者的心灵。

第三，现实主义致力于塑造典型环境中的典型人物。虽然其主张是从现实出发，但并非消极、被动、机械地重复现实生活原貌，它同样强调艺术表现的典型性。在有限的艺术形象中，折射无限的审美意韵和作家对生活的审美体验。这也是现实主义文学具备深邃思想内涵的重要原因。

(三) 其他再现型创作方法

如果以注重表现还是注重再现将文学进行区分，现实主义文学是注重对生活本来面目的再现，除此之外，古典主义、自然主义的创作方法在这一点上与现实主义有相似之处。

1. 古典主义

以布瓦洛的《诗的艺术》为理论经典，盛行于17世纪至19世纪初的欧洲的创作方法，其基本特征为：

（1）崇尚理性原则，宣扬公民义务，抑制个人情感和欲望。这与其产生的历史时期息息相关。当时，资产阶级开始登上历史舞台，但未成熟到可以独立成为社会的统治阶级，资产阶级要发展自身，在一定程度上就要依靠开明君主，借助于“先进”的封建势力的庇护，利用王权反对神权。因而在文学表现的思想内容上，提倡理性原则，宣扬公民的义务，节制个人的情感和欲望。一方面反对神权，另一方面并不从根本上去触动封建君主制。

（2）拥护中央集权，歌颂“贤明君主”。这在许多古典主义的文学作品中都可以看到明显的痕迹，如莫里哀喜剧的结局往往是依靠贤明君主的力量完成故事。《伪君子》中最终识破、戳穿杜达弗的阴谋诡计并加以惩治，还是要借助王权的力量。可见这也是古典主义的一个重要特点。

（3）模仿古代文学，追求典雅、完美，突出表现为主张戏剧结构恪守“三一律”原则。古典主义较为准确地反映了17世纪至19世纪时期的社会现实生活，与中世纪宗教神学时期的文学艺术是截然不同的。它具有某种现实意义，但与后来的现实主义文学也有着泾渭之分。古典主义创作的主观出发点并不是现实生活，而是古代的典范，在遵从这些典范的同时，表现着现实生活。

2. 自然主义

19世纪下半叶至20世纪初，以法国的龚古尔兄弟和左拉的理论与创作为代表的创作方法，其基本特征为：

（1）把文学作为一种科学活动，要求纯客观地再现生活，即没有任何主观介入地真实反映生活。自然主义创作精神的产生，显然受到了当时自然科学的发展和社会思潮的影响。

（2）强调用生理学的眼光描绘人物，否定对现实中的人物进行艺术概括。自然主义创作仿佛医生给病人看病，对人物的塑造相当于描写一部家族病史，无任何典型化概括的介入，细节的真实到达了无以复加的程度。

（3）注重对下层人民生活的描写。这是自然主义有价值的一面，在这些作品中，我们经常可以看到下层人民的悲惨生活。但这一方面表现了自然主义的独特性，另一方面也说明它具有局限性，限制了它的艺术魅力。由于反对对现实生活进行艺术概括，使文学不能充分发挥其作为一种审美意识形态的特殊力量。虽然能淋漓尽致地描摹下层人民的痛苦遭遇，但却是从医学的角度对此现象进行解剖，因此不可能挖掘出痛苦的社会根源。可见，在是否遵从典型化的规律这一点上，自然主义与现实主义是有着明显区别的。

二、浪漫主义

（一）浪漫主义的产生与发展

浪漫主义是人类文学史上出现的主要创作方法之一。

人类早期的神话传说可以看做是各民族浪漫主义文学的源头；而我国文学史上的《庄子》、《离骚》和古希腊埃斯库罗斯、索福克勒斯的悲剧已经具有较为成型的浪漫主义特征。

在西方，“浪漫主义”文学最早是指中世纪的浪漫传奇故事，18 世纪末 19 世纪初的欧洲浪漫主义成为成熟的浪漫主义的典型代表，经过席勒、华兹华斯、雪莱、雨果、乔治·桑、高尔基等人的探讨与论争，浪漫主义的内涵日渐清晰。

在中国古代，尽管没有明确地提出过“浪漫主义”这一范畴和以“浪漫主义”为标榜的创作方法，但李白的诗歌，李清照的词，关汉卿、汤显祖的戏剧，吴承恩、蒲松龄的小说等，都显示出了十分完整的浪漫主义文学传统；而 20 世纪初的五四新文学运动期间，郭沫若、郁达夫、徐志摩、成仿吾等人更是自觉倡导、实践着浪漫主义文学。

（二）浪漫主义的主要特征

第一，浪漫主义最突出的特征在于它的理想主义精神，它非常注重抒发作家强烈的主观情感，表现作家对理想的热烈追求。作家对理想的追求往往曲折地以对现实的不满方式表现出来，如在李白、郭沫若的诗歌中，他们对实现理想的渴望，就是通过对黑暗的非人道、非人性的现实的强烈的诅咒表达出来的。

第二，为了表现作家自身强烈的主观情感与理想追求，浪漫主义文学多运用理想化的手法，塑造理想化的艺术形象。现实中的人物形象还远不足以表达作家的理想主义精神，故要塑造一个理想化的典型。如雨果的《巴黎圣母院》中心灵与外在双重美之完美结合的艾斯美拉达，就是作家为了表现他崇高理想的需要创作出来的。在中国的文学作品中，这类作品的数量也很多。比如《聊斋志异》中的神、鬼、狐仙，几乎都是美好人性的化身。作家把这些本非人间的灵物写得重情重义，从一定意义上反映了作家对现实生活的不满，故将心中的审美理想寄托于非现实的事物之上。

第三，在艺术表现手法上，浪漫主义文学往往采用大胆的想象、极度的夸张和充满激情的语言，营造富于奇幻色彩的艺术氛围。读李清照的《声声慢》、汤显祖的《牡丹亭》等都可以感受得到。总之，浪漫主义是以浓烈的情感、理想与现实激烈的冲突直接震撼读者，以引人入胜、发人深省。

三、象征主义

（一）象征主义的产生与发展

象征主义是中外文学史上一种重要的创作方法，它不仅被看做是一种修辞手法，甚至不仅是一种表现方法，而且被视为文学的本质。象征主义创作方法认为，文学从本质上就是对现实的一种象征，是文学与现实的基本关系。

人类早期文学创作中已经萌生了象征主义的文学创作精神，例如我国的《诗经》、《楚辞》和《庄子》以及西方的《圣经》、《神曲》等作品。随着文学的发展，那些表现哲理、禅意，重寄托、重比兴的作品趋于成熟，象征主义文学逐渐占据了重要地位。王维的《鹿柴》和柳宗元的《江雪》，莎士比亚的部分戏剧、歌德的《浮士德》和柯勒律治、济慈等人的诗歌都可被视为较成熟的象征主义代表作。

真正使象征主义走向独立，并且作为一种自觉的创作方法的是19世纪下半叶美国诗人爱伦·坡和法国诗人波德莱尔的理论与创作。在我国现代文学中，较早地从创作方法的角度采用象征主义的是鲁迅。他的《狂人日记》明显受到象征主义的影响，自觉地采用了象征主义的创作方法。“狂人”这一带有象征意义的形象，并不是临时借用的手法，而是作为整体性的象征意象，自始至终贯穿着现实与作品的相互关系。诗歌散文集《野草》也采用了象征主义的创作方法。

（二）象征主义的主要特征

1. 寓意性

即象征主义具有超越形象自身的更加深远的寓意性。象征主义的寓意性是整部作品和整个形象系列所具有的寓意。再以鲁迅先生的《狂人日记》为例，并不是小说中的某一个形象采用了象征性的寓意，而是整个故事始终用两个世界的寓意寄托、对比、象征手法讲述。它可以启示人们透过形象去体悟更为深远的意蕴，从而获得艺术审美。

2. 间接暗示性

寓意性的形象系列主要通过间接暗示的方式来借此说彼、假象见意，借助与现实有象征性关系的形象，传达读者能够体悟到的意境。比起现实主义和浪漫主义，象征主义的暗示更加隐蔽和含蓄。

3. 朦胧多义性

即由间接暗示的表现方式所造成的一种难以言说，却能够心领神会的朦胧美，“蓝田日暖，良玉生烟，可望而不可置于眉睫之前”，这样一种朦胧多意性的效果可以说是象征主义美感的一大特征。它大大激发了审美活动中的直觉体验，强化参与，放大美感。审美主体将自我心志充分调动起来，主动体悟、领会、揣摩、猜测艺术形象真正的含义。主观参与性越强，越能激发起欣赏者的审美积极性，美感也越强。

4. 客体意象性

即意象的客体呈现，意象是主体构思后的产物，作为客体形象传达给欣赏者。比如鲁迅先生已经意识到中国的历史的本质就是“吃人”，但作为艺术，文学不能像科学论文那样阐明道理，故鲁迅先生用“狂人”的眼睛翻阅历史，从这一看似错乱异常的角度透析了中国几千年封建社会残害人心灵的本性，而正是这样一个思想敏锐、眼光独具的角色却被误认为精神反常之人，作家反过来又引导读者对这个“非人”社会的本质进行更深的思考。

（三）象征主义创作方法与现代主义

象征主义的创作方法与西方现代主义文学思潮有一种内在的联系。以象征主义创作方法命名的象征主义文学流派是现代主义文学中兴起最早、影响极大的一个思潮。此后，现代主义的诸多流派尽管在文学观念、艺术追求和创作方法等方面各有特点，但是在力求突破传统现实主义和浪漫主义的再现与表现相统一的创作模式，通过创造非现实的审美意象，以此映照关涉作家在生活中体悟到的深刻而又难以言说的审美意蕴和人生哲理方面，却有着显而易见的相似性和一致性，因此，象征主义创作方法的表意性特征成为现代主义一脉相承的特征。

第三节　文学思潮的内涵与特征

一、文学思潮的内涵

（一）文学思潮的种种释义

第一，在一定历史时期内，随着经济变革和政治斗争的发展而在文艺上形成的某种思想倾向和潮流。（《辞海·文学分册》1979 年版）这里比较强调经济变革和政治斗争对文学的影响，这种观点是受当时的社会历史环境的影响而形成的，在正确指出文学思潮与当时社会政治经济状况相联系的特征的同时，不恰当地夸大了政治对文学思潮的作用。

第二，以倡导某种文艺观念而形成的具有较大影响力的社会思潮。它的形成与流变，与一个时代的经济、政治、哲学、道德等社会思潮，乃至一个时代的自然科学思潮，都有着不同程度的关系。（《辞海》1990 年版）这一解释较 1979 年版的释义视野明显开阔了许多。

第三，文学思潮是一定时空范围内盛行的文学创作和文学思想的共同潮流、趋向。[①] 这里比较强调了文学思潮的覆盖面，尤其指出在一定的时空范围内，而不仅是在一定的历史时期内，即同时着意于时间、空间范围两者。此外，还强调了其趋向性。既然是一种"潮流"，就要有一定的流向，文学思潮具有某种思想倾向性的特征是应该受到关注的。

第四，文学思潮是指在一定社会历史时期内，由于一定社会历史运动或时代变革的推动，一些政治思想接近、艺术观念相似的作家创作所形成的一种文学运动和潮流。[②] 这里坚持了文学思潮的趋向性，尤其提出了文学运动。文学要形成一股潮流需要机制的推动，此定义中明确指出了形成文学思潮往往通过文学运动加以实现。但是也应看到其中还是存在局限性的，文学思潮的形成不仅仅是文学创作发生的作用，还需要文学批评的参与。20 世纪世界范围有些文学思潮的形成，主要就是建立在文学批评观念以及文学批评方式的变异、深化的基础上，文学批评的发展推动了文学思想的发展。

（二）思潮与文学思潮

"思潮"，顾名思义，一是要有"思"，二是要成"潮"。即要有某种思想观点，而此种思想观点又区别于当时盛行的那些思想观点。独特新颖的思想观点逐渐形成一股潮流，我们将这样一种社会现象称为"思潮"。文学思潮是社会思潮的一个种类，它并不是孤立存在的，大多是在社会思潮的推动下形成的。

文学思潮是指某种文学思想形成了一股潮流，产生了一定的影响。它起始于文学实践，存在决定意识，思想来源于实践，又在实践中引起较大的影响，形成某股潮流。

---

① 童庆炳主编：《文学概论》，614 页，武汉，武汉大学出版社，2000。

② 赵炎秋、毛宣国主编：《文学理论教程》，382 页，长沙，岳麓书社，2000。

文学思潮的表现方式是以文学运动和文学潮流来体现的。文学思潮多产生于社会变动时期，这也是社会思潮相对活跃的时期，它与某种社会文化思潮和哲学思潮相联系，后两种思潮对文学思潮的影响可以说是最直接、最明显的。

（三）文学思潮与创作方法

文学思潮与创作方法既有联系又有区别。

1. 联系

文学思潮与创作方法可能产生于共同的社会背景下（社会思潮），由共同的社会思潮推动形成。如古典主义文学思潮和其创作方法就是在同样的社会背景和同样的历史条件下产生的。

文学思潮与创作方法相互推动，可能互为因果，有些文学思潮便是以创作方法命名的。古典主义的创作方法是借助古典主义的文学思潮传播的，而古典主义文学思潮又是以古典主义的创作方法为核心的。文学思潮必定要有一种文学观念，古典主义的文学观念就是古典主义的创作方法，古典主义的创作精神。当然，并非所有的文学思潮都与其创作精神有互为因果的关系。

2. 区别

文学思潮是社会行为，属于文学活动的外过程，而创作方法是作家创作的心理定势，属于文学活动的内过程。文学活动不但包括作家酝酿构思作品、读者阅读欣赏作品的心理过程，还包括文学运动、社会传播等外过程。由此可以看出，文学思潮和创作方法分属两个不同的范畴。

共同的创作方法只是形成文学思潮的原因之一，许多情况下，同一文学思潮中的作家彼此并不采用同样的创作方法，如中外各个历史时期出现的人道主义文学思潮。不同的文学思潮的背景下，作家也可能采用同样的创作方法。

（四）文学思潮与文学流派

1. 联系

文学思潮可能成为文学流派形成的重要原因。有些文学流派的形成恰恰是在共同的文学思潮的背景下形成的，文学流派形成的一个重要原因是在观念上的相似和接近。在同一个文学思潮影响下，较容易形成共同的文学观念，故文学思潮有可能成为文学流派产生的重要原因。文学思潮往往以众多文学流派的产生与活跃为其伴生现象。有时文学思潮的兴起是文学流派产生的原因，而有时文学流派的产生与活跃又为催生某种文学思潮提供了必要的条件。

2. 区别

文学思潮与文学流派的内涵和价值意义各不相同，既可以相伴而生，也可以独立出现。如在中国现、当代文学史上，五四时期的创造社、文学研究会就与文学思潮有着密切的关系；而像白洋淀派、山药蛋派等文学流派与某种文学思潮并没有必然的联系。文学思潮主要体现了文学对外部社会环境的响应，它往往是在外部社会变动下产生的一种潮流；而文学流派则更多地表现出作家在文学观念与文学风格上的认同。

（五）文学思潮的界定

文学思潮是指在一定社会历史时期内，由于时代变革或社会思潮的推动，一些倡导某种相似文学观念的作家及批评家的文学活动所形成的在一定范围内产生了较大影响力的一种文学潮流。

二、文学思潮的特征

（一）文学思潮的倾向性

文学思潮一般都是在社会思潮的影响下发生的，因而往往具有明显的思想指向性和目的性，都会提倡具有针对性的文学主张，显示自己提倡什么，反对什么。如中国现代文学中的“五四新文学思潮”，明确提倡白话文，反对文言文，其指向性是很明显的。

（二）文学思潮的流变性

既然是“潮”，就一定要“流”，一定要“动”，一定要“变”。文学思潮一般都有一个发生、发展的过程，所以运动变化是文学思潮的一个特性。文学思潮的流变性不仅有时间的流动性，而且有空间的流向性，跨地区甚至跨国家的文学思潮的迁移现象并不少见。随着它的流动，其变化也是必然的。思想不可能一成不变，如在我国现代文学史上，关于无产阶级革命文学思想的提倡是五四新文学运动的一部分，后发展成为一个独立的文学思潮。在其发展变化过程当中对无产阶级文学的内涵有着不同的理解，随着论争的开展，认识也逐渐地深化。1942 年，毛泽东同志《在延安文艺座谈会上的讲话》对此作了一个概括性的总结，此时人们对无产阶级革命文学的理解，较 1928 年进行无产阶级革命文学论争时，显然要深入全面得多。所以发生、发展和变化的过程性是文学思潮的一大特性。

（三）文学思潮的覆盖性

文学思潮的规模大小是一个重要标志，而规模的衡量指标主要是看文学思潮的覆盖性。文学思潮的覆盖性一方面是看覆盖的广度（疆域面积）；另一方面是看覆盖的密度（即一定区域内关注人数的多寡）。

（四）文学思潮的影响力

无扩散影响也就无所谓潮流。潮流的形成就是人们由思想上进而延伸到行动上相互影响的一个过程。文学思潮的影响力一是看文学思潮影响的覆盖性，二是看文学思潮影响的持久性。广度越大，密度越高，持久的时间越长，影响力也越强。文学思潮的影响力越大，它在文学史上的地位就越高。唐宋古文运动、五四时期的新文学运动作为文学思潮，在中国文学史乃至世界文学史上都具有很高的地位。

本章小结

本章讲解创作方法与文学思潮。首先，创作方法是指作家在进行文学创作时，基于一定的文学观念，处理创作与现实关系所依据和遵循的原则，并分析了文学创作方法构成的三个层次：创作精神、创作原则和创作手法；其次，重点剖析创作方法的主要类型，现实主义、浪漫主义、象征主义，阐明它们各自的特点及其在文学创作实践中的不同表征；最后，辨析有关文学思潮的主要界定，分析了文学思潮的基本含义与主要特征，说明了形成文学思潮的内外条件以及文学思潮在文学发展中的作用和影响，特别强调在现实性与共生性上了解创作方法与文学思潮之间的联系，同时在各自特定的内涵中辨析二者的区别，有助于深入了解文学创作规律，正确认识现实中的各种文学现象。

关键概念

创作方法	创作精神	创作原则	创作手法
现实主义	古典主义	自然主义	浪漫主义
象征主义	文学思潮		

思考题

1. 简析创作方法的结构与功能。
2. 简析文学思潮与创作方法、文学流派的联系与区别。

第八章　文学作品的内容与形式

当我们欣赏文学的时候，我们面对的总是一部部具体的、完整的作品；但是，当我们开始对作品进行研究的时候，就必须以分析的眼光，将完整的作品进行解构。这种解构最通常的方式就是将作品分为内容和形式两部分，然后再对内容和形式的构成做进一步的分析。

作为创作活动的产物——文学作品，其构成包括两个层面：微观的和宏观的。

文学作品的宏观构成也叫文学作品的外部构成，是指由一定作品群在内容与形式上的共同特征所构成的一种形式规范，这种形式规范具有分类学意义，对文学的创作、欣赏、批评、研究都具有重要意义；这种文学作品的宏观构成或者叫文学作品的外部构成，就是我们通常所说的体裁。

本章讨论的是文学作品的微观构成，即文学作品的内容、形式的诸多要素及其相互之间的关系。一个事物的特殊本质往往最直接地体现在它的特殊内容和特殊形式以及它们之间的相互关系中。文学是以语言文本形态呈现的艺术种类，但并非所有语言文本形态的人类创造物都是文学，这其中的区别就在于文学独特的内容与形式以及内容形式诸要素独特的相互关系。通过对文学作品内容形式的具体分析，可以更深入地揭示文学作品有别于其他文本的本质特征。

第一节　文学作品的内容及其要素

一、文学作品内容的含义

（一）文学作品内容的界定

内容是指构成事物的内在诸要素的总和；形式则是内容诸要素的内在结构和表现形态，是内容的存在形态。文学作品的内容是指作家体验到的审美客体和作家主观的审美评价、审美理想的统一体，它通过艺术形象表现在文学作品中。

需要指明的是，作品是“第二自然”，而文学作品的内容是作品所表达的“第二自然”中的社会生活、情感体验和审美意蕴；它既来自“第一自然”，又是作家的创造物。但并非“第一自然”的全部都能进入“第二自然”，只有那些经过作家体验的东西才有可能成为作品的内容。

（二）文学作品内容的特点

第一，文学作品的内容与科学不同，它不是分门别类地反映生活。文学作品的内容是把社会生活作为一个整体来观照把握的，因而文学作品的内容具有整体性。仅仅依靠“是否来自生活”，并不足以将文学与其他意识形态加以区别，因为科学、哲学的内容也是来自生活的。但科学与哲学关注的是生活的某一方面，而文学则是全面地关注生活，当然，各类事物也不是等量齐观地进入文学作品的，而是有所偏重。

第二，文学作品的内容是把人本身、人的内心世界、人的心灵和情感作为主要对象去把握和表现的，因而文学作品的内容具有心灵性和情感性。

第三，文学作品的内容是审美主客体的统一，是作家创造的“第二自然”，作为审美创造的产物，是作家进行审美体验、借助形象传达体验的结果。这种体验是作家自己从生活当中直接获取的，因而文学作品的内容具有不可替代的独创性。

第四，文学作品的内容具有特定的社会历史背景，是以具体艺术形象的方式呈现的，具有强烈的审美感染力。它不求以理服人，但靠以情动人。

（三）文学作品内容的地位与作用

内容在作品中是居于主导地位的因素，但又不能脱离形式而单独存在。文学作品的内容即使是第一位的，对文学作品的形式还存有依赖性；相对于形式，内容是较为活跃的因素，总是随着生活和作家的变化而变化，但它的任何变化又总是期待着形式的有力支撑。以中国诗歌为例，随着时代的前进与历史的演变不断发展，中国诗歌从先秦《诗经》的四言体，到东汉后逐渐形成的五言体，再到隋唐时期成熟的七言体，这样一个发展过程，恰好反映了诗歌内容容量的不断丰富对形式的变迁产生的内在的必然要求，内容表现的丰富性不断增加导致文学形式的多样发展。由诗到词，由词到曲，再由曲到杂剧，文学体裁形式上的演变，也是随着社会生活的发展，人们丰富情感的不断演变而形成的。当然，这并非意味着可以忽视形式对内容的反作用。

二、主题

（一）主题的含义

主题是指作品通过形象系列显示出来的主导性情感或思想，是作品内容构成的核心，是作品审美意蕴的主旨。

第一，主题来自作家的生活体验，来源于生活实践，是人生给作家的一种暗示。不是从书本到书本，从概念到概念的产物。

第二，主题可能是逐渐形成的，在整个创作过程中会有所变化，最初作家有的只是一个朦胧动机。再以老舍先生创作《骆驼祥子》为例，最初老舍先生只是听到有关人力车夫买车、卖车往复几次的故事，就产生了想要写作一部反映车夫生活的小说的想法，但此小说的主题在当时并不是十分清晰，而是在后来搜集材料和酝酿构思的过程之中，逐渐地成熟和深刻起来的。

第三，主题只能蕴涵在作品之中，通过文学形象来显现。主题的展开不仅仅局限于一两个形象，而是一个形象系列，包括人物、环境和作品中一切感性的形式。主题不能在形象之外去表现。作品是由一系列要素构成的，主题在内容的诸多要素中是核心，起着统摄全局的作用。作品一经完成，其主题便获得了超于主体之外的客观性。它有可能与作家意识到的“源发性”主题不完全一致。这也就是为何作家与批评家对某部作品往往会产生不同解释的原因。

（二）主题的类型

不同题材、不同体裁的作品，主题的类型往往不同，一般可分为以下三种。

1. 情趣流露型

表现作家的一种心态，是作家一种审美意趣和情怀的流露，这种主题的类型往往较单纯，表现出优美的倾向。如杜甫的《绝句》：“两个黄鹂鸣翠柳，一行白鹭上青天。窗含西岭千秋雪，门泊东吴万里船。”这样一幅画面就是作者对生活中一种形式美美感的体验。很多诗歌和小品散文都属于这一类型。

2. 情感评价型

表现明确的情感倾向和对审美客体的态度评价，体验的深度与表现的力度强于前者。如杜甫晚年的一首诗作《登岳阳楼》：“昔闻洞庭水，今上岳阳楼。吴楚东南坼，乾坤日夜浮。亲朋无一字，老病有孤舟。戎马关山北，凭轩涕泗流。”所表达出来的对人生的深刻体验不仅是对景物形式美的感受，更具有某种明确的历史和社会的使命感。

3. 审美超越型

表现出很强的理性精神和整体观照与超越意识，是作家人生体验与审美理想的深刻反映。既涵盖主体对人生遭遇喜怒哀乐的体验，又突破了个体的局限性，将个体的体验升华到类的高度，人生的终极关怀这一层次。苏轼的《水调歌头·明月几时有》就达到了这样一种审美艺术境界。诗人中秋之夜思念远在他乡的胞弟，发出“何事常向别时圆”的感叹，但同时又超越了自己个人的感伤，升华到“人有悲欢离合，月有阴晴圆缺，此事古难全。但愿人长久，千里共婵娟”的更加宽广、博大的人生境界与襟怀。文学史上的鸿篇巨制大都属于这一主题类型。像托尔斯泰的《战争与和平》、曹雪芹的《红楼梦》等。

（三）主题的功能

主题在文学创作中是解决怎样写的问题。独特而深邃的主题有可能使极陈极腐之题材亦能点化出极新极美之意蕴。在同一时代，莎士比亚写《哈姆雷特》之前，已经有六位作家撰写了相同题材的作品。可以说，这是一个毫无任何新意的题材，但为何“哈姆雷特”这一形象可以流传至今，且经久不衰，仍被后世之人不断欣赏、研读呢？就是因为它被莎翁赋予了表现人文主义思想这样一个鲜明、深刻、新颖的主题，使“王子复仇”的陈旧题材重获新的意义。王实甫的《西厢记》也是如此，原有的题材在被赋予一个全新的主题后，其性质发生了根本的变化。可见，主题在文学创作中具有重要意义。

主题的确立即古人所谓“立主脑”，在创作过程中可以形成兴奋优势中心，引领作家的创作思维向更为深广的领域延展，极大地丰富题材原有的容量，在写作表达时起到统摄全篇的结构布局、材料运用的作用。

（四）主题提炼的要求

要达到主题深邃的程度，关键在于“开掘要深”（鲁迅语）。此外，还应做到：

第一，作品的主题具有统一性。一般来讲，一部作品表现一个主题，但也可能出现其他辅助性的主题。如《红楼梦》除了通过贾、史、王、薛四大家族的兴盛衰败表现整个中国封建社会逐渐走向没落的总主题之外，还有通过宝黛的爱情悲剧控诉封建礼教的荒谬不合理等，而且这并没有影响作品的完整性。

第二，文学作品的主题具有多样性，这是人们审美需求的多样性所要求的。

第三，文学作品的主题具有客观性，即所谓“形象大于思想”。在评论一部作品时，既要重视作家对自己创作目的的表述，以此作为欣赏者掌握作品主题的一条线索。同时还要注意作家主观的愿望与作品的艺术形象所蕴涵的主题是否完全吻合，故应该以作品形象的客观实际为准绳。

三、题材

（一）题材的含义

题材有广义与狭义之分。广义的题材泛指文学作品所描写的社会生活的某一方面。如通常所说的工业题材、农业题材、爱情题材等。狭义的题材指作家从生活中选择、提炼、加工并写入作品，构成艺术形象进而表现主题的一组生活素材。本文所讨论的是狭义的题材。

（二）题材与素材

素材是指作家在生活中积累起来，尚未经过提炼加工的社会生活的原始材料。素材的范围比较宽泛，凡是经过作家感受，涉及作家表象记忆系统中的生活的原始材料都属于素材的范围。但可以被称为题材的仅仅是素材中有价值的一部分，其有限性表现在要经过三重过滤，即是否经过作家主观的加工提炼，是否被作品采用，是否是构成艺术形象的有机的组成部分，为表现主题服务。满足了这三个条件，才能被称作题材。主题是借助艺术形象由读者感受体悟出来的，艺术形象又是由题材构成的，这就是题材与主题之间的关系。

（三）叙事性作品与抒情性作品的题材

题材是多种多样的。

叙事性作品是通过一个相对完整的事件在特定环境中的展开塑造人物性格，展现人物命运，传达作家对人生的审美体验的。它的题材一般由人物、环境和事件组成。离开题材，则无法展开事件及刻画人物。

抒情性作品是借助具有象征表意功能的有限景物铺陈，传达作家对人生无限意味的审美体验。它的题材一般由情与景组成，不需要完整的人物、环境和事件的描写与刻画。如杜甫在写作《春望》的背后有一段个人经历，但是在诗歌当中，无须将其苍凉的漂泊历程全盘托出，只需要选取有象征意味的景物“春、草木、花、鸟、烽火、家书”，并有机地将这些连缀起来，组成一系列能够传达作者人生体味的情境，并由此生发出人生感叹。

（四）题材的功能

题材是解决写什么的问题。题材与主题，二者相互依赖，题材的意义要靠主题点化，主题也要在题材的积累和加工的过程中引申而出。老舍决定写《骆驼祥子》时，并不可能在最初就将小说的主题预设完备，祥子的形象也是在材料的搜集提炼过程中逐渐清晰、立体起来的。因此，题材有导出和深化作品主题的作用，作品的主题又必须通过题材的铺陈和形象的塑造来表现。

题材的审美内涵与生活容量有所不同，表现和运用什么样的题材与作品的思想容量和社会信息的容量也密切相关。既不能否认题材的选择对作品价值的作用，也不能认为题材决定作品的一切，夸大题材的作用。

（五）选材的要求

第一，题材的多样性与选材的广泛性是文学审美独创性的保证，二者应力求统一。题材的多样性是指只要能够引起作家对生活的审美体验，能够有效地传达这一体验的题材都可以成为文学表现的对象，被纳入题材的表现范围之内，无须任何人为的限制。“文化大革命”时期认为题材是决定作品审美价值的重要因素，以致限制选材范围，如表现先进的思想只能写先进人物等，这样的观点显然是错误的。为满足欣赏者不同的审美需求，题材的选择必须遵循多样化与广泛化的要求。

第二，鲁迅的“选材要严”与罗丹的“选一块大理石，去掉多余的部分”等有关题材选择的论述都告诉我们，要求题材的多样性与广泛性并不意味着选材的随意性；一个有责任感的作家，其题材选择的标准是严格的，这是表现主题和审美创造的需要。

第三，作家的审美理想、作品表现的主题与构思文学形象的需要，是选材的第一需要，也是选材的一般标准。选择运用何样的题材要根据作家要表现的审美理想的需要，根据作品要表现的主题的需要，根据塑造一个完整有生命力的文学形象的需要。倘若脱离了此种需要，即使这一题材单看起来具有某种价值和创造性，也不能成为作家入文的题材。罗丹决绝地砍断塑像的那双被人称赞的手的例子，说明题材的选择必须要符合艺术形象塑造的整体要求，即使再优秀、再难得也不能脱离这个整体。

四、情节

（一）情节的含义

情节是叙事性作品内容的必备要素。

情节是指叙事性文学作品中人物的相互关系和矛盾冲突所构成的一系列人物活动和生活事件的演变过程。情节往往成为人物性格的发展历史。叙事性文学作品的情节往往是作家塑造人物形象的主要手段之一。人物性格的发展应与情节的发展相一致，在情节的发展过程当中展现人物性格的丰富性，表现人物性格的特征，显示人物与人物之间、性格与性格之间矛盾冲突的必然性，进而通过人物性格的展现，表现作品的主题，传达艺术家对生活的审美体验。

叙事性作品的情节应该具有相对的完整性。情节不仅存在于叙事性文学作品中，有些抒情性作品也包括某些情节性的因素。如马致远的《天净沙·秋思》：“枯藤老树昏鸦，小桥流水人家，古道西风瘦马。夕阳西下，断肠人在天涯。”虽然是几个场景的片断，但在场景和场景的关联中也可以使人感到游子羁旅异地的浓烈的思乡之愁。其中也有某些情节性的因素，但这个情节很不具体，很不连贯。抒情性的文学作品并不需要完整的情节，但叙事性的就不同了，它要用情节的发展表现人物的性格，人物性格的完整性和深刻性在很大程度上依赖于情节的完整。

（二）情节的构成

情节是一个与人物性格发展完全吻合的事件的过程。文学作品的情节主要由开端、发展、高潮、结局等部分构成。

1. 开端

开端是情节的起点，是作品所表现的事件矛盾的起因，也是主要人物性格的第一次“亮相”，往往体现人物关系的特性，预示矛盾发展方向。如在《红楼梦》中，黛玉进贾府作为这部作品表现爱情悲剧的一个情节，是黛玉第一次在作品中出场，作者通过几个人物（王熙凤、贾宝玉、叙述者）的眼睛，描摹黛玉外貌行为的特征；同时又通过黛玉的自身感受，写出了她第一次进贾府的复杂的内心体验。贾母、王夫人、王熙凤等人的言语也预示着黛玉日后在大观园生活的状况。

2. 发展

发展是矛盾冲突继续展开并不断深化的过程，也是人物性格在环境的作用下发展变化的过程，是情节发展逐渐推向高潮的最重要的主干阶段。《红楼梦》中宝黛爱情悲剧是通过一系列的事件使情节不断发展的。在宝黛人物关系的矛盾冲突中，在宝黛与周围环境、人物性格的摩擦之中，逐步地展现二人的思想性格、人物关系以及他们的叛逆性格与以荣宁为象征的封建礼教大家族的不合，最终将他们与罪恶的封建势力的矛盾冲突推向高潮。

3. 高潮

高潮是冲突达到顶点，矛盾接近解决但尚未解决的关键时刻，此时，人物性格充分展现，作品主题集中体现，同时，往往预示着重大转折的临近。在《红楼梦》中，这个高潮无疑是宝玉成婚。冲突濒临极点，也就是悲剧即将发生，这样的高潮对整个作品的最终结局，对人物性格的最终完成，对宝黛爱情悲剧的最终铸成起到了锁定乾坤的作用。

4. 结局

结局就是矛盾的解决，也是事件演化和人物性格发展的必然结果。《红楼梦》的结局之一——黛玉之死，之二——宝玉出家，这是宝黛爱情悲剧的最终结局。

以上四步递进发展下来构成了情节发展的一般规律，情节的发展在某一分支阶段，又有可能出现更加细微的环节。如在《红楼梦》宝黛爱情悲剧的发展过程中，宝玉挨打是一个相对独立的情节，拥有它相对独立的开端：兄弟不和；发展：金钏之死，会面贾雨村，贾环调唆告状；高潮：鞭笞；结局：探病。

一些作品依据情节发展的需要，在开端之前设有序幕（引子、楔子），在结局之后安排尾声。

（三）情节与细节

细节是指文学作品中细腻地刻画人物、展开事件、营造环境和描绘景物的最小单位，是艺术形象的细胞。情节与细节既有联系又有区别，情节是由诸多细节构成的，细节本身又有相对的独立性。细节既是构成情节的最小单位，又是刻画人物的最小单位。

传神的细节描写往往成为作品的点睛之笔。《儒林外史》在描写严监生垂死时刻伸出两个手指，示意灭掉一根灯芯以免浪费灯油，而后才安然死去的极致表现，虽然着墨不多却恰好生动传神地刻画出了一个守财奴滑稽丑陋的面目和吝啬贪婪的本性。

（四）情节的功能

第一，情节是塑造人物形象、刻画人物性格的重要手段。《红楼梦》中通过“宝玉挨打”这一场戏，宝、黛，宝、钗之间的感情及其二者的区别便更加清晰地呈现在读者眼前，三人的性格也就更加鲜明突出。

第二，情节是揭示主题、传达作家对生活的体验与评价的基本途径。作家评价生活要通过人物刻画实现，而人物刻画则要通过情节展示。《红楼梦》“宝玉挨打”的情节不仅刻画了人物性格，而且点示了作品主题，反映了作家对封建势力发出不满、想要反抗而又无能为力的复杂心理。

第三，情节的生动与丰富可以提高作品的可读性与感染力。

（五）典型情节的要求

典型情节是指与巨大的思想深度和意识到的历史内容有机结合的生动、丰富的情节。其作用包括：

第一，合理配置题材资源，巧妙调动环境和人物心理要素，真实地显示人物性格发展的内在逻辑，凸显人物的性格特征。《红楼梦》宝、黛之间的心心相印，宝、钗之间的貌合神离，玉、环之间的格格不入，都在“宝玉挨打”这一情节得到了细致入微的展示。

第二，在事件展开与冲突发展中自然而然地流露作家对人生的审美判断与评价。

第三，疾徐有致，张弛有度，有条不紊地将读者的情感体验推向高峰。

五、情境

（一）情境的含义

情境是抒情性作品内容的必备要素。

情境是指抒情性文学作品中作家描绘营造的用以抒发寄托自己审美体验的物象环境。无论是“秦时明月汉时关”，还是“夕阳西斜碧水东流”，都必须是一种可见之物，而且是被赋予了一定情感色彩之物。

情境的铺陈是文学创作中普遍运用的手法，在叙事性作品的环境描写和心理表现中也经常作为重要的表现手法，尤其在抒情性的文学作品中，更是必不可少的。情境创设是诗、词、曲、赋创作中的核心任务。

（二）情境的功能与特点

第一，情境是人类最早的自觉的文学创作审美体验类型。人类进行文学创作有一个历史发展的过程，随着时代的推移，人们运用和传达审美体验的类型也经历着一个变化的过程。原始社会的文学写作属于集体创作，还不是自觉的、独立的审美体验。真正的可以称为自觉、独立的审美体验最初孕育在诗歌的创作中。

第二，“借景抒情”、“托物言志”是情境的主要功能，这也是情境传达人类审美体验的机制。在抒情性文学作品中，作家的感情正像叙事性作品中的主题一样，很难由作家直接传达给读者，情，只能在境中产生，也只有借助境才可传达。含情之境用以传情达意，“感时花溅泪，恨别鸟惊心。”此时的花与鸟已经超越其客观形态，“溅泪”和“惊心”都是托诗人之感，无论是“溅泪”之花还是“惊心”的鸟鸣都是诗人主体感情的投射。

第三，情境最突出的特点是“天人合一”，“物我两忘”。最成功的审美意蕴，最丰富的情境是审美主客体的和谐统一，在写作过程中主客体相互契合，融为一体。如“采菊东篱下，悠然见南山”，“寒波澹澹起，白鸟悠悠下”等，达到了情景交融的最高境界。

第四，情境酝酿构思的心理特征是以“我”为中心，以“移情”方式将主体的审美情感体验投射到客体景物上去。为了达到移情的效果，拟人、象征、幻想、夸张是主要运用的写作手法。拟人就是赋予无生命的物体以勃勃生机。视客体的物为主体的情为象征。“秦时明月汉时关”可以说明：物本无情，将其体味成有情的主体的延伸，必须借助幻想。梁祝化蝶，顽石宝玉都借助于大胆的幻想。李白的诗歌“白发三千丈”，抒发自己的郁闷之情，胸中愁绪绵长，夸张传神地描写了人在极度愁苦悲伤之时的形态。

（三）创设情境的基本要求

第一，建立异质同构的映照意象，将客观的物象与主观情感对应，在两者间找到共同的结构。虽然二者的本质不同，但其所依赖的心理结构却有着相似性，即物的自然属性结构与情的内在心理结构有机统一。少妇眼中的杨柳色，悲秋之落叶，“红杏枝头春意闹”，“泪眼问花花不语”等类似的情境创设都是通过异质同构的心理机制来连接的。

第二，追求通过情境的铺垫烘托与对比反衬的巧妙设计，将主客体统一；在创作过程中，不但会使用无生命感的景物，有时还要描写人本身，通常我们可以观察到在抒情性文学作品中用动作写心情。如辛弃疾词“把吴钩看了，栏杆拍遍，无人会，登临意”，将人的形态、肢体动作作为情境的一部分，目的是通过肢体语言折射人的心灵。一个“了”字，一个“遍”字，淋漓尽致地宣泄了词人心中急切地想收复失地而又无奈于当时现状，无法施展才华，至今仍一事无成的愁苦愤懑心情。

第三，以有限之形蕴涵无穷之意。“秦时明月汉时关”，千古一月，百年雄关这些都是有限的物，然而这“月”和“关”的寄寓却是无限的：明月下，雄关前，多少离人、多少征战、多少英雄、多少遗憾……多重复杂的情感正蕴涵在“月”和“关”这些无言的见证之中。

第二节　文学作品的形式及其要素

一、文学作品形式的含义

（一）文学作品形式的界定

形式是内容诸要素的内在结构和表现形态，是内容的存在形态。

文学作品的形式是指文学作品内容的内部组织结构和外部表现形态，它是文学作品内容的体现，是它的存在方式。文学形式的存在是以文学内容的存在为前提的，二者之间，内容是第一位的，形式是为内容服务的。文学的形式并非被动地存在，它对内容的表现起着积极的、重要的作用。形式与内容有一定的内在联系，文学作品的形式只有在表现一定内容时才有意义，然而它一旦形成，就具有相对的独立性和稳定性。先秦的四言诗，随着春秋战国时期思想和社会生活的发展，至东汉演变为五言诗，它的出现是诗歌表现内容的丰富性的需要。一经产生便有了相对的稳定性，反过来又支持诗歌表现更加深邃的思想感情内涵，对诗歌的繁荣和发展起到了有力的推动作用。从四言到五言，从稳定有余、动感不足的双言双句到富于变化、摇曳流动的奇字偶句，一字之差，不仅是数量上的区别，而且是观念上的改变，对诗歌内容的抒发和阐述起到了推波助澜的作用。所以内容与形式有着相辅相成的辩证关系。

文学作品的形式主要包括语言、结构、表现手法和体裁等要素。

（二）文学作品形式的地位与作用

第一，文学作品内容的演变对文学作品形式的发展具有决定性的作用。文学作品形式发展对文学作品内容的呈现和发展是不可或缺的。

第二，科技传播手段与形式美法则对文学作品形式的发展具有重要的影响。文学作品形式的发展是多种因素造成的，从诗歌到小说、戏剧，如果没有书写工具的改良，而是一直沿用古人刀刻石骨或奋书竹简的记录方式，试想类似《红楼梦》这样的洋洋百万言大部头，要如何依靠落后原始的传播方式留诸后人？形式美法则也同样不可忽视。形式讲究平衡、匀称、对比、多样统一。这些法则的产生、运用、丰富、完善对文学形式的不断完备同样起着重要作用。

第三，作品形式的发展对文学作品内容的深刻表现和文学事业的繁荣发展具有重大的，有时甚至是决定性的意义。当文学作品内容因缺乏新的文学形式的出现而受到阻遏的时候，新的文学形式的出现在文学发展过程中所起的就是主要作用，此时形式与内容二者矛盾的主要方面就转移到了形式的一方。当然，新的形式出现后，矛盾的主要方面还是会回归内容，这就是二者运动辩证的关系。

第四，在一部作品的创作过程中，作品形式的恰当选择，形式要素的成功运用，是作品成功的重要条件。《钦差大臣》这部讽刺小说揭露了俄国当时官吏昏庸腐败、社会政治黑暗的现实状况，采用喜剧的表现手法将这一题材发挥得淋漓尽致。试想如果用悲剧取代喜剧，其审美意蕴和效果可能就要大打折扣了。

二、语言

（一）文学作品语言的构成

语言是文学形式诸要素中的第一要素，文学作品的语言包括叙述语言和人物语言。

叙述语言是指以整个作品内容叙说者的身份，在作品中叙述事件、描绘人物和环境、抒发感情、发表议论的语言。叙述语言一般有第一人称和第三人称两种表达方式。人称的不同意味着叙述者的角度不同，叙述语言不一定完全代表作家的思想感情，即使使用第一人称，作品中的“我”与作家也并不重叠，而是作家在作品中设计的一个独特的视点，不过是借助此人物的眼脑观察思考。因此，第一人称更多具有参与性，往往就是作品中的一个人物。比如鲁迅的小说《孔乙己》、《祝福》、《故乡》中的三个“我”就不尽相同。《孔乙己》中的“我”当时还是个学徒，对孔乙己的描述更多的是从一个孩子的角度出发，用童稚的眼光去感受和体会，因此孔乙己这个人物就自然而然地带有了被嘲讽的喜剧的色彩，当然这近似于黑色幽默。《祝福》中则不同，“我”是个成年的知识分子，其观察和思考就多了一分沉重。《故乡》中的“我”是从童年开始直到成年，由于年龄不同、视点不同，人物持有的色彩也就不同。再次回到故乡时，回忆中，童年时期的充满生气活力的闰土从一个田间小英雄被战乱折磨得徒剩愚钝和麻木了。第三人称有更多的客观性与全知性。有人将第三人称的视点比喻为全知全能的上帝，其知觉程度比第一人称宽泛。第一人称不可能写“我”没有见到、听到的事情，只能作为有意识的空白留给读者去想象。但第三人称的叙述就不必受此限制了。

人物语言是指作品中人物以自己的身份使用的语言，包括人物的对话和内心独白。人物语言要求个性化，即必须符合人物的身份与性格，古人讲“语求肖似”（李渔《闲情偶寄・词曲部》）；鲁迅先生也主张能够“由说话看出人物来”；《水浒传》中一百单八将，虽然个个不乏英雄好汉之气，但由于出身和经历的差异，其性格也就各不相同，他们的语言当然也个性鲜明。比如在“招安”这一问题上，林冲、武松、石秀、鲁智深、李逵都是坚决反对的，但他们的语言却并不一样。

人物语言还应该反映出人物在特定场合中的内心感受与情绪变化。《红楼梦》第 21 回写宝玉挨打后，黛玉在探望宝玉之时说了一句“从今后你可都改了吧”，这既写出黛玉欲说还休的复杂心情，又点出她和宝玉之间特殊的关系以及她孤傲、反叛的性格特征。

（二）文学作品语言的要求

文学作品的语言要求包括：

第一，语音和谐，朗朗上口，抑扬顿挫，合辙押韵的音乐美。

第二，字句传神，引发联想，个性化，新鲜感的形象美；用语言塑造鲜明生动的形象，要依靠人们的想象生出，富于启发性。无论是何种语言，包括叙述性语言都应具有个性化的特征。

第三，状物写景，触景生情，拨响读者心中绷得最紧的那根弦的情感美。

第四，含不尽之意见于言外的风格含蓄美。“君家何处住？妾住在横塘。停船暂借问，或恐是同乡。”诗句间直白晓畅，写一女子在行舟时听到对面船上男子的乡音，故停舟试问。通过自问自答写出了一个漂泊羁旅的年轻女子的思乡之情。通篇未出现“思”字，却可以使人在隐约中深切地体会出那份对故乡的浓情厚谊，体会到通过含蓄的情感所传达出的意境美。

三、结构

（一）文学作品结构的含义

结构是文学作品形式的重要因素。文学作品的结构是指文学作品内容的组织方式和总体安排。如果把题材比喻为作品的血肉，主题比喻为作品的神气，情节比喻为作品的筋络，那么结构就是作品的骨骼。

结构不等于情节和格式，它们是各自独立的文学概念。情节与结构密切相关，情节属于内容的范畴，是故事发展的先后顺序，它的逻辑线索是按时间的进退和因果的发展来安排的。但结构可以按照时间顺序，也可采用倒叙、插叙等异常的时间顺序。结构重视的并非事件本身的时间顺序，而是作家如何将内容裁减拼接的组织方式、总体布局。结构是一种表现形式，而格式是作品的语言承接方式，如是否采用诗、词、赋、曲等的格律。格式与结构有关系，因为作品的组织形式最终还是要通过语言去表现，但结构较之语言格式又更内在。

（二）文学作品结构的功能

1. 结构解决写作材料的相互关联问题

材料的先后顺序、详略比例都属于结构的范畴。

如鲁迅先生的小说《故乡》的结构就很有特点。故事的内容其实很简单，主要写“我”成年后回到家乡，见到儿时的伙伴闰土，惊觉其彻头彻尾的变化，并由此产生了些许人生感慨。但是如果按照正常的时间顺序平铺直叙，由孩提时期写起，然后依次铺陈，作品的结构就会显得平淡。小说采用的是倒叙回忆的方式，开头就写自己正在返乡的途中，借机回忆儿时的欢乐情景，描写记忆中闰土小英雄的模样。然后用了少量笔墨写回家后处理丧事过程中见到的其他同乡的现状，为闰土的出场作了必要的铺垫。与闰土的重逢是作者重写和细写之处。这样的安排较好地解决了各个材料间彼此的相互关系，前后的闰土进行比较，造成了一种强烈的震撼。使读者体悟到在那样一个动荡的年代，劳苦贫困的生活和黑暗吃人的社会对类似闰土的底层劳动人民造成的身体与心灵无法弥补的双重创伤！对人性的蚕食，“治于人者”竟愚钝到浑然不知的地步，这是那个时代的悲剧。由此例可以说明结构在一部文学作品中也占有举足轻重的地位。

2. 结构解决写作资源的合理配置问题

《故乡》的字数并不多，然而它所采用的结构使其材料资源的配置非常合理，紧凑而充实。

3. 作品结构发挥引导读者阅读顺序、调动读者审美体验的作用

鲁迅先生的另一篇小说《祝福》，同样采取了倒叙的方式，作者用意在于开篇就渲染一种浓烈的祝福气氛，但在这表面祥和的一派喜气洋洋之中，却传来了祥林嫂死去的噩耗。更加反衬出了她命运的悲惨！同时也引起了读者的疑问：祥林嫂何许人也？

为何会在这普天同庆合家欢乐的年关撒手人寰？这是作家安排倒叙结构的良苦用心。

（三）文学作品结构安排的原则

1. 结构的安排要服从表现主题的需要

《祝福》就是要用在祝福气氛中祥林嫂悲惨死去的强烈对比将她一生的悲剧命运推向高潮，这也正是小说主题的要求。

2. 结构的安排要服从人物塑造和意境创设的需要

以茅盾先生的《子夜》为例，小说第二章写吴老太爷来到上海后死去，借办丧事庞大的场面，使《子夜》中的主要人物纷纷登台亮相，十分突出地将吴荪甫这一民族资本家的形象呈现于读者面前。此时的吴荪甫充满自信，无论对人或事都是一副颐指气使、趾高气扬、至高无上的暴君模样。主要人物的出场为全篇小说定了位，这样的结构安排也是为了塑造人物。

3. 结构的安排在富于变化中保持和谐统一，在相对完整中给读者留下充分发挥想象的自由空间

《故乡》安排结构的一个重要特点，就是有意识地避开少年时期的“我”与此时的“我”之间闰土实际生活的状况。留下的这一巨大空间就是让读者发挥想象：闰土为何从一个健康、勇敢、活灵活现的田间小英雄，衰变成了眼前这个贫困潦倒、目光呆滞、思想愚钝的木偶人呢？这留给了读者无尽的深思。

4. 结构的安排要服从不同体裁的特殊要求

《红楼梦》作为一部长篇小说被今人改编成了电视剧，其间作了大量的省略，这就是因为二者对结构的安排不能整齐划一，视觉艺术与语言艺术的结构安排各自有着体裁的特殊规律。

5. 结构的安排要照顾到不同民族文学传统的欣赏习惯

作品培养了读者审美的习惯。中国小说源于勾栏瓦肆、说书艺人，是从说话艺术发展起来的，因此具有动作性、单线性、情节完整性等一系列特点。西方小说则不同，它是从贵族文学生发而来的，是有钱和有闲的人饭后茶余消遣娱乐的产物，因此讲究铺陈、细致的描摹刻画、人物内心的独白，与中国小说无论在结构安排还是表现手法上有着天壤之别。所以当代作家在进行创作的时候就必须考虑到本民族的欣赏习惯和文学传统。

四、表现手法

（一）表现手法的含义

表现手法是文学作品形式的工具性要素。凭借此工具将所有的形式因素和内容因素落实成为文学形象。表现手法是指文学创作中作家运用语言，塑造艺术形象，传达作家审美体验所采用的各种具体的艺术手段和方法。

表现手法是在长期文学创作和文学欣赏的实践中逐渐积累形成的，模仿学习与实践总结同样是必须的。在实践的过程中，将前辈遗留下来的经验和方法变成自己内在的手段。

表现手法有很强的目的性与对象性、继承性及独创性。鲁迅先生为了揭露中国社

会人们的病苦，引起疗救的注意，经常选用白描的手法。在我国新时期的伤痕文学、反思文学中，议论的成分占很大比例，作家创作这一类型的作品更多的是为了总结和反思“文化大革命”的经验教训，故议论成为这一时期的普遍表现手法。

（二）文学作品的主要表现手法

表现手法多种多样，主要包括：描写、叙述、抒情、议论等。

1. 描写

描写是指运用文学语言对人物与事物的形貌特征进行具体描绘以达到写形传神目的的一种文学表现手法。描写的关键在于准确抓取事物的特征。

从对象上讲，描写包括人物描写与环境描写，其中人物描写又包括肖像描写、动作描写、语言描写和心理描写；从方式上讲描写包括概括描写与细节描写、直接描写与间接描写、静态描写与动态描写。

2. 叙述

叙述是指对作品中的人物活动、事件发展、环境变迁作具体说明和交代的一种文学表现手法。描写侧重展示情形状态、事物外貌，而叙述则侧重交代因果关系、事件过程。描写的目的是为了通过神态、外貌的刻画传达事物的内容和神韵，叙述则是要显示一事物发展的趋势及其原因和结果。

叙述在叙事性作品的表现中占有突出地位，担负铺陈故事情节、交代人物关系、保证作品内容与形式的系统性和完整性的重要职能。作者讲述“宝玉挨打”的故事是为了进一步揭示出大观园中看似和谐的各种关系的内里实质。这一典型情节就好在它把人物之间的关系交代得明白清晰，进而对故事的主题思想有了更加深入的表现。优秀的叙述性语言可以保证作品内容和作品形式系统性和完整性的展现。

叙述的主要方式包括顺叙、倒叙和插叙等。

3. 抒情

抒情是指在文学作品中借助艺术形象抒发作家主观情感的一种文学表现手法。它是抒情性文学作品的基本表现手法。当然，就像叙述也并不就是叙事性的作品所独有的一样，抒情也不仅仅运用于抒情性的文学作品中。小说、戏剧中也都包含有抒情的成分。

抒情的主要方式包括直接抒情和间接抒情。两者既有联系又有区别，共同点是都要借助艺术形象；不同点是直接抒情多以第一人称语体方式，借助意象象征和语言氛围，抒发作家强烈的主观情感。比如在李白的诗歌中强烈的反衬和反问式的直接抒情就非常之多，“大道如青天，我独不得出”、“天生我材必有用”、“仰天大笑出门去，我辈岂是蓬蒿人”。而间接抒情则多以第三人称的语体方式，状物写景，抒情言志。更多作品是直接与间接抒情杂而用之，如苏轼的《水调歌头·明月几时有》开篇“明月几时有，把酒问青天”是直接抒情；但是中间的“转朱阁，低绮户，照无眠”又显然是客观的描绘。

4. 议论

议论是指在作品中作家暂时跳出作品的形象系列，直接发表自己对人物、事件乃至社会、人生的看法、评价的一种文学表现手法。议论要抛开对形象的塑造，直接发表自己的见解、观点。

议论常见于大型叙事性作品（长篇小说、戏剧）中，托尔斯泰《战争与和平》的第四卷就出现了大段的议论。将议论运用得当可以加强作品的生活哲理性和思想深刻性；但不能脱离作品的具体情境而无节制地发表议论，如果运用过于频繁，就会使形象塑造经常陷于中断，打扰读者艺术欣赏过程中想象的连贯性，因此要慎重使用。

五、体裁

（一）体裁的含义

文学体裁有宏观、微观两个层次的含义。宏观含义的体裁是指由一定作品群在内容与形式上的共同特征所构成的一种形式规范，这种形式规范具有分类学意义，对文学的创作、欣赏、批评、研究都具有重要意义；微观含义的体裁是指一部文学作品全部形式因素综合体现出来的文学样式，是文学作品最外层的形式因素。

（二）体裁的分类

1. 二分法

中国古代的早期泛文学的文体分类法，就是按照语言的有韵与无韵将作品区分为韵文与散文，即所谓“文”、“笔”之分。此种分类法在两汉魏晋之后盛行了一段时日，但由于分类的原则过于粗疏，逐渐被更科学的分类法所取代。

2. 三分法

在欧洲长时间普遍被采用，是欧洲古代建立在“模仿说”文学观念基础上的传统体裁分类法，即按照作品的模仿对象与模仿方式（叙述式的、用自己的口吻式的和用动作模仿的）。亚里士多德在《诗学》中，将文学区分为叙事的（讲述故事模仿）、抒情的（用自己的口吻模仿）和戏剧的（用动作模仿）三种体裁。

3. 四分法

四分法是按照作品在形象塑造、结构安排、语言运用和表现手法等方面的特点，将文学区分为诗歌、散文、小说和戏剧文学四种体裁。欧洲近代以来逐渐采用，如黑格尔的《美学》。

4. 五分法

五分法是考虑到电影与电视技术催生出的新的文学样式，在四分法的基础上增加了影视文学构成的。

（三）体裁的特性

1. 文学体裁的稳定性

一种体裁一经产生就具有相对的稳定性，作为文学的一种最外层的形式要素，在所有的文学要素中，体裁是最稳定的。一种体裁能够适应多种结构形式，多种语言特征，多种表现手法。

2. 文学体裁的变异性

尽管体裁相对稳定，但也会像其他事物一样，遵循变化的规律，从它的四种分类法的演变过程就可折射出，随着历史的不断发展，体裁的变化也是显而易见的。文学体裁的变异性，一般来讲是遵循从简单到复杂，从唯一到多样，按照文学内容的表现要求发生变化的规律。

3. 文学体裁的相对性

主要指体裁分类的相对性，还包括不同体裁之间划分的相对性。小说与诗歌是两个不同的体裁，但经常有一些中间型的文学样式产生，兼有小说与诗歌的特征，如散文诗、叙事诗等。

（四）体裁研究的意义

第一，文学体裁的科学分类有助于作家准确把握各类体裁的不同特点，更加自觉地进行构思与写作，提高作品的艺术水平。创作何样的体裁，就要自觉遵循此体裁所特有的艺术规律，作家要根据资质条件选择作品内容适合且自身擅长驾驭的体裁。

第二，文学体裁的科学分类有助于读者正确了解各类体裁的不同特点和美学追求，更加自觉地进行欣赏，从“看热闹”提高到“看门道”，获得更强的审美体验。

第三，文学体裁的科学分类有助于理论批评工作者更有针对性地研究和评价不同体裁的作品。文学理论批评工作者研究的是规律性的东西，而文学体裁的分类恰好是文学创作、文学欣赏、文学批评的重要规律，也是正确了解文学本质和特征的重要路径。运用不同的体裁标准，进行更加准确有效的批评指导和分析研究，将会促进文学事业的健康发展。

本章小结

本章主要分析文学作品的微观构成，即文学作品的内容、形式及其诸多要素。第一，阐述文学作品内容的内涵，分别介绍包括主题、题材、情节和情境在内的文学作品的内容各要素；第二，阐述文学作品形式的内涵，分别介绍包括语言、结构、表现手法和体裁在内的文学作品形式的各要素。在此过程中，特别强调文学作品内容与形式的内在统一性、文学作品内容的各要素的造型和传情功能以及文学作品形式的各要素的形式美特征。

学习本章，一方面要逐一掌握文学的内容、形式及其诸多要素的含义，另一方面应特别注意理解它们各自的特点以及相互关系。重要的是学会以分析的眼光去了解每一部文学作品。

关键概念

文学作品的内容	主题	题材
素材	情节	细节
情境	移情	文学作品的形式
叙述语言	人物语言	文学作品的结构
表现手法	描写	叙述

抒情	议论	体裁
二分法	三分法	四分法
五分法		

思考题

1. 文学作品的内容与科学著作相比有哪些不同特点？
2. 简述情节的构成。
3. 文学作品结构的安排应遵循什么原则？
4. 什么是体裁？体裁的科学分类有什么意义？

第九章　文学作品中的艺术形象

当我们阅读文学作品的时候，是什么让我们喜悦、感动、震撼、惊愕呢？是李白《静夜思》中的皓皓明月，是苏轼《赤壁怀古·大江东去》中的滔滔江水，是朱自清笔下父亲的背影，是巴金《家》中鸣凤投湖前哀怨的眼神，是老舍《茶馆》中王掌柜、常四爷、秦二爷三位老人为自己送葬那如雪片纷纷落下的纸钱，是《大宅门》最后一集白景琦怀抱三老太爷的尸身，在众人的簇拥下走向日军的壮烈场面。任何作品都是由内容与形式的诸多要素构成的，但那是作品的内部构造，不是读者直接感受的对象。读者直接感受的是完整的艺术形象，文学文本和非文学文本的根本区别就在于有无艺术形象。

任何文学作品都是靠鲜明、生动的艺术形象吸引读者、感动读者的；而不同的文学作品其艺术形象的艺术感染力又是不相同的。在文学理论中，人们通常将文学作品中的艺术形象分为一般的艺术形象和高级的艺术形象两类。同时，又将叙事性文学作品与抒情性文学作品的高级艺术形象划分为典型和意境。

本章将从一般与高级、典型与意境两个角度对文学作品中的艺术形象进行分析，揭示文学的审美特征，并把握塑造成功艺术形象的规律。

第一节　文学形象

一、文学形象的含义

我们需要先了解什么是文学形象，在不同的释意背景下，文学形象的含义也不尽相同。已有的解释可以归纳如下：

1979 年出版的《辞海·文学分册》认为，文学形象是文学艺术区别于科学的一种反映现实的特殊手段。即根据现实生活各种现象加以艺术概括所创造出来的具有一定思想内容和艺术感染力的具体生动的图画。

刘叔成的《文艺学概论》认为，艺术形象是文学艺术反映社会生活的特殊形式，是作家、艺术家审美认识的结果，是他们根据实际生活中的体验、认识创造出来的具体、可感而又带有强烈感情色彩和具有审美价值的情境。

童庆炳先生的《文学概论》认为，艺术形象是在艺术作品中出现的能够诉诸人的感觉和感情，使人想起人和人的生活的感性形式。

1990年出版的《辞海》认为，文学形象是把握现实和表现作家、艺术家主体思想感情的一种美学手段，是根据现实生活各种现象加以艺术概括创造出来的负载着一定思想感情内容，因而富有艺术感染力的具体生动的图画。

赵炎秋、毛国宣的《文学理论教程》认为，艺术形象是一个较为宽泛的概念，凡是在艺术中出现的、饱含着艺术情感的感性形式都可以称为艺术形象。

刘甫田、徐景熙的《文学概论》认为，艺术形象是作家、艺术家的一种创造。是指构成作品的具体生动可感的，体现作家、艺术家审美情感的综合的社会人生图画或情景。在文学理论中也称文学形象，或简称形象。

从以上对文学形象含义的不同解释中，我们发现，它们之间主要存在着以下几点分歧：

第一，文学形象是图画、情景还是感性形式，即怎样理解“具体、生动、可感”；

第二，文学形象是认识的结果还是审美的手段，即如何看待文学的本质特征；

第三，文学形象是“体现”、“负载”还是“使人想起”，即文学形象的审美功能及其实现机制。

所以，要想正确理解和把握文学形象的含义，关键在于认识到文学形象并不限于视觉感受，而是诉诸全部感官和心灵的。

综上所述，文学形象是指作家通过语言所唤起的饱含作家审美体验，同时又能激起读者相同或类似审美体验的感性形式。

二、文学形象的特点

（一）文学形象的生成是主观性与客观性的统一

文学形象是作家基于现实的审美主体创造的产物，因此，它是主观性与客观性的统一。

文学形象取材于现实生活，这是文学形象客观性的基本含义。同时文学形象一经产生，作为作家创造的“第二自然”，也具有客观性，这是文学形象客观性的重要含义。

文学形象的审美价值尽管与它所展示的生活内容的丰富程度有关，但关键还是取决于融会于文学形象中的作家的审美感情和审美评价，这是构成文学形象的主观因素，也是理解文学形象其他特点的基础。

（二）文学形象的内涵是具体性与概括性的统一

文学形象（尤其是人物形象）都是社会人生的生动写照，都是具有独特个性的生命个体，因而都是具体可感的；越是成功的文学形象，其形象的鲜明性、独特性就越强；这种具体性不只体现为形象的外在特征，更体现为内在的品性，在这两方面，文学形象都应该是独特的、不可重复的。

同时，文学形象又要以少总多、小中见大，能够使人从个别、具体的文学形象中领悟出人生的某些深刻意味、生活的某些本质方面或历史的某些悠远内涵，这就是文学形象的概括性。

20 世纪 80 年代后期崛起于文坛的新写实小说作家塑造的许多人物形象都鲜明地体现出了这一点，无论是印家厚（池莉《冷也好、热也好、活着就好》），还是八哥（方方《风景》），他们既是琐碎、卑微甚至残酷的世俗生活的“代言人”，又是一个个跳动在社会底层的血肉灵魂，有着迥异的性格与命运。

（三）文学形象的功能是再现性与表现性的统一

文学形象的生成是主观性与客观性的统一，这就决定了文学形象既有表现性的功能，又有再现性的功能。文学形象再现的是渗透了作家审美体验与主观评价的社会生活，而作家来自现实生活的感受、体验与评价又总是通过特定的文学形象表现出来。比如高尔基笔下那位著名的母亲形象，既是对当时正逐步觉醒的工人阶级的斗争现实的生动再现，也表现出高尔基本人在积极投身革命洪流之后对政治斗争与生活的思索。所以，文学形象是再现性与表现性的统一。

（四）文学形象的属性是内容与形式的统一

文学形象既不是文学的内容要素，也不是文学的形式要素，它是文学内容的全部要素与文学形式的全部要素有机统一的结果。以鲁迅所塑造的阿 Q 形象为例，阿 Q 已不单纯属于《阿 Q 正传》所表达的内容范畴，也不只是这篇小说的形式要素，而是二者融合而成的一个不可分割的形象整体。

所以说，文学形象既是文学作品的核心部分，也是文学审美价值的基本负载物。

三、文学形象在作品意义生成系统中的地位和作用

文学作品的意义生成系统主要包含语言、形象和审美意蕴三个层面。对马致远的《天净沙・秋思》这首小令的赏析，可以帮助我们更好地理解文学形象在作品意义生成系统这三个层面中所占据的位置和发挥的作用：

> 枯藤老树昏鸦，小桥流水人家，古道西风瘦马，夕阳西下，断肠人在天涯。

去国怀乡、归程渺茫的游子之情被寥寥 28 个字点染而出，正是在这“断肠人”的形象中，我们才得以寄予无尽的人世沉浮、铅华洗尽之感。

由此看来，作为作品艺术表现的中心环节，塑造文学形象对文学作品的意义生成有着至关重要的作用。失去文学形象的塑造，再状物极妙、再精雕细刻的语言也很难直接传达出作家的审美体验和内在情感，文学作品的意义也就无法充分而恰当地为读者所领会，自然也就不能带给读者强烈的共鸣和持久的感染。文学作品的目的不在于让读者知道什么，而在于让读者感到什么。文学作品的审美意蕴绝不是抽象的观念存在，而是由具体可感、生动逼真的文学形象来承载的，是由作家调动情感储备、运用语言机制、经由文学形象这一中介传达给读者的。

总而言之，文学形象是文学语言催生的产物，也是作家通过作品传达的审美意蕴的载体，在整个作品意义生成系统中处于核心地位。

四、文学形象的类别

按照文学作品的叙事性特点与抒情性特点的不同，文学形象主要分为两大类：

（一）叙事类文学作品的文学形象

叙事类文学作品的文学形象包括人物形象和环境形象两部分，环境形象又包括社会环境和自然环境两部分，而社会环境的核心是人物关系。例如《红楼梦》是通过对大观园中错综复杂的人际关系的描写来展开人物间的各种矛盾与冲突的；而海明威的《老人与海》则运用大海这种特殊的自然环境来衬托人物坚忍不拔、顽强奋斗的性格品质。

叙事类文学作品的核心艺术形象是人物，其高级形态是典型形象。

（二）抒情类文学作品的文学形象

抒情类文学作品的文学形象包括物境、情境和意境三个层次。物境蕴涵情境，情境表现意境，它们均统一在文学形象的整体之中。

例如杜甫的《登岳阳楼》："昔闻洞庭水，今上岳阳楼。吴楚东南坼，乾坤日月浮。亲朋无一字，老病有孤舟。戎马关山北，凭轩涕泗流。"在这首诗中，物境、情境和意境乃是相互渗透、彼此包含的，共同衬托出独上高楼、百感交集的晚年杜甫形象。

抒情类文学作品的核心艺术形象是情境，其高级形态是意境。

第二节　典型形象与典型化

一、典型理论的提出与发展

塑造高级的而非一般的文学形象是作家创作所追求的理想，因此在了解文学形象的一般规律和文学形象的两种类别的基础之上，我们将分别对叙事性文学作品和抒情性文学作品的文学形象进行更为具体和深入的分析与探讨。作为叙事性文学作品的文学形象高级形态的规律探索，典型理论的提出与发展经历了漫长的历史过程，从古希腊时期的萌芽，到古罗马时期至17世纪的初步论述，经过文艺复兴时期至18世纪的发展，19世纪的成熟与完善，直到恩格斯对典型所作的经典阐述，由此构成了西方典型理论的大致脉络。

（一）古希腊时期：柏拉图的"理想性"和亚里士多德的"普遍性"

典型（type）源于希腊文"tupos"，原意是"模子"。

柏拉图在《理想国》中提出："假如画家画了一幅美得绝无仅有的人像的典型，每一笔都画得完好无比，可是他不能证明世界上确有这样的人，你以为这位画家的价值就减低了吗?"① 这里着重强调的是典型的理想性和现实性之间的关系。

---

① 转引自中国社会科学院外国文学研究所：《欧美古典作家论现实主义和浪漫主义》，24页，北京，中国社会科学出版社，1980。

亚里士多德说，写诗“比写历史更富于哲学意味，更受到严肃的对待，因为诗所描述的事带有普遍性，历史则叙述个别的事”①。这种对共性与个性、普遍性与特殊性关系的论述基本奠定了典型理论的基础，但并未对典型做更深入的论述。

（二）古罗马时期至17世纪：贺拉斯《诗艺》与布瓦洛的类型说

古罗马诗人和文论家贺拉斯在其《诗艺》中重点论及了文学创作的“合适”原则，以人物性格作例证时强调了两种“合适”性格：一种是定型的（与古希腊传统一致），一种是类型的（与人物的年龄、身份一致）。②

而生活在17世纪法国路易十四时代的布瓦洛则提出了一整套古典主义理论。由于当时的极权君主制度与贺拉斯时代的古罗马奥古斯都的政权相仿，法国宫廷贵族生活也与罗马贵族生活相仿，以布瓦洛为代表的古典主义便将贺拉斯的观点进一步理论化，突出强调典型人物性格的共性因素，此外还特别强调严格遵循戏剧的“三一律”原则（时间同一、地点同一、情节同一）。③

（三）文艺复兴时期至18世纪：莎士比亚、狄德罗的个性说

人文主义思潮在当时欧洲的主导地位成为个性化典型理论出现的背景。以莎士比亚为代表的作家和以狄德罗为代表的理论家着重发展了亚里士多德的个性化典型方面的论述，系统表达了各自对典型及其塑造的观点。

莎士比亚的戏剧创作着重凸现人物鲜明独特的个性；狄德罗从莎士比亚的创作实践出发，明确反对用“定型”的模式去表现人物，他说：“在戏剧里，人们要求一切性格始终如一。这是一个错误，只是被剧本的短促过程掩盖了罢了：因为在生活中，人们离开原有的性格的场合是多么多啊！”④ 强调从生活的丰富性和生活中人物性格的变化性的角度出发创造典型。

（四）19世纪：康德、黑格尔、别林斯基的“统一”说

以康德、黑格尔和别林斯基为代表的美学家和文艺理论家在已有的基础上提出了共性与个性的统一。

康德提出“显现出特征的活的整体”的典型命题，认为典型形象的特殊性与完整性是统一的。

黑格尔认为，成功的人物形象应该“每个人都是一个整体，本身就是一个世界，每个人都是一个完满的有生气的人，而不是某种孤立的性格特征的寓言式的抽象品。”⑤ 康德与黑格尔都强调典型形象是个性化的活生生的生命个体。

别林斯基指出：“在一位有真正才能的人写来，每一个人物都是典型，每一个典型对于读者都是熟悉的陌生人。”⑥ 这成为典型形象的基本内涵。

---

① 伍蠡甫、蒋孔阳：《西方文论选》，上卷，65页，上海，上海译文出版社，1979。
② 参见上书，103～106页。
③ 参见上书，297页。
④ 参见上书，369页。
⑤ ［德］黑格尔：《美学》，第1卷，295页，北京，商务印书馆，1979。
⑥ 《别林斯基选集》，第1卷，191页，上海，上海文艺出版社，1963。

（五）恩格斯提出“典型环境中的典型人物”

在别林斯基的“熟悉的陌生人”理论基础之上，恩格斯在致英国女作家哈克奈斯的一封信中提出：据我看来，现实主义的意思是，除细节的真实外，还要真实地再现典型环境中的典型人物。——这就从本质上发展了欧洲的典型理论，使它与表现时代特征和显示历史发展方向相联系，使典型人物获得了更广阔、更丰富的社会历史内涵。

在我国，虽然历史上没有系统、全面的典型理论，但从很早就已有对相关问题的阐述。例如《周易·系辞》：“其称名也小，其取类也大。”鲜明地指出了文学形象所具有的广泛涵盖性；又如刘勰《文心雕龙·物色》：“以少总多，情貌无遗。”进一步提出了典型塑造的基本要求，即做到具体化、个性化；而金代金圣叹在《〈水浒传〉序三》一文中明确指出：“《水浒》所叙，叙一百八人，人有其性情，人有其气质，人有其形状，人有其声口。”并且在《读第五才子书法》中赞赏道：“任凭提起一个，都似旧时熟识。”特别突出地强调了《水浒传》的一个重要的成功经验就在于人物形象的个性化塑造。

到清代末期，王国维开始将西方典型理论介绍到中国，并在文学评论中尝试应用；“五四”后典型理论得到进一步传播；新中国成立后，典型理论研究逐步深入，先后出现过“阶级典型说”、“共性与个性统一说”、“共名说”、“个性说”、“现象本质说”、“特殊—中介说”等。

二、典型的含义与特征

文学典型是指叙事性文学作品中成功的人物形象，它根源于作家独特的审美发现，传达了作家独特的审美体验，具有鲜明独特的性格特征和较为深广的社会历史内涵。文学典型有很强的艺术感染力和很高的审美价值，它是叙事性文学作品成功的重要标志。文学典型也称为典型、典型形象、典型人物或典型性格。

与一般的文学形象相比，文学典型的主要特征如下：

（一）文学典型鲜明独特的性格本身具有深广的社会历史内涵

文学典型应该是作家对生活的独特的审美发现，这是文学典型鲜明独特的性格与深广的社会历史内涵的共同根源。以路遥《人生》中的高加林为例，作品正是通过这一改革开放之初的农村青年形象在既向往城市文明又无法完全摆脱农村文化传统的矛盾境遇之中对自身人生位置的彷徨、困惑与选择，表现出当时由传统走向现代的中国社会的剧烈变革。

（二）文学典型的刻画中完整地表现出其独特性格的丰富性

文学典型的性格刻画应展现出人物内心世界的丰富性，这种丰富性既表现为多面性，又表现为变化性；文学典型的性格刻画应在展示人物内心世界的多面性与变化性的同时显示出人物性格的完整统一性。例如文艺复兴时期西班牙作家塞万提斯所塑造的堂吉诃德。堂吉诃德作为没落的骑士形象在荒诞离奇的幻想与坎坷多难的经历中表现出了执著追求、不畏强暴、不恤献身的精神境界与疯癫、夸张、滑稽的思想行为的矛盾统一，人物性格不是单面的，而是立体的、丰富的、复杂的。

（三）文学典型因其艺术的独创性与深刻性、完整性与丰富性的统一而具有持久的艺术魅力

人的审美精神需求是全方位的：独特之美令人惊喜，深刻之美令人震撼，完整之美令人陶醉，丰富之美令人充实。但更重要的是，当读者面对集诸美于一身的文学典型时，更会为这文学典型所体现出来的人的发现与创造、体验与超越的巨大主体力量所震慑，所折服，并由审美精神需求全方位的满足而产生强烈的审美愉悦。

三、典型环境与典型人物

环境指的是环绕人物，形成其性格，促使其行动的一切外部条件的总和，它有着宏观与微观之分。宏观环境是指与个人处于间接交往中的环境因素的总和，包括社会制度、意识形态、自然条件以及大型社会团体及其行为规范等。微观环境是指与个人处于直接交往中的环境因素的总和，包括文化、风俗、语言、角色规范以及小团体及其行为规范等。以《红楼梦》为例，宏观环境是日益腐朽没落、社会矛盾激化的封建社会，而微观环境则是以荣宁两府为中心、莺歌燕舞却又冲突不断的大观园。宏观环境是连通典型人物的性格、行为与一定历史时期社会的必然发展趋势和社会文化背景的桥梁；微观环境是宏观环境影响加诸典型人物的折射镜与过滤器，是典型人物的性格、行为所以产生的直接原因，是典型人物的性格、行为真实性的土壤。

所谓典型环境，指环绕典型人物的，形成其性格，促使其行动的，同时能够充分而深刻地体现一定历史时期的必然发展趋势和社会文化背景的特定的具体生活环境。典型环境是典型人物性格形成与发展的时代背景和现实舞台，典型人物性格只有在典型环境中才能得到充分展示。典型环境的描写必须注意宏观环境与微观环境的有机结合，才能为典型人物提供广阔的时代背景与坚实的生活基础。《红楼梦》中必须把对大观园这一具体生活环境与当时封建社会后期整个时代状况紧密联系起来，才能凸现出宝、黛、钗之间的爱情与婚姻悲剧和贾、史、王、薛四大家族兴衰的真正实质，也才能更好地把握贾宝玉作为封建贵族家庭的叛逆者和时代变迁的新生儿的典型形象。

由此我们可以得出这样的结论：典型环境与典型人物是相互依存、不可分割的；典型人物借助典型环境获得其存在的真实依据，得到性格展现的舞台和发展的动力；而典型环境则借助典型人物的活动使自身的典型意义与内涵得以充分释放与实现。

典型环境与典型人物是互为前提的：离开环境，人物就成了不可理解的怪物；离开了人物，环境也就失去了自身存在的意义。

典型环境与典型人物又是相互转化的：任何人物对其他人物都是构成环境的一部分。

典型环境与典型人物还是相互推动、互为因果的：人物因为环境的烘托更加显出其典型性，而环境又是因为人物的存在与活动才得以将自身的意义内涵传达给读者。

四、文学典型的创造

文学典型作为文学形象的高级形态，具有自身的创造规律、原则与方法。文学典型的创造过程就是文学形象典型化的过程，文学典型正是在典型化的过程中创造出来

的。典型化是指锤炼文学形象，强化其典型性，从而创造文学典型的方法和过程。

（一）典型化包含着个性化与概括化两方面的要求

个性化就是把人物在“一定社会关系的总和”中形成的“唯他独有”的精神特点、行为特征更加鲜明地凸现出来，从而创造出具有丰富个性特征的人物形象；而概括化则要求作家开掘个别生活现象中蕴涵的社会人生意味，使典型人物的鲜明个性能够显示出厚重深广的社会历史内涵。典型化的原则乃是个性化与概括化同步进行，是“以少总多、小中见大”的。例如《水浒传》中的一百单八将形象，既是个性殊异的，又是当时“官逼民反”的社会历史现实的反映。

（二）典型化是以角色体验作为自身的创作心理机制的

角色体验的关键是“设身处地”的心理“位移”。例如鲁迅所塑造的阿Q这一形象，我们对其精神胜利法的典型性格特征的感受和理解乃是鲁迅自身对当时辛亥革命失败的深切体验，可以说阿Q早已不仅是阿Q这一人物形象本身，更倾注和渗透着鲁迅本人对国民性的设身处地、痛定思痛的反省。

实现人物形象的典型化有许多方法和途径。鲁迅在谈到自己塑造人物形象的方法时说：“所写的事迹，大抵有一点见过或听到过的缘由，但决不全用这事实，只是采取一端，加以改造，或生发开去，到足以几乎完全发表我的意思为止。人物的模特也一样，没有专用过一人，往往嘴在浙江，脸在北京，衣服在山西，是一个拼凑起来的角色。”这里明确指出了典型化的两种重要方法和途径：“杂取种种人”的集中合成法与“采取一端，生发开去”的原型加工法。鲁迅的阿Q形象实际上就是当时普遍存在的国民劣根性的集中反映，而巴金在《家》中塑造觉新这一形象和老舍塑造祥子形象的方法则是后一种。无论是哪种典型化方法，都必须以作家对生活独特而深刻的审美体验为前提，否则就不可能塑造出深刻动人的艺术典型。

第三节　意境及其创造

一、意境理论的提出与发展

意境是中国文学理论与美学理论的重要范畴之一，也是探讨和认识抒情性文学作品的形象规律的重要环节。在中国文学理论史上，意境概念的提出及其理论形成经历了萌芽、发展到成熟的过程。

（一）先秦至两汉：意境理论的萌芽期

相传成书于先秦的《周易·系辞》中说：“子曰：书不尽言，言不尽意。然则圣人之意，其不可见乎？子曰：圣人立象以尽意。”这提出了一个十分重要的问题：文学作为一门语言的艺术究竟能否通过形象的塑造达到表现人们所思、所想、所感的目的？文学语言（言）、思维（意）以及形象（象）三者之间的关系到底如何呢？这也成为后世人们对意境的阐述的基础和起点。

后来，《庄子·外物篇》云：“言者所以在意，得意而忘言。”即“言”的目的在于“得意”，但“言”本身并非“意”，也无法尽意，它只是表达人们思想情感的象征性符号，是暗示人们去领会“意”的工具和手段而已，认为“得意忘言”才是正确处理“言、意、象”三者关系的方法。

在《毛诗序》这部汉代儒家文艺思想的经典著作中，将文艺创作归结为人内心情感向外流露的过程，心有所感、情为之动，自然发言为诗、唱和成歌。此时，人们已经提出并理解了“言、意、象”三者之间复杂的相互联系；并且在指出诗歌抒情言志基本功能的同时，揭示了这一功能与“赋比兴”这三种艺术表现手法的内在联系。这些论述都预示着意境理论正在萌生。

（二）魏晋至唐代：意境理论的发展期

这一时期是意境理论全面深化与发展的重要时期。

出现了中国古代最重要，也是最宏大的一部文学理论著作——《文心雕龙》。在《神思》篇中，作者刘勰写道：“神用象通，情变所孕；物以貌求，心以理应。”提出“神与物游”的美学观点，即“神思”（创作主体的艺术思维活动）与“物象”（作为创作客体的具体事物对象之间）的融合与统一。

此后，钟嵘在其《诗品序》中提出了“滋味”说，指出：“五言居文词之要，是众作之有滋味者也；故云会于流俗，岂不以指事造形，穷情写物，最为详切者耶!”并主张诗歌创作应该“赋比兴”手法“酌而用之”，“使味之者无极，闻之者动心，是诗之至也”。钟嵘可以说是中国古代文学批评中最早明确提出以“滋味”论诗的诗歌评论家，他把“滋味”作为衡量作品好坏的重要尺度，在言形之外开拓出“滋味”这一中国古代文论中的基本审美范畴，从而将诗歌美学评价的重心从创作转移到对诗歌美学意味和艺术思维特征的欣赏上来。

托名为唐代王昌龄的《诗格》正式将意境作为文学理论的范畴加以应用：“诗有三境，一曰物境……二曰情境……三曰意境。”后来晚唐诗人兼文学理论批评家司空图在前人基础之上进一步提出了“韵外之致”、“味外之旨”、“象外之象，景外之景”、“不着一字，尽得风流”的观点，认为文学作品真正醇美之处并不在于运用生动的语言描写具体的景象，而在于通过这些具体景象所构成的、存在于这些具体景象之外并且可以让读者用自己的想象去加以补充、丰富的艺术意境，揭示出诗歌意境含蓄空灵、超逸洒脱的美学特征。这样，伴随着诗歌创作与批评的发展，意境理论的整体框架得以基本奠定。

（三）宋代至清代：意境理论的成熟期

宋代以后，意境理论经过长期的发展逐步走向成熟和完善，这不仅表现在意境理论本身日益深入和丰富，更表现在对意境的研究出现了“全面开花”的局面，极大地促进了意境理论的发展。

宋代诗人梅尧臣主张诗歌创作应该“状难写之景，如在目前；含不尽之意，见于言外”[①]。此外他还强调只有“形意两相足”才能“巧夺造化深”，体现出意境的无穷之妙。这种将作者与读者统一于意境之中的观点乃是对唐代意境理论的更为深入的阐述。

严羽的《沧浪诗话》作为中国古代最重要的一部诗话著作，对意境理论的发展也

---

① 郭绍虞、王文生主编：《中国历代文论选》，第2册，22页，上海，上海古籍出版社，1979。

起着承上启下的作用，它以禅喻诗，提出“兴趣”说、“妙悟”说、“别材别趣”说；提倡“不涉理路，不落言筌”；推崇“盛唐诗人惟在兴趣，羚羊挂角，无迹可求。故其妙处透彻玲珑，不可凑泊，如空中之音，相中之色，水中之月，镜中之象，言有尽而意无穷”。强调诗歌既不能脱离语言文字和具体物象，但又不能拘泥于此，而必须以形象创造为中心，以抒发情感为目的，以语言为表达手段，只有这样，诗歌才能具有精彩绝伦而又浑然天成、含蓄深远而又韵味无穷的意境。

明代谢榛《四溟诗话》：“作诗本乎情景，孤不自成，两不相背。”“景乃诗之媒，情乃诗之胚：合而为诗。以数言而统万形，元气浑成，其浩无涯矣。”“情融乎内而深且长，景耀乎外而远且大。”“景多则堆垛，情多则暗弱：大家无此失矣。”这些论述都深入分析了情与景之间的相互关系，情以景为媒介，景以情为目的。

清王夫之《姜斋诗话》：“情景虽有在心在物之分，而情生景，景生情，哀乐之触，荣悴之迎，互藏之宅。”“情景名为二，而实不可离。神于诗者，妙合无垠。巧者则有情中景，景中情。”“不能作景语，又何能作情语邪?”则鲜明地指出真正诗歌中的上乘之作必定是有情有景、情景交融、浑然一体、不分彼此的。

清末王国维《人间词话》：“有有我之境，有无我之境。”“有我之境，以我观物，故物皆著我之色彩。无我之境，以物观物，故不知何者为我，何者为物。”“无我之境，人惟于静中得之。有我之境，于由动之静时得之。故一优美，一宏壮也。”“昔人论诗词，有景语、情语之别。不知一切景语，皆情语也。”这就把意境理论进一步加以整理，将情中有景、景中有情上升到“无物无我”之境，可谓中国传统意境理论的神来之笔。

二、意境的含义与特征

作为我国古代文学理论批评和美学思想的珍贵遗产，意境理论源远流长、博大精深。简而言之，意境指的是抒情性文学作品中情景交融、虚实相生、和谐广阔的艺术空间，是蕴涵着作家丰富情思和深广人生意味而能诱发令人回味无穷的审美体验的艺术境界。它主要具有情景交融、境生象外和韵味无穷三个美学特征，我们以南唐后主李煜著名的《虞美人》为例来进行具体分析：

> 春花秋月何时了，往事知多少？小楼昨夜又东风，故国不堪回首月明中。
> 雕栏玉砌应犹在，只是朱颜改。问君能有几多愁，恰似一江春水向东流。

（一）情景交融

意境的构成是审美主客体的契合统一，与文学典型不同的是，在意境中，主客体统一的载体不是性格，而是情境。情境是在作家审美情感的主导下，情理形神多层次交融的统一体。在《虞美人》这首词里，当已沦为阶下之囚的作者身处小楼、凭栏远望的时候，春花秋月也好、红粉朱颜也罢，都被作者的故园之思、丧国之痛完全改变，而人生的离乱悲苦之情又将年年花开、岁岁月圆、玉砌的雕栏和东流的春水染上了一层浓浓的沧桑意味。情与景已是水乳交融，互相推助成为不可分割的整体。

（二）境生象外

情景交融的事物形象并不是意境创设的目的，作家（诗人）的目的是借助这融合情感的物象系列，构成物象与物象之间多重复合联系所生成的一种意味深远的场景、氛围、情调、韵味，是物境与情境相互作用产生了新质的一种艺术空间。这是一种依靠审美知觉将物象统合为意象—情境—意境的审美空间。《虞美人》中，“春花秋月”，“故国”、“小楼”，“雕栏”、“朱颜”和“东风”、“春水”构成了一组组彼此连接、回环叠加的物象，把作者对人世无常的慨叹淋漓尽致地烘托出来。

（三）韵味无穷

文学意境，从审美心理效应上说，应是能激发人们驰骋想象，超越具体的物象乃至意象、情境，飞升到奇幻美妙的艺术审美空间，体味领悟言外之意、弦外之音、味外之旨、韵外之致的艺术境界。《虞美人》中的李煜在清冷的月光照耀之下倚栏远望，回首韶华，纵是年年花开、岁岁月圆也掩不住物是人非、亡国败家的伤痛，“何时了”、“知多少”、“应犹在”、“几多愁”包含着作者无尽无休的怅恨之情，由此读者可以超越作者为我们所营造的意境，在更高的层次上体味到变数无常、人生如梦之感。所以说意境就如同一扇大门，引导人们从现实的物象或意象出发，又超越特定的物象或意象，在更高的审美层次上感悟人本身，从而对人生的终极意义和生命本体价值做出思考。

三、意境的分类与创造

对意境的分类既可以从创作主体的情感介入方式的角度，也可以从接受主体的审美情感体验的角度进行区分。就前者而言，分为有我之境和无我之境；就后者而言，则有“滋味”与“诗品”之说。

（一）有我之境与无我之境

这是清末王国维在其《人间词话》中就创作主体情感与意境形成的关系所提出的一对重要概念，并以欧阳修《蝶恋花》的词句与元好问《颖亭留别》的诗句为例做出了简要阐释。

欧阳修的“泪眼问花花不语，乱红飞过秋千去”为我们描绘出一位情意深沉的女子伤春的情景，透过泪水模糊的双眼问春花，春花却默默无语，只有被狂风吹落的片片红花，漫天飞过秋千而去。

这情中有景、景中有情的意境便是有我之境，是诗人的身影显现在意境中，诗人的审美情感投射在景物之上而呈现出来的意境，是“以我观物，故物皆著我之色彩”（王国维语），而且有我之境多采用拟人的手法，使景物人格化、情绪化。

有“金元诗冠”之称的元好问的“寒波澹澹起，白鸟悠悠下”则用近乎白描的手法让宁和微澜的水波、轻跃活泼的鸟儿构成了一幅平淡无奇却又充满诗情画意的自然图景，这就是王国维的“无我之境”，即诗人隐遁于情境之外，借景写情、情寓景中，不露声色，不着痕迹，含蓄而隐曲地传情达意，是“以物观物，故不知何者为我，何者为物”（王国维语）。

当然，无我之境并非真的“无我”，只不过情与景更加自然和谐，主客体之间似在不经意间不期而遇，妙合无垠，了无痕迹，使诗境愈加自然天成。“无我”实为“忘我”。

（二）钟嵘的“滋味说”与司空图的“二十四品”

钟嵘认为只有“使味之者无极，闻之者动心”的作品才是“诗之至也”。最好的诗必然是“滋味”浓厚、深远之作。

后来晚唐诗评家司空图继承了钟嵘的“滋味”说以及以人品论诗的旨趣，以“味外之旨”、“韵外之致”为追求，从接受主体的审美情感体验的角度，将诗歌的艺术意境区分为二十四品：雄浑、冲淡、纤秾、沉着、高古、典雅、洗练、劲健、绮丽、自然、含蓄、豪放、精神、缜密、疏野、清奇、委曲、实境、悲慨、形容、超诣、飘逸、旷达、流动。总的来看，这二十四品从不同侧面丰富和充实着司空图含蓄不尽、意在言外的诗歌美学主张。

由此我们也可以看出，作为重要的文学范畴，意境无论对创作还是对欣赏都有着极其重要的意义，创造意境也成为抒情性文学作品创作的核心任务，意境创造的主要方法与途径用一句话来说就是虚实相生、化情为景。

清代文艺理论家刘熙载在其《艺概》一书中说道：“山之精神写不出，以烟霞写之；春之精神写不出，以草树写之。故诗无气象，则精神亦无所寓矣。”这短短几句话可谓道出了意境创造的真谛：以实写虚，寄情于景。而李白《送孟浩然之广陵》中的后两句“孤帆远影碧空尽，惟见长江天际流”和《西厢记》崔莺莺“长亭送别”的起首句“碧云天、黄花地、西风紧、北雁南飞，晓来谁染霜林醉，总是离人泪”，一是通过帆之“孤”、影之“远”以及漫流天际的长江水来烘托出诗人依依不舍的离别之情；二是用萧瑟凄清的景物与环境反衬出女主人公悲凉和愁苦的心境，它们都堪称“以实写虚，寄情于景”的典范。

总而言之，情为虚，景为实；景为实，境为虚。实便于观照，虚有所体味。所以在意境的创造过程中既要以实写虚，化虚为实，又不可过实，全无兴寄，亦不可过虚，难以领会。而要给读者预留想象的空间，让读者调动和运用自身的审美经验去感受和体味。

本章小结

本章从一般与高级、典型与意境两个角度对文学作品中的艺术形象进行分析，揭示文学的审美特征，并总结塑造成功的艺术形象的规律。首先，辨析文学形象的含义，分析文学形象的特点，说明文学形象在作品意义生成系统中的地位和作用，同时区分文学形象的类别；其次，通过回顾典型理论的提出与发展，辨析典型的含义与特征，分析典型环境与典型人物的相互关系，阐述文学典型的创造等，讨论叙事性文学高级艺术形象的创造规律——典型形象与典型化的问题；最后，通过回顾意境理论的提出与发展、辨析意境的含义与特征、分析意境的分类与创造等，讨论抒情性文学高级艺术形象的创造规律——意境及其创造的问题。

文学形象既是文学创作的直接结果，是作家审美体验的唯一载体，又是读者欣赏的直接对象，同时，还是作品内容与形式的统一体，本章学习的目的就是学会从文学形象入手去分析一切作品。

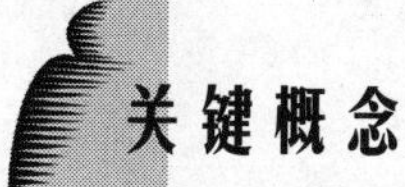

关键概念

文学形象	熟悉的陌生人	文学典型
环境	典型环境	宏观环境
微观环境	典型化	意境
有我之境	无我之境	

思考题

1. 作为审美创造产物的文学形象具有哪些特点？
2. 试论典型环境与典型人物的相互关系。
3. 什么是典型化？应该如何理解文学典型的创造方法和过程？
4. 什么是意境？意境的基本特征是什么？
5. 试比较意境分类中的“有我之境”和“无我之境”。
6. 试举例说明虚实相生、化情为景是意境创造的主要手法与途径。

第十章　文学体裁

在第八章中，我们已经初步分析了文学体裁的宏观、微观两个层次的含义，指出宏观含义的体裁是指由一定作品群在内容与形式上的共同特征所构成的一种形式规范，这种形式规范具有分类学意义，对文学的创作、欣赏、批评、研究都具有重要意义；微观含义的体裁是指一部文学作品全部形式因素综合体现出来的文学样式，是文学作品最外层的形式因素。同时，在第八章中，我们还回顾了在以往的题材分类研究中，人们从外在到内在，从粗疏到细致，从简单到复杂的分类法发展。

其实，我们通常所说的体裁，就是文学作品的宏观构成或者叫文学作品的外部构成。它是文学作品语言系统的结构形态，是人们阅读文学作品时一定能感受到的形式要素之一。

一方面，文学体裁是在文学的历史发展中逐渐形成、不断丰富的；另一方面，文学体裁的丰富与发展反过来又满足了人们文学欣赏的多样性需求。

文学作品的外在形态历来多种多样，划分方式也难归一，本章从文学体裁的宏观含义去把握文学的外在形态分类，采用体裁分类的五分法，即按照诗歌、散文、小说、戏剧和影视文学来区分文学体裁，探讨文学作品构成的宏观规律，阐述不同体裁的文学作品在艺术形象的塑造、作品结构的安排、文学语言的运用乃至篇幅格式容量等方面的不同特点和规律。

第一节　诗　歌

一、诗歌的界定

（一）诗歌的产生

诗歌是在人类文学活动中出现最早的一种纯文学体裁。它是伴随着人类的劳动实践产生的。《淮南子·道应训》记载："今夫举大木者，前呼'邪许'，后亦应之，此举重劝力之歌也。”这种劳动中的呼号，可以看做诗歌的萌芽，具备诗歌的抒情性、韵律性等基本特征。

早期诗歌在祭祀、图腾崇拜的仪式中与音乐、舞蹈合为一体。《尚书·尧典》记载舜命掌管音乐的夔教育子弟：“诗言志，歌永言，声依永，律和声，八音克谐，无相夺伦，神人以和。”夔答曰：“予击石拊石，百兽率舞。”这段文字说明了在诗歌发展之初诗、乐、舞的紧密结合。音乐伴随劳动节奏产生，歌辞（诗歌）又因音乐而生。早期诗歌的特点奠定了这一体裁的基本特征。

此后诗歌逐渐独立，并在自身发展中，衍生出不同的形态品类。早期诗歌是流行于民间的口头创作，以后才逐渐出现了文人创作的诗。我国是诗歌创作十分发达的国家，《诗经》是先秦时期产生的第一部诗歌总集，屈原是中国第一位伟大的诗人，他的诗歌是中国最早的文人诗。

（二）诗歌的含义

中国古代的诗，除为数不多的“徒歌”外，大都是合乐歌唱的，故称诗歌。诗歌在中国古代的界定，狭义的仅指古体诗、近体诗等；广义的则把楚辞、词、散曲都包括在内。

西方的诗也有广义、狭义之分。广义的诗泛指文学作品，甚至包括一切艺术作品（文学、绘画、雕塑等），所谓“诗学”就是指文艺学，例如亚里士多德的《诗学》就是论述诗歌、戏剧、雕塑等多种艺术的理论专著。狭义的诗是指具体的文学样式，包括抒情诗和叙事诗等。

我们所说的诗歌，大体取中国古代的广义理解和西方的狭义理解。

诗歌是一种语词凝练、结构跳跃、富有节奏韵律、用高度集中的意象创造情境以抒发作者强烈的审美情感体验的文学体裁。

二、诗歌的艺术特征

（一）鲜明、浓郁的抒情性

《毛诗序》中说：“诗者，志之所之也，在心为志，发言为诗。情动于中而形于言，言之不足故嗟叹之，嗟叹之不足故咏歌之，咏歌之不足，不知手之舞之，足之蹈之也。”这段话的大意说诗是由思想感情产生的，心中的思想感情表达为言语便是诗，情感激动，语言不足以表达便发出感叹，感叹仍不足，便引声长歌，长歌仍不足，便不由自主地跳起舞来。这从诗歌起源的角度说明了诗歌乃是人们情感激动的产物，所以说抒情性是诗歌最突出的本质特征，诗歌也是最重要的抒情性文学体裁。任何文学作品都要表现作家的审美情感，但诗歌的抒情性最为鲜明、浓郁。

1. 诗歌抒情的目的性是直接的

诗歌在产生之初就是由情而发的，这决定了抒情性是它的第一特征。

2. 诗歌抒情的心理基点是主观的、以“我”为中心的

诗人创作诗歌以抒情为直接目的，以表达自我的内心为本位。诗歌中的抒情主人公往往和诗人自身是合二为一的，诗歌强烈的感染力也往往是通过主观性极强的抒情散发出来的。现代诗歌中这一特点尤其突出。郭沫若的《凤凰涅槃》，字里行间充溢着

火山爆发式的激情，诗中集香木自焚的凤凰，慷慨高歌，实际是诗人主观情感的喷发，既对黑暗势力愤怒诅咒，也对光明、美好事物热情歌唱，结尾直抒胸臆，反复吟咏：

欢唱再欢唱！
只有欢唱！
只有欢唱！
只有欢唱！
欢唱！
欢唱！
欢唱！

再如未央的《祖国，我回来了》：

车过鸭绿江，
好像飞一样。
祖国，我回来了！
祖国，我的亲娘！

诗人运用短促的排句直接抒发了自己跃动、激荡的主观情绪，而这些在其他的文学体裁中是很难见到的。

3. 抒情是诗歌的基本表现手法

抒情是其他任何文学体裁都运用的，而诗歌是最富于抒情性的语言艺术。古今中外众多著名诗人的不朽诗篇都是在感情激动、灵感爆发时，在情不自禁、昼不能安、夜不能寐时，欣然命笔或奋笔疾书而成的。例如李白的《朝发白帝城》：

朝辞白帝彩云间，千里江陵一日还。
两岸猿声啼不住，轻舟已过万重山。

这首诗洋溢着诗人难以抑制的狂喜之情，读起来仿佛能随他一起飞跃万里江涛与重重山岭，奔回向往已久的地方。诗人所迸发出来的激情和灵感，千载已过，仍魅力无穷。

4. 诗歌的抒情是艺术的——鲜明、浓郁而又精致、含蓄

作家要更多地运用想象、拟人、夸张、幻想等修辞格来描绘形象，创设意境。例如，《诗经》中的《周南·桃夭》“桃之夭夭，灼灼其华”，即以春天桃花盛开的艳丽景象作比兴，表示新婚的喜庆气氛和新娘的美丽动人。再如，杜甫的《月夜》：

今夜鄜州月，闺中只独看。
遥怜小儿女，未解忆长安。

香雾云鬟湿，清辉玉臂寒。
何时倚虚幌，双照泪痕干。

这首诗不直接写两地相思，却从对方写来，通过月夜的闺中独看，写妻子对自己的思念，用云鬟、清辉、玉臂、虚幌、双泪等意象，创造了清幽的意境，委婉曲折地表现了离情别绪，所以说“诗贵含蓄”，含蓄使诗歌有了文字以外的无穷韵味。

（二）独特的艺术形象塑造方式

诗歌的文学形象是意境。意境是我国古典文论独创的一个概念，是华夏抒情文学尤其是诗歌的审美理想的集中体现，是诗歌塑造艺术形象的独特方式。

总的说来，意境是指抒情作品（主要是诗歌）中呈现的那种情景交融、虚实相生的形象及其引发的审美想象空间。它包含着情与景两大要素和一个审美想象空间，所谓的“境”包括两部分，即“象”和“象外之象”。意境的生成过程如下：

物境⟶情境⟶意境

意境创造的心理机制如图 10—1 所示。

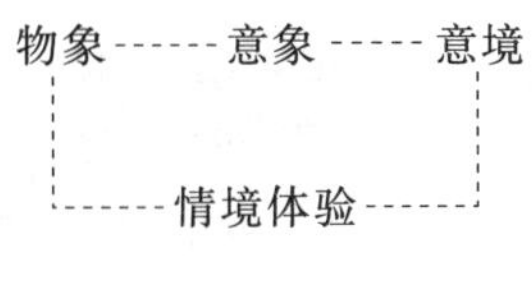

图 10—1

诗人在创作之初，先选取与诗人内心情感相对应的物象，然后在构思物化的过程中，或将景中藏情，或于情中见景，抑或情境并茂，总之是情景交融地抒发胸臆，并使之虚实相生、韵味无穷。例如李商隐的《无题》中有“春蚕到死丝方尽，蜡炬成灰泪始干”，作者以春蚕吐丝到死方尽，蜡炬燃烧成灰烛泪才干，比喻恋爱当中的人只为付出不求回报，相思之情绵绵不绝的强烈情感，以诸多情景物象叠加、组合，引发人们进行想象，并仔细体会当中隐含的深厚情意，留下无穷的回味空间。“春蚕”、“蜡炬”是作者头脑中的“物象”，这些物象承载了作者的情感便为“意象”，由于它可以引发无限的想象空间，即可成为“意境”。读者阅读作品，先看到的是“春蚕”和“蜡炬”这样实实在在的“物境”，然后体会到作者在字里行间渗透的情感即“情境”，而读者在此提示下又因各自的生活经验和知识结构的不同而联想、想象出丰富的“象外之象，景外之景”，这便是“意境”。

诗歌运用意境塑造艺术的形象使之含蓄隽永，韵致无穷，这是它最突出的审美特征。例如，是相传为李白所作的《忆秦娥》：

箫声咽，秦娥梦断秦楼月。秦楼月，年年柳色，灞陵伤别。
乐游原上清秋节，咸阳古道音尘绝。音尘绝，西风残照，汉家宫阙。

这首词气势宏大，意境苍凉沉郁，在过往与眼前的对比中慨叹世事沧桑、社稷飘零，情韵极为丰富。历史与现实，神话与人世，眼见的与遐想的，清丽的与苍凉的，哀婉的与悲壮的，忧伤的与焦虑的，柔情的与思考的，对比又烘衬，箫声衬柳色，晚霞伴西风，尤其最后两句，更是大家气象，备受古往今来读者的赞赏，但谁也说不尽其中蕴涵的情韵。

（三）简约、跳跃的结构范式

诗歌的形制，篇幅最为短小，文字最为洗练。究其原因，过去人们往往用“反映生活的概括性”来归结，但真正的因由在于诗歌抒情的本质与造境的特征。

第一，诗人的情感是靠意境来抒发的，而意境的创设是靠意象的连缀而成的，而不是靠详尽的叙述和细致的描写。例如：

“前不见古人，后不见来者”，虽有时间的跨度，但这是造境，而不是叙述。诗人用短短 10 个字，创设了数千年的历史空间，后句的一个“念”字为全诗之“眼”，但如果没有首句创设的历史空间之境，那么无论他如何去“念”，也难抒这“天地悠悠”的感慨之情，更不会有“怆然涕下”的孤独之感。

第二，在诗歌的结构设计中，诗人遵循的是情感与想象的逻辑，故显示出从叙事、描写角度看来的“跳跃性”。但以造境抒情的角度来看，其实是十分严整、缜密的。例如，白居易《卖炭翁》：“可怜身上衣正单，心忧炭贱愿天寒。”诗中没有具体写卖炭翁的“衣”如何“单”，也没有写他的“心”如何“愿”。因为对于造境来说，关键是要创设一个“身”与“心”、“内”与“外”对比鲜明的“情境”，最终写出百姓感“宫市”之“苦”和诗人的“苦宫市”之情。因此，“衣正单”与“愿天寒”已经足够缜密了，再多就是冗余，完全没有跳跃与省略。

可见，诗歌的跳跃性可以使它超越时间的藩篱、空间的鸿沟，从这一端一跃而到另一端，或由过去一跃而到未来，其间只是被感情的线索维系着。诗歌在动作、形象、图景之间的这种跳跃结构方式，以断续表现连贯，以局部概括整体，给读者留下了开阔的想象空间，从而能够满足其无限的阐释愿望。

（四）韵律和谐、节奏铿锵的音乐美

在各种文学样式中，诗是最强调音乐性的。

诗歌节奏与韵律的音乐美是“诗乐舞”同源的历史渊源造成的。今天我们还可以看到诗乐舞同源的痕迹，比如《阿细跳月》这个舞蹈的节奏正和四言诗的节奏。节奏与韵律是诗歌音乐美的两大要素；规范与变化是诗歌音乐美的两大法则。

诗的节奏主要指诗句的长短、强弱不同的音有规律地变化。安排停顿是形成诗的节奏的重要手段。如果各诗句停顿次数均匀，就会形成鲜明的节奏。我国古代诗歌中的停顿是有严格规定的，一般是四言二顿、五言三顿、七言五顿。调配声调也有助于加强节奏感。语音有高低、升降、曲直、长短的变化，因而形成不同的音调。中国诗歌由于汉语的特性，在音韵节奏的丰富变化上独树一帜，集中表现在平仄规范上。古代汉语分为平、上、去、入四种声调，现代汉语分为阴平、阳平、上声、去声四种声调。有规律地搭配平仄，便形成起伏交替的音乐美。而且由音节长短以及音步多少构成的不同长短的诗句，也会表现出不同情感的节奏。例如我国现代诗人徐志摩的一首小诗《沪杭车中》：

匆匆匆！催催催！/一卷烟，一片山，几点云影，/一道水，一条桥，一支橹声，/一林松，一丛竹，红叶纷纷：

艳色的田野，艳色的秋景，/梦境似的分明，模糊，消隐，——/

催催催！是车轮还是光阴？/催老了秋容，催老了人生！

这首诗的节奏模仿车轮行进的节奏，轻快流畅，错落有致，同飘忽流逝的意象和情绪融为一体，别有一种趣味。

诗的韵律，也称押韵，是指同韵母的字在相同的位置上有秩序地重复出现，依据位置不同可分为头韵、腹韵和脚韵等，它可以加强诗歌的节奏感，增强诗歌的音乐性，促进情感的抒发和意境的创造。

韵律与节奏的音乐美还造成了诗歌或齐整，或错落的建筑美，达到了和谐整齐的感官审美效果；同时为书法艺术的篇章美提供了表现题材。

三、诗歌的分类

（一）抒情诗和叙事诗

按照诗歌的内容以及主导倾向可以划分为抒情诗和叙事诗。

抒情诗是指创设意境以直接抒发诗人审美情感的诗歌。它直接表现诗人的内心世界，把外物（包括人物与景物）作为内心感受与体验的对应与寄托来摄取和运用。抒情诗包括：情歌、颂歌、哀歌、牧歌、讽刺诗等。中国古代的大部分诗歌都属于抒情诗。

叙事诗是指用抒情的方式“歌唱一个故事”的诗歌，一般有一定的故事情节和人物形象。与小说不同的是，叙事诗是“歌唱”一个故事，而小说则是“讲述”一个故事。《孔雀东南飞》歌咏刘兰芝和焦仲卿的爱情悲剧，有比较完整的故事情节，但是它的抒情色彩极为浓郁，适合于传唱，所以是诗歌而不是小说。叙事诗的主要体裁包括：史诗、故事诗和诗体小说。杜甫的“三吏”、“三别”以及白居易的《长恨歌》都是文人创作的优秀的叙事诗。

（二）格律诗和自由诗

按照语言的音韵格律，诗歌可以划分为格律诗和自由诗。

格律诗是指按照一定的格式和规则写作的诗歌。格律诗一般篇有定句，句有定字（或音节）；另外，在声调、音韵、词语对仗、句式排列等方面也都有严格的规定。它是人们在诗歌创作过程中对这一体裁的形式特点的认识日益丰富，从而通过许多代的探索而成熟、定型的。中外的格律诗一般都具有和谐统一、寓变化于严整的特点。我国古代的律诗、绝句、词、曲以及欧洲的十四行诗等都是格律诗，它们代表了古典诗歌形式的最高成就。但由于严格的格律限制了创作，不仅使很多东西难以表现，而且有限的格律也容易导致风格的雷同，因而产生了自由诗。

自由诗是指近代发展起来的写法比较自由的诗体。自由诗不受格律和固定格式的限制，节奏与用韵都比较自由灵活，语言一般比较通俗。

自由诗在西方是由美国诗人惠特曼创始的，《草叶集》即为西方自由诗的开山之作；我国则是在五四时期兴起了以“白话诗”为代表的自由诗，它受外国近代诗的影响较大，注重在内容、形式和表现方法上的自由和创新。

（三）散文诗

散文诗是指兼有散文与诗歌特点的一种文学体裁。散文诗往往被视为自由诗的一种，它像散文一样不分行，不用韵，但有自然的节奏与音调的和谐美感，并努力创设诗的意境。

《野草》是鲁迅写于1924年的散文诗集，其中的许多篇什将诗的意境和散文的自由统一起来而兼具二者之长，堪称这一体裁的代表作品。例如《秋夜》中，作者描写了秋夜的自然景象：眨着冷眼的天空，把繁霜洒向大地，使得人间草木凋零，一片肃杀；但是，枣树虽然落尽了叶子，却越见挺拔，以最长最直的几枝，“默默地铁似的直刺着奇怪而高的天空”，而且，“一意要制他的死命，不管他各式各样地眨着许多蛊惑的眼睛。”作品多方面刻画枣树的坚韧，具有散文“散”的特征；但语言比一般的散文更有节奏感和韵律感，接近诗的语言；更重要的是作品中的形象是富有诗意的形象，秋夜的天空和枣树共同构成的意境蕴涵着作者所歌颂的黑暗重压下韧性的战斗精神，这些都体现了散文诗的特点。

（四）民歌

民歌是指劳动人民口头创作并流传于民间的诗歌。民歌是集体传唱，逐渐形成的，体现人民的情感，生活气息浓厚，积淀着民风民俗，具有地方特色。

民歌种类繁多，以我国为例，主要有：山歌、渔歌、夯歌、秧歌、花儿、道情、信天游、劳动号子、小调、童谣等。

民歌有如下特点：

第一，贴近生活，许多是和劳动紧密相连的，例如秧歌。

第二，多体现劳动人民的感情，尤以歌唱爱情的居多，例如《兰花花》、《五哥放羊》等。

第三，对文人创作有所启发，传统文学中的词、曲形制最早就是从民歌发展而来的。

第二节　散　文

一、散文的界定

散文是文学中最为自由、最为丰富、最难界定的体裁。

对散文的界定也十分庞杂，总括起来，有广义和狭义两大类界说。

（一）广义散文的界说

在我国古代，广义的散文是相对骈文和韵文而言的，是指不用韵、不讲骈俪的散体文章，包括传记、议论、序跋、奏章、书缄、笔记等。

在西方，广义的散文是相对于诗歌和戏剧而言的，散文泛指一切不讲究音韵格律、以口语方式行文的科学的、艺术的、应用的散体文章。

（二）狭义散文的界说

狭义的散文是指与诗歌、小说、戏剧及影视文学并列的一种文学体裁，排除了实用性和学术性文章，专指文学性的散体文章。

在我国，狭义散文的概念是近代以来随着西方文学作品及文学理论的翻译引进而逐步形成的；此后，随着我国自己的杂文、报告文学等散文创作的发展，狭义散文的概念逐步确立。

在西方，狭义的散文是在 16 世纪的法国和 17 世纪的英国产生的“随笔”（essay）的基础之上，逐渐发展成为一种用轻松愉快的口吻讨论日常琐事，表现作者对社会人生的感悟体验的散体文章。

（三）散文的定义

散文是指以广阔的题材、灵活的结构、精致优美的语言抒写境遇感受的散行无韵的文学样式。

二、散文的艺术特征

（一）广泛多样、小中见大的题材特征

散文的形式灵活多样，内容包罗万象，几乎没有任何时空、对象的限制。既可以描写人物，例如黄宗英的《大雁情》、徐迟的《哥德巴赫猜想》；也可以写景抒情，例如刘白羽的《长江三日》；还可以状物咏志，例如吴伯箫的《记一辆纺车》等，有广泛的自由。

一般来说，只有比较完整的生活事件和人物形象才可以入小说；只有含有集中的矛盾冲突的生活现象才可以入戏剧。散文则不同，它的题材极为广泛，且尤其以描写细小、零散、片断、贴近日常生活的事物，抒写作家特定的感受和境遇见长。散文的独特价值正是在于它能撷取日常生活中的一片落叶、一朵浪花、一颗流星、一抹烟霞，于细微处见精神，带给我们审美的享受和智慧的启迪。

（二）真情实感、真知灼见的情理特征

散文在写人、记事、抒情、状物的同时一定要有真情实感，它是最接近生活真实的文学样式。我国现代散文家吴伯箫在《散文名作欣赏》序中说：“说真话，叙真事，写实物、实情，这仿佛是散文的传统。古代散文是这样，现代散文也是这样。”这说明了散文的写实性。散文可以根据作家的主导情感和中心思想进行剪裁、取舍、提炼和加工，运用比喻、象征、拟人等多种修辞，但不应对主要的人物和事件进行虚构。它要求作家写实人、实事、实物、实情：刘白羽的《巍巍太行山》反映了 1939 年朱德司令的戎马生活；周立波的《娘子关前》记述了自己随部队转移到娘子关前沿途所见所闻的八路军抗战情形。散文中抒写更多的也是作家的亲身经历，鲁迅先生的《朝花夕拾》写的全是忆旧散文，其中作者自己，即“我”的形象贯穿全书。虽然记述的是生活片断，但是各篇连缀起来看，“我”从充满童心的孩提时代，到深受封建家长制、封建教育对心灵的损害而萌生反叛思想，离家去异地走异路，成为青年爱国者和革命民主主义者。其间的思想变迁、生活道路、性格志趣等历历可见，具有很高的传记价值。

在记录真实事件之外，散文还必须抒发作者真挚的情怀。例如冰心的《小桔灯》，歌颂了在黑暗年代，社会下层的劳动人民对待苦难生活坚忍不拔的毅力和对光明未来的执著信念，感人至深。

（三）自由灵活、形散神聚的结构特征

与小说、戏剧等较规范的程式相比，散文的外在形态要求极少。“散”所带来的灵活性正是散文结构的特点与优势。

理论家谈论散文有所谓“形散神聚的结构特征”的说法。散文家在平素的生活中有所感触时，信手拈来，生发开去，灵活地组织和处理材料，自由地铺设意境，疾徐有致、开合有度地叙事抒情、写景状物，时而勾勒描绘，时而倒叙联想，时而抒情，时而议论，而这看似无心的一切，又无一不是围绕着全文的主旨与意蕴，因此是“散而有序”，“形散而神不散”。

（四）精致优美、别有韵味的语言特征

在一切体裁中，散文大概是最依靠语言本身来征服读者的文学样式了。

散文的语言是倾诉式的，它不旁观，讲述的是自己的经历；它不叫嚣，讲的仅仅是自己的经历。因此散文语言的审美特性是“润物细无声”的，也是哲理式的，传达着作家的人生体味和审美情趣。现代许多散文大家，其语言美是有口皆碑的。例如朱自清的散文，语言清幽细密，《背影》一篇既无曲折事件，也无华丽辞藻，只是以父亲的“背影”为中心，在淡淡的笔触中营造醇浓的情意，文淡而情深；《桨声灯影里的秦淮河》一篇，文字极富色彩感，无论是雕栏、家具还是灯彩、光影，都形容得细致精当，呈现出视觉上的绘画美。

而“文如其人”在散文中又典型地表现为作家本人的气质与作品文字风格的一致性。在现当代散文家中，吴伯箫的平易朴实，杨朔的严谨精制，刘白羽的自然洒脱等，都代表着作家的人格特征和他们迥异的美学追求。

三、散文的分类

（一）叙事性散文

叙事性散文是指着重叙述事件和描写人物的散文。叙事性散文的表现手法以叙述、描写为主，但也要兼用抒情和议论。在叙事性散文中，作家的审美情感体验是通过事件的叙述和人物的描写流露出来的。事件和人物是其行文线索。

例如：鲁迅的《为了忘却的记念》和朱自清的《背影》。前者以作者与柔石等五位烈士的交往为线索，回忆他们的音容笑貌和精神品格；后者以作者离家时父亲送他上火车的事情为线索，描写父亲在一个特定的情境下留给作者的深刻印象。

叙事性散文包括以下几种形态。

1. 传记文学（包括回忆录）

传记文学是指以文学手法来描述真实人物的生平事迹和思想性格的叙事散文。传记文学要遵循历史真实，是历史性与文学性的统一。

传记文学在我国有着悠久的历史传统。司马迁的《史记》中就包含很多优秀的传记文学。

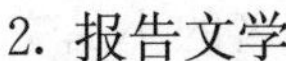

2. 报告文学

报告文学是指以文学的手法，敏锐地发现，及时地报道当前生活中具有典型意义的真人真事，以反映带有普遍意义的重大问题的一种文体。徐迟说：“报告文学所报告的事实必须是真实的，并且是必须就历史的观点来说是十分真实的，是代表我们时代的真实性的事实。”①

报告文学兼具新闻的真实性、时效性与文学的典型性双重特征。报告文学的艺术价值体现在文学性上。茅盾说：“好的‘报告’需要具备小说所有的艺术上的条件——人物的刻画、环境的描写、气氛的渲染等等。”② 报告文学在具有文学性的同时也要求事件和细节的真实性，它成为新闻报道的补充，成为一种深度报道。例如：斯诺的《西行漫记》、夏衍的《包身工》和徐迟的《哥德巴赫猜想》等，这些作品都是报告文学中的典范之作，写人记事都生动细腻又真实可信，对我们深入详细地认识特定时代的人物，了解当时具有重大意义的事件有很大帮助。

3. 游记

游记是指以文学的手法记述、描写旅行见闻的一种叙事散文。游记的内容一般包括旅游行程的记叙，山川景物、名胜古迹、风土人情的描写以及作者感受的抒发。

（二）抒情性散文

抒情性散文是指以即事抒情、借景抒情、托物言志的手法，侧重意境创造，抒发作家对社会人生的审美情感体验的散文。抒情散文以作家的情感体验为结构线索，以事与物的“形”来写情与理的“神”。抒情散文的意境创设与诗歌类似，主观性、情感性与象征性是抒情散文突出的审美特征；而在表现手法上，想象、拟人、“移情”的运用，语言的诗意和韵味等也与诗歌一脉相承。

随笔是抒情散文中比较常用的文体，指随处得题、随手写来的抒情散文。它谈天说地，感悟人生，左右逢源，视野开阔，笔意流动，随意挥洒。看似随意、读之自然，却耐人寻味。随笔往往兼具抒情与议论特点。现代文学史上，鲁迅、周作人、林语堂、梁实秋、丰子恺等都是随笔大家。

（三）议论性散文

议论性散文是指以议论、说明为主要表现手法，借助形象的比喻与象征，生动地揭示生活中典型人物事例的特征与本质，表达作家的思想理趣的散文。议论性散文的美感特征是形象幽默，这使它与一般的议论文区分开来。包括杂文和小品文。

杂文是从议论性散文中发展形成的一种兼具“诗”与“政论”特点的文体。它有很强的政治干预意识，直面现实，针砭时弊，鲜明地揭露出生活中的假、恶、丑；但它又论理形象，寓庄于谐，是文艺性与战斗性的统一。鲁迅在《且介亭杂文·序言》中称之为“感应的神经”，“攻守的手足”。

小品文是指一种篇幅短小而富有抒情意味的小散文。主要包括讽刺小品、时事小品、历史小品、科学小品等。小品文往往于审美愉悦中给人以陶冶和滋养。柳宗元的

---

① 徐迟：《一些速记下来的思想》，载《文艺报》，1963（4）。

② 茅盾：《关于报告文学》，载《报告文学论集》，52页，北京，新华出版社，1985。

《永州八记》、韩愈的《祭十二郎文》、袁宏道的《满井游记》等都是著名的小品文，虽然不一定具有重大的社会历史意义，但可以陶冶情操，培养高尚的生活情趣，所以有其独特价值。

第三节　小　说

一、小说的界定

小说是最重要的一种叙事性文学体裁，同时又是表现手法最为完备的文学样式。但是，它成为一种文学体裁却是在诗词文赋之后。

（一）小说的产生与发展

小说的产生和发展经历了漫长的历史过程。我们先以中国小说的发展为例。中国小说的源头可以追溯到上古时期先民的神话传说，虽然小说作为体裁还没出现，但是这些神话在内容、题材和叙述方式上都为以后的小说奠定了基础，《盘古开天地》、《夸父逐日》、《精卫填海》等都是上古遗留下来的神话。先秦的寓言故事和两汉的史传文学可以看做是小说的萌芽。先秦诸子散文中的寓言故事含有生动的形象，其中庄子尤其善讲寓言，《庖丁解牛》就是一例。两汉史传文学则在叙述方式和文体样式上为小说的产生做了进一步的技巧上的准备。司马迁的《史记》是纪传体的史书，他将各种历史人物分记于各类传记中，描写生动传神，叙事精练清晰，是我国古代人物传记的典范之作。而六朝的志怪与志人文本已经初具小说的雏形，如干宝《搜神记》以及《列子・汤问》中的某些部分。这类作品应属笔记体，多记述神仙鬼怪、奇闻逸事和人物言行，在叙事方式和描写人物形貌、性格、特征等方面的技巧上积累了经验，为小说的产生进一步奠定了基础，也有人将之称为小说，然而这些作者本意却只在“志”（记录）而不在“作”。“及到唐时，则为有意识的作小说，这在小说史上可算是一大进步”①。唐代出现了基本具有小说形态的“传奇”，《莺莺传》、《李娃传》等都是对后代产生很大影响的作品，以后又经过后人改编成多种体裁而广泛流传。小说在宋元时期获得了长足的发展，宋元话本促成了小说史上的大变迁，它实际上是当时说书人在市井的勾栏瓦肆中说书的脚本，因而在形式上也适应了这一需要，它不但标志着小说从文言向白话的过渡，而且形成了章回体的创作模式和欣赏习惯，以及单线式的故事结构和人物描写的模式化、动作化等，奠定了中国小说的美学特征。明清之际，是中国古典小说发展的巅峰期，《三国演义》、《水浒传》、《西游记》、《金瓶梅》、《红楼梦》、《儒林外史》、《聊斋志异》等一大批鸿篇巨制，在吸收以往小说创作经验的基础上，又在形式和内容上有所突破和创新，艺术上更加成熟，并且产生了世界性的影响，从而奠定了我国小说在世界小说史上的坚实地位。

欧洲文学中的小说虽然以古希腊的神话、史诗和戏剧为渊源，但近代小说的萌芽却是中世纪的英雄史诗、骑士传奇和民间故事。文艺复兴时期以薄伽丘的《十日谈》

---

① 鲁迅：《中国小说史略》，280页，北京，人民文学出版社，1973。

为先导，小说创作日渐兴盛，其间，塞万提斯的《堂吉诃德》在体制和内容上对欧洲近代小说产生了很大影响，奠定了欧洲近代小说的基本样式。18世纪，在孟德斯鸠、伏尔泰、卢梭以及笛福、斯威夫特等一批英、法启蒙作家的努力下，小说作为一个独立的文学体裁得以确立；到19世纪，浪漫主义和现实主义文学思潮使欧洲小说出现了空前的繁荣，法国的雨果、司汤达、巴尔扎克、福楼拜、左拉，俄国的列夫·托尔斯泰、陀思妥耶夫斯基，英国的狄更斯等，众多的文学大师奉献出杰出的不朽作品，使小说成为最重要的文学体裁之一。

（二）小说概念的演变

小说的概念也有一个发展演变的过程。我国古代，“小说”一词最早见于《庄子·外物篇》：“饰小说以干县令，其于大达亦远矣。”“小说”是指那些琐碎不足道的言谈话语，非圣人所言的天地之“道”，是随意的微不足道的口头之谈。《汉书·艺文志》介绍：“小说家者流，盖出于‘稗官’，街谈巷议，道听途说者之所造也。”这里，“小说”被划归学术，在“九流”中几近末流，而且它的含义相当宽泛，六经以外文字全部归入其中。

不仅小说的概念内涵庞杂宽泛，而且小说和小说家的地位也不受重视，一直被排斥在以诗文为主的文学正统之外。直到近代，随着资产阶级改良运动的兴起和欧洲文学作品的译介、文学思想的传播，小说才逐渐受到重视，小说家也跻身于文学家的行列，小说概念也才有了今天的含义。

（三）小说的定义

小说是指通过完整的故事情节和具体的环境描写塑造各种人物形象借以传达作家对社会生活独特的审美体验的散文体的叙事文学样式。

小说可以分为长篇小说、中篇小说、短篇小说以及文言小说与白话小说等。

二、小说的艺术特征

人物、情节、环境是小说不可或缺的三要素，小说的特点也集中地表现在这三个方面。

（一）多方面、细致地刻画人物性格

小说巨大的文字容量和篇章构架使小说在刻画人物性格时具有其他叙事文学所不具备的优势，它可以不受时空、篇幅限制，不受真人真事限制，不受特定的表现手法的限制，也不受语言文字以外任何物质条件的限制。作为表演艺术的戏剧和电影要受到舞台和影院的时空限制，时间上一般不超过3个小时，不能容纳大量的详细情节和过于复杂的人物关系。连续剧虽然在一定程度上突破了时间的限制，但是空间上仍有局限，而且它们都主要通过人物台词来展示性格。而小说既可以运用人物语言又可以运用叙述人的语言，可以自由地描写人物的音容笑貌，展示人物的心理状态，且不受时空的限制。同样可以刻画人物性格的叙事诗在篇幅上不能像小说那样从容不迫，像《孔雀东南飞》、《木兰辞》这样的长篇叙事诗，最多也只能达到千字，而小说则可以展开鸿篇巨制，尽情地刻画人物。所以，小说可以调动一切表现手法，可以运用叙述、议论、描写的方法，可以运用比喻、拟人、象征等多种修辞，还可以通过对话、行动和环境烘托等多种手段来刻画人物，发挥一切想象与虚构，纵横驰骋，穿插连接。

小说刻画人物性格的优势使小说可以塑造出典型的人物形象。优秀的小说给人最深刻的印象总是其鲜明独特的人物形象。例如曹雪芹《红楼梦》中的贾宝玉和林黛玉、鲁迅《阿Q正传》中的阿Q、莎士比亚《哈姆雷特》中的哈姆雷特、托尔斯泰《复活》中的聂赫留朵夫等，这些形象的成功塑造都得益于作家对小说这种体裁独特优势的充分运用。

（二）灵活、完整地叙述情节

小说容量的巨大，手段的多样，为情节展现的灵活性与完整性创造了有利条件。

对叙事诗和叙事散文而言，小说铺陈情节的容量是它们无法相比的。叙事诗和叙事散文的情节比较单纯，有的只摄取一鳞半爪的生活片断，而小说一般篇幅比较长，容量比较大，可以更广泛、更全面地描绘多方面的社会生活，反映多种多样的矛盾冲突，并且在生活事件的发展过程中刻画人物性格。更重要的是，叙事诗和叙事散文主旨是“歌唱一个故事”和“写出故事带给我的感受”，而小说就是专门集中笔墨去描绘和叙述故事情节的，因而更注重情节的完整性和细节的生动具体性。

与戏剧和影视文学相比，小说所受的外在物质条件的限制小得多。戏剧情节的完整性与小说相似，但在复杂性和丰富性上则远不如小说，因为表演要考虑到物质手段表现的可能性，并不是所有的情节都能在舞台上表现出来，电影虽然在空间调度上有更大的自由，但是也只能展现人的视觉所能感受到的内容，它们都不能容纳大量的详细情节和过于复杂的人物关系。小说所受的外在物质条件的限制则小得多，它具有巨大的灵活性和包容性，它所能表现的情节的复杂性和丰富性（如多线索情节的交叉式进展）也远不是戏剧和影视文学能做到的。此外，小说展现情节的手法也更加灵活多样：它既可以通过人物语言，也可以通过叙述语言来交代情节；它既可以动态地叙述情节的时间性进展，也可以静态地表现情节进展中的某一场面和细节。小说中常有一个情节的描写长达几页甚至几十页的，小说对读者的吸引力在很大程度上就在于此。

（三）生动、具体地描写环境

环境描写是烘托人物性格、展示故事情节的重要手段。小说中人物的活动和事件的发生发展，都离不开一定时代的、社会的和自然的环境。人物性格的形成和发展也是受特定环境制约的。只有充分地描绘环境，才有可能具体、真实地揭示出人物活动和矛盾冲突的现实根据。

小说的环境描写比其他体裁都更加具体、细致，更容易使读者产生身临其境的感受。诗和散文要受篇幅的限制；戏剧要受舞台时空的限制，并且要以人物对话为主，一般不注重环境的详细描写；叙事诗的环境描写多是粗线条的、概括性的，因为过繁过细的环境描写是和诗的语言的凝练性和抒情性相矛盾的。小说篇幅和时空的自由，使其可以充分发挥环境描写的艺术功能。

小说的环境描写可以自由运用作家的直接经验与大胆想象。例如《西游记》和《格列佛游记》都是作者大胆想象，虚构出来的一个非现实的世界，而细节上又运用了直接经验，符合常识和逻辑，因而造成真假迷离的效果。

小说的环境描写既可以从空间维度展现人物生存的社会环境，也可以从时间维度展现人物成长的历史背景；既可以从宏观角度描写人的外部环境，也可以从微观角度描写人的心理环境。小说中的历史环境可以写上下几千年，自然环境可以写纵横几万里。它可以随时变换场景，为人物活动和情节展开提供自由灵活的时间与空间范围。

例如茅盾在《子夜》中对吴荪甫的描写，展示了他在短短几十天的境遇中，由一个刚愎自用、充满自信的民族资本家变成一个穷途末路的失败者的过程；再如路遥在《人生》中对高加林的刻画，展示了他在社会环境的作用下情感、观念以及命运的转变。还有托尔斯泰在《复活》中刻画的聂赫留朵夫在环境的影响下思想感情的变化。这些作品中的环境描写对塑造人物性格都是至关重要的。只有小说才能这样全方位地、立体地、生动地展现人物所处的环境，揭示出人物性格与环境之间的内在的必然的联系，描绘出人物怎样在特定的环境下一步一步发生变化，这是其他的文艺形式无法比拟的。

三、小说的分类

（一）长篇小说

通常把十几万字以上的小说称为长篇小说；中国古代章回体小说 10 到 12 章回及其以上的为长篇小说，例如《三国演义》、《水浒传》、《西游记》和《红楼梦》等。

长篇小说是容量最大的一种文学体裁。长篇小说有众多的人物、系列的事件、复杂的情节、广阔的社会环境。一般来说，长篇小说多描写一个较长的历史时期内较为广阔的社会生活，全方位展现时代风貌，深刻揭示人物命运和性格发展，有恢宏的历史感和百科全书式的丰富内容。例如巴尔扎克的《人间喜剧》就是一部法国社会的“卓越的现实主义历史”。作品涉及人物上千个，描写了法国当时方方面面的生活场景，私人的、外省的、巴黎的、政治的、军事的、乡村的等，以编年史的方式，完整地汇集了 19 世纪上半叶巴尔扎克时代法国社会的全部历史。

（二）短篇小说

通常把三五千字到三四万字之间的小说称为短篇小说。

短篇小说一般选取生活的一个片断或侧面，采用“窥一斑而见全豹”的方式塑造人物形象，传达作家的审美体验。如果把长篇小说比作恢弘的大厦，那么短篇小说就是这大厦的一雕梁一画栋，是其中最见精神的一个局部、一个生活的横断面。

短篇小说人物不多，情节紧凑，不多作侧面描写，直接表现主体，迅速展开冲突并解决问题。

美国作家杰克·伦敦的《一块牛排》、欧·亨利的《警察与小偷》和《麦琪的礼物》等都是短篇小说中的佳作。

（三）中篇小说

通常把三五万字到十几万字之间的小说称为中篇小说。中篇小说的长度居于短篇和长篇之间，但是它既不是短篇的拉长也不是长篇的缩短，既不是短篇的扩写也不是长篇的提纲，而是有着自己独特的内容容量、结构特征和美学追求。

中篇小说一般完整而有深度地表现生活的局部，往往选取三五个人物、三五个事件，较为全面地展现人物关系，通过情节的展开，深入刻画人物性格。中篇小说的背景比较广阔，但多作幕后处理，例如鲁迅的中篇小说《阿 Q 正传》，其中涉及辛亥革命，但并没有具体写城里的革命党如何革命，只是将其作为背景交代。此外中篇小说的事件大都有完整性，叙述、描写也比较从容，没有短篇那么快的节奏。

（四）微型小说

通常把几十字、数百字到一千多字之间的小说称为微型小说。很多作家都有涉猎。鲁迅的《一件小事》是中国现代文学中较早的一篇微型小说。

微型小说也叫“小小说”或“一分钟小说”，是近年来发展并日渐兴盛，不少报刊开辟专栏以供发表，逐渐独立成熟的小说体裁。微型小说的美学与创作特点是“以点取胜”，抓取生活中点滴事件中的闪光之点，以机巧的构思、灵动的意蕴、精粹的笔墨、素描的笔法，画龙点睛，点到为止。

长篇、短篇、中篇和微型小说都是以篇幅长短来划分的，但它们的区别并不仅仅在此。篇幅容量的不同造成了选用题材、结构方式和表现手法的不同，也造成了美学追求的不同。相比较而言，长篇小说要求作家能够从总体上把握社会人生，必须有历史和人生的眼光，能对社会和人生作深度开掘，能对作品有很高的整体驾驭能力。中篇小说的要求侧重在收和放的分寸把握上。中篇在结构上的把握是比较难的，它既不能像长篇小说那样任意挥洒，又不能像短篇小说那样仅仅集中在一人一事上。中篇小说的收放节奏若把握恰当，就会有其不可取代的审美价值。而短篇的要求重点在选材和结构。短篇小说因其短，选材就更加讲究，对结构的剪裁就更加着意。微型小说的篇幅比短篇更短，连一个人物的性格都不能完整刻画，它所追求的是将表现的镜头集中在生活过程的一瞬间，换言之，微型小说表现的是生活当中的一个镜头，那么对作家的要求就是对生活现象的人生意义的敏感，要求作家将艺术的表现定格在具有深刻人生意义的一个镜头上，把这一个镜头描写好。因此，这几类小说篇幅上的不同，造成了它们美学意味的不同。

第四节　戏　剧

一、戏剧文学的界定

（一）戏剧与戏剧文学

戏剧文学是一种衍生性的文学体裁，是戏剧艺术的派生物。

戏剧是一种以剧本为依据，演员为中心，即时表演为载体，现场观众为对象的综合性的舞台表演艺术。

戏剧的综合性、表演性和集体性使它在自身发展中从即兴走向规范；从演创合一发展到演创分离，这样有利于表演和创作的专业化，而内容与表演的规范性就催生出了戏剧二度创作的中介载体——剧本。剧本既是专业戏剧作家的创作记录，又是演员排练表演的依据。

剧本一旦产生就具有两种功能，既是排练、演出的依据，又可以供案头阅读欣赏，因而具有相对独立的文学价值，这就产生了一种文学体裁——戏剧文学。

戏剧文学的产生决定了它必然受到戏剧艺术特点的制约。

（二）戏剧文学的定义

戏剧文学是指以剧本为载体，以人物台词为主要手段，通过集中、典型的矛盾冲突，刻画人物性格，传达作家审美体验的文学体裁。

二、戏剧文学的艺术特征

（一）通过戏剧冲突刻画人物性格，传达审美意蕴

“没有冲突就没有戏剧”，冲突是戏剧的灵魂，冲突就是“戏”。

冲突源于不同性格的人物之间的行为交往，而冲突又推动交往的发展与变化，这就是“动作”。动作对戏剧及其表演是极其重要的。动作分为内外两层含义：动作的内层含义即内在动作，指的是冲突所导致的行为；动作的外层含义即外在动作，指的是行为所显现出的形体的动作。比如曹禺《雷雨》中有一个戏剧动作就是周朴园反复地坚持让繁漪喝药，这个动作实际上是周朴园和繁漪性格冲突在行为和形体上的一种表现。周朴园是封建家长的专制性格，而繁漪是周朴园具有叛逆性格的妻子。这样的矛盾导致他们在行为上的不协调，剧作家就用喝药这样一个典型的动作来揭示两个人物性格上的矛盾和他们内心的冲突，所以小小的动作揭示了两个人物的不同性格。

冲突是戏剧情节发展的动力，性格是冲突产生的依据，而动作则是戏剧形象的载体，是表演的基本单位。剧作家在戏剧创作中必须关注戏剧的冲突，努力揭示冲突产生的性格的根源，同时运用动作性的描写，特别是语言来显现人物性格的冲突。

冲突包括内在冲突与外在冲突两个层次：内在冲突是指人物性格内部的矛盾性因素引起的戏剧冲突；外在冲突是指人物性格之间的矛盾引起的戏剧冲突。早期的戏剧，矛盾冲突主要是外在的冲突。比如古希腊的命运悲剧，大部分属于外在冲突。《安提戈涅》中，俄狄浦斯王的两个儿子因争夺王位而死，国王下令不准为其收尸，而他们的妹妹安提戈涅出于血亲关系的考虑违抗了国王的命令，埋葬了尸首，应当被处死。安提戈涅的未婚夫是国王的儿子，他向国王求情，终未获准，安提戈涅被处死，其未婚夫也殉情自杀，而王后也为儿子的死伤心致死，最后国王自己也发了疯。悲剧冲突的双方都是坚持自己的伦理道德的准则，从戏剧的开始到结尾，人物性格本身是没有变化的，安提戈涅始终坚守血亲关系的准则，国王始终坚守的是城邦国家利益的原则。剧中冲突的来源是不同性格之间的外在冲突。文艺复兴之后，随着人文主义的兴起，人们对自身的复杂性和丰富性有了更深刻的认识，戏剧的冲突开始由以表现人物外部冲突为主转向表现人物性格内部冲突。莎士比亚的戏剧《哈姆雷特》、《李尔王》、《麦克白》等是典型代表。这些戏剧中的冲突虽然包括不同性格之间的冲突，但根本上还是性格内部不同性格要素之间的冲突，这种冲突更为深刻。《哈姆雷特》一剧中丹麦王子哈姆雷特在复仇时遇到的最大阻碍不是叔父、母亲和大臣，而是他自身性格内部的矛盾，这种矛盾冲突真切地表现了人文主义知识分子的性格特征，因而具有高度的典型性。可见，戏剧文学“只有当它把外在冲突与内在冲突结合在一起时，它才会在舞台上与文学领域中获得成功”（英国当代戏剧理论家尼柯尔语）。

冲突要保持足够的强度与张力，使它一步步推向高潮的顶点。《雷雨》成功的一个

重要方面就是它的戏剧冲突集中强烈。剧中以周朴园为中心构成了一个戏剧冲突的网络。主要冲突表现在周朴园与繁漪之间、周朴园与周萍以及周朴园与鲁侍萍之间，而鲁侍萍和繁漪、四凤、周萍之间也有矛盾冲突，繁漪和四凤、周萍以及自己的儿子周冲之间也有冲突。这些复杂的冲突集中在一部戏中，紧张地发展，一步一步地将剧情推向高潮。

总的说来，冲突是戏剧审美意蕴的载体，戏剧的创作过程，就是冲突的典型化的过程；而冲突典型性的高低则决定了戏剧文学审美价值的高低。

（二）通过个性化、动作化的人物语言展开剧情，塑造形象

除了少量交代剧情与提示表演的说明性语言外，戏剧文学几乎完全由人物的语言（即台词，主要是对白、独白与旁白）构成。剧本人物语言的主要功能是展现人物性格与人物关系，介绍背景性剧情，引发戏剧冲突及推动剧情发展。

为了实现上述功能，戏剧人物语言必须符合以下要求：

第一，人物语言要富于动作性。劳逊在《戏剧与电影的剧作理论与技巧》中指出，“动作性是戏剧的基本要素”，“戏剧性动作是一种结合着形体运动和话语的活动；它包括对平衡状态的变化的期望、准备和完成”。戏剧人物的语言要能同演出时人物的行动配合，语言要能暗示和引起动作的反应而不是静止的朗诵。例如曹禺《雷雨》第二幕周朴园和鲁大海正面冲突的对话：

周朴园　你看，这是他们三个人签字的合同。

鲁大海　（看合同）什么？（慢慢地）他们三个人签了字？（伸手去拿，想仔细看一看）他们不告诉我，自己就签了？

周朴园　（顺手抽过来，交给仆人）对了，傻小子，没有经验只会胡喊是不成的。

鲁大海　那三个代表呢？

周朴园　昨晚晚车就回去了。

鲁大海　（如梦初醒）这三个没有骨头的东西！他们就把矿上的工人们卖了！哼，你们这些不要脸的董事长，你们的钱这次又灵了。

周　萍　（怒）你混账！

周朴园　不许多说话。（回头向大海）鲁大海，你现在没有资格跟我说话——矿上已经把你开除了。

鲁大海　开除了!?

周　冲　爸爸，这是不公平的。

周朴园　（向周冲）你少多嘴，出去！

周冲愤然由中门下。

鲁大海　好，好。（切齿）你的手段我早明白，只要你能弄钱，你什么都做得出来。你叫警察杀了许多工人，你还——

周朴园　你胡说！

鲁侍萍　（至大海前）走吧，别说了。

鲁大海　哼，你的来历我都知道，你从前在哈尔滨包修江桥，故意叫江堤出险，——

周朴园　（厉声）下去！

仆人们　（拉大海）走！走！

鲁大海　你故意淹死了两千二百个小工，每一个小工的性命你扣三百块钱！姓周的，你发的是绝子绝孙的昧心财！你现在还——

周　萍　（冲向大海，打了他两个嘴巴）你这种混账东西。（大海还手，被仆人们拉住。）

周　萍　打他！

鲁大海　（向周萍）你！

（仆人们一齐打大海。大海流了血。）

周朴园　（厉声）不要打人！

（仆人们住手，仍拉住大海。）

鲁大海　（挣扎）放开我，你们这一群强盗！

周　萍　（向仆人们）把他拉下去！

鲁侍萍　（大哭）这真是一群强盗！（走至周萍面前）你是萍……凭——什么打我的儿子？

周　萍　你是谁？

鲁侍萍　我是你的——你打的这个人的妈。

鲁大海　妈，别理这东西，小心吃了他们的亏。

出场的人物中，周朴园和鲁大海是这段对话的主角，台词的动作性很强。从人物的内心动作来讲，鲁大海坚持罢工斗争，但想不到三个工人代表竟背着他在复工合同上签了字，更想不到他已被开除，因此发展到外部动作，他如梦初醒，切齿痛恨，正面揭露周朴园故意淹死工人、血腥发家的历史。而周朴园的内心动作是想收买鲁大海，平息风暴，想不到鲁大海公开揭露他的罪恶，周萍动手打鲁大海，使得矛盾激化。但他毕竟虚伪而奸猾，一方面叫鲁大海“别胡说!”“下去!”；另一方面叫周萍“不要打人!”这种对抗性冲突是外部动作的集中体现，也是冲突双方内心动作和性格在戏剧规定情境中急剧发展必然结果，因此动作性是戏剧语言的重要特征。

第二，人物语言要个性化，形神毕肖地展示人物的性格特征和内心活动。例如在老舍的剧作《茶馆》中，众多的人物不仅个个有其独特的语言特色，即使同一人如老板王利发，从年轻时的勤谨巴结，中年时的世故圆滑到老年时的看破浊世，整个性格发展过程也是通过人物语言清楚地表现出来的。

第三，戏剧文学的主要语言是台词（唱词），要使演员觉得“上口”，观众觉得“入耳”，因此台词要音韵和谐，要口语化，不宜过长，不宜用书面语（性格需要除外）。

（三）适应舞台时空，安排作品结构

戏剧是在一定时空范围内表演的艺术形式，戏剧文学的内容与结构必须表现出与之相适应的特点。

欧洲戏剧历史上的“三一律”是人们对这一规律的阶段性认识与法则，即一部戏要围绕一个中心事件展开，事件发生的时间长度不能超过一天，空间不能超过一个地点。这一规定是当时法国学院派在总结以往戏剧创作经验的基础上提出来的规范，有一定的合理性，但是过分程式化也成了戏剧创作的桎梏。

清代戏剧理论家李渔提出的“立主脑”、“减头绪”（李渔《闲情偶寄》）则是成功的经验之谈。他主张戏剧创作应该讲究冲突的简明性和事件发展线索的清晰性，主张戏为一人一事而设，只有高度集中、概括的剧情，才能充分发挥戏剧的表现功能，在有限的时空中表现深刻的内容。

戏剧文学结构的基本要求是选取典型化的场景，组织集中而强烈的戏剧冲突，高度浓缩地传达作家的审美体验。郭沫若的五幕历史剧《屈原》只写了屈原一天（由清早到夜半过后）的思想、行为、遭遇，却把屈原一世的生活命运概括反映出来了。老舍的《茶馆》，一出戏只有三幕，却展现了三个时代，反映了50年的社会变迁。时空的局限是戏剧文学的短处，但这短处又使它具有独特的长处，产生特殊的艺术效果。

三、戏剧文学的分类

按照戏剧冲突来进行分类，戏剧文学可以分为悲剧、喜剧和正剧。

（一）悲剧

西方的悲剧起源于古希腊时期的酒神颂。

悲剧的含义有三个层次：生活中，人们把一切可以引发悲情的苦难之事称为悲剧；美学上，我们把由必然性的矛盾冲突导致有价值的东西毁灭称为悲剧；文学上，我们把表现了美学上的悲剧精神的戏剧文学称为悲剧。

悲剧的人物应该具有悲剧精神，即是一个有局限性的肯定性人物。这种局限性可能来自于历史局限性，例如屈原是爱国诗人，在那个时代爱国只能和忠君结合在一起。

《马克思恩格斯论艺术》中指出，悲剧的戏剧冲突应该表现历史的必然要求和这一要求实际上不可能实现之间的必然性冲突。郭沫若的诗剧《屈原》，主人公胸怀大志，一心要联齐抗秦，振兴楚国，但是他遇到楚怀王这样一个昏君，抱负无法实现，悲剧在所避免。从更深层次上讲，悲剧展示的是历史和人性的内在冲突，只有当正面主人公在出于自己意志的行动中，遭遇不可避免的不幸或犯了无可挽回的错误时才成为悲剧冲突。例如古希腊著名悲剧《俄狄浦斯王》，主人公俄狄浦斯作为城邦的国王本为解除城邦的瘟疫祈求神示，却发现自己就是杀父娶母的罪魁祸首，最后刺瞎双眼，自我流放。主人公本是极富责任感的英雄，由于神意的安排犯下了悖伦大罪，遭到毁灭的结局，这是命运的悲剧。莎士比亚的《哈姆雷特》，王子要为父报仇，但作为一个人文主义者，对生命的尊重使他不断地延宕，最后付出了生命的代价，这是性格的悲剧。

悲剧的结局总是“把有价值的东西毁灭给人看”，因而在情感上能引起人们的同情。悲剧的审美价值就在于带给人们崇高感，宣泄对正义毁灭的悲悯之情，使人们超越日常的生活态度和道德水平，激发起正义感，产生对人生更为严肃、深沉的感受，从而使心灵受到净化。《俄狄浦斯王》、《哈姆雷特》、《麦克白》、《雷雨》等都是悲剧的代表作。

（二）喜剧

西方的喜剧同样起源于古希腊，最早是祭祀活动中的狂欢舞和滑稽剧。

喜剧的含义有三个层次：生活中，人们把一切可以引人发笑的愉快之事称为喜剧；美学上，我们把由必然性的矛盾冲突导致无价值的东西毁灭称为喜剧；文学上，我们把表现了美学上的喜剧精神的戏剧文学称为喜剧。

喜剧的人物应该具有喜剧精神，即应该是一个走向灭亡的否定性人物。喜剧的戏剧冲突应该表现行将退出历史舞台的落后或反动的势力，与历史进程发展的不协调的矛盾性。按照马克思和恩格斯的观点，历史形式的最后一个阶段就是喜剧，这是为了人类能愉快地和自己的过去诀别，这就是喜剧人物的喜剧精神之所在。喜剧的结局总是把无价值的东西毁灭给人看，通过智慧和人格的较量，正面的力量最终占据优势。例如莎士比亚的喜剧《威尼斯商人》中安东尼奥和鲍西娅就是以机智战胜了吝啬又残忍的犹太商人夏洛克，使他受到了惩罚和嘲讽。

喜剧的表现手法主要是讽刺、幽默和滑稽。对敌人运用讽刺的手段；对人民的错误、缺点和落后的东西则用幽默的手法加以批评；滑稽是讽刺和幽默在形式上的共同性，揭示的都是对象的形式与内容的不协调性。“笑”是对喜剧冲突所展现的审美对象内容与形式的不协调性的感知后的生理反应，是主体对客体的矛盾性的察觉和领悟，是喜剧的主要审美特征。喜剧引发的“笑”使观众的精神得到放松，对情绪产生鼓舞作用，好的喜剧更使人从笑声中意识到智慧、道德和美的力量，激发人们改造社会、追求理想的精神。

喜剧包括讽刺喜剧、抒情喜剧和闹剧。讽刺喜剧是嘲讽落后的值得批判的对象；抒情喜剧是以幽默轻松的笔法和欢乐的形式来表现生活当中可笑的事情；闹剧则是以强烈的对比来显示生活中落后的一面。

莫里哀的《伪君子》、果戈理的《钦差大臣》、陈白尘的《升官图》、新时期的《枫叶红了的时候》等都是有影响的喜剧。

（三）正剧

正剧是介于悲剧和喜剧之间的一种戏剧形式。正剧起源于 17、18 世纪之交的英国，后由法国戏剧理论家狄德罗定名为“严肃剧”，至 19 世纪成为主要的戏剧形式。

正剧题材严肃，表现在新旧斗争中时代的发展和人生的悲欢离合，剧情有悲有喜，结局多是正义战胜邪恶，但不一定解决了矛盾，或者只是提出问题，引起人们的注意和思考，比如易卜生的《玩偶之家》，结尾是娜拉离家出走，离开了玩偶之家，作家揭示了妇女的社会问题，但并没有明确其结局和解决问题的出路。因此这种戏剧往往也被称为社会问题剧。

正剧能够反映广阔的社会生活，表现作家丰富多样的审美体验，其艺术感染力也是多方面的。它的情感效果可以兼有悲剧的严肃和喜剧的乐观，但通常更强调扬善惩恶等道德教育意义或吸引人们对现实社会问题的关注，从而产生影响社会的作用。

《玩偶之家》、《人民公敌》、《龙须沟》等都是著名的正剧。

第五节 影视文学

一、影视文学的界定

（一）影视艺术与影视文学

影视文学是影视艺术的衍生物。

影视艺术是以剧本为依据，以导演和演员为中心，摄影（像）机为记录工具，以依靠后期编辑完成的胶片或磁带为载体，以非现场观众为对象的综合性的银屏（银幕或屏幕，下同）表演艺术。

电影是19世纪末随着现代科技（机械、光学、化学）与工业的进步而发展起来的一门综合性的艺术。其表演性与戏剧类似，但其镜头移动性、非现场性和后期制作性又与戏剧有许多不同。

首先，观众欣赏戏剧和欣赏影视的角度是不一样的。欣赏戏剧时，观众是坐在一个固定的位置上，观众与演员的距离和角度是不变的；影视是用摄像机或摄影机来记录的，而摄影机和摄像机是可以移动的，而且一般是经常移动的。其次，戏剧的观众是现场的观众，演员和观众是有交流的，这种交流有时是非常密切的，例如近年来兴起的小剧场的试验性话剧，观众和演员之间的交流是近距离的；而影视的观众是非现场性的，演员和观众没有交流，演员所面对的只是镜头。最后，戏剧是现场的一次性表演；影视的表演被记录后经过加工，以影像的方式回放给观众。

电视不仅兴起更晚（20世纪30年代），而且它是作为大众传播工具出现的，电视艺术不仅只有半个世纪的历史，而且内容驳杂。我们仅取电视剧作为研究对象。

影视艺术的产生从一开始就借鉴了戏剧的经验，以文学剧本作为排演的依据，只不过多了人物以外的解说词，以及拍摄提示说明。影视剧本的文学价值是影视文学的内在依据。

影视文学必然受到影视艺术特点的制约。

（二）影视文学的定义

影视文学是指以影视剧本为载体，以分镜头的视觉形象的描写为基本单位，通过叙述视觉形象的运动与组合，刻画人物，表现事件，传达作家审美体验的文学体裁。

二、影视文学的艺术特征

（一）镜头银屏意识

对戏剧而言，由于演员和观众有一定的距离，为了让观众能够看清楚，演员的动作、表情和语言等都带有一定的夸张性。

影视的镜头可以根据需要进行推、拉、摇、移，特别是特写镜头的运用能够真切地表现演员某一部分形体的神态，这就要求演员在表演时不能太夸张，所以影视文学的视觉性比戏剧文学更加生活化，少夸张。而且影视还可以灵活地变换视角，扩大表现范围，提高表现力度。

茅盾《春蚕》中描写："清明以后的太阳已经很有力量，老通宝脊背上热烘烘地，像背着一盆火。"依靠读者的文字理解与角色想象。

戏剧文学剧本中写到："他还穿着过冬的破棉袄，热得他烦躁不安，不断地用手去抹额头上流下的汗。"依靠视觉形象，尤其是依靠舞台上演员形体动作与表情的表演。

影视文学剧本中写到："老通宝抬头看了一眼天，明晃晃的太阳透过长满新叶的树枝逼得他低下了头；额头上渗出的汗流进眼窝，他烦躁不安地用过冬的破棉袄袖子抹了一把。"同样是依靠视觉形象，但突出了细部特写以及视角的切换组合。

（二）人物描写与场面表现的综合性

影视文学比戏剧文学更多地运用了现代技术的手段，比戏剧文学更加不依赖语言，因而更加凸显了动作的表现力。

影视不仅可以用动作，还可以借鉴绘画与雕塑来构成视觉冲击力，营造意境氛围：《辛德勒的名单》中小女孩的红色外套，《红河谷》中被英军射杀的喇嘛们坠落山崖时那紫色的迦裟，《今夜有暴风雪》中王晓芸那握枪而立、冻僵的身躯，这些固然是拍摄出来的，但影视文学必须注意到这些独到的艺术手法，剧作家在创作文学剧本时就要调动综合艺术想象构思出这样的意象与场面。

音乐的抒情性同样是影视文学必须关注的综合性表现因素。例如：《天云山传奇》很好地运用了背景音乐；《音乐之声》、《翠堤春晓》等则是以音乐为内容题材；《雨中曲》中则以音乐烘托意蕴。

苏联电影艺术家普多夫金强调："编剧必须经常记住这一事实，即他们所写的每一句话将来都要以某种视觉的、造型的形式出现在银幕上。因此，他们所写的字句并不重要，重要的是他们的这些描写必须能在外形上表现出来，成为造型的形象。"①

（三）蒙太奇的结构方式

蒙太奇是法语建筑学词汇的音译，原意是"组合"、"结构"，后借用为电影艺术术语，专指影片的剪辑与组接。蒙太奇是电影艺术造型的特有语汇，如果说镜头是电影的词汇，那么蒙太奇就是电影的语法，它的功能就在于把词汇连接为表达意义的句子——电影叙事的内容。

普多夫金曾把一个演员无表情的面部特写与一盘汤、一具女尸以及一个玩玩具的女孩等三个镜头分别组合起来，结果，观众从这经过不同组合的同一张脸上分别感受到了"沉思"、"悲痛"和"愉快"的表情。这个实验说明蒙太奇的本质不在于镜头连接本身，而在于经过这种组合，产生出了原来镜头不曾有的新的含义。

影视艺术的蒙太奇结构方式制约影视文学的结构安排，使影视文学不仅要在大的结构上"立主脑"、"减头绪"，而且要在局部结构上注意镜头的长短动静的搭配以及推拉摇移的组合，以此来改变影片的节奏。运用蒙太奇产生节奏变换的经典例子是苏联电影家爱森斯坦在《战舰波将金号》中的"敖德萨阶梯"一段的剪接。这段长约 6 分钟的场面表现沙皇军队屠杀欢迎起义军舰的群众的场面，用了 150 多个镜头，场面交替变换显示出混乱、恐怖的气氛和沙皇军队的惨无人道，这是只有靠剪辑才能达到的

① ［苏］普多夫金：《论电影的编剧导演和演员》，32 页，北京，中国电影出版社，1980。

效果。

（四）富于表现力的人物语言

在语言上，影视文学与戏剧文学大致相同，但在“简练”上更加突出，因为镜头运动使影视艺术的动作表现力大大增强，一些细部的动作完全可以通过镜头的运用得以表现。作为一次性的时间艺术，影视不可能如一般文学作品那样供人们反复吟咏，冗长的台词往往会破坏电影的运动节奏。所以，电影人物语言一般要求简练，尽可能服从和加强视觉形象的效果，只要做到高度个性化，并运用得恰到好处即可。

同时，录音技术的发展也为影视中人物语言提供了更加广阔的表现空间和多样化的造型手段。低语、叹息、呼吸、啜泣，这些边缘性的语言方式也都可以纳入影视文学语言造型的表现手法了。

三、影视文学的分类

（一）电视文学

电视文学是指以电视剧本为载体的文学体裁，又可以进一步区分为单本剧剧本、连续剧剧本和系列剧剧本。电视文学是随着电视技术的应用而产生、发展起来的一种新的文学样式，其特点同电视的特点密切相关。

电视在技术性质上和电影有重要的相似之处，都是由画面、运动和声音构成视觉形象，同时也使用蒙太奇作为结构和表现的手段。

电视文学的大众性是其他所有文学体裁难以比拟的，这是优势，也是需要研究的课题。观众坐在家里看电视剧，观赏心态是以消遣为主的。因此，电视文学的大众娱乐含量可能更高一些，它要求一开始就把观众的兴趣提起来，在不长的时间内把观众的情绪提高到最高限度，形成滚雪球的积累效果，以求达到较高的收视率。而它的审美功能就更要遵循寓教于乐的规律才能发挥。

（二）电影文学

电影文学是指以电影剧本为载体的文学体裁，又可以进一步区分为故事片电影文学、传记片电影文学（兼具传记文学和电影文学的特点）和美术片电影文学（以美术展示故事片，展示一种美术的审美意境）。

与电视文学相比，电影文学在观众欣赏方式上更接近戏剧文学，因为电影与戏剧都是剧场艺术，观众进入剧场多数已经进入了审美准备状态了。因此，电影文学的审美含量可以更高一些。

本章小结

本章论述文学作品构成规律的宏观研究和作品外部的分类规律，介绍不同体裁的文学作品在艺术形象的塑造、作品结构的安排、文学语言的运用乃至篇幅格式容量等方面不同的特点和规律。在论述中，采用体裁分类的五分法，即按照诗歌、散文、小说、戏剧和影视文学来区分文学体裁。而在介绍每种文学体裁时，首先，联系该体裁产生的历史背景与发展前景，给予它一个与其地位和艺术特性相一致的界定；其次，在与相关体裁的比较中，概括出该体裁的艺术特征；最后，进行该体裁的内部分类。目的是通过对不同文学体裁的样式界定以及各自不同的艺术特征的把握，更加深入地理解应该如何正确地进行文学创作、文学欣赏和文学批评。

关键概念

诗歌　抒情诗　叙事诗　格律诗　自由诗　散文诗
民歌　散文　叙事性散文　传记文学　报告文学　游记
抒情性散文　随笔　议论性散文　杂文　小品文　小说
长篇小说　中篇小说　短篇小说　微型小说　戏剧文学　悲剧
悲剧冲突　喜剧　喜剧冲突　正剧　影视艺术　影视文学
蒙太奇　电视文学　电影文学

思考题

1. 诗歌有哪些艺术特征？
2. 散文有哪些艺术特征？
3. 小说有哪些艺术特征？
4. 戏剧文学有哪些艺术特征？
5. 影视文学有哪些艺术特征？

第十一章　文学的传播

我们在第一章曾经引用过艾布拉姆斯的“文学活动要素系统”，那其中“文学传播”并没有直接出现。但是只要稍加注意，就不难发现，图 1—1 中的“箭头”连线所表示的其实就是传播；其中除了连接作家与作品的属于个体心理的“内传播”外，其余三种连接都属于社会传播；而连接作品与读者的则完全属于纯粹的文学传播。由此可以看出：在文学活动系统中，文学传播是必不可少的重要一环，它是一种重要的文学现象，体现着重要的文学规律。长期以来轻视甚至忽略文学传播及其研究的现象必须改变。

重视文学传播研究的主要原因在于文学作为一种社会活动有其内过程和外过程。文学的创作与欣赏属于各自相对独立的内过程，前者是作家文学活动的内过程，后者则是读者文学活动的内过程，它们共同组成了一个有机互动的整体，而要把它们连接起来，构成一个完整的社会活动，就必须有外过程的参与，就必须通过文学传播才能实现。

本章将通过分析文学传播的机制与功能，逐一剖析几种主要的文学传播方式，并了解文学传播的一般规律，这对完整地掌握文学活动的全过程，对未来从事文学编辑、出版和管理工作都具有十分重要的意义。

第一节　文学传播的机制与功能

一、文学传播的含义

文学传播的含义主要有下述三方面。

（一）从文学活动的全过程来看

文学是一个完整的社会实践活动，包括作家、读者、批评者和研究者等不同主体，因此文学传播就成为借助一定的社会渠道，连通作家与读者的中介环节，例如民间歌手在街头的演唱、文学沙龙中的新作朗诵。

（二）从文学生产与消费过程的角度来看

我们知道，文学活动具有物质生产和精神生产的双重属性，那么出于连通文学生产者和消费者的机制、手段和渠道的需要，文学传播又是文学产品物质形态的生产流通过程，即文学出版物的出版与发行。

（三）从文学作品作为人类文化信息的历史存续来看

文学作为人类极其宝贵的精神财富和历史遗产，是世代相传的；同时，不同国家和不同民族之间的交流在很大程度上是通过文学交流来实现的。就此而言，文学传播同时兼指文学作品时间上的传承和空间上的扩散，其中包括文学作品的注释和翻译，校勘和索引等重要环节。例如我国古代对“四书五经”的注释。

综上所述，文学传播是指文学作品创作完成后借助一定的载体，运用一定的技术手段，通过一定的社会渠道扩散与存续，以达到扩大影响、实现阅读的目的。与一般传播不同，文学传播虽然在表现形式上是一种由传播者与传播媒介两种根本要素组成的传播活动，是一个把文学作品从作者手中传递到读者眼前的简单过程，但是在本质上却有两层互相联系的含义：一层是指文学内部的传播，即文学作品主要作为一种具有审美价值的创造物在这一过程中的文学形象建构、物化的物质手段、作品的存在等；另一层是指文学外部的传播，即文学作品主要作为一种具有意识形态价值的特殊的精神生产产品、一种具有劳动价值的特殊商品在这一过程中的出版、发行、销售等活动以及渗透到这些活动中并影响它们的经济、政治等各种因素。

二、文学的传播载体、传播方式与传播渠道

文学传播的规律要求我们必须确定文学传播的研究对象，文学传播的研究对象指的是文学传播的要素。一般来讲，文学传播的要素包括文学传播的物质形态、技术手段和机构制度三个方面。我们可以从文学的传播载体、文学的传播方式以及文学的传播渠道来具体分析和理解。

（一）文学的传播载体

文学的传播载体是指文学作品得以记载和传播的物质外壳，它是文学作品的外在形式，既规定了作家的书写（记录）方式与读者的阅读方式，同时还影响到文学作品的传播方式与传播渠道。

文学的传播载体经历了漫长的发展演变过程，主要包括口语、简牍、绢帛、纸张、电子模拟和电子数字。

（二）文学的传播方式

文学的传播方式是指文学传播的技术手段，它取决于传播载体，又与传播渠道有关，同时还会影响到传播范围与传播效率。以口语时代的文学传播活动为例，口语这一物质载体决定了语音（人声）的传播方式，因此原始文学的传播大多体现为口耳相传的语音传播。

文学的传播方式主要包括语音传播、书写传播、印刷传播和网络传播。

（三）文学的传播渠道

文学的传播渠道是指文学传播的机构和体制，它与传播管理相关，以保证文学传

播的顺利进行和文学传播效果的实现，同时还会影响到文学的接受心理。

文学的传播渠道主要包括人际关系传播、商业发行传播和大众媒体传播。

三、文学传播的职能

完整意义上的文学活动其实包含着文学创作、文学传播与文学接受三个环节。只有具备了载体、方式和渠道要素之后，文学传播的职能才能开始发挥作用。简而言之，文学传播的职能大致包括发表、流通和检选三个方面。

（一）文学传播的发表职能

文学传播的发表职能有其产生和发展的过程。

最初文学作品的创作与发表职能是一体的，均由作者一人承担，因为那时的创作大都是即兴的、随口而出的，同时又是集体的、众人应和的、乐在其中的。

随着社会的发展，文学的内容日渐丰富，形式日渐讲究，文学创作逐渐从其他社会意识形态中独立出来，文学的审美价值功能愈加得到重视。于是开始有了专门的艺人（例如说书人）朗诵收集来的（也可能有他们自己创作的）史诗、故事、传说、诗歌，从而使创作与发表的职能逐渐分离，作家与作品也开始出现分离趋向。

笔墨出现之后，文学作品的书写记录又使原来合而为一的发表与欣赏逐渐分离；而造纸术、印刷术的产生及其在文化领域的普及应用，令文学作品的发表更加专业化、职业化。

（二）文学传播的流通职能

社会分工的发展催生出了职业的文学家，文学作品创作与发表的专业化和职业化，实现了它的产业化；文学不仅具有精神生产的属性，而且开始具有物质性商品的属性。从此，文学传播不仅担负文学作品内在载体（即语言信息流）的发表职能，而且开始担负文学作品外在载体（如书籍等印刷出版物、光盘等电子出版物）的物流派放的商品流通职能。

（三）文学传播的检选职能

文学作为社会意识形态，其社会影响力是不容忽视的。深知“水可载舟，亦可覆舟”道理的社会统治阶级自然会从维护和实现其阶级利益的角度出发，利用手中的权力，建立一定的检选体制，实施对文学、文化乃至社会整体的控制。在文学传播领域内对流通渠道进行控制，要比对文学活动的内过程（即文学创作和文学欣赏）进行控制更容易实现。

四、文学传播的作用

我们知道，文学是人类社会的特殊创造活动，人类文化的传承与积淀在很大程度上都是依靠文学传播来体现的，文学传播作为人类传播的重要组成部分，对整个文学活动的影响是十分巨大的，其作用主要表现在以下四个方面。

（一）实现文学活动从个人行为向社会行为的转换

文学活动是社会性的，但在文学传播实施前，严格意义上的文学活动基本上局限于作家的个人行为范围之内。只有随着作家创作活动的结束，作品进入传播过程以后，文学活动才突破了作家个人行为的范围而进入社会交往的领域，由此文学活动也才实现了从个人行为向社会行为的转换，完成了文学活动从内过程向外过程的过渡。

这一转换和过渡具有十分重要的意义，它是文学活动产生社会影响、实现社会价值的前提，也是使文学成为名副其实的社会现象，获得完全社会意义的不可缺少的一步。

（二）实现文学活动从生产活动向消费活动的转换

文学既是人类的审美创造活动，也是人类重要的精神生产活动，因此它必然具有人类生产活动的一般属性，即必须进入消费过程才能完成其价值的转换与实现。文学产品作为一种特殊的产品，包含着两个层次的价值转换和实现，而这一过程必须通过文学传播来实现。一方面文学作品必须经过发表，到达读者手中，被阅读和欣赏，其精神价值与社会功能才能实现；另一方面文学作品作为物质性产品又必须进入流通领域，发生购买行为，其产品价值和经济效益方可兑现。

因此，文学传播无疑是文学活动从生产活动向消费活动转换的不可或缺的重要一环。

（三）社会管理机制的介入

文学活动一旦变为一种社会行为，就会产生或强或弱，或隐或显，或直接或间接，或积极或消极的社会影响，这使得政府的统治与管理职能显得尤为必要。作为统治者的政府在文化管理的过程中，一定会力图按照本阶级的意识形态，利用权力对文学实行检选职能对文学的社会作用施加影响。而作为管理者的政府对文学的社会管理一般是在文学传播的过程中实现的。

（四）导致传播媒介与传播对象以及创作主体与接受主体之间的互动

传播媒介（文学传播的物质载体）与传播对象（文学作品的语言信息流）的相互作用共同构成了文学传播，而在具体的文学传播过程中，它们二者的相互作用与结合方式是不同的，而且也促进了传播媒介与传播对象各自的发展。比如在口语传播阶段，在以自然人声为载体的前提下，传播内容和传播媒介是紧密结合的；到了书写阶段，传播媒介需要一定的附加物，如纸张笔墨等；而到了印刷传播阶段，附加物则要求得更多，如排版、印刷和装订等。

与此同时，借助文学传播，文学创作主体与接受主体之间的互动也得以实现。关于这一点请参见文学欣赏章节的相关论述。

第二节　文学的口头传播

一、文学口头传播方式的产生与发展

文学的口头传播，是指以口头语言为主的口耳传播方式。它始于原始社会口语的产生，当语言代替动作成为人们日常交流的工具时，文学的口头传播方式随之产生。文学的口头传播方式主要经历了两个阶段，同时也促成了它的两种主要形态的

产生：一是不经过书写记录的单纯的口头传播，二是经过书写记录的附加的口头传播。

在原始社会，文学实际上是人类先民内心情感的直接宣泄，因此脱口而出，口头发表是必然的；而且原始文学是唱和的结果，也就是“集体创作”，它是即兴的，当然也就是口头的。这种单纯的口头传播方式主要是为了唱给或讲给自己听的，因此不需要经过书写记录。在这种情形之下，文学创作、文学传播和文学接受与欣赏基本上是在同一时间、同一空间进行的，传播者往往就是作者本人，传播范围也在口耳之间。

随着社会的进步和文学的发展，文学功能日渐丰富，除了宣泄情感以外，教育后代和传承文化愈加受到氏族部落首领和长者们的重视，并主要以神话、史诗、传说为“传讲”教材；后来氏族部落中那些能说会道、善于表演的人逐步崭露头角，开始专门担负起“说讲”的角色，职业“说书人”由此而生，“话本”这种书写记录的形式也出现了。此时，文学传播者与作者不但发生了分离，而且同一部作品可由不同的人传播，文学创作开始与文学传播和文学接受保持一段距离，传播范围也就相应地扩大了。

在书写记录出现之后的漫长历史进程中，口头传播并未消亡，其主要原因大致有两点：第一是过去多数人不识字，文化教育水平与今天不可同日而语，而书写工具过于昂贵使口头传播在很长时间里都是一种非常重要的传播方式；第二是文学口头传播具有天然的多媒综合特性，现场性与表演性合一，图、文、声、像并茂。所以，时至今日，文学的口头传播方式仍然为很多老百姓所喜闻乐见。

二、文学口头传播方式的机制与特点

作为最早出现的文学传播方式，文学的口头传播也是最贴近人本身的，由于社会生产力的低下和物质财富的匮乏，利用人体本身的发声功能传递信息显得准确而方便。所以文学口头传播方式的机制就是以自然人声为传播载体，以现场的口耳相传为传播方式，以集体唱和或集会演唱为传播渠道的。

这也就决定了文学口头传播方式现场性、表演性、仪式性和感染性的特点。

以口语为主的文学传播方式凭借的是自然人声的口耳相传，所以多半是近距离、面对面的，言说者和听众之间往往能够达成一种现场感极强的交流，而且这种传播方式也必须依赖这样的现场性才能很好地得以实现。

在文学的口头传播方式下，“说书人”扮演着创作者和传播者的双重角色，在传递信息的同时也在加工信息，所以除了依靠声音之外，常常需要像演员一样，充分调动自身的面部表情、身体姿态以及其他一切可以利于模仿和描述传播对象和内容的因素和手段，以达到传情达意的目的，表演性的特点自然凸显出来。

我们知道，原始文学不仅起源于原始人的生产劳动过程，而且与其崇拜祖先、膜拜神灵的活动密不可分，在这种具有浓厚的宗教和祭祀色彩的集体活动中，口头传播方式获得了很大的表现空间，有着鲜明而强烈的仪式性，这也赋予了口头传播方式的凝聚力和震撼人心的独特感染力。

三、文学口头传播方式的影响与作用

文学的口头传播方式（尤其是不经过书写记录的单纯的口头传播）对文学创作、接受与欣赏都产生了巨大的影响与作用：

第一，口头传播方式的机制与特点促使文学作品大多是直抒胸臆、脱口而出的即兴之作，内容往往单纯、率真、朴素、自然。例如《诗经·郑风·子衿》："青青子衿，悠悠我心。纵我不往，子宁不嗣？青青子佩，悠悠我思。纵我不往，子宁不来？挑兮达兮，在城阙兮。一日不见，如三月兮！"寥寥数句就把一个女子在城楼上等待心上人时那渴望而又焦灼的心情生动直接地刻画出来。

第二，自然语音瞬间即逝，作品载体不定型，"说书人"（以及其他非职业的传诵者）可以任意发挥、改编，传播的内容具有明显的"传承—变异性"，这是民间文学、口头文学的基本特征之一，具体表现为一个作品往往存在多种版本。例如"牛郎织女"的故事不仅流传于中国民间，像韩国等东亚其他国家也有类似的美丽传说，只是内容细节有很大不同。

第三，自然语音的瞬间即逝，对口语信息的保存和积累只能依赖信息接受者即时的理解力和记忆力，听众对信息获取也呈现出瞬间性的特点，这使这一时期的文学作品除口语诗歌外，基本是以神话、传说、史诗为主，它们共同的特点是：故事形象生动、结构简单，事件与人物描写都是粗线条的，重要的内容和关键人物的特点总是不断重复，篇幅通常也较为短小，便于记忆和讲述，有助于人们理解和接受。例如古希腊的《荷马史诗》就是源于流传希腊民间口头创作的短歌，后由盲诗人荷马加工整理而成，诸如阿喀流斯、俄底修斯这样的英雄人物及有关的神话故事与传说均体现出上述特点；又如我国三大史诗之一的藏族史诗《格萨尔王传》，尽管整体规模宏大（120余部，100余万行，是世界上最长的史诗），但从作品本身角度而言，无论是结构、故事情节还是人物塑造，都可以看出口头传播方式对文学的巨大影响。

第三节　文学的书写传播

一、文学书写传播方式的产生与发展

文字的出现是人类传播发展史上的一个重要里程碑，它使文学书写传播方式的产生成为可能。

文学的书写传播方式有两种类型：一种是用文字记录传播中的文学作品，即先传播，再书写，例如我国古代的乐府诗歌，汉代的乐府作为统治者直辖的音乐机关，一个重要的工作便是采集业已流传的民间诗歌，以便于统治者从那些"感于哀乐、缘事而发"的歌谣中"观民俗、知薄厚"。另一种是用文字记录创作中的文学作品，即先书写，再传播。我们今天大多数的作家创作都属于这一类型，文学书写传播方式主要指的也就是这一类型。

文学书写传播方式的形成与发展受到了多方面因素的影响，归纳起来主要有以下

几点。

（一）书写工具的易用性

即书写工具对人们来说是否容易掌握和使用。在古代，书写工具与我们现在的书写工具差异巨大，从最早的龟甲、竹简、丝帛到后来的纸张，书写工具不断趋于轻便和易学易用，书写难度的降低大大促进了书写传播的发展。

（二）书写工具的普及性

这不仅指书写工具的应用和普及，也指人们对书写工具费用的可承受力的问题。书写工具在其发展之初是十分昂贵的，超出了人们日常生活的消费能力。试想，在人们穿衣尚且停留在麻质阶段之时，以用细丝织成的绢帛为书写工具显然会制约书写传播的普及。

（三）文字的简易性

文字的发展历程是一个由简到繁，又由繁到简的运动变化过程，从最初以简单的符号记录为主的结绳记事到书画同源、结构复杂的象形文字，后来又由于文字普及的需要，文字结构开始朝简化的方向发展。从先秦的大篆、秦朝的小篆，到汉代的隶书，而后到唐代的楷书，直到今天我们普遍采用的简体字，文学的书写传播方式不断得以革新与进步。

（四）文化教育的普及程度

文化教育的普及经历了一个漫长的发展过程，在很大程度上也左右着文学书写传播方式的发展。

（五）文学作品的文字量

书写工具是否简单易用、文化教育的普及程度，反过来又大大影响着文学作品的文字量。

二、文学书写传播方式的机制与特点

我们知道，文学书写传播方式的产生是以文字的出现为前提的。如果说，语言的产生使人的思想感情得以抒发传达，那么文字的产生则使抒发传达出来的思想感情便于积累汇聚和传播交流，而不再局限于口耳相授。因此，文字的产生对文学的书写传播方式机制的形成具有极其巨大的文化意义。

文学书写传播方式的机制就体现在它使文学的造型手段第一次从单纯听觉的变为综合视听的；文学的意义信息从流动的、瞬时的语言接受变为固定的、可重复的视觉读取，以帮助人们强化印象和加深理解。

与文学的口头传播方式相比，文学的书写传播方式具有以下基本特点：

一是载体的物质性。相对于声音而言，文字载体的物质性更强。

二是信息的稳定性。信息载体的物质化使文学的意义信息更趋稳定，便于作者的修改与读者的保存。

三是创造者、创造物、传播者、接受者的相互独立。与口头传播方式相比，书写传播过程中的信息创造者、被创造出来的信息以及信息的传播者和接受者都从紧密结合、不分彼此的状态向日趋分离和各自独立的方向演化。

四是信息载体的单一性。与口头传播方式所具有的现场性、表演性等特点不同，文字书写传播方式并不是图、文、声、像并茂，而是单一地运用文字符号，其他形象性因素主要是依靠读者自身的想象获得的，并非文字本身所给予的。

三、文学书写传播方式的影响与作用

文学的书写传播方式不仅极大地拓展了文学活动的范围和空间，更对文学的内容与形式造成了直接而明显的影响。

一方面，作品有了固定的可视性载体，便于作家在创作过程中反复推敲，精雕细琢，使作品结构富于变化，情节愈加丰富曲折，人物刻画日益深入细致，心理描写更加准确细腻，这些都推动了文学创作的发展与成熟；而从阅读的方面来讲，读者也可以反复吟咏、品味，深度参与“二度创作”，获得更为丰富和深刻的审美感受，从而更加充分地释放出作品的审美价值含量。

另一方面，书写工具使用的技巧性、价格的昂贵以及教育的普及程度等，又极大地限制了人们参与文学创作与享用文学作品的范围，促使书面文学走向贵族化、精英化，这在书写传播方式形成之初占据着主导地位，而当时广大劳动人民主要还停留在创作和欣赏口头文学的阶段。

此外，书写传播方式还使文学从“唱”与“演”的直接形象感受中彻底分离出来，传播方式的单一性促使文学逐渐开始确立其作为“想象性艺术”的美学特征，从而与其他艺术独特而鲜明地区别开来。

第四节　文学的印刷传播

一、文学印刷传播方式的产生与发展

文学印刷传播方式的出现是以印刷术的发明与应用为契机的，并成为此后人类主要的传播方式，至今仍然有着重要的影响。

文学的印刷传播方式的发展，按照制版方式的不同，可以分为雕刻制版印刷（亦称雕版印刷）、活字制版印刷和电子制版印刷三个阶段。

雕刻制版印刷在我国是从公元前已有的印章捺印和公元 5 世纪出现的碑刻拓印发展而来的，到唐朝已经应用得十分普遍。

活字印刷是由我国宋朝的毕昇首创的，是我国古代四大发明之一，它经历了泥活字、木活字、金属活字几个发展阶段。伴随着机器工业的发展，制版效率、印刷速度和质量都得到了不断的提高。今天的印刷工艺十分多样，如印刷方式有凹版、凸版和平版等，印刷材料有油印、水印、胶印等。

电子制版印刷是随着现代电子技术，特别是计算机技术的发展与普及而产生的。这一时期，由于排版的数字化处理、激光扫描、整页拼版和图文混排等技术的应用，编辑、出版、印刷更加密切配合，而印刷制版与远程数字传输技术的结合，较好地实现了异地同步的印刷与发行，这些都大大推动了印刷传播的发展。

二、文学印刷传播方式的机制与特点

文学印刷传播方式的机制就是用制版印刷的手段达到批量复制的目的。

如果说书写传播方式所追求的是“留得久”，那么，印刷传播方式所追求的则是“传得广”。而且也只有“留得久”，才能“传得广”，因为孤本或者说小批量的印刷品是很容易亡佚的。这也是今天许多古代十分珍贵的文献典籍散失殆尽、无处可寻的重要原因之一。

制约批量复制的因素主要是制版与印刷、装订的速度与效率，因此，制版技术与印刷、装订的机械化程度就成为印刷传播方式发展的关键。

与文学的书写传播方式相比，文学的印刷传播方式在许多方面都体现出明显的不同，有着自身的特点：

第一，简单复制性。与文字书写的手抄复制相比，印刷传播的复制更为简易、方便和高效。

第二，批量性。由于印刷传播方式的复制简易性使大批量产出成为可能。

第三，商品性。由于简易的复制性和庞大的批量性，商品性日益凸显，单位造价的降低和利润空间的形成使文学印刷传播本身成为有利可图的产业，文学作品的产品价值二重性得以实现。

第四，产业性。文学印刷传播方式在商品利润率的带动下促进了整个印刷产业的兴起和发展。

三、文学印刷传播方式的影响与作用

文学印刷传播方式所特有的批量复制的机制和随之而来的一系列特点对文学的创作与欣赏都产生了重要影响。

首先，高效率和大批量所带来的低价位不仅使商人有利可图，也有利于书面文学接近平民，令其逐渐认同平民的审美趣味；同时，与书写传播方式的鼓励短篇幅相反，印刷传播方式本能地鼓励长篇幅。篇幅短小的诗歌总要结集刊行就是一例；又如中国小说与戏剧在宋元时期开始成熟，于明清之际由剧场艺术发展为案头文学并蔚为大观，这除了市民阶层生活和趣味的影响之外，文学印刷传播方式对市民潜在的消费需求的迎合与满足也是不可忽视的重要原因。

其次，大量的印刷与发行带来了或大或小的经济利益，凸显并强化了文学作品价值的二重性。文学出版物所具有的商品属性，一方面，导致作品的出版发行产业化；另一方面，作家有了稿费收入，从需要政府或赞助人资助的“专业”作家，变成了以稿费为生的“职业”作家，成为自由职业者。

最后，印刷传播方式的商业化又派生出了文学传播的多种传播渠道，如图书租赁（19 世纪英国的图书租赁体制曾大大降低了长篇小说的消费起点）、报刊连载（19 世纪英国著名作家狄更斯的作品风行一时和我国当代武侠小说泰斗金庸先生的成名皆得益于此）以及各类公立图书馆低廉甚至是免费的借阅。在这种多样化的文学传播渠道的推动下，文学的创作与欣赏从此进入了一个全新的阶段。

第五节　文学的网络传播

一、网络文学出现的历史必然性

文学的网络传播方式的出现与网络文学的兴起是一体化的，研究网络文学出现的历史必然性是理解和把握文学网络传播方式出现的一把钥匙。这种必然性主要来自以下四个方面。

（一）人类信息多媒融合的历史必然性

网络传播的出现是以多媒体计算机和互联网技术为基础的，“信息”具有主观与客观的二重性。一方面，信息描述的客观世界本来就是“多媒”的，是图、文、声、像的综合，是平面与立体、静态与动态的统一；另一方面，接受信息的主体的感觉器官也是“多媒”的，主体在历史文化中已经生成了整合外部信息的心理结构——媒体蒙太奇，在艺术欣赏过程中这常常表现为通感思维的利用。例如对杜甫的著名诗句“两个黄鹂鸣翠柳，一行白鹭上青天”的鉴赏往往与人自身对色彩、声音、动作的心理感知的整合分不开。

人类信息的多媒融合，不但是技术发展的必然趋势，更是人类审美意识与人性自身完善的必然要求。从人类的原始文学活动（特别是诗乐舞合一的说唱文学）中，我们也能深深地体会到“越是多媒的就越是自然的”的道理。

（二）文学传播数字网络化的历史必然性

在文学传播从口头传播、书写传播到印刷传播的发展过程中，真正的文学诞生了，然而这是以牺牲绝大多数人的参与权（主要是发表传播权）为代价的。此后，文学传播一直努力为绝大多数人恢复这一权利，印刷传播一方面以其巨大的发行量在这条权利“回归之路”上向前迈进了一大步，但印刷传播时代出版发行体制的树状结构只能有限度地（主要是作品的享用权）恢复这一权利，另一方面却更严格地将绝大多数人拒绝于发表园地之外。随着网络传播时代的到来，这一努力目标终于得以实现。对文学的网络传播来说，数字化是手段，网络化才是目的；网络的网状结构又使网络上的每一个结点（即终端计算机）获得了平等地位，它既是信息的接受者，又是信息的发送者，这就为每一位坐在终端计算机前的人同时享有作品的享用权和作品的发表权提供了硬件平台。

所以，文学传播数字网络化是文学人性化的发展趋势，也是文学历史发展的必然性要求。

（三）多媒体数字文学的经济学分析

仅从经济学的角度来考虑，文学的网络化传播是十分有意义的：文学资源的共享，大量印刷设备和纸张的节省，运输仓储、出版发行及销售费用的降低等诸多方面都体现出其不可忽视的经济效益。

（四）高技术与高情感——当代文艺发展的大趋势

现代高科技创造了让人们高度参与文学活动全过程的机会，而高度参与恰恰是当代文艺发展的大趋势。从风靡全世界的卡拉 OK 带给人们的自我实现感和当代行为艺术对人们现场参与感的极大满足，我们都可以得出这样的结论：审美的高峰体验正是来自于审美创造的直接参与。

二、文学网络传播方式的机制与特点

文学网络传播方式的机制指网络化的大众传媒机制。如同影视文学必然受到影视传媒特点的影响一样，网络文学作为网络数字化媒体的伴生物，也必然会被打上这一特殊媒介形式的烙印。文学网络传播方式的主要特点表现在以下几个方面。

（一）科学模拟

科学模拟是指通过建立数学模型、物理模型和计算机模型实现对对象的存在状态的动态模拟和对外部信息的智能反馈。

它本身似乎和文学的网络传播方式没有什么直接关系，但它却是一切网络传播方式的基础，也是其他网络传播方式特征的前提。

（二）多媒融合

多媒融合是指利用多媒体计算机技术，将图、文、声、像等媒体要素有机结合起来，以达到更加生动逼真地呈现事物形貌特征的目的的表现手法。

多媒融合是网络文学的突出特点，如果运用得当可以大大增强网络文学作品的表现力。

（三）远程传播

远程传播是指利用计算机网络技术在互联网上实现文学作品的跨区域瞬时传播。

远程传播是文学网络传播的主要优势之一，能够提高文学作品的传播速度，扩大传播范围。

（四）实时交互

实时交互有两层含义：一是指借助事先编辑的计算机程序，进行本站或异地的人机对话（类似于计算机游戏或网络游戏）；二是指利用计算机网络技术，在互联网上实现单媒的（文字或语音）或多媒的（如可视电话）人际对话。

实时交互是文学网络传播的主要优势之一，能够极大地提高文学创作与阅读欣赏的参与性和互动性。从技术的角度来讲，作家可以开放其写作过程，读者可以随时了解作家的写作及修改过程，随时发表评论，替作者出主意；在作者授权的条件下，读者甚至可以改写、续写作者的作品；作家可以随时了解有多少人已经读过和正在读自己的作品，读者的反应如何等重要信息。这样的情景在一定程度上与原始人共同创造史诗与传说的活动有许多相似之处。

三、网络铺设“大众化”之路：从代表大众到大众参与

文学网络传播方式的网络化大众传媒机制带来的直接后果就是普通人参与文学活动的机会空前增多；它的间接后果之一就是我们呼唤了多年的文学大众化，有可能凭借互联网实现。

（一）创作自由的机制与参与的可能

“大众化”的努力与追求经历了从“写大众”到“大众写”，从代表大众到大众参与

的发展过程，完成这一转变的基本条件就是计算机网络这一大众传播新媒体的出现。

但机制只提供可能性，创作自由的机制与实际参与的现实之间是存在距离的，需要每一个人发掘自身的资质，努力去拉近乃至消除这一距离。

（二）发表自由的机制与作者的自律

作家莫言在《作家畅谈网络文学》中说："所谓网上文学跟网下的文学其实也没有什么根本的区别。如果硬要找出一些区别，那就是：网上的文学比网下的文学更加随意、更加大胆，换言之，就是更加可以胡说八道。"话说得虽然有些绝对，但问题是存在的。目前的网络文学正处于蓬勃发展之中，发展势头虽喜人，但芜杂随意、良莠不齐等情况也令人堪忧。

因此，无论从历史还是从现实的角度，自由与自律从来都是对等的，网络文学要发展就必须学会在自律中获得自由。

（三）出版自由的机制与行业管理的必要

自由与自律是对等的，自律与他律也应是并重的。有关网络伦理的话题已经讨论多时，而网络法规也在不断的完善之中，因此加强网络管理势在必行。

有效避免一管就死、一放就乱的恶性循环问题，关键在于：发表自由机制的保持与必要的行业管理的加强，而这既需要理论的深入研究，也需要对文学的网络传播本质与特征有理性的认识。毕竟，自由之剑是需要理性之手去秉持的。

本章小结

本章论述了文学传播的一般规律，介绍了文学传播的机制与功能，通过逐一剖析几种主要的文学传播方式，完整描述了文学的社会过程。通过界定文学传播的含义，分析文学的载体、传播方式与传播渠道，阐述文学传播的三项职能，概括文学传播的五种作用，较为全面地论证了文学传播的机制与功能，强调指出：在文学活动系统中，文学传播是必不可少的重要一环；它是一种重要的文学现象，体现着重要的文学规律；必须重视文学传播的作用和对文学传播的研究。接着，分别从某一特定的文学传播方式的产生与发展、机制与特点以及影响与作用三个方面，对包括口头传播、书写传播、印刷传播和网络传播在内的文学的主要传播方式，逐一进行梳理和论述。

关键概念

文学传播　　文学的传播载体　　文学的传播方式
文学的传播渠道　　文学的口头传播方式　　文学的书写传播方式
文学的印刷传播方式　　科学模拟　　多媒融合
远程传播　　实时交互

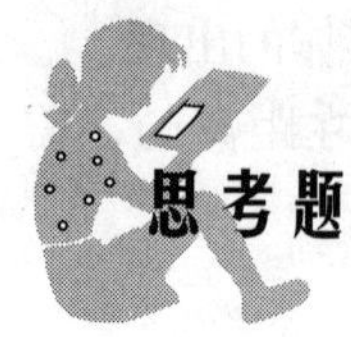

思考题

1. 试论文学传播的结构与功能。
2. 为什么要重视文学传播的研究？
3. 文学的书写传播方式有哪些重要的影响与作用？
4. 文学的印刷传播方式有哪些重要的影响与作用？
5. 文学网络传播方式的机制与特点是什么？

第十二章　文学欣赏（一）

文学欣赏是文学接受的核心。尽管文学传播是文学接受的重要组成部分，但它只是文学接受的前提和基础，而文学接受的真正实现是靠文学欣赏来完成的。更为重要的是，尽管文学的价值有二重性，但其核心毫无疑问是文学的精神价值——审美价值，这是文学之为文学，文学欣赏之为文学欣赏的基本依据；而文学的精神价值——审美价值，是只能靠文学欣赏来实现的。

文学欣赏是一种主客体统一的复杂的审美心理过程。对它的复杂性、多样性、多义性，人们已经有了越来越深刻的认识。文学欣赏具有很强的个体性，每一次欣赏都是在个别读者的内心完成的，离开了个别读者的心灵体验，文学就无所谓欣赏了。然而，它又有很强的社会性：欣赏是文学社会过程的一部分，文学符号是属于社会的，欣赏者感受的意象是以他人（作家）提供的本文为依据的，欣赏者借以构建艺术形象的经验材料（表象与情绪的记忆）也是从以往的社会生活中积累而来的。因此，心理学与社会学在这里大有用武之地。近年来，人们又热衷于谈论文学欣赏的主体性、能动性，由此，符号学、阐释学、接受美学又风靡一时。

文学欣赏是文学社会过程中的一个重要环节，是文学接受活动的核心部分，文学欣赏规律也是文学理论中的一个重要范畴。文学欣赏是以阅读为基础的，但一般的阅读并不一定就是文学欣赏。本章将从辨析“什么是文学欣赏”入手来区分一般阅读与文学欣赏的不同性质和作用，进而揭示文学欣赏作为审美接受独特的心理过程和心理特征。

第一节　文学欣赏概述

一、文学欣赏的含义

（一）非审美的阅读不是欣赏

人们的阅读行为通常有四种基本状态：

第一，无目的的随便翻翻。例如，杜甫的《闻官军收河南河北》中有一句“漫卷诗书喜欲狂”，此时，杜甫“漫卷诗书”的“漫卷”，意思是看似阅读，但阅读者的心思并不在“诗书”的内容上，而是听到官军收复失地，心情无比喜悦，顺手拿来诗书随便翻翻，这样的一种阅读状态就不是属于欣赏式的阅读状态。

第二，学习认知状态的阅读。有的时候我们翻阅一部文学作品的目的是从中获取某种知识，比如马克思恩格斯都曾经谈到，他们从巴尔扎克的小说中所获得的关于资本主义发展时期社会经济状态的知识和资料，甚至比从资产阶级职业的统计学家和经济学家的著作中所得到的还要多。当然，我们不是说马克思和恩格斯从来都没有以审美的态度去阅读巴尔扎克的作品，但是，如果我们阅读的目的就是从中去查找资料，那么，这样的阅读就不能算作是审美式的阅读了。

第三，研究批评状态的阅读。人们如果为了评价一部作品或研究某个理论问题、印证某种观点而去研读某部作品，以研究的眼光去看待作品，以批评的心态去对待它，那么，此时的阅读也不是一种审美的阅读。

第四，感受体验状态的阅读。只有这种阅读才是欣赏性的，审美性的阅读。

前三种状态的阅读都是非审美的阅读，因而都不是欣赏性阅读。

（二）文学欣赏是文学接受活动的第一阶段

文学接受活动有狭义、广义之分：狭义的文学接受活动包括文学的欣赏、诠释和批评，其中的诠释部分属于翻译校勘学研究的范畴；广义的文学接受活动，除此之外还包括文学消费活动。

文学欣赏是文学接受活动的核心部分，文学作品的核心价值是审美价值，文学欣赏正是这种文学作品审美价值的接受。无论是文学消费还是文学批评，它们都是以文学欣赏为基础的。如果没有文学欣赏，文学的物质性消费就失去了前提；如果没有文学欣赏，文学批评也就失去了基础。所以，文学欣赏在整个文学接受活动中处于核心地位。

（三）文学欣赏的定义

文学欣赏是指读者在阅读作品的过程中，通过艺术形象的再创造，引发情感体验，获得精神愉悦的审美接受活动。

二、文学欣赏的性质

（一）文学欣赏是读者的文学形象再创造

文学欣赏不是纯然被动的消极接受，作为审美接受，其基本特征就是主体的高度投入。

1. 填补语言的意义空白

文学是用语言塑造形象进而传达作家的审美情感体验的，无论是一部长篇小说还是一首小诗，其形象都不是像雕塑、绘画那样直接呈现于眼前；语言的描绘不管有多么具体，都是概括性的，都会存在意义空白，需要读者运用自己的想象力，根据自己的理解，调动自己的表象记忆和情绪记忆的储备去加以填充。而理解文字，根据文字的意义去想象形象，这是一种主体性很强的再创造活动。

2. 形象的想象建构同样是需要主体投入的一种再创造

鲁迅先生论及《红楼梦》的欣赏和王朝闻先生论及王熙凤时，都特别强调：人们对于艺术形象的想象是带有很强的主体性色彩的；每一个读者心目中的林黛玉和王熙凤都是他（她）自己独特的再创造的产物。用王朝闻先生的话来说，“我评论的是我的王熙凤”。所谓“我的王熙凤”，既是王朝闻先生理解的王熙凤，也是王朝闻先生想象的王熙凤。当然，这种想象是有根据的。但是，作品的根据只是再创造的一个出发点，而用以建造、想象这个形象的那些原料，那些生活的积累和储备却是每一位读者自己的。

3. 形象的文化意义的体味和领悟，也体现出了读者的主体创造性

比如，同样是狗的形象，中国人和欧美人从中体悟出的意义就有很大差别甚至截然相反。在欧美人的眼中，狗是人类的朋友；在中国人的心目中，狗的文化意味就很糟糕：“狗眼看人低”、“狗仗人势”、“狼心狗肺”、“狗嘴里吐不出象牙来”……正是由于人们的文化背景不同，所以，鲁迅当年的著名杂文《论“费厄泼赖”应该缓行》主张“痛打落水狗”，这样的文学形象在英国人理解起来就会比较困难。这些都证明了文学作为一种语言艺术，其意义空白的填充、艺术形象的建构以及文化意味的体悟等，都是具有很强的主体创造性的，文学欣赏是读者的审美再创造。

（二）文学欣赏是情感沟通中的审美体验

文学欣赏要通过阅读和想象建构文学形象，但是建构文学形象并不是文学欣赏的目的，文学欣赏的目的是通过建构文学形象，体悟到作家寄寓其中的对生活的审美体验。所以形象的再创造只是文学欣赏的第一步，第二步是对艺术形象进行审美体验。再创造是为再体验服务的。前面提到，文学创作中的审美体验对一般生活中的审美体验来说是一种再体验；而文学欣赏中的审美体验对文学创作中的审美体验来说又是一种再体验，即读者是通过建构文学形象去体验作家当初寄寓文学形象中的审美体验的。如果能够完成这种再体验，读者的欣赏就是成功的；如果不能完成这种再体验，读者的欣赏就是失败的。这种再体验完成得越真切、越深刻，读者的欣赏就越成功。所以，这种审美情感体验对文学欣赏是至关重要的，是文学欣赏成功与否的关键性标志。

文学欣赏的审美特性主要表现为借助形象与作家的情感沟通。表面看来，读者是与文学形象进行情感沟通，实际上，形象不过是一个中介，读者是借助这一中介与创作这一文学形象的作家在进行审美情感的沟通与交流。通过沟通，读者在对象上确认自身审美感受和审美体验的能力，并从中获得审美愉悦。

（三）文学欣赏具有超越现实的价值指向

文学欣赏的价值之所以不仅停留在形象的再创造上，还要进一步提升到情感沟通与审美体验的层次，是因为情感体验（尤其是审美情感体验）具有一种对现实的批判评价属性，这种对现实的批判评价属性是文学活动的理想性内涵赋予的，只有在理想光辉的映照下，人们才能以足够的精神高度对现实进行评价。文学欣赏活动的成功必须以作家与读者在审美理想上的沟通为前提；文学欣赏正是借助情感体验对现实批判评价的这一属性获得超越现实的价值指向的。

（四）形式法则在文学欣赏中具有特殊意义

形式法则在文学欣赏中有两层意义：

第一，文学形式是人们把握文学内容的唯一中介。任何作品的内容都必须通过一定的形式来加以表现，而作品形式的组合与运用是有其自身规律的，各种文学形式要素符合规律的组合就是我们所说的文学的形式法则。形式法则是人们从事文学活动的交流语言，对作家来说，文学形式是其传达文学内容的唯一中介；对读者来说，文学形式是其了解文学内容的唯一中介。可见，读者要顺利完成文学欣赏，就必须掌握文学的形式法则。

第二，形式的技巧性本身也是人的本质力量的体现，同样具有审美意义。当我们从作家技巧高超的文学表现中领悟其深邃含义的时候，当我们透过字里行间与作家会心地相视而笑的时候，我们也能感到由衷的满足和喜悦。

三、文学欣赏的作用

（一）对作品内涵的阐释作用

文学作品一经产生，就具有审美客体的独立意义，它的审美内涵阐释主要不是依靠作者解释给人们，而是依靠读者在阅读欣赏中实现的。

文学欣赏是作品内涵的发现过程，审美体验的建构过程。人们有可能从优秀的文学作品中不断阐发出以前未曾意识到的审美内涵。

（二）对文学价值的实现作用

读者的阅读欣赏开始以前，文学作品的一切文学价值和社会价值都只是一种可能性的潜价值，将这种潜价值发挥出来的唯一途径就是通过读者的阅读欣赏。

基于这个意义，接受美学认为，艺术的价值是由艺术家与欣赏者共同创造的。

（三）对读者灵魂的塑造作用

文学欣赏对读者灵魂的塑造作用主要有以下四个：

第一，对读者的情操陶冶作用；

第二，对读者的思想深化作用；

第三，对读者审美能力的提高作用；

第四，对读者的知识拓展作用。

（四）对文学批评的奠基作用

文学批评是对一切文学现象的理性分析与评价，而对文学作品的批评则是对以文学形象为核心的作品的内容与形式的深入分析与评价，这些分析与评价必须建立在批评家本人对作品艺术形象的感性把握与深刻、独到的审美体验的基础之上。

一般而言，对一切文学现象的批评都应该建立在文学欣赏的基础之上，作家作品是一切文学现象的核心，而且批评家也必须在欣赏中建立健康的审美意识，才能有中肯的文学批评。

（五）对文学创作的反馈作用

文学活动是一个循环往复的不间断过程，活动主体（作家、读者、批评家）之间畅通有效的信息反馈是保证文学活动处于良性互动状态的基本条件。对作家来说，来自读者和批评家的反馈信息是帮助其不断调节自己创作行为以提高创作质量的宝贵资源。

第二节　文学欣赏的基本过程

一、阅读动机与期待视野：文学欣赏的前准备阶段

文学欣赏是主客体相互契合的文学审美活动。其全部心理过程既要受到审美客体——文学作品的规定，又要受到审美主体——阅读欣赏者心理状态的制约。读者心理状态对欣赏过程的制约主要表现在两个方面：阅读动机与期待视野。

（一）阅读动机

据日本文艺理论家桑源武夫的调查资料显示，人们接触文学作品的动机有 17 种之多，而北大中文系 1981 年的读者调查表明，不同群体的阅读动机具有不同的倾向性。综合有关资料（多选调查），文学作品的阅读动机主要有四种：第一种是认识性动机，大约占读者的 55%；第二种是娱乐性动机，大约占读者的 30%；第三种是自我完善动机，大约占读者的 26%；第四种是超越性动机，大约占读者的 21%。在实际欣赏活动中，阅读动机往往是复合的、不自觉的、变化的。对大多数读者来说，从固有的功利性动机向超越现实功利的“虚静”心境转化，是尽快投入作品艺术空间的关键。

（二）期待视野

接受美学认为，人们由于先天条件和生活经历、思想感情、文学修养、审美经验、欣赏习惯的综合作用，会形成某种对文学作品的定向期待，这就是期待视野；它作为一种心理定势和欣赏模式，会在欣赏的开始阶段乃至整个欣赏过程中影响我们的欣赏行为与效果。这种期待视野又具体表现为文体期待（例如，我们看到“水调歌头”、“沁园春”等词牌名称，就会做好阅读“长短句”格律文本的准备）、意象期待（我们听到“假洋鬼子”的人物名称，头脑中就会出现一个与这个名字相符的意念形象）和意蕴期待（即我们所希望的作品内容指向）。期待视野所造成的适度的顺向相应与逆向受挫及其有机融合，是作品对读者产生巨大吸引力的必要条件。

二、披文见形，穷形尽象：审美感受阶段

在“文学语言的造型机制”的分析中我们已经了解，作品只是供读者重新建构文学形象的一张“装配图”，而“组装”一个个文学形象所需要的“零部件”则需要读者到自己生活储备的“仓库”中去“按图索骥”。所以，读者自己生活经历及人生体验的丰富对能否依据作品再创造出栩栩如生的文学形象，显得十分重要。除此之外，读者在对文本的阅读中，怎样凭借有限的文字信息构建丰富生动的文学意象，其中，处理好“空白”与“矛盾”是关键所在。

（一）空白

空白是指作品意义范围内的，但文字未做直接描写，需要读者依据语境，通过理解与想象加以补充的内容。传统文学中常见的省略、曲笔、虚写都属于空白。一是描

写空白，如鲁迅《离婚》中仅用“互视、努嘴、点头”写渡船中两个老女人看爱姑时的神态；二是情节空白，如《红楼梦》第十五回详细描写了王熙凤弄权铁槛寺后，对长安节度使对此事的处理仅用“不在话下”四字带过。现代主义文学作品中的空白则多为意蕴空白，即作品的真正意蕴往往不在形象本身，而在于与形象保持较大意义距离的象征意蕴。

（二）矛盾

矛盾是指作品中各种形象和意义要素彼此之间的冲突与不协调。矛盾的意义在于避免读者对形象及作品意义做表面化理解，导向更深层的意蕴结构。手法包括语言陌生化、意絮转折和意蕴冲突。矛盾在表现悲剧及荒诞意象的美时具有重要意义。只有当读者填补空白、揭示矛盾后，文学形象才能建构起来，文学欣赏也才能获得观照的直接对象。

三、情往似赠，兴来如答：审美体验阶段

随着文字意义的理解和文学形象的建构，读者的情感体验活动逐渐活跃起来，作家与读者借助文学形象的情感沟通开始出现，真正意义上的文学欣赏实现了。文学欣赏中的审美体验是以文学形象为对象的，文学形象的建构有一个逐渐清晰、逐渐丰富的过程，审美体验也有一个逐步深化、逐步升华的过程。文学欣赏中的审美体验是以读者的审美意识为基础的，并且会受到期待视野的影响，呈现出强化认同的“筛选/屏蔽”情状。同时，处于文学欣赏状态中，人们进入相对独立的艺术世界，强烈的艺术感染力会动摇一些固有的认识、观念、态度和情感，“感化教育”、“移风易俗”正是在这种情况下发生的。

文学欣赏中的审美体验是以知觉感受为前提，态度评价为基础，情感沟通为机制，文化理性为背景的全部心理要素共同参与的审美判断过程。文学欣赏中的审美体验是以高峰体验和“共鸣”为最高状态的身心激荡。

四、审美领悟阶段

能够在审美体验阶段产生与文学形象的情感交流就已经完成了文学欣赏的一般过程，但这还不是文学欣赏的全部过程和目标。

文学欣赏要能“入乎其内，出乎其外”。审美领悟就是要在审美体验的高峰过后，继续对作品体悟、回味、思索、玩赏的深入欣赏过程。于身心激荡后恢复平静，在宁静以致远的淡泊澄明中，超越具体形象的自身意味，去领悟作品的“味外之旨”、“韵外之致”。审美领悟阶段通常有三种思绪指向：第一，指向作品：沉浸于部分内容的体验和形式的玩味，或转化为批评式阅读。如“大漠孤烟直，长河落日圆”，“念在口中，却像含着千斤重的橄榄”（《红楼梦》香菱语）。第二，指向自身：体悟作品的人生意味，如“同是天涯沦落人，相逢何必曾相识”（白居易《琵琶行》），也可能触类旁通，领悟做人做事的道理。第三，指向宇宙：生发终极关怀的历史感悟。如“屈平辞赋悬日月，楚王台榭空山丘”（李白《江上吟》）。审美领悟阶段的三种指向的发生与作品文学形象的内涵有关，也与读者的人格气质有关。同时，三种指向并不是彼此孤立的，

往往会交替乃至混合出现。审美领悟阶段仍然是读者全部心理要素共同参与的审美判断过程，但理性色彩较为浓重些。

文学欣赏过程的上述四个阶段不是彼此孤立的，从某种意义上讲，四个阶段也可以看做四种状态，一方面，四种状态交替出现；另一方面，四种状态你中有我，我中有你。

第三节 文学欣赏的心理特征

一、文学欣赏活动中充满了联想与想象

联想是人的一种记忆形式，是由当前感知的事物回想起有关的另一件（些）事物，或者是由想起的一件事物进而想到有关的另一件（些）事物。联想又包括相似联想、对比联想、关系联想和接近联想。联想在文学欣赏中的作用主要有三种：一是建立文本与个人记忆（表象、情绪）之间的联系，完成文学形象的建构；二是建立文学形象之间的联系，实现形象系列的整体建构；三是建立文学形象与社会人生之间的联系，昭示作品形象的深层意义。

想象是指依据原有事物的表象，创造出新的事物的表象的心理过程，是表象加工和定向变异的心理机制。想象又包括再现性想象和创造性想象两种类型。再现性想象是指依据外界提示（语言的或形象的）在头脑中再造出一个相应的新形象的心理过程；创造性想象是指依据某种启示和目的在头脑中创造出另一个新形象的心理过程。在文学欣赏中，再现性想象和创造性想象都是十分重要的。一般说来，再现性想象多用来建构作品中有直接描写的文学形象，而创造性想象则多用来创建作品中未做直接描写的文学形象。

联想、想象在文学欣赏活动中的主要功能有三：第一，从语词、语句到形象建构需要联想与想象；第二，“空白”的填充与“矛盾”的整合借助联想与想象；第三，意义的发现、深层的体悟需要依靠和借助联想与想象。

二、文学欣赏的核心是审美情感体验

在文学欣赏中，审美情感体验具有贯穿始终的动力作用。这种审美情感体验贯穿始终的动力作用主要表现在三个方面：第一，在文本阅读、形象建构的过程中，主体“披文以入情”，对客体情境、人物情感的把握、体验；第二，在此基础上，主体与客体“情往似赠，兴来如答”的情感投射与交流；第三，在文学欣赏的全过程，审美情感体验以其强化认同的“筛选/屏蔽”功能“制导”着欣赏心理过程的发展方向。

在文学欣赏中，审美情感体验有着不可取代的旨归地位。这不但是因为审美情感体验是文学欣赏的基本内容，还因为获得审美情感体验是文学欣赏的主要目的。同时，审美情感体验活跃程度也是衡量文学欣赏活动水平的关键指标。

在文学欣赏中，审美情感体验具有重要的选择判断功能。读者对一部文学作品的价值判断主要是以自己在欣赏过程中所获得的审美情感体验作为标准的。社会对一部

文学作品的价值判断主要是以众多读者在欣赏过程中所获得的审美情感体验作为标准的。历史对一部文学作品的价值判断主要是以不同时代的读者在欣赏过程中所获得的审美情感体验作为标准的。

三、文学欣赏中情与理是相互渗透的

情感与理智在人的具体心理过程中，一般是作为心理要素存在的。就是说，在包括文学欣赏在内的心理过程中，情与理是对立统一地存在于一个完整的心理活动中的。

文学欣赏之初的情感定势中包含了人类与个体的理性积淀。不同的读者怀着不同的阅读动机，以不同的期待视野进入作品，见仁见智。直接影响读者的是他们由阅读动机和期待视野构成的情感定势，他们似乎不需要经过任何“概念—判断—推理”的逻辑理性的思维过程就直接做出了直觉式的判断，但就在他们的情感定势中已经包含了人类文化理性积淀形成的“集体无意识”和个体生活理性积淀形成的“潜意识”。

文学欣赏过程中，审美情感距离的维持依赖理性。文学欣赏中，读者越能够在想象中进入作品的艺术世界就越能够产生强烈的情感体验，就越容易被文学形象打动。但是，如果读者当真完全忘记了自己的读者身份而陷入人物的角色心境不能自拔，反倒不利于审美体验的顺利发展。这就是审美心理学上讲的“审美心理距离”。所谓“蓝田日暖，良玉生烟”，可望而不可置于眉睫之前。在文学欣赏过程中适度维持审美情感的距离依靠的正是理性的冷静与清醒。

文学欣赏的最高境界情感体验将升华为理性观照。文学欣赏的最后一个阶段是审美领悟，审美领悟阶段仍然是读者全部心理要素共同参与的审美判断过程，但理性色彩较为浓重些。这种理性色彩表现为：第一，超越具体形象的自身意味，去领悟作品整体的深层含义；第二，基于对自己的审美体验的整合，对作品本身进行判断和评价；第三，基于对自己的审美体验的整合，发生对当下社会的实践性思索。

当然，上述文学欣赏过程中的理性表现，与一般理性认识又有一定区别，它不仅不是文学欣赏的出发点和归宿点，而且文学欣赏中的理性因素具有较强的直觉性和从属性。

本章小结

本章从辨析“什么是文学欣赏”入手，分析了一般阅读与文学欣赏的不同性质和作用，进而论述了文学欣赏作为审美接受独特的心理过程和心理特征。首先，通过界定文学欣赏的内涵，概括文学欣赏性质的四层含义，归纳文学欣赏的五种作用，比较全面地论述了文学欣赏作为审美接受的性质及其在文学社会过程中发挥的作用。其次，梳理、描述了文学欣赏基本过程的四个阶段，即确立阅读动机与期待视野：文学欣赏的前准备阶段；披文见形，穷形尽象：审美感受阶段；情往似赠，兴来如答：审美体验阶段；审美领悟阶段。最后，论证了文学欣赏三种基本的心理特征，即文学欣赏活动中充满了联想与想象，文学欣赏的核心是审美情感体验，文学欣赏中的情与理是相

互渗透的。

关键概念

文学接受活动	文学欣赏	期待视野	空白	矛盾
审美领悟	联想	想象	再现性想象	创造性想象

思考题

1. 文学欣赏的作用是什么？
2. 举例谈谈审美领悟阶段的三种思绪指向。
3. 简析文学欣赏中的联想与想象。
4. 怎样看待文学欣赏中的审美情感体验？
5. 请举例分析文学欣赏中情与理的相互关系。

第十三章 文学欣赏（二）

文学欣赏是一种审美活动，其基本心理特点就是审美主客体间的双向沟通。这种双向沟通不仅要求作品（审美客体）具有美的属性，而且要求欣赏者具备欣赏这种美的审美意识。而美并非客体自身固有的自然属性，而是人赋予客体的，以客体自然属性为载体的价值属性。客体的内容与形式要完美地构成一种“有意味的形式”，这种“有意味的形式”还必须符合欣赏主体的审美意识（审美理想、审美情趣、审美能力）。“会己则嗟讽，异我则沮弃”（刘勰《文心雕龙》），人们对作品迎拒，无论是情绪反应，还是理性判断，都有很强的主观色彩，都要受固有价值观（主要是审美意识）的左右。只有当寄寓作家审美情感体验的艺术形象与欣赏者的审美意识较大程度地相互契合，审美过程才能顺利完成，欣赏者才能被作品感动，作品才能被欣赏者所接纳。所以一部作品成功乃至成为不朽名著，引起广泛社会轰动的原因，既不能仅到作品中去寻找，也不能仅到欣赏者中去寻找，而要到作品与欣赏者的关系中去寻找，要到作品与欣赏者的沟通条件中去寻找。

文学欣赏与文学创作一样，都是主客体相互契合的审美活动。欣赏者主体条件各不相同，文学欣赏中会呈现出各种复杂现象。深入剖析这些现象，从中发现文学欣赏中的差异性与一致性，理解“共鸣”、“读者群”等重要现象，对我们充分认识审美接受主体在文学欣赏中的地位、作用及文学价值实现的客观规律，都具有十分重要的意义。

第一节 文学欣赏的差异性与一致性

一、文学欣赏的差异性

（一）文学欣赏差异性的含义

鲁迅在《俄文译本〈阿Q正传〉序及著者自叙传略》中指出：“看作品因读者而不

同。”不同读者在文学欣赏活动中表现出的差异性是明显而又复杂的。

文学欣赏的差异性有两层含义：一是指不同读者审美意识的不同而在欣赏的对象选择、内容偏好、格调迎拒等方面表现出的倾向性，称为选择性差异。二是指审美意识的不同而在对同一作品的欣赏中所获得的感受、体验以及对作品的判断、评价方面表现出的差异性，称为评价性差异。这里主要分析评价性差异，而对选择性差异将在本章第三节中专门讨论。

（二）文学欣赏差异性的表现

欧洲文学理论史上有一个著名的命题，叫做“有一千个读者就有一千个哈姆雷特”，说的就是这种“看作品因读者而不同”的现象。每一个读者都是从其特有的期待视野出发，用其特有的生活储备和欣赏习惯去构建其哈姆雷特，同时又总是从其特有的人生经历的体验结构出发去理解和把握哈姆雷特，自然每个读者心中的哈姆雷特就会不尽相同。

其实，几乎所有的文学典型都会有类似的情况。而且，越成功的文学形象，这种现象就越明显。因为成功的文学形象自身就是一个完满的艺术世界，内涵的丰富性往往连作家在创作之初也常常不能完全意识到，倒是读者和批评家能够从文学形象中屡屡发现新的意义，每每让作家本人惊讶不已。文学理论把这种文学形象意义内涵超出作家创作意识的现象称为“形象大于思想”。

文学欣赏的差异性具体表现为三个不同层次：

第一，不同读者对同一文学形象的审美感知是不一样的。鲁迅在《看书琐记》中说：“譬如我们看《红楼梦》，从文字上推见了林黛玉这一个人，但须排除了梅博士的‘黛玉葬花’照相的先入之见，另外想一个，那么，恐怕会想到剪短发，穿印度绸衫，清瘦，寂寞的摩登女郎；或者别的什么模样，我不能断定。但试去和三四十年前出版的《红楼梦图咏》之类里面的画像比一比罢，一定是截然两样的，那上面画的，是那时的读者心目中的林黛玉。”

第二，不同读者对同一文学形象的审美体验是不一样的。鲁迅认为，文学虽然有普遍性，但因读者的体验不同而有变化，读者倘没有类似的体验，它也就失去了效力。

第三，不同读者对同一文学形象的审美理解是不一样的。例如，对于《红楼梦》，鲁迅认为，单是命意，就因读者的眼光而有种种：经学家看见《易》，道学家看见淫，才子看见缠绵，革命家看见排满，流言家看见宫闱秘事……

（三）文学欣赏差异性的因由和意义

造成文学欣赏中评价性差异的原因在于文学欣赏首先是一种个体心理活动，因此个体心理的差异性必然要影响到文学欣赏的过程与结果，从而造成不同读者在文学欣赏中获得的审美感受以及做出的审美判断各不相同，甚至截然相反。而导致文学欣赏评价性差异的个体心理的差异性主要是指读者的审美意识和欣赏能力，其结构与功能可以参见本书关于作家的审美意识和创作能力的分析。

不同的读者从不同的角度，以不同的眼光去欣赏同一部作品，这本身是有积极意义的，它可以充分发掘文学形象所蕴涵的审美价值。客体的价值在很大程度上取决于主体自身的丰富性和变化性。

但文学欣赏又是具有社会性和客观性的活动，因此不能把差异性无限夸大。

二、文学欣赏的一致性

文学欣赏不仅存在着差异性，同时也存在着一致性。

文学欣赏的一致性有两层含义：一是指不同读者审美意识的相同或近似而在欣赏的对象选择、内容偏好、格调迎拒等方面表现出的相同或近似的倾向性，称为选择性一致。二是指审美意识的相同或近似而在对同一作品的欣赏中所获得的感受、体验以及对作品的判断、评价方面表现出的一致性，称为评价性一致。这里主要分析评价性一致，而对选择性一致，将在本章第三节中专门讨论。

文学欣赏一致性的表现为多层次的一致性：第一是跨越了时代和大型社会团体的界限，不同类型的欣赏主体之间的一致性；第二是同一时代和大型社会团体的内部，不同的欣赏主体之间的一致性；第三是小型社会团体的内部，不同的欣赏主体之间的一致性；第四是单个的欣赏主体之间的一致性。

造成文学欣赏一致性的首要原因是文学欣赏客体——作品的客观规定性。无论主体多么千差万别，对象的一致性制约着他们欣赏活动的基本方面。尽管“有一千个读者就有一千个哈姆雷特”，但是这“千人千面”的必须是“哈姆雷特”，倘若连这个一致性都失去了，这个欣赏活动也就失去起码的意义了。

造成文学欣赏一致性的另一个重要原因是读者审美意识的社会性。读者的审美意识是在一定的社会环境中形成的，所以，相同或类似的社会环境就必然会在不同的读者的审美意识上打上相同或类似的印记，造成他们在审美理想、审美趣味、欣赏模式、接受能力诸多方面的一致性，进而导致他们在文学欣赏中表现出种种一致性。

文学欣赏一致性的意义，一方面在于它使文学的创作和欣赏成为一种可以判断和评价的社会性活动，文学欣赏的一致性显示了这一活动的客观性和规律性。另一方面在于它使文学作品的评价与批评获得了客观的参照指标，尽管我们不能说多数人的审美判断就一定是正确的。

文学欣赏中的差异性与一致性是一个事物的两个方面，是决定一个过程的两个要素。它们对立统一地存在于文学欣赏的整体过程中。文学欣赏之所以表现出差异性与一致性的复杂关系，从根本上说，是由文学欣赏活动的个体性与社会性的双重属性所决定的。

第二节 文学欣赏中的“共鸣”现象

一、“共鸣”的含义

共鸣原意是指一个物体振动发声使得另一个振动频率相同的物体也连带振动发声的现象。后被借用来指代文学欣赏中的阅读欣赏心理现象。

“共鸣”是文学欣赏中的一种重要现象，也是一种很高的境界。但对“共鸣”的含义、性质、成因、作用等问题，人们的看法却不尽一致。

文学欣赏中的“共鸣”有两层含义：一是读者与作品的“共鸣”，二是读者与读者的“共鸣”。

读者与作品的“共鸣”实际上是读者与作者通过作品实现审美情感体验的沟通、交流、契合，如《红楼梦》第二十三回描写“黛玉听曲”，从词曲的欣赏深入到情绪的体验——“细嚼‘如花美眷，似水流年’这八个字的滋味”，又由感情的波澜而激起无限的联想，最后终于被作家通过作品传达的情绪所感染，触发了心灵的震颤，产生了强烈的共鸣——“不觉心痛神驰，眼中落泪”。正因为杜丽娘与林黛玉在冲破封建礼教束缚、追求爱情婚姻幸福这一点上具有很大共性，所以，作为一个欣赏者的林黛玉才会对《牡丹亭》产生同声相应、同气相求的审美体验。

所谓读者与读者的“共鸣”，是指读者与读者在共同的欣赏活动中产生沟通、交流、契合的情感呼应。也是《红楼梦》第二十三回，描写“宝黛读《西厢》”的情节：贾宝玉、林黛玉作为封建阶级的逆子忤女，非常喜爱表达了“愿天下有情的终成了眷属”的进步主题的《西厢记》，“但觉词句警人，余香满口”。正是对《西厢记》的欣赏使两人的思想感情一拍即合，产生“共鸣”，也正是这种共鸣使宝黛二人在彼此的情投意合中逐渐萌生爱情。

文学欣赏中的“共鸣”，是指在文学欣赏过程中，不同的审美主体经由审美客体的链接产生的心灵沟通、互激与认同，导致思想感情高度契合而产生的一种审美高峰体验。

二、“共鸣”的特征

“共鸣”通常伴随着审美主体高度投入的“对象化”体验。一般的文学欣赏同样可以达到审美主客体的相互契合，而“共鸣”通常伴随着审美主体高度投入的“对象化”体验，在“主体的对象化”和“对象的主体化”的高度契合中，欣赏者内心对文学形象产生高度的认同感，达到“其身与竹化”的境界。例如，之所以白居易聆听琵琶演奏以至于“江州司马青衫湿”，是因为他感到“同是天涯沦落人”的琵琶女，在“弦弦掩抑声声思”的弹奏中说尽了自己心中的无限事。

在“共鸣”的“情感风暴”中，审美主体的再创造机制处于高度活跃状态。“共鸣”之所以是文学欣赏中的最高境界，就是因为在“共鸣”的“情感风暴”中，审美主体的再创造机制处于高度活跃状态，使读者更加有效地调动联想与想象，更充分地将自己的情感经历融合到文学形象中去，从而真正达到物我合一、人我交融的情境。

三、“共鸣”的产生条件

（一）作品方面的条件

屈原的《离骚》被誉为“开创了中国抒情诗歌的真正光辉的起点和无可比拟的典范”。两千多年来，诗与诗人一起被人们（尤其是士大夫阶层）传颂着、赞美着，成为做诗与做人的楷模，所谓“衣被词人，非一代也”（刘勰《文心雕龙》）。究其原因，人们谈论最多的是作品表现出的诗人胸中郁积的强烈的爱国主义精神。这是有道理的，但屈原的爱国主义精神又有其鲜明的特点：一方面，当时士大夫阶层的爱国思想感情只能与忠君思想感情并存，爱国、强国的理想与抱负只能通过忠君来实现，因为当时的“国”是帝王的家天下；另一方面，当时楚国之君的昏庸又使屈原无法实现自己的爱国理想。这一矛盾使屈原的爱国精神蒙上了一层悲剧色彩。所以《离骚》中充满了爱祖国、讽君王、斥群少的复杂而强烈的情感。“日月忽其不淹兮，春与秋其代序；惟草木之零落兮，恐美人之迟暮”，“乘骐骥以驰骋兮，来，吾导夫先路!”求遇明主、富国强邦的急切心情溢于言表。然而，“惟夫党人之偷乐兮，路幽昧以险隘；岂余身之惮殃兮？恐皇舆之败绩。”多么无私而忘我的献身精神的剖白与写照！不幸的是“荃不察余之中情兮，反信谗而赍怒”，这使他空怀壮志，报国无门，只能发出“怨灵修之浩荡兮，终不察夫民心”的叹息。屈原的政治理想失败了，但他的爱国精神却并未因此而受到丝毫损毁，反而益发光彩照人。

在历史上，《离骚》尤其赢得了中国知识分子的心，原因就在于它表现了知识阶层传统的人格典范、价值观念和行为规范。当然，爱国精神也是一种人格典范、价值观念和行为规范，但那是一种并非知识分子专有的、普遍的东西；而《离骚》所表现的这种人格典范、价值观念和行为规范，则属于知识分子的特殊的角色规范。这种角色规范的内容，就其基本点来说，就是“达则兼济天下，穷则独善其身”的人生准则。屈原为理想而顽强奋斗的精神，“虽九死其犹未悔”，表现得十分突出，“兼济”之志，彰明较著。当奋斗失败、理想受挫时，诗人便准备“退将复修吾初服”。这不是消极的退避，而是以退为进，因为他已明白表示：“虽体解吾犹未变兮，岂余心之可惩?”即使到了理想彻底破灭的最后时刻，诗人也没有屈服，而是以卓然独立于流俗之外的行动，向“党人”和“群小”发出最后的抗议：“鸷鸟之不群兮，自前世而固然。何方圆之能周兮，夫孰异道而相安？屈心而抑志兮，忍尤而攘垢。伏清白以死直兮，固前圣之所厚。”这样坚贞的气节，这样高尚的情操，构成了古代知识分子的理想人格，足以供后世之人赞美与效仿。同时，这种“怨而不怒”、“哀而不伤”的思想情绪，这种“不合作”（最多不过“自沉”，但决不造反）的抗议方式，又是统治者所能容忍的。既不同流合污，又不犯上作乱，以“独善”求“兼济”，这是封建社会中士大夫阶层所能达到的最高境界，作为这一境界的化身，诗人便与诗作一起，成了后世文人的楷模。

大凡一部作品能够赢得千百万读者的心，被世代传诵，那一定是它成功地传达、表现了某种具有深刻历史渊源和广泛社会意义的社会心理内容，而这种社会心理内容寄托了人们的向往与追求，因而能够引起人们经久不衰的兴趣和关注，得到人们普遍的同情和理解。

总之，作品能够清晰地传达出作家独特、真挚且具有深广的历史文化和社会心理底蕴的审美体验是引起“共鸣”的基础性条件；作品越能突破时代、民族、阶级的局限，在更深广的层次上展示人的生命之美，就越容易引起广泛的读者“共鸣”。

（二）读者方面的条件

请看《牡丹亭》两位读者的欣赏实践。

明代戏曲家兼曲评家焦循，在他的《剧说》中引了《石门房蛾木堂闲笔》中的一段记载：

杭有女伶商小玲者，以色艺称，于《还魂记》尤擅场。尝有所属意，而势不得通，遂郁郁成疾。每作杜丽娘“寻梦”、“闹殇”诸剧，真若身其事者。缠绵凄婉，泪痕盈面。一日演“寻梦”，唱至“待打并香魂一片，阴雨梅天，守得个梅根相见”，盈盈界而，随声扑地。春香上视之，已气绝矣。

正因为明代以后，中国社会中商品经济得到空前发展，市民阶级日益壮大，所以近代意识，包括近代婚姻爱情意识在整个社会心理占有越来越重要的地位。而汤显祖在他的剧作中通过对杜丽娘出生入死地执著追求自由爱情的幸福的歌颂，表达了这种进步的社会意识，这便引起了当时追求爱情幸福的青年男女的强烈“共鸣”。与作者同时代的女伶也是在同样的社会心理中生活的，同时因为她“尝有所属意，而势不得通”，个人爱情生活的不幸使她将一腔无从排遣的幽怨、愤懑转而化作对杜丽娘命运遭遇、思想感情的痛彻肺腑的内心体验，从而产生强烈的“共鸣”。

无独有偶，同样是前面提到的，《红楼梦》第二十三回《西厢记妙词通戏语，牡丹亭艳曲警芳心》细致入微地反映了林黛玉如何为《牡丹亭》所吸引，最后终于被作者通过作品所传达的情绪所感染，产生“同声相应，同气相求”的审美体验。

这两位欣赏者的实践告诉我们：读者必须具备相应的审美意识和审美能力，且体验积累和审美需求要达到较高程度；读者越具有广阔的包容心态、深刻的领悟能力、敏感的审美体验和广泛的审美趣味，就越容易在对各式优秀作品的欣赏中产生“共鸣”。

（三）“共鸣”状态中审美主体之间的“高度一致性”并非“绝对一致性”

“共鸣”中所表现出的一致性实际上是不同审美主体在审美意识上的一种“结构性一致”，就是说，并非审美意识上的“内容性同一”，因为没有哪两个人之间存在这种审美意识上的“内容性同一”。

“共鸣”就发生在同构异质的作品的“召唤结构”与读者的“响应结构”之间；读者在文学欣赏中不过是借他人杯中之酒，浇自己胸中之块垒。所以，文学欣赏中的共鸣之“共”，是相对之“共”。

四、文学欣赏中“共鸣”的意义

（一）情感震撼

在“共鸣”状态中，情感的互激能够极大地放大和强化文学形象对读者的心灵冲击力，读者在这种超强的审美体验中，能够获得更大的审美享受和满足。

（二）心灵启迪

在“共鸣”的“情感风暴”中，审美主体的再创造机制处于高度活跃状态，对文学形象的感受、体验、领悟也大大强化，作品对读者心灵的启迪也越发明显，读者更加容易超越现实生活和固有意识的局限，使心灵境界得到升华。

（三）灵魂征服

在“共鸣”的“情感风暴”中，欣赏者内心对文学形象往往产生高度的认同感，因此，当作品文学形象所体现的思想感情与读者原有的思想感情存在距离，显出矛盾时，读者会比平时更容易放弃和改变自己原有的态度而认同、接受作品的态度、意识。

第三节　文学欣赏中的“读者群”

一、读者与读者群

（一）读者欣赏能力分析

读者的审美意识是文学欣赏活动的主体条件。它由审美理想、审美趣味和欣赏能力构成。[①] 而欣赏能力的地位与作家审美意识中的创作精神略同，其作用则恰好相反：创作精神是一种创造能力，而欣赏能力则是一种接受能力，它是指欣赏者在审美过程中表现出来的对文学形象的美的感受、体验和理解的能力。

一般来讲，欣赏能力由先天的生理机制和后天的个人经验两种因素构成。先天的生理机制包括人体感受器官（如眼、耳、鼻、舌、皮肤等）、传导神经和人脑等三部分。它是人欣赏能力的物质基础。它本身不是审美意识，却与审美意识有着紧密联系。而后天的个人经验是在人的实践过程中逐步获得的。生理机制与个人经验的基本关系是，生理机制限定了人的个人经验的范围（一个先天失明或严重色盲的人，是不会有正常的绘画欣赏经验的；一个先天失聪或五音不全的人也不会有正常的音乐欣赏经验）；而后天的个人经验则可以加强、完善甚至在一定程度上补足先天的生理机制，这就是审美机制的“用进废退”。一个长期作画的人对色、形、光的感受、判断能力要超出常人几倍、十几倍；一位卓越的乐队指挥能在庞大的交响乐队的演奏中及时察觉出任何一个声部的任何一件乐器在音准、音色和节奏上的不和谐。这均是后天经验强化了他们的生理机能。

欣赏能力的作用表现为它对作品的感受功能、体验功能和理解功能。任何一部成功的文学作品都要有鲜明的艺术形象，在这形象中又总是包含丰富的情感（作家的和人物的），在这形象和情感中又无不显示出作家对生活的判断与评价，所以欣赏能力的作用就在于通过真切的形象感受、强烈的情感体验和对作品意义的深刻理解实现欣赏者对作品全面、深入的把握。

由于文学是以语言为媒介塑造形象、传达情感的，所以文学形象有非直观性。而文学读者的欣赏能力的任务就在于在两个过程中实现三个转变。一个是“入”的过程。读者须把文字转化为形象（人、事、物、场面、情节等），在这一转变中，欣赏能力具体表现为想象力，即通过文字的阅读、文意的判断，运用回忆、联想、想象，以以往的生活及欣赏经验为原料，进行表象建构、加工、转换，把作者用文字描绘的艺术形象，创造性地再现在自己的脑海中。艺术形象的再造为读者的欣赏提供了直接对象，接下去，要在欣赏中将形象观照转化为情感体验。在这一转变中，欣赏能力具体表现为感受能力，这不仅是指对形象的感知，这只是初级感受；更主要的是指对自己在形

---

① 关于审美理想和审美情趣，因其地位、作用、与社会心理的关系等均与作家相同，我们在第五章中已经做过分析，故在此从略。

象观照中所产生的某种态度引起的生理反应的感知，即对自己在欣赏中的情绪活动的感知，这是高级感受，我们称为情感体验。这是在欣赏活动中产生美感的主要“泉眼”。到此为止，欣赏者已完全进入了作者所创造而自己重建的文学情境，完全进入了作品。欣赏者生活就在作品中了，甚至化身为其中的人物。这是一种迷狂的境界，达不到这一境界是不能算作真正的欣赏的。但是，仅仅停留在这一境界，甚至陷入作品不能自拔，也不是真正的欣赏。真正的欣赏要能入能出。另一个是“出”的过程。“出”，不是原路返回，而是向更高的境界升华。就是在情感体验的迷狂中能够自持，将自我一分为二：主体“我”与客体“我”。客体“我”，全身心投入作品，去经受情感烈火的焚烧、冶炼；主体“我”则以全知者的冷眼注视着一切，包括自身。有了主体“我”，客体“我”才能在焚冶中获得涅槃、更生；有了主体“我”，欣赏者才能对作品本身做出判断、评价。而这就是从体验到理解的转化，在这一过程中，欣赏能力具体表现为领悟能力。这种领悟能力是一种直觉理性，它不经过抽象思辨，却能准确把握作品的精神实质。

（二）读者群的含义

在现实的文学欣赏活动中，一部作品受到一切读者的喜爱是很少见的，甚至可以说是绝无仅有的。即使是那些世人公认的大师们的传世之作亦不例外。“李杜诗歌万口传”，该是有口皆碑的，然而抑李扬杜或抑杜扬李者大有人在。莎士比亚的戏剧可谓旷世杰作，可托尔斯泰却非常不以为然。在欣赏活动中通常所见的情况为：一部作品，只要它基本成功，总是有一部分读者非常喜爱，一部分读者可以接受，一部分读者不以为然，一部分读者非常反感。当然这每个“一部分”的数量与质量（由什么人组成）是要根据作品的不同而不同的。人们把这种由对作品的不同反应而形成的读者圈子习惯地称为“读者群”。

“读者群”现象是欣赏活动中的一种值得重视的现象。对它的分析研究将有助于我们丰富和深化文学欣赏规律的理论；也有助于我们正确地判别不同的读者对不同作品做出的反应，进而正确估价作品美学的和社会的价值。

二、读者群分类

我们常见的读者群划分方式大概有七种。

（一）以时代划分的读者群

时代在发展，社会生活在变化，每一时代的人们在生活中会共同遇到一些最紧迫的问题（如战争、生存环境等），而这一问题由于受到人们的广泛注意而成为当时社会心理的焦点。每一时代的社会心理焦点由于遇到的问题不同而有别，而这种社会心理焦点的转移会通过社会舆论、社会时尚影响并制约着人们的审美需求，造成该时代文学欣赏者审美需求的共性，从而使他们在文学欣赏中对某些作品做出某种一致的反应，这就是我们所说的以时代划分的读者群形成机制。例如，解放初期，第一次翻身解放、当家做主的中国人民内心充满了对新社会的热爱，对党和人民政府的感激之情。当时老舍创作的《龙须沟》恰恰拨响了人们心中绷得最紧的这根弦，所以引起了广泛共鸣。时至今日，“文化大革命”的痛楚与改革开放的艰难使我们陷入了对自己民族的深深反思，所以正如前面所谈到的，被冷落了三十多年的《四世同堂》骤然赢得了数以亿计的读者（观众）群。

（二）以民族划分的读者群

民族作为一个文化实体，以风俗、传统为社会心理媒介，深刻地影响着本民族的一切成员，这种影响在形成每一民族审美需求的共同性上表现得异常明显。因此，几乎没有什么人会对以民族划分的读者群的存在表示怀疑。我们只要回忆一下评书《杨家将》、《三国演义》、《岳飞》在收音机里播送，在电视里播映时，听众、观众人数之多，就不难感到，这些从题材、体裁到语言、风格都彻底民族化的作品拥有多么广大的读者（听众）群。当然，这些作品在国外也有不少读者。他们也会为作品那曲折的情节、生动的描写、逼真的形象所吸引，但我们欣赏时由那地道的中国体裁、中国风格所引起的民族认同感和归属感所带来的强烈的情感体验（这实质上是民族心理的对象化），他们是绝不会有的。而这种民族认同、归属感的强烈体验正是造成民族读者群的心理机制。

（三）以阶级、阶层划分的读者群

这是过去谈论最多的，并一度被当做划分读者群的唯一方式。应该说，它不是唯一的，却是非常重要的。因为一个人的阶级地位会直接影响他对作品的评价与反应，尤其是在作品的主题思想、政治倾向上，读者的反应更是主要地以阶级、阶层来划分的。天下的“喜儿”们、“杨白劳”们爱看《白毛女》，天下的“赵玉林”们爱读《暴风骤雨》，但是，《白毛女》和《暴风骤雨》是绝不会受到“黄世仁”和“韩老六”们的喜爱和欢迎的。

同一阶级中往往因政治理想、社会理想的不同而分为不同阶层，尤其在社会变革时期，它们之间也会产生严重的对立乃至冲突。而这种不同团体（阶层）规范的冲突，也会表现在审美需求的对立上，因此产生了以阶层划分的读者群。贾宝玉、林黛玉非常喜爱《西厢记》，读来顿觉余香满口，回味无穷。试想，如果这本书落在贾政或王夫人手里，他们还会有这种反应和评价吗？

由于阶级、阶层首先是一定的经济地位，并由此产生相应的政治态度，所以这种读者群在对作品的主题思想和政治倾向的反应、评价上，往往表现出高度的一致性。

（四）以职业划分的读者群

人们的审美需求不是凭空产生的，它与人们的社会实践和生活经验密切相关。职业是人类社会分工的产物，由于社会分工，不同的职业便造成了人们不同的“实践—经验”领域，并由此造成了不同职业团体特有的价值观念、行为规范、态度系统、情感结构等。这些当然会影响到人们的审美需求，影响到人们对作品的反应与评价。

职业对人们欣赏活动的影响主要表现在两个方面：一个是经验构成，另一个是价值观念。不同的职业造成了人们不同的“实践—经验”领域，继而必然影响到人们的经验构成。而人的生活经验是欣赏者再造艺术形象的原材料，因此，当阅读反映自己职业生活的作品时，由于“原材料”丰富，读者会很顺利地再造出逼真、具体的艺术表象，这无疑会减少欣赏中的心理障碍，缩短读者与作品的心理距离，强化情感体验，而这些都是欣赏活动顺利进行的必要条件。另外，不同职业的人往往有着自己独特的价值观念和情感方式，比如军人崇尚坚毅、果敢、视死如归，教师提倡博学、善思、诲人不倦。如果一部作品既反映了读者所熟悉的职业生活，又表现了这种职业所特有的价值观念和情感方式，那无疑会激起该职业读者的认同感，并在他们当中赢得普遍赞赏。

职业读者群的选择、评价的指向主要在于作品的题材，因此，许多题材都以职业类别命名，像工业题材、农村题材、军事题材、知青题材、校园题材……

（五）以年龄划分的读者群

人由于年龄的不同，必然导致社会经验多寡的不同，生理心理发育的不同阶段所造成的情绪特点与思维方式、行为方式的不同，以及每个年龄阶段所面临的人生难题的不同。这一切不同会在不同年龄的人们的审美需求上表现出不同倾向，并由此造成某一年龄阶段的人们在审美判断、作品评价上的一致性，形成以年龄划分的读者群。

不同年龄的人们，生活经验的多少是不同的。那些较为复杂的文学作品需要较为丰富的生活经验与阅历才能领悟、理解，而它们对涉世过浅的少年儿童来说是很难引起兴趣的。例如《西游记》、《霍元甲》对十一二岁少儿的吸引力要远远强于《红楼梦》或《复活》。

不同年龄阶段的人们，其情感方式也表现出明显不同，并由于这种情感方式的不同影响到他们对文学作品体裁的选择。儿童的心理特点是混沌象征性的，因其主体意识尚未完全觉醒，还没有能力把人从自然中区分出来，把个体（我）从类（他人）中区分出来。所以在他的心目中，天与人、物与我、主体与客体、个体与类几乎是盲目合一的。在这种心态下，儿童便以童话故事为最适宜的欣赏对象。刚刚涉世的青少年才脱离了家庭的羽翼，独自走向人生，其主体意识已迅速觉醒，但还处于社会化的过程中，一方面，主体意识的确立促使其产生作为社会一员承担责任、享有权利进而建功立业的伟大抱负，因而重理想、好幻想；另一方面，其社会化程度不高，常常在与社会、他人的交往中遇到麻烦，产生摩擦，因而心灵易遭打击和伤害，所以又容易灰心，并常常以重温往日温情的旧梦来慰藉自己受伤的心灵，而这使其呈现出一种敏感、易变、夸张、幻想的主体浪漫型心态。在文学欣赏中，与此种心态最易契合的莫过于诗歌了。成年人已完全社会化了，各种行为规范已内化为其性格的一部分，也不再事事从主观愿望出发。他懂得人的成功是主客观条件结合的结果，机遇以及主体对客观环境的适应是必不可少的，而在一切环境因素中，“他人”则是最重要的成分。因此，为了更好地实现自己，将注意的重心从自己移向他人，学会了“设身处地”，学会了“推己及人”，从而，其心态也从主体浪漫型转为客体现实型了。在这种心态下，成年人对戏剧、小说这些以塑造人物性格为主的体裁有着较青少年更为深切的体验和更为深刻的理解。正是由于这些各自不同的心态，所以神话在儿童中拥有大量读者（听众）群，而抒情作品在本质上属于青年，而成年人则是叙事文学的主要接受者。

（六）以性别划分的读者群

与年龄一样，性别是人最重要的自然属性，但却不像年龄那样有变化。性别是一条不可逾越的经验鸿沟，并由此造成了人们意识上的鸿沟。所以，这种来自自然属性的差异更加分明地造成了人们在经验、地位以及情感方式上的诸多不同，并由这诸多不同导致男人与女人在审美需求、欣赏评价上的明显差异，或者说导致男人与男人、女人与女人在审美需求、欣赏评价上的明显共性。

首先，社会分工造成同一性别的经验的同一性。生理、心理诸多原因，至今许多职业仍以某一性别为主（如护士、保育员以女性为主，矿工、军人以男性为主），由职业造成的“实践—经验”的构成对审美需求的影响也就表现出来。并且许多人生经验也只为某一性别所独有，某些情感体验在某一性别也就特别强烈。例如，一位女教师曾讲了她的一段经历，一天晚上，她在灯下阅读陀思妥耶夫斯基的《罪与罚》。当她读到卡婕琳娜在丈夫死后，由于完全绝望而驱赶着自己的孩子们上街，强迫他们要各种把戏来向行人乞讨时，这位女教师情不自禁地扔掉小说，冲进自己孩子睡觉的房间，久久地凝视着摇篮中自己的孩子。我相信，任何有恻隐之心的人读了这一描写后，其心灵都会被刺痛，但是像这位女教师这样一种迁人于己的情绪体验和随之而来的恐惧心情，那是只能属于作为母亲们的女性读者的。

其次，角色不同、地位不同，因而各自面临的人生难题不同，这使同性别的读者在欣赏追求上趋同，而使异性离异。因为人们往往更加关心与自己关系密切的事物，而且对和自己处于同一境遇、面对同样难题的人（人物）表现出更多的理解与同情。本章第二节所举，商小玲演杜丽娘而气绝，那是因为她自己“尝有所属意，而势不得通”；令林黛玉最为心动神摇的是“如花美眷，似水流年”，最如醉如痴的是“你在幽闺自怜”。可见，正是那共同的人生难题，使读者与人物融为一体，打成一片。

再次，同一性别在情感方式上的共同特征也使他（她）们在欣赏追求上趋同。例如二十世纪八九十年代的“琼瑶热”、“三毛热”，“热”得最凶的都是女孩子，而金庸的读者则多为男性。因为从一般意义上说，女人的情感较为细腻，而男人则多是粗线条的。

最后，这一点是很招非议的，虽然气质与性别有关，但毕竟不能一概而论。而且气质是个很复杂的问题，与读者的欣赏追求关系又大，所以最好还是专设一种。

（七）以气质划分的读者群

“现代心理学把气质理解为人典型的、稳定的心理特点，这些心理特点以同样方式表现在各种各样活动中的心理活动的动力上，而且不以活动的内容、目的和动机为转移。”① 古典气质学说将人的气质分为多血质、胆汁质、黏液质和抑郁质四种，巴甫洛夫将其分为活泼型（多血质）、不可抑制型（胆汁质）、安静型（黏液质）和弱型（抑郁质）四种。气质不过是一种情绪表现类型区别，它与情绪内容无关，当然本身也无优劣之分。因此其内涵极小，外延极大，加上文学本身就是传达情感，靠情绪来感染和打动读者的，所以读者的气质与他们对某一作品的反应、态度关系极大。人们很早就注意到了不同气质的读者对作品有不同的风格要求，对风格与自己气质相投合的作品，人们往往表现出异乎寻常的兴趣，并极易为之陶醉，产生共鸣。所谓“慷慨者逆声而击节，酝籍者见密而高蹈，浮慧者观绮而跃心，爱奇者闻诡而惊听”（刘勰《文心雕龙》）。刘勰所概括的，正是我们所说的这种因气质的共同性而形成的

---

① 曹日昌主编：《普通心理学》，下册，166页，北京，人民教育出版社，1980。

读者群现象。

读者群当然还有很多种，但这七种是最为常见的。

三、读者群分析

上述七种读者群按照群体区分标准的不同，可以归为三类。

（一）社会属性区分标准

第一至第四种读者群是以社会属性作为群体区分标准的。

第一种和第二种读者群属于环境介质类型的读者群。时代读者群是属于时间环境介质的读者群，而民族读者群是属于地域环境介质的读者群。这两种介质虽然与个人心理并不十分切近，影响也不剧烈、明显，但它们的覆盖面往往很广，而且它们特有的潜移默化、以柔克刚的浸染方式，往往能给读者以更加长期、深刻的影响。

第三种和第四种读者群属于地位介质类型的读者群。阶级、阶层是经济地位，是由生产资料所有关系决定的，因此阶级、阶层读者群的政治色彩较强；而职业地位是社会分工造成的，一般说来，自身并无等级差别，只是实践领域的不同。有时，两者是合一的，例如，“工人”既是一种职业，也是一个阶级；但在多数情况下，两者不能直接画等号。而且它们对读者的影响是不同的：前者是从社会地位上（剥削与被剥削）影响读者的审美理想；后者则是从“实践—经验”方面影响读者的审美趣味与审美能力。地位比起环境对人的影响更为直接，因此，地位介质读者群比起环境介质读者群，在倾向上更为集中，在结构上也稍显紧密和稳固。

（二）自然属性区分标准

第五种和第六种属于人口群体介质的读者群，以人的自然属性为前提，以这些自然属性导致产生的一系列社会属性为依据。如果说前两类读者群借以形成的动力因素在人的外部条件，那么这第三类读者群借以形成的动因却在人的自身，是人自身的某种不同属性（自然的及社会的）导致人区分为各种不同群体，而这些群体由于其生活经验的不同、面临的人生难题不同以及心理特点和情感方式的不同进而造成了文学欣赏中需求和评价的不同。

（三）性格倾向区分标准

第七种属于性格倾向区分的读者群。它是由更加内在、更加直接的个性心理的共同特征构成的。由于气质比较起前六种读者群的成因，自然的、个体的属性更强，而社会历史的、群体的属性更弱，因此它同样有理由成为生理学、心理学的对象。我们研究它，一是因为气质毕竟不仅是先天的，它要受后天实践和高级神经系统的制约；二是因为某一气质的读者在欣赏活动中所表现出来的需求、评价的一致性已成为一种重要的文学现象。

四、读者群问题研究的理论与实践意义

“读者群”作为一个假定性团体，是人类的文学社会过程系统中的一个重要变量，这一变量的存在与发展直接影响着文学作品的接受与反馈。这一变量作为一种社会指标，对我们的文学理论与实践，有着重要的理论认识价值与实践指导意义。

（一）在理论研究中的认识价值

1.“读者群”问题的研究有助于深入认识文学欣赏活动的规律

现代心理学已经使我们认识到：读者的心灵并非一张白纸可以任人涂抹，正如我们前文讨论的作者的心理定势一样，读者也总是戴着一副“有色眼镜”看作品的。所以，要精确地探讨欣赏活动的规律，就必须研究、认识欣赏者的心理构成，也就是要认识其态度（情感）定势的机制，看其戴怎样一副色镜（是什么颜色，有多深）。而读者的这种心理构成的直接根据和成因则是他们的社会构成，也就是说，读者的社会状态制约着他们的心理状态，而他们的心理状态又制约着他们对作品的审美知觉体验。可见，忽略了读者的社会构成便无法研究读者的心理构成，而读者的社会构成就是读者的社会群落——读者群。

2.“读者群”问题的研究有助于深入研究文学欣赏的主体性

自从接受美学和新批评理论被介绍引进后，人们越来越注重欣赏、批评的主体性，这无疑是理论上的一种拓展与深化。然而，既然要研究主体性，就不能满足于一般地谈论主体在接受、判断过程中的能动性与创造性，而必须对主体本身有全面、深入而细致的分析考察。认识有粗细、深浅之分，规律有一般与特殊之分。我们理论研究的目的不仅在于证明主体在接受时发挥了能动作用，更重要的是探究不同的主体是怎样发挥能动作用的。为此，就不能满足仅仅把读者作为一个整体来强调其在文学社会过程中与作者同等重要的地位（这当然是重要的，但又是不够的），而必须对读者进行微观分析，对读者的能动创造性作具体研究。这种研究可以与接受美学等一系列欣赏、批评理论一起构成我们新的，更加科学、周密的鉴赏理论的基础。

3.“读者群”的研究有助于克服目前文学理论教科书理论体系的偏差

近来，文学主体在文学及文学理论中的地位越来越受到人们的重视，但是，到目前为止，几乎所有的高等院校文学理论教科书都没有设专门章节讨论读者问题，对作家也很少论及，或仅仅从一般修养、世界观方面去考察。“文学就是人学”是人们惯听详知的命题，但在传统教科书中，人却被作品、过程挤得无立锥之地，这不能不说是个怪现象。当然，我们不能抛开作品与创作、欣赏过程去谈主体，但对作品与过程的研究是代替不了对主体的研究（尤其是微观的分类研究）的。这种“代替”实际上反映了以往文学理论研究、教学中的客体中心、作品中心的倾向，这不能不说是一种理论上的偏颇与失误。而“读者群”的研究则有助于扭转这一偏差，恢复“人”——主体在文学理论中的地位，恢复读者在文学社会过程中的地位。

（二）在文学实践中的指导意义

1.借助“读者群”的研究，文学评论可以更有针对性地指导欣赏

文学批评的功能之一是指导读者的欣赏活动，而这种指导是否恰当、有效，除了要看这批评是否揭示了作品的深层含义外，还要看这批评是否顾及读者的具体情况。古人有“因材施教”、“辨症施治”的法则，就是强调一切行为都须顾及接受者的具体情况。批评作为读者的向导更是如此。一部作品在不同类型的读者的欣赏活动中会产生不同的反应，会出现不同的障碍，或“视误差”；要排除这些障碍、校正这些“误差”，需要“辨症施治”，得考虑病人的年龄、性别、体质强弱，甚至家族病史以至药

物过敏等。总之，若无视读者的具体情况，批评便会失去针对性而难免泛泛、盲目；而有针对性的批评引导，则有赖于“读者群”的研究。

2.“读者群”的研究可以使作品价值的评估更加科学、合理

接受美学认为，作品的价值只有通过欣赏活动才能实现；也只有通过对欣赏者评价性反应信息的搜集和分析，一部作品的价值高低才能被确定。这是对的，但却不能简单化。不同读者对同一部作品的评价性反应往往很不一致。如果简单地根据一时、一地、一部分读者的评价性反应来判断一部作品的价值，那么这判断的科学性是值得怀疑的。一部作品的价值要以读者的欣赏效果为依据，但能够作为作品价值评估主要依据的只能是某一特定读者群的欣赏效果，这一特定的读者群就是与作品有着最大的心理契合率的读者群。而这种特定读者群的确定与鉴别则有赖于对“读者群”问题的研究。

本章小结

本章重点论述了由于欣赏者主体条件各不相同，文学欣赏中呈现出的各种复杂现象。深入剖析了文学欣赏中的差异性与一致性，具体分析了“共鸣”、“读者群”等重要现象。首先，文学欣赏的差异性与一致性既表现在作品的选择倾向上，又表现在作品的评价倾向上，这种差异性就是通常所说的“有一千个读者就有一千个哈姆雷特”和“形象大于思想”，是读者主体多样性的表现，或者是作品内容复杂性的表现；其次，“共鸣”是不同审美主体经由审美客体的链接产生的心灵沟通乃至情感互激所导致的“情感风暴”，“共鸣”的产生需要主客体两方面的条件，“共鸣”在文学欣赏中具有重要的意义；最后，详细分析了文学欣赏中的“读者群”现象，着重分析了常见的七种“读者群”，论证了“读者群”分类的三种区分标准，阐述了“读者群”研究的理论和现实意义。

关键概念

文学欣赏的差异性　　文学欣赏的一致性　　“共鸣”
读者的欣赏能力　　“读者群”

思考题

1. 试论文学欣赏中的差异性与一致性。
2. 简述文学欣赏中“共鸣”的两层含义。
3. 怎样理解“共鸣”的特征？
4. 简析按性别划分的读者群。

第十四章　文学批评（一）

人们通过文学欣赏，对文学作品有了真切的感受、体验和思考，就会有一种把自己的想法表达出来，与别人交流的愿望。当一个人把这种愿望转变为行为，以口头或书面的方式将自己对一部作品的感受、看法传达出来，就是在进行文学批评了。这样说来，文学批评的活动由来已久，几乎可以说，文学批评是随着文学创作和文学欣赏的产生而产生的。当然，有记载的、比较正式的、对后世产生了较大影响的文学批评，是文字产生以后的事；而专门的文学批评著作，在西方是古希腊时期才有的，在中国则始于春秋战国时期。

简单说来，基于文学欣赏的评价分析活动属于文学批评。它与文学欣赏既有密切联系，又有自己独有的特性与功能，无论是对文学创作，还是对文学欣赏，文学批评都有重要的影响和作用。当然，文学批评的对象决不仅限于文学作品，应该说，一切文学现象都可以成为文学批评的对象。从这个意义上说，文学批评是具有广泛社会影响的文学活动，它的作用有时甚至会超出文学领域。因此，文学批评本身也是一种重要的文学现象。

认识文学批评的性质、任务和方法是正确地开展文学批评的必要条件，也是文学理论研究的重要组成部分。本章将从分析批评活动的特殊属性与职能入手，帮助学生初步了解文学批评的一般规律。

第一节　文学批评概述

一、文学批评的对象

在文学自身发展过程中，不同的人对不同的作品会有不同的感受，人们发现原因不限于作品本身，它还与作家、年代有关。于是为了寻求文学作品的真正本质，文学批评的对象从作品本身扩展到作家和读者，进而关注时代背景等一切与文学有关的东西。由此可见，随着文学实践的不断发展，文学批评的对象也在随着文学观念的变化而不断发展变化。在中国魏晋以前和西方18世纪之前，最初的文学批评对象通常是作为一般文化形态的广义文学，孔子讲“博学于文”，“敏而好学，不耻下问，是以谓之文也”，这里的“文”泛指一切应知学问。在古希腊，“艺术”并不同于今日“艺术”而相当于“技艺”，“诗”被认为不属于技艺而源于“灵感”或“诗神凭附”。在中国，直到魏晋时期，标志着文学批评走上独立发展道路的《文心雕龙》的出现，才使文学批评的对象正式被确定为具有审美特征的“文章”或“文”。在西方，18世纪的查里斯对诗做出了一个意义深远的区分，把诗与绘画、雕塑等纳入七种“美的艺术”之中，审美的文学观念从此从文化的文学观念中分离开来，文学批评的对象也更加具体化。

由上可知，文学批评的对象与范围从来都不是静止不变的，它受多种因素的影响。因此，为了更全面地确定文学批评的对象和范围，我们在艾布拉姆斯“四分法”的基础上，把文学批评对象分成四个主要系列，这四个系列在内容上虽有交叉，但出发点与归宿点是一样的。

（一）以“生活—作家—作品—读者”系统为对象的文学过程批评

在这个“生活—作家—作品—读者”互动的系统里，批评或者以作品同世界的关系为对象，着重探讨作品是怎样描绘世界的；或者研究作家经历，着重考察作家的经历个性如何制约着作品；或者如英美“新批评”一样关注文本内部；或者重视读者欣赏和接受的研究。

（二）以“文学创作—文学流派—文学思潮”系统为对象的文学现象批评

文学创作、文学流派和文学思潮并不是文学社会过程的环节，但它们与文学的作者有关。虽然不是任何一部文学作品都固定地属于某种思潮，不是每个作家都隶属于某个流派，但它们是重要文学现象，因而对揭示文学的规律和影响有重要意义。

（三）以“文学理论—文学史—文学批评”系统为对象的文学观念批评

文学理论、文学史和文学批评既相互独立，又交叉互融，彼此渗透；同时，它们还同作品、作家、读者、世界有着难割难分的关系。这样，所有这些批评的对象，就结成了错综复杂的关系网络。

（四）以文学批评自身的“视角—模式—形态”系统为对象的文学批评形态学

批评形态学主要关注批评的视角、模式及形态。视角是指批评家进行批评活动时采用的角度。模式是指从某一个视角上引发的批评定势，它相对于视角更固定一些。形态是指作品的文本形式，作品的文本形态是多种多样的，有感悟式的文笔，也有理论式的文笔等。

总之，文学批评的对象是复杂的，发展的，也是有系统的。

二、文学批评的界说

文学批评的对象多样化，对什么是“文学批评”，我们需要进行明确的界说。

文学批评的界定是随着人们的认识深化而逐渐形成的。“批评”一词源于希腊语“kriticós”，指的是对作家作品的裁判。真正现代意义上的运用是源于17世纪法国的莫里哀、18世纪英国的德莱顿和蒲伯，他们在各自的著作中正式提出了“文学批评”一词，终于奠定了文学批评的现代含义——“对文学的评价判断”。

文学批评有广义和狭义的区分：广义的文学批评包括文学理论和文学批评，如《不列颠百科全书》中的释意不仅把对文学的分析研究评价包括在内，还把文学理论与文学观念也纳入文学批评的范畴之中。狭义的文学批评，是指对具体的文学作品、文学现象进行分析评价。因为针对的是具体的文学作品而非一切文学现象，所以它把文艺学中的文学理论区分出去，但这种含义并没有将文学史区分出去。对文学批评最严格的界定，是把它限定于对当前发生的文学现象的研究、分析和评价上，如《苏联简明文学百科全书》。

我们将文学批评与文学理论、文学史一起视为文艺学的组成部分，从逻辑学的意义上讲，应该取最严格的界定，即文学批评是一种以一定的方法和标准对当前以作品为中心的一切文学现象进行分析、研究和评价的科学活动。文学批评是基于文学欣赏的文学接受的一个有机组成部分。文学批评与文学理论、文学史一起组成了文艺学的整体结构。

三、文学批评的性质

（一）文学批评是一种基于审美的科学活动

美国现代美学家门罗曾经在《走向科学的美学》中说过，“按照自然主义美学观，艺术作品及与之有关的经验，也同思想和其他人类活动一样，是一种自然现象。这种现象和物理和生物学中考察的现象是先后相继的，前者是在进化过程中从后者当中产生的”。他在自己的著作里大力提倡美学研究和艺术批评的科学态度与方法。

我们之所以说文学批评是一种科学活动，主要有以下几个根据：首先，它总是以一定的文学理论、文学观念为指导的。任何批评家对文学做出分析评价都必须有一定的出发点，这个出发点必然与文学理论或者文学观念相关。比如，有人认为文学是一种模仿，批评的出发点就会放在现实基础上；有人认为文学是一种情感表达，那么批评就会从作者的思想感情出发来进行评价。其次，文学批评之所以是一种科学活动，是由它要对当前一切文学现象进行分析、研究和评价这一活动内容决定的。分析评价是一种有别于感性活动的理性活动，是一种对规律的概括，是在理性指导下对事物性质进行研究的活动。再次，文学批评的科学属性是由它担负指导创作与欣赏，总结文学实践经验这一职责决定的。理论的特性就在于它具有指导实践的功能。理论来源于实践，又要付诸实践；既要指导实践，又要接受实践的检验。最后，文学批评与文学欣赏相互联系又互相区别，文学批评离不开文学欣赏，文学批评必须是建立在文学欣赏活动基础之上的一种特殊的科学活动，任何有价值而深刻的文学批评都必须建立在批评家自身对作品的欣赏实践基础上，但两者又有很大的不同，文学欣赏属于主客体相互契合的审美活动，文学批评则属于主体向客体靠拢的认识活动。文学欣赏要达到主客体不分的交融境界，文学批评则必须通过深入体验和认识，使主体向客体靠拢。

（二）文学批评是一种融合了多重方法与视角的美学批评

文学的终极目的是要达到一种审美愉悦，是人类的一种审美活动。作为对审美创造的产物（作品）和审美接受的过程（欣赏）的研究与分析，文学批评也要以对象属性为依据，应该是一种美学批评。

文学批评的对象又是复杂的，对象的复杂决定了角度方法的多样性。作为对复杂的历史、文化、人生、语言等诸多复杂要素“合力”产物的研究与分析，文学批评要想全方位剖析成因、揭示价值，就必须采用社会批评、历史批评、文化批评、原型批评以及心理学、语言学、传播学、经济学、管理学等多学科研究视角、多领域研究方法。这也是当代文学批评的一个发展趋势。

（三）文学批评具有主体的创造性和倾向性

文学批评之所以是创造性活动，主要原因表现在四个方面。

1. 文学批评对文本意义的发现

批评家凭借自己敏锐的感受力和深刻的洞察力，从文学作品中发现被人们忽视的深层意义，揭示作品的独特价值。如杜勃罗留波夫对老奥斯特洛夫斯基《大雷雨》的批评：当时不少人对这部作品评价很低，认为它没有新意。杜勃罗留波夫却从女主人公自杀现象深入下去，认为她具有一种典型的俄罗斯性格，是当时沉闷环境压抑下的一种写照，是“当时黑暗王国的一线光明”，从而揭示了《大雷雨》深刻的思想内涵。好的文学批评应该挖掘文本中被人们忽视的深层含义。

2. 文学批评对规律的发现

批评家通过对大量文学现象的观察总结，从个别现象中概括归纳出文学规律，用以丰富发展文学理论的内涵，指导人们的实践，这是文学批评的文学理论建设意义。由于文学批评接触的是最具体的文学作品和文学现象本身，因而具有丰富的资源，优秀的批评家总能从其中敏锐地发觉一些规律性的东西。

3. 批评家对作家的创作和作品中存在问题的发现

对作家创作和作品中存在的问题，文学批评应及时予以指出，帮助作家总结经验教训，提高创作水平；同时，批评家对其他文学现象中存在的问题及其原因，也应敏锐地察觉，及时地指出，引起有关方面的注意，以保证文学事业的健康发展。

4. 文学批评对环境的创造

文学批评可以提供思想文化的氛围，用舆论为文学创作开辟道路，制造机会；文学创作正是在文学批评创造的这种有利环境中获得发展空间，实现创作繁荣的。举凡文学史上此类情况：18 世纪狄德罗“百科全书”派批评对法国文学的影响，莱辛“汉堡剧评”对德国戏剧的影响，19 世纪别林斯基和《现代评论》对俄罗斯文学的影响等，都证明了文学批评的创造力丝毫不逊色于文学创作的创造力。

由以上四个方面可以明显看出文学批评的创作意义。

那么，什么是文学批评的倾向性呢？在对文学现象的分析评价中，批评家的思绪感情必然要发挥重要作用。但问题不在于文学批评是否带有主观倾向性，而在于这种主观倾向性能否较大程度地与文学现象的自身规律及其客观规律性相一致，是否具有客观意义。正确的倾向性总是与事物自身发展的客观规律保持某种程度上的一致性的。

第二节　文学批评的职能与作用

一、文学批评的职能

文学批评的重要意义，主要表现在三个重要的职能上。

（一）文学批评具有阐发诠释职能

文学作品是形象的，但人们的感受能力不同；文学作品要传达作家的审美情感，但人们的体验能力不同。“外行看热闹，内行看门道”，如何帮助普通读者更好更深入地解读并领会作家融入作品中的深刻含义，感受并体验文学作品的艺术魅力，这正是文学批评的阐发诠释职能。英国批评家理查兹曾经说过：“显然，我们的起点应该放在一切阅读最根本的难点上——把意义弄懂。”优秀的文学批评总能够正确指出如何把握作品的深刻含义，成为接受者与传达者的联系渠道。如歌德从分析哈姆雷特的性格弱点中，看出这部悲剧的意义：一件伟大的事业担负在一个不能胜任的人身上。

此外，由于读者不同，批评家之间性格经历的不同，所以各人对文学的理解也各不相同，要恰当处理作品原意与阐释者的理解之间的矛盾关系，也就是意义和意图之间的关系。作品的意义与作家的意图关系可分为三种：第一种是批评家阐释的意义完全符合作者的意图，第二种是批评家阐释的意义是对作家的意图的引发，第三种是批评家的意义完全与作家的意图没有关系。我们认为前两种对两者的关系处理更适合些。

（二）文学批评的判断评价职能

文学作品具有意义属性，所以需要阐释；文学作品具有价值属性，所以需要判断和评价。“评价”就是“批评”的原始含义。文学批评的判断评价职能既指向作品的思想内容，也指向作品的艺术形式。批评家不仅要挖掘作品的思想内容，还要关注文学作品的艺术表现形式，总结文学自身的形式规律，并力图通过形式规律把握作品的思想内容。

文学批评的阐发阐释职能和判断评价职能是相互补充并有机统一的。阐发阐释是判断评价的基础，如果阐释发生误解，判断评价一定发生错误。判断评价是结果，也是阐发阐释的导向；同时，阐释中含有判断，判断中含有阐释。

（三）文学批评的补充发现职能

文学批评的补充发现职能包括三层含义。

1. 通过对文学作品意义的发现以指导读者

意义是文学作品的一般确定性质，读者或批评家在阅读和欣赏文学作品的时候，一般总是倾向探求其中的意义，或把某种意义加诸作品。但意义一般不是直陈的，多数潜藏在整个作品之中。这就需要批评家承担起释义的责任，把文学作品的意义阐释给读者。

2. 通过文学创作问题的发现以指导作者

鲁迅说：“正确的文学批评应该是好处说好，坏处说坏。”[①]文学批评要能成为一面

---

① 《鲁迅全集》，2版，第5卷，468页，北京，人民文学出版社，1981。

镜子，作家通过镜子来了解自己作品的利弊得失，不断改进和提高艺术创作能力。可见，文学批评对创作是有指导意义的。

3. 通过文学活动规律的发现以推动研究

文学理论发展的一个重要动力是文学批评。随着文学批评的不断发展，一方面可以指导创作欣赏，一方面可以丰富文学理论。巴赫金在他撰写的《陀思妥耶夫斯基诗学问题》一书中，第一个也是唯一察觉到陀氏创造了一种新体裁——“复调小说”，在他系统的诗学阐述下，形成了巴赫金复杂而完整的对话主义理论。

二、文学批评的作用

（一）指导文学欣赏

文学批评是以文学欣赏为基础的，同时又是对文学欣赏的理性思考结果，因此，文学批评不仅可以把作品中普通读者未能深入领悟的思想意蕴和未能细加品味的艺术特色一一揭示出来，还可以引导读者更加深入细致地欣赏作品，引导读者建立正确的欣赏模式，指导读者如何鉴别作品的优劣，培养读者健康的审美情趣，提高读者的欣赏水平。

（二）不断总结创作经验，帮助作家提高创作水平

文学批评对文学创作的经验总结是从过程的总结与结果的总结两个方面进行的，优秀的批评家能从现实与艺术的审美关系的演化发展中，揭示作家本人尚未察觉和意识到的东西，并根据时代和群众的审美要求乃至作家本人的才能特点，向作家指出进一步提高的途径。俄罗斯的批评家别林斯基对陀思妥耶夫斯基与屠格涅夫的指导和帮助就是一个典型例子。

（三）总结研究新问题，提供新思想，推动文学理论发展

文学批评需要理论的指导，文学理论也需要来自批评实践的推动。相对于文学理论来说，文学批评更加直接、经常、大量地接触文学实践。因此，优秀的批评家总是能在批评实践中及时洞察新的趋势、新的方向、新的潮流和新的问题，并凭借自己深厚的功力提出新的研究命题，推动文学理论研究不断向纵深发展。

（四）开展文艺论争，参与社会文化建设

文艺论争是提倡艺术民主、繁荣理论研究的有效机制。论争可以使人们发现真理，或者在思想交锋中达成共识，指正谬误。文学作为社会意识形态的组成部分，有利于社会主义思想建设，有利于净化人们的思想，有利于人们的思想向正确方向发展。总之，文艺思想是社会意识形态的一部分，积极开展马克思主义文艺思想指导下的文艺论争是建设社会主义精神文明的重要组成部分。

本章小结

分析批评活动作为一项兼具审美与科学属性的复杂活动，本章从其特殊的属性与职能入手，论述文学批评的性质、任务和方法以及文学批评的主要职能和作用。第一，

文学批评的含义和性质。文学批评的对象与范围从来都不是静止不变的，它受多种因素的影响；所谓文学批评，是一种以一定的方法和标准对当前以作品为中心的一切文学现象进行分析、研究和评价的科学活动，是一种基于审美的科学活动，是一种融合了多重方法与视角的美学批评，又是具有主体倾向性的创造性活动。第二，文学批评的职能和作用。文学批评的重要意义主要表现在三个重要的职能上，即文学批评具有阐发诠释职能、判断评价职能和补充发现职能；文学批评的主要作用包括：指导文学欣赏、提高作家的创作水平、推动文学理论发展和开展文艺论争，参与社会文化建设等。

关键概念

文学批评

思考题

1. 为什么说文学批评是一种基于审美的科学活动？
2. 怎样理解文学批评是一种融合了多重方法与视角的美学批评？
3. 简析文学批评的创造性和倾向性。
4. 简述文学批评的职能。
5. 试论文学批评的作用。

第十五章　文学批评（二）

刚刚涉足文坛的陀思妥耶夫斯基写出了他的第一部小说《穷人》，便立刻得到了别林斯基的肯定："请珍惜您的这份天赋吧！只要始终不渝地忠实于真理，您就会成为一个伟大的作家！"备受鼓舞的陀思妥耶夫斯基以后陆续写出了《白夜》、《被侮辱与被损害的》、《死屋手记》、《罪与罚》、《白痴》、《恶魔》、《卡拉马卓夫兄弟》等享誉世界的小说。陀思妥耶夫斯基在晚年回忆当初的情景时，不禁动情地说："这是我一生中最重要的时刻，此刻发生了决定着我终生命运的大转变，一种崭新的东西已经开始出现，这种东西即使在我当时最狂热的幻想中也未曾料到。"① 这说明：作家的才能未必能发现作家的才能；发现作家的才能需要另一种才能，那就是批评家的才能。别林斯基就是具备这种卓越才能的伟大批评家。

文学批评作为一项兼具审美与科学属性的复杂活动，对活动主体——批评家提出了很高的要求：既要有艺术家敏感的心灵，又要有理论家敏锐的思维；既要有圣人般的广阔胸怀，又要有学者般的渊博学识；既要丝丝入扣，感受作品的艺术神韵，又要见微知著，发现历史发展的趋势走向，还要有敢于在逆境中说出真理的胆略。

本章将通过对批评主体条件的分析研究，进一步阐述文学批评的规律，说明怎样正确地开展文学批评。

第一节　批评家的修养与能力

一、批评家的生活底蕴与文化修养

（一）丰富的生活阅历和广博的知识储备

文学作品传达作家对人生的审美体验。如果没有丰富的生活阅历，正确理解作品、

① ［俄］格罗斯曼：《陀思妥耶夫斯基传》，81页，北京，外国文学出版社，1987。

产生情感沟通尚且困难，要想深刻地阐释、准确地评价作品更是缘木求鱼。鲁迅在阅读《死魂灵》之后，用“几乎无事的悲剧”和“含泪的微笑”来表达他的印象。能如此高度概括《死魂灵》的意蕴，鲁迅正是以丰富而坎坷的生活阅历作为基础的。

此外，文学作品还是一种“全息性”的精神产品，除了它的审美价值外，还有多方面的知识价值。因此要全面地评价作品的得失高下，批评家就必须具有多方面的知识修养，包括人文科学知识、自然科学知识、社会生活常识以及与文学有关的一切社会领域。以文学传播为例，如果不了解起码的多媒体计算机网络常识，不了解不同文学传播机制历史发展的事实，对当前网络文学的批评就难免隔靴搔痒，甚至妄下结论。

（二）崇高的思想境界和文化品位

“文学就是人学”，文品见出人品；每一篇文学批评实际上既是一把尺，也是一杆秤：一方面能量出作品的尺寸，另一方面也能称出批评家的斤两。歌德同爱克曼的谈话，有一篇是专讲人格问题的。在他看来，聪明博学之人好求，高尚伟大的人格难寻。他说：“莱辛之所以伟大，全凭他的人格和坚定性!”[①] 所以，文学批评家要在学习和实践中不断充实、升华自己的人品学问，这样，其批评才可能是公正、中肯、深刻的。

（三）开放的胸襟眼界和健康的平等人格

古人把见识作为人品的重要部分，把“才、胆、识、学”作为人才的基本储备。“识”就是见识，见识就是胸襟眼界，“观千剑而后识器”，见得多才能识得准。可见，豁达的胸襟、开阔的眼界对优秀的批评家是重要的，对批评家的整体素质的提高更是不可缺少的。此外，开放的胸襟和平等的人格还体现在批评家对不同艺术风格和各种审美趣味的毫无狭隘偏私态度的包容精神上。无论是现实主义之作、浪漫主义之作，还是现代主义之作，无论是哪种文体、形式结构，还是批评家自己熟悉的或不熟悉的作家，都应该公正地予以分析评价，必须尊重作品，尊重艺术规律。只有这样，批评家才能不媚俗，不趋时，不自矜，不违心，独持己见，有所作为。

（四）社会责任感和理论勇气

文学批评具有重要的社会功能，它对文学创作和文学欣赏的反馈作用与引导作用是不可低估的。从某种程度上来说，文学批评具有意识形态性和社会舆论性，文学批评不是单纯的个人行为，具有很强的社会性。当果戈理作为伟大的作家无情地揭露俄国专制制度而遭到官方攻击时，别林斯基坚定地拿起批评的武器捍卫果戈理和他的文学成就；当果戈理在专制制度面前退却时，别林斯基却表示了极大的愤慨。批评家要充分意识到自己的社会责任，应该坚持一切从繁荣文学事业的全局出发，坚持实事求是的原则，敢于坚持真理，勇于修正错误。

（五）理解作家与读者的热忱和与他们平等合作的真诚态度

批评家与作家和读者应是平等相待的朋友，在文学事业上，批评家和作家应该互相帮助，成为作家的诤友。对欣赏者和读者来说，批评家应该是读者的旅伴和导游，帮助读者和欣赏者领略作品里的万千风光。要履行好这样的角色，批评家就必须有理解作家与读者的热忱和与他们平等合作的真诚态度。

---

① ［德］爱克曼辑录：《歌德谈话录》，北京，人民文学出版社，1978。

二、批评家的美学批评能力

（一）批评家要有敏锐的审美感知和体验能力

文学批评是以文学欣赏为基础的，批评活动能否正常进行，批评水平与效果的优劣，取决于批评家的鉴赏力；而批评家的鉴赏力是由对美的敏锐感知和深切体验能力构成的。

文学作品作为审美对象，是一种感性存在。因此，它要求欣赏者运用感知器官直观观照对象，把握对象。阅读文学作品包括三个方面的感知：

第一，调动感官机能，借助想象去捕捉作品描绘的文学形象，一点即通，心领神会。

第二，直觉领会作品的艺术表现力。苏珊·朗格在《情感与形式》中认为：任何优秀艺术作品都是美丽的，一旦我们认识到它的美，我们也就领会了它的表现力。艺术表现力主要是形象的生动性与形式的完美性和独创性。

第三，领悟作品意蕴进而形成独到的个人印象。例如王国维《人间词话》“‘红杏枝头春意闹’，著一‘闹’字而境界全出。‘云破月来花弄影’，著一‘弄’字而境界全出矣”中所表现出的对艺术表现的微妙把握，成为感知能力的典范。

体验能力包括体验作品中人物情感的能力、体验作品中作家情感的能力以及体验自己在欣赏作品时情感活动的能力。如果缺乏体验作品中人物情感和作家情感的能力，就不能真正理解作品，也就失去了批评作品的前提；而如果缺乏体验自己在欣赏作品时情感活动的能力，则失去了判断评价作品审美价值的参照依据。总之，批评家在展开批评之前，必须沉浸在艺术作品之中，体味到它的美而激起兴奋、愉悦的情感。那种仅靠心志而没有心灵参与的批评只是冷漠的，拙劣乏力的，被别林斯基讥讽为“几乎比用脚去理解艺术还更坏”。

批评家的审美体验能力越强，越具有普遍品格，他对作品的判断评价就越确切中肯。

（二）活跃的艺术想象能力

批评家敏锐的审美感知和体验能力是以活跃的艺术想象能力为基础的。我们已经知道了想象力对文学欣赏的重要意义，想象力对批评家的意义，一方面来自批评对欣赏的依赖，另一方面来自批评的创造属性以及对创作的反馈作用：好的批评应该给了作家以有益的忠告，而好的忠告是应该与作家共同参与创作而做出的，例如：“鸟宿池边树，僧敲月下门。”唐朝诗人贾岛当初为了选择“推、敲”两字，于驴背上口吟手比，行入京兆尹韩愈的车马队伍中竟未察觉，韩愈非但不怪罪，还与他共同推敲出了两者之间细微的差异，成就了一段文坛佳话。

艺术想象能力与一般想象是有区别的，梵高的油画《秋天的花园》，在一般欣赏者看来，并没有什么独特之处。但是有经验的鉴赏家一眼就能透过画面上那三棵深绿色的栗子树，一棵浅柠檬黄色的小水松和两棵血红色的矮树，捕捉到洋溢在画面之中的秋天的诗意和金色的收获。具体地说，艺术想象力与一般想象力的不同表现在三个方面：一是想象的对象与适用范围是艺术的；二是这种想象遵循的是艺术的主客体统一的审美原则（尝试建构一个寄情的景，寓意的境）；三是这种能力是在艺术实践中培养出来的。

（三）准确的审美判断能力

批评的主要功能之一就是判断与评价，准确的审美判断能力是批评家的核心能力，批评家的水平高低，主要取决于其审美判断能力的高低。

审美判断能力是指批评家基于自己对作品的审美感受和体验，依据艺术实践尤其是批评实践的经验，对文学作品的内涵、水准和价值进行认识定位的主体资质。审美判断能力同时包括对其他文学现象进行认识定位的能力。

准确的审美判断能力能够帮助批评家正确评价作品，并以此为出发点对作品进行具体分析；能够帮助批评家发现文学新人，及时予以鼓励提携；还能够帮助批评家发现新的文学动态与趋势，及时引导。

（四）周密的理论思维能力

批评家的理论思维能力包括三个方面：一是对文学现象进行抽象概括并提出问题的能力；二是遵循形式逻辑和辩证逻辑的原则对问题进行判断推理的能力；三是运用文学理论的基本范畴、基本观点对问题进行分析论证的能力。周密的理论思维能力能够帮助批评家从纷纭复杂的文学现象中把握文学的本质和规律，使文学批评更深刻而富于预见性。比如巴赫金就以他高妙的理论思维能力以及敏锐的洞察力和活跃丰富的感受力察觉到了陀思妥耶夫斯基小说中的复调结构，挖掘出他小说里属于未来的东西。

（五）深厚的文学理论、美学理论功底

文学批评的特殊对象和目的决定了这种批评既要有开阔的理论视野和多样化的理论方法，又必须以文学与美学为基本的出发点和归宿点。

黑格尔就曾经认为，美学的对象就是美的艺术，这门科学的正当名称是“美的艺术的哲学”。美学虽然不能替代各门艺术理论，但却构成了它们的方法论基础。因此，批评家应该有完整的文学和美学观念体系，了解文学活动的本质规律，熟悉当前文学理论和美学理论的前沿课题和最新成果，谙熟各类文学观念和它们对文学批评的意义与局限。

当然，优秀的批评家还应该善于从批评实践中不断总结新的经验与规律，以丰富、充实自己的文学和美学思想，加强批评功底。如别林斯基所说：“批评——这意味着要在个别的现象里去探寻并显示该现象所据以出现的一般的精神法则，并且要确定个别现象和它的理想之间的生动有机的关系密切到什么程度。”①

（六）纯熟的评论写作能力

文学批评的主要传达方式是文本的，评论写作能力是批评家的基本功。文学批评是以议论为主的多样化文体。好的文学批评应该情理兼备；应该伐隐攻微，独具慧眼；应该是历史主义与当代意识的有机结合；应该是兼具宏观与微观的透视分析；应该是理论性与文学性的合璧之作。

---

① ［苏］别林斯基著、梁真译：《别林斯基论文学》，258页，上海，新文艺出版社，1958。

第二节　批评家的文学观念、批评方法与批评标准

一、批评家的文学观念

（一）文学观念的含义

文学观念是指人们对文学是什么等文学基本问题的看法，它反映了人们对文学存在本质和价值属性的总体认识，影响着人们的文学活动。随着人们认识的不断深化发展，文学观念也在不断沿革和变化。

（二）文学观念是文学实践的历史发展的产物

文学观念是文学实践在人们头脑中的反映，文学实践不断发展，文学观念也在不断变化。在中国魏晋以前，"文学"一词几乎等于现在所谓学问或文献，即文化。直到魏晋时期，文学的审美性质才正式被确认，曹丕在《典论·论文》里首次提出"诗赋欲丽"、"文以气为主"，把诗赋的语言形式美提到了首位，标志着一个文学的自觉时代的来临。由此可见，不同时代的文学观念体现着不同时代精神的特点。

文学实践是在一定的民族文化背景中进行的，文化对文学观念的历史发展有着非常重要的影响。作为不同民族的文学实践所反映出来的文学观念也必然带有明显的民族特色。如西方的文学观念就与中国的文学观念有很大的不同。

此外，社会的政治、经济、宗教、伦理、法律、道德等，特别是社会及文学思潮都会对人们的文学观念造成重要影响。如西方的文学观念受基督教传统的熏陶，中国的文学观念则有佛道之风。

（三）文学观念对批评家的批评活动具有全面影响

文学观念是一个总体的观念，它会影响到具体的观念，具体的观念又会影响到具体的行为。有什么文学观念就会使用什么样的分析方法，选择什么样的批评对象和批评标准，最后得出特定的结论。因此，批评家作为一种自觉的认识和评价活动的主体，必然以其对文学的基本认识和总体看法为指导思想，并影响到其批评活动的方方面面。

二、文学观念与批评方法

（一）文学批评方法的含义

文学批评方法是指人们分析、评价、研究文学作品和其他文学现象的途径、手段与方式。其中，途径指进行批评时采用的出发点和角度；手段指方法；方式指样式，是对话体还是点评体。

（二）文学观念与批评方法的相互关系

文学观念反映了人们对文学存在本质和价值属性的总体认识。它是人们建构和采用什么批评方法的内在依据。实际上，许多批评方法都是批评家或批评学派在建构自己文学思想体系的过程中逐步建立起来的，并且在批评实践中受到一定的文学观念的制约。

作为批评手段的批评方法又具有相对的独立性：

第一，持有某种文学观念，并不一定就要采用相应的批评方法。途径、手段与方式具有工具性，完全可以借用或合用。

第二，掌握了某种文学观念，并不意味着就掌握了某种批评方法。方法是在实践中产生的，掌握它也需要艰苦的实践磨炼，有一个学习熟练的过程。

（三）批评方法的产生和发展具有历史性

文学批评方法是随着文学的发展，人们对文学的认识的发展而发展的。以中国古代文学批评为例：先秦已经有了一定批评方法，但大部分都是社会道德批评。如孔子的“思无邪”、孟子的“知人论世”。到了两汉，作家们兴起了主体批评，司马迁、王逸对屈原和《离骚》的评价都体现了主体性这个特点。魏晋则开始了本体和美学（风格）批评，把文学作为独立的社会现象加以讨论，如曹丕、刘勰、钟嵘等都有专著来对文学进行论述。明清的批评大部分属于接受批评和索引批评，如金圣叹对《水浒》的点评，就是从自身的感受出发进行分析评价。

（四）批评方法的多样性

批评的方法不仅是时间上的沿革，还在空间上达成了共存。20 世纪被人们称为“批评的世纪”，批评方法的多样性得到了充分体现。批评方法的多样性反映了人们对文学本质的丰富性的认识，也反映了各种不同的批评遗产在这一时期得到了全面继承发展。他们之间存在的内在的组织结构，都与文学四要素相关。

如果在文学活动“四要素”中加入批评家而成为“五要素”并以此为线索来梳理林林总总的文学批评方法，我们可以将其归纳如下。

1. 社会历史批评

从“社会生活”要素出发，注重考察作品与时代、社会、文化等背景之间的联系，进而阐释作品的内容，分析其性质，判断其价值。社会历史批评有悠久的历史，马克思主义的文学批评基本上属于社会历史批评的范畴，但马克思恩格斯倡导“历史的与美学的批评”，与一般意义的社会历史批评不能等同。

2. 精神分析批评和原型批评

精神分析批评从“作家”要素出发，联系作家生平与心理，探测作家的创作动机与意图，进而阐释作品内涵。精神分析批评的开创者是弗洛伊德，他将人的意识区分为意识与潜意识，认为潜意识是被压抑的欲望，主要是性本能；被压抑的本能很多时候升华成文学创作行为的动机。弗洛伊德用这一方法解释《俄狄浦斯王》，说这部作品表现了他的杀父娶母的恋母情结，并且认为莎士比亚的《哈姆雷特》、《李尔王》和陀思妥耶夫斯基的《卡拉玛卓夫兄弟》等作品都是在宣泄自己被压抑的恋母情结。精神分析批评的主要功绩在于将文学批评的视野引向人的无意识、潜意识等深层心理；其主要缺陷在于仅用病态心理解释文学现象。

原型批评注重考察神话和原始宗教对文学创作主体的影响。其代表人物荣格是弗洛伊德的学生，他把无意识划分为“个人无意识”和“集体无意识”，在《分析心理学与诗的艺术》中认为后者是“从原始时代就用一些记忆意象的明确形式传了下来，或者，就表现在大脑组织的结构构成中”，不是由个人所获得，而是原始时代遗传下来的人类遗产。原型批评发现了人类的“早期经验”对现代人的影响，论证了人类的文化与心理包含着原始时代的文化与心理积淀，沟通了对创作主体的关注与对历史文化背景的关注，因而具有重要意义。

3. 本体批评

本体批评从“作品”要素出发，形成了三个主要的批评理论支派。

俄国形式主义批评20世纪初产生，强调文学的本体不是内容而是形式，具体说就是语言；批评的任务不是研究作品“说什么”，而是研究作品“怎样说”，具体说就是语言表达的技巧。形式主义批评提出了文学语言的“陌生化”概念，对研究语言文学具有重要的理论意义。

20世纪20年代起源于英国成熟于美国的新批评，主张作品是独立于生活、作家、读者之外的自足实体，强调“作品作为自为之物的自律性”，坚决反对联系作者去考察文学的价值，认为作品的意义与作者创作意图及读者情感反应无关，因而认为批评的对象仅限于作品的形式技巧。

结构主义批评20世纪60年代在法国形成高峰，代表人物罗兰·巴特用结构主义语法分析，把文学作品分为功能、行动、叙述三个层次。

上述三种批评方法虽然各有特点，但共同点在于，它们都将文本视为文学独立自足的本体，强调“形式就是价值”。

4. 接受批评

接受批评从“读者”要素出发，20世纪60年代产生于德国，代表人物是姚斯、伊塞尔，认为批评的对象不是文本，而是文本的具象化，而具象化是由读者来完成的，因此，读者应是批评的焦点。读者不是消极地接受作品，而是以自己特有的“期待视野”去参与作品；作品是作家与读者共同完成的，一部文学史就是一部文学接受的历史。这对鉴赏规律的认识有重要意义。

5. 印象批评

印象批评从“批评家”要素出发，注重传达批评主体感受作品所激发的体验印象，强调批评对作品把握的直觉性与整体性。印象批评于19世纪末的法国兴起，代表人物有法朗士和朗松等，是从印象主义艺术尤其是绘画批评发展起来的。印象批评与中国传统的文学批评有着密切的相关性，明清的点评批评与二十世纪二三十年代的周作人、李健吾以及新时期以来的一些批评家都在实践印象批评的方法。

（五）批评方法的互补性

任何一种批评方法都是一种观察与评价文学现象的角度，如果它是科学的，就有一定的价值；但是任何一种批评方法都有不可避免的局限性，都有它理论视野的“盲区”，这是一种普遍现象。所以在批评实践中应该利用批评方法的互补性，酌情运用，综合运用。根据不同对象选择不同的方法，根据具体情况综合地运用。

三、文学观念与批评标准

（一）文学批评标准的含义

文学批评标准是指批评家从一定的文学观念出发，在文学批评实践中持有的，用以对文学作品进行判断和评价的价值尺度。因为文学不是科学知识的事实再现，由此决定了文学批评不是对事实真假的判断，不仅是一种认识活动，更是价值阐释，价值定向的活动。

（二）文学观念与文学批评标准的相互关系

文学观念是人们对文学的本质特征的总体看法，是人们文学价值观念的基础；文学批评标准则是人们的文学价值观念在批评实践中的具体体现。

（三）文学批评标准的多样性

古今历史上出现过很多文学批评标准，比如 20 世纪 40 年代，毛泽东同志的《在延安文艺座谈会上的讲话》提出了两个标准：政治标准和艺术标准，他认为政治标准应该放在第一位，艺术标准应该服从政治标准。这在当时正处在民族生死存亡的时期，把政治标准排在第一位是正确的。但随着实践的发展，政治第一的标准越来越显现出它的局限性，后来又提出了思想内容与艺术形式的标准，这个标准相比前者更宽泛也更符合规律。但文艺的本质是传达作家的情感体验，虽然与思想有关但并不等同于思想，艺术也不只是一个形式的问题。所以，在思想内容与艺术形式标准之后，又提出真善美统一、真实性与倾向性的统一等标准。

（四）马克思主义的文学批评标准

恩格斯在《致斐·拉萨尔》（1859 年 5 月 18 日）中说：我是从美学的观点和历史的观点，以非常高的，即最高的标准来衡量您的作品的……恩格斯提出了历史和美学的观点，并且认为历史和美学的标准是最高标准。此前，恩格斯在谈到歌德时也说过：我们不是从道德的、党派的观点来责备歌德，而是从美学和历史的观点来责备他……

恩格斯在《致斐·拉萨尔》的同一封信中还提出了“较大的思想深度和意识到的历史内容，同莎士比亚剧作的情节的丰富性的完美的融合”的要求。这是对历史和美学观点的具体内容的有益补充。

“美学和历史的观点”反映了作为懂得艺术规律的政治家的恩格斯的批评视角以及他对文学的社会思想性特征重视。他不仅重视历史的角度，还强调美学规律的特征。

（五）文学批评标准的美学核心与多元互补

文学的价值属性是丰富的、多层次的，评价标准不但可能而且应该是多样的。但文学的基本属性是艺术，基本功能是审美，所以，对它的批评标准应该是以美学批评标准为核心的多元互补并综合采用其他多样的批评标准。

第三节　批评家应遵循的批评原则

一、文学批评应该从艺术形象的分析入手

从艺术形象的分析入手开展文学批评，这是由文学批评对象和任务的特殊性决定的。文学批评的对象是文学现象，主要是文学作品；而文学作品是以艺术形象来传达作家审美体验的，批评家当然要从对艺术形象的分析入手开展文学批评才能把握住作品的关键，从而保证批评的客观性。批评的任务主要是阐释作品意义，评价作品价值；

而作品的意义与价值集中体现于作品的艺术形象中，离开了对艺术形象的具体分析，批评的阐释与评价就都成了主观臆测。

艺术形象是文学意义和价值的最集中体现，作家把自己心中的意象物化成文本里的艺术形象，这个艺术形象里就蕴涵了作家最强烈的审美体验，像罗曼·罗兰在约翰·克利斯朵夫这个形象里，就蕴涵着他对人道主义终极关怀的强烈的审美体验。

从艺术形象的分析入手需要两个条件：

第一，以欣赏作为批评的基础。没有文学欣赏的阶段，就不可能进入文学批评阶段。文学作品呈现为感性的审美形态，是无法直接采取理论思维的方式予以把握的，必须经过直观的感性领悟与情感体验这一欣赏过程，才能向理性思维的批评升华。

第二，尊重文学创作规律，区分不同体裁、不同创作方法的作品，运用不同的批评方法与标准。比如，我们能用政治内容与艺术形式的标准衡量一些革命题材的作品，但却不宜用这个标准去衡量沈从文那种蕴涵深厚文化底蕴的文化小说。

二、文学批评应该坚持实事求是的科学态度

文学批评是一种科学活动，其结果的科学性不但要靠方法与程序的科学性来保证，更重要的是要有实事求是的科学态度。即尊重对象客观规律，遵从批评的客观要求。

一方面，坚持实事求是的科学态度，就必须以历史主义的眼光去看待不同历史条件下产生的文学作品，不同历史时期，作家对审美感受的审美传达是不一样的，俄国的托尔斯泰对革命的感受与十月革命胜利时期高尔基对革命的感受显然不同。前者主张不抵抗主义，害怕革命的来临，后者革命意志坚定，希望“暴风雨来得更猛烈些吧”。批评家对此进行评论的时候，就要注意到其作品的具体背景和环境，从当时的生活现实和作家的创作实际出发，而不是从主观猜测出发对作家作品进行判断分析和研究。

另一方面，坚持实事求是的科学态度，还必须对作品采取分析的态度，好处说好，坏处说坏。成功的作品总是有它独特的价值，对此应该给予具体的肯定；而一部作品总会有或多或少的不足，对此也要给予正确的分析，以利于提高作家的创作水平。有一些批评家采取简单的全盘肯定或全盘否定的态度来评价作家作品，这是不符合实事求是的原则的。

三、文学批评要有全面、整体的观点

文学批评要有全面、整体的观点，这是针对文学批评的评价性功能而言的。评价要正确，必须做到以下两点：

第一，态度公正，要按照文学批评的原则对批评对象一视同仁，尊重客观的艺术规律和保持批评家的社会责任感，不囿于私情，不偏于己见，是其所是，非其所非，这才有利于总结艺术经验，也才能够服人。

第二，结论公允，要力戒片面性。要对作家及其作品做全面辩证的分析，顾及作者的全人和作品的整个创作，不能根据一鳞半爪或一个场面、一个情节甚至一篇作品

对作家的整个创作得出“是”或“否”的结论。正如鲁迅在《且介亭杂文二集》中所说：倘要论文，最好是顾及全篇，并且顾及作者的全人，以及他所处的社会状态，这才较为确凿。要不然，是很容易近乎梦说的。

四、文学批评应该贯彻“双百”方针

文学批评是科学，也是学术。发展社会主义的文化事业，应该贯彻“双百”方针，以利于发现真理，发展学术，繁荣社会主义文化事业。

第一，使所有的批评家都以平等的态度发表不同意见和观点，展开充分说理的自由讨论和争鸣。不能唯我独尊，以致闭塞耳目。

第二，允许批评，也允许反批评。

第三，提倡批评方法、标准的多样化。

第四，坚持不把学术问题政治化，造成一种宽松的学术气氛。

总之，我们要贯彻“双百”方针，使文学批评顺利发展，以利整个文学事业的繁荣和发展。

本章小结

本章全面阐述文学批评的主体条件，论述批评家的文学观念、主要的批评方法以及文学批评标准，从而进一步揭示文学批评的规律，说明怎样正确地开展文学批评。首先，丰富的生活阅历和广博的知识储备、崇高的思想境界和文化品位、开放的胸襟眼界和健康的平等人格、社会责任感和理论勇气以及理解作家与读者的热忱和与他们平等合作的真诚态度，这些都是批评家必备的生活底蕴与文化修养；而敏锐的审美感知和体验能力、活跃的艺术想象能力、准确的审美判断能力、周密的理论思维能力、深厚的文学理论、美学理论功底以及纯熟的评论写作能力，这些都是批评家必备的美学批评能力。其次，文学观念是指人们对文学是什么等文学基本问题的看法，它反映了人们对文学存在本质和价值属性的总体认识，影响着人们的文学活动；文学观念也是人们建构和采用什么批评方法的内在依据；而文学批评标准则是人们的文学价值观念在批评实践中的具体体现。最后，文学批评应该从艺术形象的分析入手，坚持实事求是的科学态度，要有全面、整体的观点，贯彻“双百”方针，这些都是批评家应遵循的批评原则。

关键概念

文学观念　　文学批评方法　　社会历史批评　　精神分析批评
原型批评　　本体批评　　接受批评　　印象批评
文学批评标准

思考题

1. 简述文学批评的主体条件。
2. 试论文学批评方法的基本特征。
3. 文学批评应该遵循的主要原则是什么？

第十六章　文学的起源与发展

“王杨卢骆当时体，轻薄为文哂未休；尔曹身与名俱灭，不废江河万古流。”这是杜甫对早他百年的初唐四杰文学命运的感叹。此后，人们又用“李杜诗歌万口传，至今已觉不新鲜；江山代有才人出，各领风骚数百年”来感叹盛唐诗文的兴衰毁誉。如同人类其他事物一样，文学也是一种历史现象，有一个起源与发展的过程。对此，刘勰在《文心雕龙》中用“时有代序，体有沿革”加以概括。

本质和规律有一个建构过程，这个过程是与事物的发生与发展过程相一致的（在某种意义上说是同一的过程）。对文学起源与发展规律的研究，不仅能发现文学演进的必然趋势，以史为鉴，指导当前的文学实践，而且还能够从发生学的角度更深刻地揭示文学的本质特征。正因如此，文学的起源与发展研究一直是文学理论中一个重要的组成部分。

事物的发展变化，总有内外两方面的原因，研究文学的发展规律可以从社会条件和自身机制两个方面着眼。全面地看待文学的发展变化，是我们实事求是地分析当前文学现状的基础；全面地掌握文学发展的内外原因，是我们正确地解决当前文学实践提出的问题的理论前提。本章将通过对这两方面的分析，让学生了解文学发展的内外规律，从中进一步学习如何分析和预测文学发展的方向以及如何制定相应的政策以促进社会主义文学事业的繁荣发展。

第一节　文学的起源

一、文学起源的研究方法

研究方法的正确性能够保证研究结果的科学性。文学起源的研究方法依据它的特殊对象与目的主要有以下五种。

（一）文物考古发现

考古不但是人类学的重要的方法，而且是研究文学起源的重要方法。文学活动作为一种行为，具有瞬时性，但它会造成影响，留有遗迹，我们可以通过考古发现找到研究的资料。比如，1875年，一位工程师无意中发现了西班牙北部阿尔塔米拉洞穴中的史前壁画，此后在法国、北非、中国的内蒙和广西也都发现了大量史前人类的绘画、雕刻遗迹。

文物考古发现为原始艺术的起源研究提供了最为可靠的物证，考古发现因此也成为研究文学起源最重要和最可靠的方法。但它零散、随机的不完整性也是这种研究的最大局限。

（二）口头文学采风

现时流传于民间的口头文学一定程度地保留着原始文学的某些文化特征，通过采风可以直接掌握第一手资料，对研究文学起源的自发性、传承性具有重要意义。这主要表现在两个方面：一方面，通过直接采集第一手资料，不但可以分析文学作品本身，而且能了解文学作品的流传方式；另一方面，口头文学不仅具有自发性还有变异性，现在进行文学采风的外在条件与几千年前相比已经发生了很大变化，所以通过古今采风的相互比较，还可以了解文学起源时期的最初存在形态。

（三）历史文献研读

这包括早期的口头文学记录（如《诗经》和“乐府”民歌等）、早期“杂文学”文献和古代文学作品。中国早在周朝和两汉就设立了专门机构进行采风。从这些早期记载中，不仅能发现文学起源的遗迹，而且能窥见当时人们对文学的理解、认识和阐释。虽然当时的语言形态书写方式与今天相比有很大的不同，对我们理解早期文学会有一定的障碍，但它却相对真实地体现着当时的时代背景和文学环境。

（四）儿童心理研究

近代科学很早就发现了儿童心理与原始先民心理的相似性，因此个体成长发育与人类进化演变过程具有可比性。我们可以从幼儿早期心理研究来发现人类早期的发展特征，从儿童游戏活动里推测出人类早期文学创作的某些特征。在这个方面，从卢梭、斯宾塞到维柯和皮亚杰，都取得过重要的研究成果。

（五）理论综合分析

以上各种研究方法都有特殊的优势、价值和意义，但也都存在着不可避免的局限性。因此，我们对文学起源的研究单靠某一种方法是很难取得理想结果的，必须将各种方法灵活地综合运用，将通过各种方法取得的资料进行理论的综合分析，才有可能取得突破性的研究进展。

二、有关文学起源的几种主要学说

人类有记录的对文学起源的研究已经有两千多年的历史了，因而在文学理论史上留下了众多学说。在这些学说中，对文学起源与文学本质的研究总是联系在一起的。在历史中比较有影响的，大体有以下六种。

（一）神示说

柏拉图在《伊安》篇中说：“磁石不仅能吸引铁环本身，而且把吸引力传给那些铁环，使它们也像磁石一样，能吸引其他铁环，有时你看到许多铁环相互吸引着，挂成一条长锁链，这些全是从一块磁石得到的悬在一起的力量。诗神就像这块磁石，她首先给人灵感，得到这灵感的人们又把它传递给旁人，让旁人接上它们，悬成一条锁链。凡是高明的诗人，无论在史诗或抒情诗方面，都不是凭技艺来做成他们优美的诗歌的，而是因为他们得到了灵感，有神力凭附着。……

诗人并非借自己的力量在无知无觉中说出那些珍贵的词句，而是由神凭附着来向人说话。"

（二）模仿说

这是在西方文学理论史上影响最大的艺术起源说，其主要代表人物是古希腊的德谟克利特和亚里士多德。模仿说的基本观点是：模仿是人的本能之一；艺术起源于人们对自然和社会人生的模仿。

德谟克利特认为：在许多重要的事情上，我们是模仿禽兽，做禽兽的小学生的。从蜘蛛我们学会了织布和织补；从燕子学会了造房子；从天鹅和黄莺等歌唱的鸟儿学会了唱歌。

亚里士多德在《诗学·诗艺》中说："诗的起源仿佛有两种原因，都是出于人的天性。人从孩提的时候起就有模仿的本能（人和禽兽的分别之一，就在于人最善于模仿，他们最初的知识就是从模仿得来的），人对模仿的作品总是感到快感。经验证明了这样一点：事物本身看上去尽管引起痛感，但惟妙惟肖的图像看上去却能引起我们的快感，例如尸首或最可鄙的动物形象。"

模仿说突出地反映了人们早期对文学的看法，最可贵之处是它把文学与现实联系起来，把现实归结为文学起源的最重要原因。

（三）游戏说

游戏说 18 世纪由康德首先提出，后经席勒和斯宾塞阐发为系统理论。康德主张艺术应是自由的、愉快的、无直接功利目的的游戏活动。席勒认为，人源于其物质存在的情感冲动和源于精神存在的形式理性要求受自然欲求和理性的限制，处于不自由状态；而在"形式冲动和情感冲动之间有一个集合体，这就是游戏冲动"。"以假象为快乐的游戏冲动一发生，模仿的创作冲动就紧跟而来，这种冲动把假象当做某种独立自主的东西。"（亚里士多德《诗学·诗艺》）因而，人在游戏中能够摆脱现实世界中的种种束缚，获得真正的自由和审美的愉悦。

斯宾塞从生理学的角度解释了人们用以从事游戏活动的过剩精力的由来，即高等动物的营养比低等动物的营养丰富，所以人类在维持和延续生命之外，还有过剩精力。正是这种过剩精力的发泄导致游戏和艺术这类非功利生命活动的发生。

游戏说克服了模仿说所理解的人与现实之间的二重关系，建立起"现实—游戏—审美"的三重关系，从而把"游戏"视为现实通向艺术的"中间环节"，并在现实与审美的对立统一中，认识了艺术发生的复杂原因，说明了文学的某种超功利本质。但它却离开人的社会实践活动，片面地把审美的艺术与实用意识截然分开，使游戏完全超脱于一切功利目的之上，忽视了艺术起源的社会实践意义。

（四）巫术说

19 世纪末，随着人类学的研究发展，人们注意到了原始人类的巫术活动与原始艺术之间的密切关系，并认为：最早的艺术是原始人巫术意识的产物，原始人的一切创作活动都是为了实现巫术，艺术正是原始巫术的直接表现。

巫术说的倡导者是英国著名人类学家爱德华·泰勒和弗雷泽。他们关于原始思维的研究，关于“相似律与模仿巫术”以及“接触律与交感巫术”的研究（相似律，就是认为相似事物有感应力，例如通过模仿现实事物可以促进下次狩猎活动等。交感律，是指原始人认为凡是被神触摸过的东西，都可通过再次触摸传到自己身上。互渗律，指的是人们认为能够凭借自己无数活动与神灵发生暗示作用），成为许多学者进一步解释原始艺术起源的重要的理论基础。

巫术说的提出具有重要意义。文学发展之初本来就是跟巫术联系在一起的，原始文学很多内容与巫术活动有关。但它也有局限性，因为它离开早期人类的劳动实践这个第一动力，去论述艺术活动来源，把直接的动因混同于终极的根源。

（五）表现说

表现说以现代心理学研究为基础，分为情感表现说和本能表现说。

情感表现说的代表是诗人雪莱和作家列夫·托尔斯泰。雪莱在《为诗辩护》一文中说：一般说来，诗可以解作想象的表现，自有人类便有诗。人是一个工具，一连串外来和内在的印象掠过它，有如一阵阵不断变化的风，掠过埃奥利亚的竖琴，吹动琴弦，奏出不断变化的曲调。托尔斯泰在《论艺术》中也认为：艺术起源于一个人为了要把自己体验过的感情传达给别人，于是在自己的心里重新唤起这种感情，并用某种外在标志表达出来。

本能表现说的代表是柏格森和弗洛伊德。柏格森提出了“生命冲动”理论，认为生命冲动是人的一切创造的根源，艺术就是人的生命冲动的表现。而弗洛伊德则把艺术创作归结为被压抑的“潜意识”和“性本能”直接表现。他从病态心理现象的研究中发现：艺术是人类早年即童年时期欲望被压抑，在不自觉情况下被发现被表现出来的状况。弗洛伊德以此研究人类文学作品，解释《哈姆雷特》等经典名著。

这种叙述的积极意义是注意到了文艺创作与人的深层心理的联系。但是它把艺术起源仅仅归因为人类的精神是不科学的，精神是第二性的，文学起源总归是有其现实性原因的。

（六）劳动说

恩格斯关于“劳动创造了人本身”的论述和马克思关于“人的五官感觉是人类全部历史的产物”的论述，为艺术起源于劳动的理论奠定了基础。

普列汉诺夫在《没有地址的信》中研究了大量关于原始部落的资料后提出：原始艺术是适应劳动的需要并且在劳动过程中产生的，它与原始人的劳动生活有着非常密切的关系，最初的艺术就是劳动的产物，有明显的功利性。

三、文学产生于以劳动为基点的人类生命活动

人类不仅要生存，而且要发展；不仅创造物质，而且创造精神。文学产生于以劳动为基点的人类生命活动。

（一）原始文学的产生依赖于人类劳动

1. 原始人的生产劳动为文学的产生创造了前提

（1）原始人的生产劳动为文学的产生提供了物质生活的保障。

（2）原始人的生产劳动为文学的产生提供了灵巧的双手与灵敏的感觉器官，从利用自然到改造自然，是生产劳动使动物的手变成人的手，使动物的感觉器官变成人的感觉器官。

（3）原始人的生产劳动为文学的产生提供了人的大脑和语言，语言的产生是在人的交往中实现的，人的交往是在劳动过程中逐渐发展起来的。

2. 原始人的生产劳动为文学的产生提供了需要表现的内容与借以表现的形式

（1）原始艺术在许多情况下直接反映劳动生活，有时原始艺术本身就是劳动的一部分。比如《吴越春秋》记载的《弹歌》仅仅“断竹，续竹，飞土，逐肉”八个字，就是描写制作武器去狩猎的过程。

（2）原始艺术的重要功能之一就是宣泄和表现劳动中的各种情感。“断竹”不仅是简单的重复，还是原始人在劳动过程中的欣喜自豪的情感的表现，是想在劳动中获得更大收获的期盼。

（3）原始人在劳动中培养了人的形式感（身体动作的节奏感和协调性）以及语言表情达意的能力。鲁迅在《门外杂谈》中说：“我们的祖先原始人，原是连话也不会说的，为了共同的劳作，必须发表意见，才渐渐地练出复杂的声音来，假如那时大家抬木头，都觉得吃力了，却想不到发表，其中有一个叫到‘杭育杭育’，那么，这就是创作……是‘杭育杭育派’。”

（4）原始人的劳动还提供艺术表现的物质手段（劳动工具——原始舞具、乐器）。日本的艺术理论家岩崎旭说：“人类的艺术也不是从使用适合于艺术的工具才产生的。原始时代的人，住在寒冷的洞窟里，靠一盏兽油灯，在壁上刻出了野牛的姿势，这不是用指甲能够刻出来的，显然在他的手里抱有一把又结实又锐利的石凿。”①

3. 其他促成文学产生的生存活动都是以劳动为基础的

游戏说与巫术说都是有一定科学依据的。游戏是对人的社会角色的模仿，是原始人对劳动过程中人们角色的模仿。巫术活动是劳动过程的延续，是人们期盼在未来劳动中获得更大收获的活动。

（二）原始文学的产生依赖于人类其他生命活动

人的生命是丰富的，人活动的丰富性决定着原始文学的丰富性。人类全部生命活动都对艺术的起源发挥着作用。原始人的生命活动是多方面的，除了上述劳动、巫术、游戏之外，对文学起源发生重要影响的还包括：信息交流、知识积累、战争、恋爱冲动和生殖崇拜等。

（三）原始文学的产生依赖于人类原始思维的催生

原始思维的基本特征包括：

第一，万物有灵的泛神意识，它使原始文学直接反映原始思维中特定的“万物有

---

① 转引自《电影理论》，10页，北京，中国电影出版社，1963。

灵”的意识。

第二，人化自然的“情感投射”。

第三，神秘感应的“互渗律”思维，认为天地万物本为一体，交互感应。人的行为能够操纵天地万物。

总之，文学的起源是众多内外因素相互作用的结果，是特定历史条件下以劳动为核心的原始人类的全部生命活动的必然产物。原始文学一旦产生，也必然会随着人类的生命活动的历史发展而不断演变。

第二节　文学发展的社会原因

一、文学随着社会生活的发展而发展

文学的发展是随着生活实践的发展而发展起来的，文学发展对生活发展的依赖性表现在以下几个方面。

（一）文学题材的变迁

文学题材最直接地体现文学与生活的关系，它的变迁也最直接地体现文学与生活的同步发展。文学题材随着人们实践范围的变化而发展，进而随着人们注意焦点的变化而发展。在早期人类文学活动中，文学表现对象主要是动物，因为实践对象是动物；到了奴隶社会晚期，人们的注意力逐渐发生变化，变为对植物的关注，因为此时人们已经进入农耕时期。不仅原始时期，以后每当社会大变动的时期，往往就是文学题材大变化的时期，宋代文学中的人物与唐代小说就有很大区别，唐代人物主要是知识分子，宋代逐渐转移到市民身上。五四新文学的表现对象是小人物、知识分子，五六十年代是“高大全”的英雄人物，近 30 年的“新时期”文学“人物下移”，又开始表现普通人的喜怒哀乐。

（二）文学主题的演化

文学作品的主题集中体现着作家对人生的审美体验，它必然随着社会生活的发展进而随着作家对人生的审美体验的深化而不断演化；我们从“崔张恋爱”同一题材的作品的主题演化，可以清楚地看到社会生活与时代精神通过作家审美意识对文学作品主题的影响。最初在唐代，《莺莺传》的主题还是一个“始乱终弃”的教化故事，到了宋代的《太平广记》中，结局就发生了根本性的变化，到了元代王实甫笔下就成了“愿天下有情的都成了眷属”的歌颂。可见，随着时代的变化，人们的思想在变化，文学的主题也在不断发生变化。

（三）文学体裁的更迭

原始文学是一种集体创作的口头文学，表达的是群体的共同情感，其体裁以神话传说为主；古代社会（这里主要指自然经济条件下的农村社会）的文学是一种个人创作的案头文学，表达的是个体的内心情感，其体裁以诗词文赋为主；近代社会（主要指商品经济条件下的城市社会）的文学是一种代言体的脚本文学（小说原本也是“话本”），在演义他人生活的过程中间接传达作家的审美体验，其体裁以戏剧小说为主。

（四）文学语言的嬗变

语言是人类实践与交往的产物，也随着人类实践与交往的发展而不断演变；生活语言的变化必然会影响到文学语言的发展。例如五四时期的白话文和白话诗歌运动，是当时人们迫切需要打破封建束缚、进行现代化改革的革命要求的反映。

文学语言的嬗变还受到文学自身发展（主要是文学内容的发展）的推动以及文学传播手段发展的影响。如近些年兴起的网络文学，充分体现了文学随着传播媒介的发展而发展变化的特点。

（五）文学传播的发展

文学传播主要受到科技水平和经济形态的影响，它的发展是社会发展影响文学发展的技术手段层面。如前所述，文学传播经历了口头传播、书写传播、印刷传播和网络传播四个阶段；这种发展变化受制于当时的技术手段与传播体制，同时，社会通过这种发展变化推动着文学的迅速发展和深刻变革。

（六）文学观念的深化

文学观念是指人们对文学是什么等文学基本问题的看法，它是文学实践在人们头脑中的反映，它随着文学实践的历史发展而不断演化。在古代社会，生产力不发达，人们对很多现象难以解释，于是认为文学是神的启示；到了近代，机械唯物论的出现，使文学被认为是社会生活的反映；到了 20 世纪，一些文学家更把文学抬高到把人类从秩序化、机械化的僵死机制中拯救出来的地位。由此可见，不同时代的文学观念体现着不同的时代精神。

二、文学在人类社会动态系统中的位置

文学不是一个孤立、封闭的自足系统，它是人类社会动态系统中的一个开放的子系统，必然要与系统中的所有要素发生相互联系和影响，也必然要随着这个大系统的运动而不停地变化。

马克思在《〈政治经济学批判〉导言》中指出：人们在自己生活的社会生产中发生一定的、必然的、不以他们的意志为转移的关系，即同他们的物质生产力的一定发展阶段相适应的生产关系。这些生产关系的总和构成社会的经济结构，即有法律的和政治的上层建筑竖立其上并有一定的社会意识形态与之相适应的现实基础。物质生活的生产方式制约着整个社会生活、政治生活和精神生活的过程。不是人们的意识决定人们的存在，相反，是人们的社会存在决定人们的意识。社会的物质生产力发展到一定阶段，便同它们一直在其中活动的现存生产关系或财产关系（这只是生产关系的法律用语）发生矛盾。于是这些关系便变成生产力发展的桎梏。那时社会革命的时代就到来了。随着经济基础的变更，全部庞大的上层建筑也或慢或快地发生变革。

由此可以看出：

文学艺术作为社会意识是社会存在在人们头脑中反映的产物，它与人们整个社会生活形态有密切的联系，受生活方方面面因素的影响，但最终要受到经济发展的制约。

经济生活对文学艺术发展只起归根结底的作用，文学艺术的发展必然是由很多复杂的社会原因所构成的。我们对文艺的正确态度如下：

首先，文艺从根本上说不能脱离现实社会生活，人类的物质生产和生活的发展变化，始终是文艺存在的终极动因。

其次，在现实社会中，文艺不可能完全是个人的、自发产生的，它总是要这样或那样地反映一定民族、时代、社会集团与群体的需要、意志与愿望，并与社会意识系统中那些自觉的理论形式的意识形态互相影响与作用，从而以其特殊的方式、手段发挥其影响社会人生的功能。

最后，文艺这种社会意识的独特与复杂性，在于它是漂浮于空中的远离经济的审美实践领域，尤其不应忽视其意识形态生成机制的探究。因此，我们对文艺自身的质的规定性，即它区别于其他社会意识形态的特质，还必须予以深入的探究。

三、各种社会要素与文学之间的相互影响

文学存在于社会这个大系统中，必然会受各种社会因素的影响，下面具体介绍几个对文学发展影响的主要因素。

（一）经济是文学发展的最终决定因素

第一，经济条件是人类从事文学活动的基本前提。人们首先要解决吃、穿、住、行，然后才能解决其他问题。物质生活是精神生活的基础，也是文学艺术生存发展的生活保障。

第二，经济的发展导致社会分工，一方面极大地促进了文学的繁荣与进步，另一方面在相当长的历史时期内使广大劳动人民的艺术才能受到压抑，使文学走向贵族化。在很长一段历史时期内，文学都是属于贵族的特殊活动，劳动人民被排除到文学艺术之外。

第三，经济的发展推动社会的发展演变，社会制度、人际关系、价值观念、社会思潮也都随之变化，这些都直接影响到文学的性质、内容和发展方向。

第四，作为生产力第一要素的科学技术的发展促成了文学传播的进步，它对文学的表现形式和作品的流通方式与范围产生重要影响，进而会影响到整个文学的发展。比如网络传播的出现已经并将继续促使文学形式发生革命。

总之，以上四个方面表明经济的发展对文学发展有着直接的影响。

（二）政治与法律对文学强制性的巨大干预作用

第一，统治者的政治统治和政策所造成的政治环境的严酷与宽松，直接决定了文学发展的历史命运。在我国20世纪50年代，“双百”方针的出现曾经使文学艺术出现过欣欣向荣的局面；但在“文化大革命”中，文坛上就呈现出一片死寂，除了样板戏和“三红一创”，几乎没有多少文学作品可供阅读。

第二，政治斗争（在阶级社会中主要表现为阶级斗争和民族斗争）成为社会的主要矛盾时，往往成为文学表现的重大内容，影响一个时代作家的审美意识。如一个社会在腐败盛行的时候，清官就会成为文学艺术表现的主题；一个国家受外敌入侵的时候，爱国主义就成为文学艺术的主要表现内容。在20世纪30年代至40年代，我国曾经出现过一大批优秀的爱国主义文学作品，如老舍的《四世同堂》、曹禺的《北京人》等，都在不同层面上反映社会的广度和深度。

第三，政治思想对作家审美意识的影响和渗透。如《水浒传》的忠义思想和《三国演义》的正统观念，是当时政治思想对作家审美意识的影响在文学作品中的反映。

（三）道德评价影响文学的社会价值取向

道德是调节人与人、人与社会之间利益关系的行为准则与规范的总和，对人的影响是通过社会舆论的评价导向功能来实现的，具有非强制性的特点。它负载着浓厚的文化历史内涵，是对现存社会价值的肯定与维护机制。

道德对文学的影响主要通过影响人们的审美理想指向文学作品的内容，道德类型的主题在文学作品中占有很大比例。如托尔斯泰的作品《复活》基本是一本宣扬上帝之爱的道德教科书；另一部《安娜·卡列尼娜》更渗透着对道德与人性的深度思考和阐释：安娜在人性解放和道德约束的岔口上难以取舍，最终还是被虚伪的社会逼迫上了绝路。

进步文学的审美超越性要求作家在维护社会良好道德的同时，勇于揭出滞后社会发展的落后道德的病苦，引起社会的关注与思考。

（四）宗教文化影响文学的人生精神取向

第一，宗教可以分为宗教信仰和宗教文化，就宗教对文学的影响来说，宗教文化所蕴藏的丰富资源更加值得重视。宗教文化在西方的影响是非常显著的，如被誉为典范的《神曲》，就是诗人但丁取自一个圣经故事演绎而成的。它不仅像恩格斯所说的那样是“新世纪的曙光”，同时又渗透着浓厚的宗教意识和宗教情怀。又如密尔顿的诗《失乐园》，天使因为骄傲触犯了上帝的威严被打入地狱，而后化身为蛇偷偷进伊甸园引诱夏娃，让人类犯罪，被上帝驱逐出了伊甸园。这也是完全采用宗教故事来演绎现实人生。

第二，宗教与文学都关注人生，这是二者相同的一面，但宗教精神重在顺从现实社会，而文学精神则重在超越现实社会，这是二者不同的一面。文学虽然跟宗教有联系，但毕竟不是宗教宣传书，它更倾向于表达人们对彼岸的向往和追求，以及对现实的批评与否定。

第三，宗教文化把诉诸情感体验和感性直观的思维方式精致化、系统化，强化了人们幻想、直观、感悟、体验和内省的心理机制与能力，对文学创作、欣赏、批判与研究都起过重要的推动作用。如佛教，尤其是禅宗对中国文学中诗歌及其理论发展的重要作用。

（五）哲学思考影响文学的终极关怀取向

第一，哲学具有世界观、人生观的意义，文学是对宇宙人生的感悟、体验与思考，二者在终极关怀的指向上是一致的，许多大作家都是具有深刻哲学观念的思想家。这是因为哲学是以理性的思考来表达，文学是使情感得到宣泄，没有哲学上的深刻思考，文学就很难达到很高的境界。

第二，大多有影响的文学思潮都有哲学思潮为其背景，这一点最为明显地表现出哲学对文学的重要影响。比如，现代主义哲学思潮对文学就发生了重要的影响，出现了一大批以这种思潮为基点的现代主义作品。如卡夫卡的《城堡》表现了在现代社会中人生存的畸形状态，萨特的《墙》完全是对自己“存在主义”人生观的演绎。

四、文学发展的“合力”和“不平衡”现象

经济是文学发展的最终决定因素，但是，如果认为仅仅用经济原因就可以直接说明一切人类精神现象，那就会使历史唯物主义落入机械唯物论形而上学的窠臼。

为了反对这种倾向，首先，马克思在《〈政治经济学批判〉导言》中指出了物质生产的发展同艺术生产的不平衡关系。他强调：关于艺术，大家知道，它的一定的繁盛时期绝不是同社会的一般发展成比例的，因而也绝不是同社会组织的骨骼——物质基础的一般发展成比例的。

其次，恩格斯在《致康·施米特》的信中申明：虽然物质生活方式是原始的动因，但这并不排斥思想领域也反过来对物质生活方式起作用，然而是第二性的作用。

最后，恩格斯多次强调了上层建筑各种因素相互影响的重要性。他说：“如果有人在这里加以歪曲，说经济因素是唯一决定性的因素，那么他就是把这个命题变成毫无内容的、抽象的、荒诞无稽的空话。经济状况是基础，但是对于历史斗争的进程发生影响并且在许多情况下主要是决定着这一斗争的形式的，还有上层建筑的各种因素……这样就有无数互相交错的力量，有无数个力的平行四边形，由此就产生出一个合力，即历史结果，而这个结果又可以看作一个作为整体的、不自觉地和不自主地起着作用的力量的产物。”①

合力是一个物理概念，其基本意义是：在一个质点上，有着两个以上不在同一方向却又不在同一直线上的矢量，其中的每个矢量都不能决定质点的方向，而是各个矢量在相互作用、相互牵制之中共同决定质点的运动方向。

把物理理论运用到艺术中，说明任何一种艺术活动都不是孤立地、自在地存在着的活动，它是各种因素相互作用、相互影响的产物。

五、社会心理是整合这类影响的中介环节

文学虽然受整个社会复杂体多要素的影响，但不是零散地发生作用，而是经过一个中介系统的整合对文学产生影响，这个中介就是社会心理。

沙莲香在《社会心理学》中指出：所谓社会心理，是人们在社会生活中自发产生，并互有影响的主体反应。

社会心理有其内过程和外过程，不仅有群体心理，也有个人心理，一般说来，它包括社会知觉、社会态度、社会情绪、社会舆论、风俗、时尚、角色规范等。

普列汉诺夫在《马克思主义基本问题》中提出了社会构成的“五层公式”，第一次将社会心理整合在马克思主义的社会结构中：

> 如果我们想简短地说明一下马克思和恩格斯对于现在很有名的“基础”对同样有名的“上层建筑”的关系的见解，那么我们就可以得到下面一些东西：

① 《马克思恩格斯选集》，2版，第4卷，696、697页，北京，人民出版社，1995。

一、生产力的状况；

二、被生产力制约着的经济关系；

三、在一定的经济“基础”上生长起来的政治制度；

四、一部分由经济直接决定的，一部分由生长在经济上的全部社会政治制度所决定的社会中的人的心理；

五、反映这种心理特性的各种思想体系。

普列汉诺夫这样分析道：“任何民族的法律、国家体制与道德都直接为特有的经济关系所决定。这些经济关系同时也决定着——不过是间接地——思维与想象的一切创造活动：艺术、科学，等等。”这就是说：“绝不是‘上层建筑’的一切部分都是直接从经济基础上生长出来的：艺术同经济基础只是间接地发生关系的。因此，在讨论艺术时必须考虑到中间的环级。”这个中间环级就是社会心理。“因此，社会心理学异常重要。甚至在法律和政治制度的历史中都必须估计到它，而在文学、艺术、哲学等学科的历史中，如果没有它，就一步也动不得。”

普列汉诺夫第一次明确提出系统之间存在一个中介环节，也就是社会心理。对文学发生作用的系统是通过社会心理这个中间环节实现的，这充分证明了社会心理对文学发展是具有重要作用的。

中外优秀作家的实践证明，主体的情感、意识与社会心理、时代意识的描写，总是和谐地统一在一起的。因而文学的主观性、情感性的“我”，除了体现着作家对社会生活的自觉意识和理性认识外，还包含着主体自身在人类历史演变及积淀中形成的潜意识和直觉本能等复杂因素。总之，由于作家、艺术家的思维心理活动存在着意识与无意识、理性与非理性的内在融合，因而形成了艺术感知和审美心理的定式。这个心理定势也就是上面所指的社会心理。

六、时代的发展与体裁的嬗变

社会心理对社会生活施加于文学的诸多影响的整合功能，我们在文学体裁的嬗变中可以得到清晰的验证：

如前所述，原始神话与原始社会人们的巫术心态相吻合。当时的人类思维受“互渗律”支配，充满神秘的象征色彩，主体意识不发达，尚不能把人从自然界中区分出来，把个体从类中区分出来。在这种情况下，对自然本性的肯定，对群体力量的礼赞，同时也就是对个体自由的肯定和礼赞，体现在艺术巫术活动中则是群体与自然在生命情感上获得交流和统一，于是本能地把自然人格化，把幻想现实化，从而创造出奇异多彩的神话世界。像马克思所说的那样，“在幻想中战胜自然”。

而自然经济条件下的人类，初次以个人身份面对生活，他们的主体意识迅速觉醒。此时，个体与群体，人类与自然的关系不同于原始社会，进入了一个新的阶段。人类为了有效地征服自然和调节社会关系，在社会分工和阶级关系的基础上形成了不同的团体或者组织，区分为不同的等级：一方面，有效的分工所造成的强大社会力量使自然的威胁逐步削弱，特别是专业分工加深了人类对自然本体的认识，从而取得了比原始人远为坚实的自由；另一方面，等级、团体等复杂的社会关系代替了原始群体，每个等级和团体的人们也承担着相应的义务和责任，个体的作用在社会分工与等级关系的一定范围内得以发挥。于是，个性自由与社会体制发生冲突，压抑的郁闷之情反映到文学的审美价值创造上，便形成了两个基本主题：一个是对等级秩序的皈依或怀疑；另一个是对自然山水的吟咏和寄情。建功立业的伟大抱负时常与无力回天的社会环境发生冲突。一旦受挫，他们往往退回内心，以往昔的旧梦自我慰藉，呈现出一种敏感、易变、夸张、幻想的浪漫型心态。在这种心态下，诗词文赋这些抒发一己情志的体裁便高度发达起来。

城市经济的繁荣使人们置身于异常复杂的人际关系网络之中，并且扮演着越来越多的角色。在这种社会关系中，原先的规范和制约着人们的等级秩序开始瓦解，代之以人与人之间在法律和机会上的平等竞争。人的智慧和才能开始决定其地位和命运，但自由创造精神依然受到现实的积压。这样的人生体验使人类心灵中相互沟通与了解的机制大大发展、强化，人们学会了“设身处地”，懂得了“推己及人”，同时人类心态也从主体浪漫型逐渐转化为客体现实型（以客体、他人为观察、思考的重心）。在这种心态下，戏剧小说才能创作并拥有广大的读者群。

总之，文学体裁演变的原因很多，但都是经过社会心理的整合过滤后，才最终得以对文学体裁发生作用。

第三节　文学发展的自身规律

一、对本民族文学传统的继承与革新

（一）文学传统传承性的表现

文学艺术是一种审美创造，正像一切人类创造一样。“人们自己创造自己的历史，但是他们并不是随心所欲地创造，并不是在他们自己选定的条件下创造，而是在直接碰到的、既定的、从过去继承下来的条件下创造。”① 文学的创造与发展也是在一系列客观条件的制约下发生的，其中过去文学自身传统的传承与影响是构成此种制约作用的主干要素。这种文学传统的传承性主要表现在三个方面：

第一，文学内容的演变上。例如古典名著《西游记》的故事，其实早在唐代就已经流传。明代吴承恩在民间传说、戏剧、话本的基础上加工处理，从而创造出了一部神怪小说。

由于文学内容本身就具有丰富的内涵，因此它能受不同时代的人们的喜欢而被一代一代传诵下去。

第二，文学形式的沿革上。正因为赵树理的小说采用了古代民间喜闻乐见的评说体方式，所以他的作品受到了群众的广泛欢迎。

第三，创作方法的沿袭上。在 19 世纪盛行一时的批判现实主义创作方法，到 20

① 《马克思恩格斯选集》，2 版，第 1 卷，585 页，北京，人民出版社，1995。

世纪仍然被广泛采用，或转化成以欧美为首的新现实主义，或变成以苏联为首的社会主义现实主义，或成为以拉丁美洲为首的魔幻现实主义等。

（二）继承文学遗产的原则

对待文学遗产，历史上出现过全盘继承的复古主义和全盘否定的虚无主义两种错误倾向。之所以要对遗产进行分析批判，是因为一切民族的传统中都存在“两种文化”，即都有民主性的精华和腐朽、落后的糟粕。我们的态度是：对待一切文学遗产应该进行分析，“取其精华，去其糟粕”，坚持批判吸收的继承原则。马克思主义经典作家在批判地继承文学遗产的问题上，不仅要求人们科学地区分什么是优秀的人民文化，什么是腐朽的剥削阶级文化，而且还一再强调，对“两种文化”的区分不能简单机械，要深入细致地分析；既不将那些带有民主性的“精华”的作品范围限制得很狭窄，也不将那些反映封建性的内容却具有某种认识和审美价值的作品，不加分析地归于“糟粕”之列。

怎样进行分析批判呢？一是要采取历史主义的标准，恰当地评价过去时代的作品，不是看它是否提供了我们所没有的东西，而是看它是否提供了前人没有提供的东西；二是坚持古为今用的立场，确定文学遗产的现实意义和作用；三是尊重文学遗产的时代特点，提倡融合吸收，避免机械照搬。

（三）批判继承与革新创造的辩证关系

批判继承完全是为了革新创造。社会主义新文学不仅要继承优秀传统，而且要进行创新。这是因为：

文学只有在批判继承的基础上不断革新创造，才能产生自己时代的特色；表现新的时代和新的生活；满足人们不断发展的审美需要。

例如，改革文学《乔厂长上任记》是当时人们非常感兴趣的，但随着时间的推移，改革的现实发展了，人们关注的问题也发生了变化，如果还总是停止在《乔厂长上任记》的水平上，没有发展、没有创造，就无法满足人们不断变化的审美需要。而《大厂》、《车间主任》等一批新作的出现，揭示并且正面回答了国有企业改革中出现的新问题，塑造了一批鲜活生动的新的改革者的群像，把改革文学推向了更高水准。

总之，没有继承，则无根基；没有创造，则无生机。

二、对民间文学的吸纳与借鉴

（一）民间文学的含义与特点

民间文学是指在民间口头流传的，由人民群众集体创作的文学作品。民间文学一般贴近生活，原汁原味，具有自发性、新鲜朴素性、传承变异性等特点。古代统治者常常设置乐府机构，专门采集民间文学以观“民风”。

（二）民间文学对文人文学的滋养与相互影响

第一，民间文学在内容上是文人创作的重要的素材原型来源。比如歌德的名著《浮士德》。在很久以前在德国民间就有浮士德博士的传说，歌德正是在这个基础上综合加工成了这部小说。在欧洲，许多文学也喜欢以古希腊的神话为原料。而在中国，很多文学也是以民间传说为题材的。

第二，民间文学在形式上给文人创作提供新的发展空间。许多文学的新形式都出现在民间创作中，然后由文人加工改造而成。比如“词”这种文学形式本来是流传民间的一种歌唱的曲词，后来由文人加工创造，荣登大雅之堂，成为一种雅文化的象征。

第三，民间文学与文人文学之间还存在着良性的相互影响，文人文学与民间文学各有长短，为了利于文学整体发展，两者应该建立良性互相影响的关系。

（三）吸纳、借鉴民间文学的原则

第一，文学家应该深入生活，了解大众。民间文学来源于人民大众，存在于生动活泼的民间。如果文学家不熟悉大众、不了解人民群众的思想感情，就不可能借鉴民间文学。

第二，善于辨别，善于吸收。民间文学也有糟粕和精华，有富有生命的新形式和旧形式，对待它也要注意善于辨别和吸收。

第三，处理好普及与提高的关系。对待民间文学和文人文学的关系上，有两种不好的倾向：或贬低文人创作，或贬低民间文学，其实这都是不足取的。民间文学与文人文学的侧重点与功能都是不一样的。文人文学内容形式成熟，主题深刻，民间文学题材生动活泼，具有鲜活性。我们应该在普及的基础上提高，在提高的指导下普及。

三、对其他民族文学成果的吸纳与借鉴

（一）文学的世界性和各民族文学相互影响具有必然性

人类实践范围的扩大、科学技术的发展、民族间交往的日益频繁，使各民族文学的相互影响日渐加深，文学的世界性趋势日益发展。各民族文学之间的相互影响主要表现在以下三个方面：

第一，具有符合社会发展潮流和人类文明方向的新的思想内容的文学，往往会对其他民族的文学带来深刻的启示，产生巨大的影响。中国古代对周边文学的影响是很大的，因为在当时，中国的发展在世界范围内是先进的。唐朝时，日本和朝鲜的文学都受到了中国不同程度的影响。但是到了现代社会，中国在经济上落后，思想文化方面处在相对落后状态，需要学习其他国家先进的文学和文化。

第二，独特新颖的文学样式和艺术技巧，会对其他民族的文学产生重要影响。文学新思想的借鉴往往伴随着文学新形式的移植。在文学的相互影响中，新文学内容要借助新的文学形式进行传播。

第三，伴随文学思潮而来的文学观念的传播。在现当代，外来的各种各样的思潮伴随文学观念的更新，出现了各种各样式的文学，像王蒙的《春之声》很明显地借助外来的意识流手法，高行健的戏剧也是以西方的现代主义思潮为背景的。

（二）各民族文学相互影响的一般规律

第一，普列汉诺夫在《论一元论历史观之发展》中“一个国家的文学对另一个国家的文学的影响是和这两个国家的社会关系的相似性成正比的”，就是说，相似的社会关系导致相似的社会需求，而相似的社会需求有利于民族间文学的相互影响。这就是不同民族之间文学影响的相似性规律。

第二，遵循文化传播规律，不同民族间文学的相互影响一般发生在政治、经济交

流的同时或滞后；政治、经济交往密切的民族之间，文学交流也必然频繁。

第三，各民族文学之间的影响是双向的，作用也是双向的；中国新文学明显接受了世界文学的影响，任何民族之间文学上的影响都是相互的。但双向的不等于对等的，大多是以一个为主。一般社会发展（尤其是经济的发展）处于领先地位的民族，在文学交流中的影响力也较大。这被称作文学影响上的双向性和优势先进性。

（三）“拿来主义”和“洋为中用”的原则

借鉴外来文学也要采取分析的态度，盲目排外和妄自菲薄都是不足取的。如何对待外民族的文学，鲁迅的原则是“拿来主义”。“拿来主义”的含义有三点：

第一，不拒绝，不排斥。五四时期国粹派拒绝一切外来文化对本民族文化的影响显然是不可取的，因为借鉴是创新的需要，“没有拿来的，人不能自成为新人，没有拿来的，文艺不能自成为新文艺”。

第二，“运用脑髓，放出眼光，自己来拿！”即对拿来的东西要挑选，有弃取，而且选择的标准是自己的，理智的。拿来与送来是不一样的，拿来是有选择有标准的，一切都是为了发展自己文学的需要。

第三，凡是有价值的东西，尽量吸收，为我所用。“总之，我们要拿来。我们要或使用，或存放，或毁灭。”针对不同对象采用不同的态度，发展我们自己的新文化。

还有一个原则是“洋为中用”。继承是为了创新，借鉴同样是为了创新。在借鉴与创新的问题上，我们要坚持“洋为中用”的原则。所谓“洋为中用”，就是以中国人民的实际需要为基础，批判地吸收外国文化（毛泽东《新民主主义论》）。这样，首先，要准确了解外民族文学对本民族文学发展的作用和意义；对先进文化要给予准确的定位。其次，对于外来文学的遗产要进行分析，分清精华与糟粕，批判地吸收。再次，我们的借鉴和吸收完全是要“以中国人民的实际需要为基础”，要能用“洋”经验解决“中”问题。最后，“洋为中用”要为文学的民族化发展服务。

四、对其他艺术的吸纳与借鉴

文学对其他艺术的吸纳和借鉴反映了文学产生发展的内在动力。

（一）文学与其他艺术门类相互吸纳与借鉴的必然性

第一，文学的起源原本就是与其他艺术门类共同发生的。这主要表现在两个方面：一方面是不同艺术门类的“相通性”，凡是艺术都是一种审美活动，尽管手法不同，但不同手法是可以借鉴融合的。这种相通性表现在文学起源的时候，文学是一种综合的艺术（诗乐舞一体）。正是这样一种综合，为后来文学借鉴、吸纳其他艺术门类打下了基础，使文学保有相互借鉴的一种基因。相通性是文学与生俱来的。另一方面是不同艺术门类的“互补性”，一种艺术总是使人们获得某些方面的美感，而人总是要求全面的美感的，人们正是通过不同的艺术相互补充最终获得全面的美感享受的。

第二，不少文学新体裁与其他艺术门类有着密切联系，使文学自身保有与其他艺术门类相通的基因不断增加。例如戏剧文学，戏剧的冲突性很好地促进了文学情节的典型性。而它的产生又使戏剧文学得以确立。随着这种新题材的产生，文学被渐渐发展融合了其他艺术门类的基因。

第三，现代艺术，尤其是多媒体艺术的发展，使文学与其他艺术门类借鉴融合的机会大大增加。例如网络艺术的发展尽管刚刚开始，但已经表现出文学自身表现力的趋势。文学的出现不再与传统的文本形式相似，而是以融合了影像艺术等其他艺术种类的形式出现。

第四，文学在这种借鉴中大大丰富了自身的表现力，获得了新的发展空间。文学大师往往也是艺术通才，比如老舍先生既会写小说，又懂曲艺，正是这种综合的才能才使他的创作具有独特的艺术魅力。

（二）文学对其他艺术吸纳与借鉴的一般规律

第一，新体裁的产生往往成为文学对其他艺术吸纳与借鉴的契机。

第二，艺术通感是文学对其他艺术吸纳与借鉴的主体条件和心理机制。文学是用语言描写视觉形象，在想象中创造一个艺术空间的。如诗人王维抓住视觉通感，创造出“诗中有画”的独特风格。

第三，目标和追求。新的文学趣味与美学原则是文学吸纳与借鉴其他艺术的动力与追求。对新的美感的追求和新的艺术趣味的追求，是文学学习其他艺术门类的重要动力。

（三）吸纳与借鉴其他艺术的原则

第一，文学吸纳与借鉴其他艺术应遵循优势互补的原则。在吸纳、借鉴之前，要清楚两种艺术种类的优势和表现手法的相通之处，借鉴不是简单的相加，而应该融合到内在体系之中。

第二，文学吸纳与借鉴其他艺术应有利于发挥文学的艺术特点与优势。比如，有些多媒体艺术，就是简单地在原来的文学作品中加上插图配乐，并不会激发人的想象力，反而是对人们想象力的抑制 。吸纳与借鉴应该融入文学自身表现体系，应该有利于发挥文学自身的优势，这才是具有生命力的借鉴。

本章小结

本章通过对文学发展的社会条件和文学发展的自身机制两个方面的分析，论证了文学发展的内外规律。首先，关于文学的起源，介绍了文学起源的五种主要研究方法，分析了有关文学起源的几种主要学说，阐述了文学产生于以劳动为基点的人类生命活动的理论观点。其次，关于文学发展的社会原因，文学是随着社会生活的发展而发展的，文学作为人类社会动态系统中的上层建筑意识形态，与各种社会要素之间存在着复杂的相互影响，文学发展是各种“合力”的结果，文学发展与社会发展之间存在着“不平衡”现象，而社会心理则是整合各类社会影响的中介环节。最后，关于文学发展的自身规律，文学的健康发展，离不开对本民族文学传统的继承与革新，离不开对民间文学的吸纳与借鉴，离不开对其他民族文学成果的吸纳与借鉴，也离不开对其他艺术的吸纳与借鉴。

关键概念

神示说　模仿说　游戏说　巫术说　表现说
劳动说　社会心理　社会构成的“五层公式”　批判继承与革新创造
“拿来主义”　“洋为中用”

思考题

1. 试论文学产生于以劳动为基点的人类生命活动。
2. 为什么说文学随着社会生活的发展而发展？
3. 各种社会要素与文学之间有哪些相互影响？
4. 什么是马克思、恩格斯所说的文学发展的“合力”和“不平衡”现象？
5. 什么是普列汉诺夫提出的“五层公式”？为什么说社会心理是整合这类影响的中介环节？
6. 试以时代的发展与体裁的嬗变为例，说明社会心理对社会生活施加于文学的诸多影响的整合功能。
7. 简析对本民族文学传统的继承与革新。
8. 怎样理解对其他民族文学成果的吸纳与借鉴？
9. 谈谈文学对其他艺术的吸纳与借鉴。

参考文献

1. 鲁迅全集（1～5卷）. 北京：人民文学出版社，1981

2. 伍蠡甫，蒋孔阳. 西方文论选（上下卷）. 上海：上海译文出版社，1979

3. 郭绍虞，王文生. 中国历代文论选（1～4册）. 上海：上海古籍出版社，1979

4. 陈传才，周文柏. 文学理论新编（修订本）. 北京：中国人民大学出版社，1999

5. 童庆炳. 文学理论教程. 北京：高等教育出版社，1998

6. 马克思恩格斯选集（1～4卷）. 北京：人民出版社，1995

7. [德] 马克思. 1844年经济学哲学手稿. 3版. 北京：人民出版社，2000

8. [德] 黑格尔. 美学（第1卷）. 北京：商务印书馆，1979

9. [美] 艾布拉姆斯. 镜与灯——浪漫主义文论及批评传统. 北京：北京大学出版社，1989

10. [美] 韦勒克，沃伦. 文学理论. 北京：生活·读书·新知三联书店，1984

11. [瑞] 皮亚杰. 发生认识论原理. 上海：上海文艺出版社，1983

12. [美] 马斯洛. 动机与人格. 北京：生活·读书·新知三联书店，1985

13. [美] 苏珊·朗格. 艺术问题. 北京：中国社会科学出版社，1983

14. [俄] 卡冈. 艺术形态学. 北京：生活·读书·新知三联书店，1986

新编21世纪远程教育精品教材

公共基础课系列

书名	作者
应用写作(第四版)(“十一五”国家级规划教材)	孙秀秋
计算机应用基础	李刚
马克思主义哲学原理(第二版)	霍福广
“毛泽东思想和中国特色社会主义理论体系概论”教学专题研究	王向明
全国高校网络教育大学英语词汇必备手册	王建华
全国高校网络教育大学英语学习与考试辅导	王建华
高等数学“学习包”(第二版)	张家琦 曹承宾
北京地区成人本科学士学位英语统一考试历年试题解析	常红梅
北京地区成人本科学士学位英语统一考试辅导(第三版)	常红梅
大学语文	黄鹤
大学英语学习与考试辅导	常红梅
数据库基础教程	苏俊
毛泽东思想概论	江长仁

经济与管理系列

书名	作者
西方经济学	缪代文
西方经济学(第二版)(微观经济学部分)	刘凤良
西方经济学(第二版)(宏观经济学部分)	刘凤良
经济法概论(第三版)	宋立成
国际金融(第二版)	刘震
税务管理	王秀芝
邮政储汇实务	周艳海
中国税制(第二版)	杨虹
投资银行学教程(第二版)	胡海峰 等
金融学概论(第三版)	宋玮
国际贸易实务(第二版)	王晓明
财政管理	王秀芝
保险学	戴稳胜
证券投资学(第二版)	赵锡军 李向科
统计学教程(第三版)	金勇进
财政学	安秀梅

书名	作者
中国政治制度史	侯力
经济学原理	韦曙林
商务英语	王学文
国际贸易理论与政策	王亚星
国际投资	胡曙光
人力资源开发与管理(第四版)	姚裕群
项目管理(第三版)("十一五"国家级规划教材)	李涛
物流管理(第三版)("十一五"国家级规划教材)	刘刚
组织行为学(第二版)	徐建平
公共政策原理	谢明
公共政策案例分析	谢明
公共管理伦理学	李传军
公共政策导论(第二版)	谢明
公共经济学导论	代鹏
公共关系学(第二版)	李兴国
领导力	祁凡骅
企业战略管理	邹昭晞
管理学原理	安维
公务员管理	王甫银
秘书工作实务	张大成
人员选拔与聘用管理	苏进 刘建华
绩效管理	徐斌
质量管理学	李晓光
营销渠道决策与管理	吕一林
高级会计学(第二版)	张志凤 谢瑞峰
公司财务管理(第二版)	肖万
财务管理学(第四版)	孙茂竹 范歆
基础会计学(第三版)	徐泓
管理会计	孙茂竹
审计学(第二版)	杨闻萍
财务会计学(第三版)	郭建华
成本会计	曹伟
纳税筹划教程	张中秀
会计制度设计(第二版)	阎至刚
计算机会计理论与实务(第二版)	蔡立新
税务筹划教程	张中秀
国际税收(第二版)	杨志清

法学系列

书名	作者
刑事诉讼法(第三版)	王新清 李蓉
民事诉讼法(第二版)	汤维建 等
行政法与行政诉讼法(第三版)	胡锦光 罗杰
宪法学(第三版)	胡锦光 任端平
劳动法和社会保障法(第三版)	黎建飞
保险法(第三版)	贾林青
刑法学(第二版)	黄京平
中国法制史(第二版)	赵晓耕
企业和公司法学(第二版)	王欣新
税法(第三版)	朱大旗
海商法(第二版)	贾林青
刑法学	徐松林
继承法(第二版)	孙若军
破产法学(第二版)	王欣新
经济法(第二版)	吴宏伟
国际法(第二版)	白桂梅 朱利江
法理学(第二版)	张曙光
法律文书写作(第二版)	陈卫东 刘计划
民法学(第二版)	龙翼飞

汉语言文学系列

书名	作者
中国古代文学史(一)(先秦至魏晋南北朝)(第二版)	叶君远
中国古代文学史(二)(隋唐五代宋辽金)(第二版)	冷成金
中国古代文学史(三)(元明清及近代)(第二版)	张国风
古代汉语(第二版)	殷国光
现代汉语(第二版)	吴永焕
外国文学作品导读(第二版)	刘洪涛
中国民间文学概论(第二版)	黄涛
美学概论(第二版)	牛宏宝
文学概论(第二版)	许鹏
中国古代文学作品选读(一)	诸葛忆兵
中国古代文学作品选读(二)	王燕
中国文学理论史简编	成复旺
中国现当代文学作品导读	姚丹
影视文学教程	邹红
电视剧批评与欣赏	刘晔原
中国现当代文学	刘勇
语言学概论	岑运强

书名	作者
西方文论概要	杨慧林
新时期文学思潮	张永清
文艺心理学	金元浦

新闻与传播系列

书名	作者
新闻理论教程	陈力丹 张建中
中国新闻传播史	赵云泽 孙萍
外国新闻传播史	陈力丹 钱婕
新媒体实务	黄河
广告学概论	王菲
新闻采访与写作	张征

图书在版编目（CIP）数据

文学概论 / 许鹏主编．—2 版．—北京：中国人民大学出版社，2011.9
ISBN 978-7-300-14377-4

Ⅰ.①文… Ⅱ.①许… Ⅲ.①文学理论-远程教育-教材 Ⅳ.①I0

中国版本图书馆 CIP 数据核字（2011）第 186151 号

新编 21 世纪远程教育精品教材・汉语言文学系列
文学概论（第二版）
许 鹏 主编
Wenxue Gailun

出版发行	中国人民大学出版社		
社　　址	北京中关村大街 31 号	邮政编码	100080
电　　话	010－62511242（总编室）		010－62511770（质管部）
	010－82501766（邮购部）		010－62514148（门市部）
	010－62515195（发行公司）		010－62515275（盗版举报）
网　　址	http://www.crup.com.cn		
	http://www.ttrnet.com(人大教研网)		
经　　销	新华书店		
印　　刷	北京昌联印刷有限公司	版　　次	2003 年 9 月第 1 版
规　　格	185 mm×260 mm　16 开本		2011 年 11 月第 2 版
印　　张	15.25	印　　次	2019 年 7 月第 4 次印刷
字　　数	326 000	定　　价	35.00 元